救贖時刻

Redemption Point

Candice Fox
坎迪斯・福克斯

黃彥霖——譯

獻給妮基、瑪帕斯和凱瑟琳

鐵絲網外有掠食者。雖然搬到這裡之後從沒看過，但我知道牠們就在某處。每天晚上我都會來到河邊，尋找如不祥預兆般浮出水面的死沉雙眼，以及帶刺尾部靈巧甩動的蹤跡。半噸重的史前爬蟲生物會在吃飯時間懶洋洋地漂浮、滑行於閃爍夕陽的水面下，與我之間的唯一阻隔只有那道鏽蝕的老舊圍欄。我位在紅湖的住所與世隔絕。我每天都在尋找鱷魚的蹤影，被同類的記憶吸引到屋子的最南邊。我是泰德·康卡菲，我是野獸、獵人，是躲避世界所需保護之人的怪物。

抓著鐵絲網觀察鱷魚會勾引出許多黑暗念頭，但我無法強迫自己別到這裡來。那些可怕的舊記憶，逮捕、接受審判、我的受害者。

她從未走遠。克萊兒會在最詭異的時刻來到我身邊，比銘刻在我腦中的第一印象更加生動。當時的她站在路邊公車站牌旁。每次想到她，我便會看到更多新的景象：她消瘦肩膀上幾近全白的頭髮在雨勢來臨前的微風中翻飛，嬌小瘦弱的身軀在地平線堆積藍黑雨雲的襯托下有著耀眼輪廓。

當我的車在高速公路的破碎路緣停下時，車旁的克萊兒·賓利只有十三歲。她前一晚住在朋友家，背包裡塞著睡衣、已經吃掉半袋的棒棒糖，和一本色彩鮮艷的雜誌；女孩擁有的這些物品會在短短幾個小時後灑滿指紋粉攤放在證物桌上。

我們曾經視線相對，幾乎沒有交談，但是在命定的那一天，她的背包會繼續留在公路的路邊，而女孩會和我一起離開。我將她扯離年輕美麗的生活之中，把又踢又叫的她拉進我邪惡墮落的幻想裡，摧毀她擁有過的所有可能性。要是我的計畫全都得逞，十三歲將是她擁有的最後一次生日。不過雖然我如此殘暴，她卻還是活下來了，以某種方法爬出我遺棄她的樹林。當初公車站牌前的她已不復存在，僅剩碎屑殘餘。

這就是事情發生的經過，至少是其他所有人口中的事實。

故事只有一半是真的。與那個孩子相比，我的身高體型無比高大，力氣也強壯得難以置信。那天我的確站在她面前，打開車子後座的門，直視她緊張的雙眼。可事實上我之所以停在路邊只是為了移開後座的釣竿；釣竿靠在車窗上沿路撞擊玻璃，聲音令人火大。我和克萊兒・賓利簡短說過幾句話，但不是在邀請她上我的車，我既無懇求也無威脅，只是幾句關於天氣的愚蠢閒聊。載滿目擊證人的車輛紛紛從我們身旁的道路呼嘯而過，人們向外探視，在多疑的腦海中拍下我們的身影，知道我們不是父女，知道這個場面有些不對勁。預感蠢動。我回到車內，一駛離便立刻忘記克萊兒這個人，完全不曉得會有怎樣的遭遇將降臨在她身上，或我身上。

的確有人在我離開後的那幾秒鐘裡綁架了那個小女孩。無論對方是誰，都曾將她帶進樹林裡侵犯，並做出一個可怕的決定——身而為人所能做出最糟糕的決定——要將她滅口。可是她活下來了，因為創傷過於沉重而想不起對她做出這種事的人是誰，腦袋支離破碎到無法以言語描述罪行的任何細節。不過說到底，克萊兒說了什麼其實根本不重要，大家都知道是誰幹的。有十二個人曾看到那個孩子，看到我站在不遠處和她說話，而且我的後座車門豁然大開。

克萊兒受到的攻擊在審判過程中被不斷重述，我聽了太多次，以至於能輕易想像自己就是兇手。一個人對於重複的謊言有其耐受極限，一旦超過便會沉浸其中、與之同化，在腦中呼喚它，彷彿那是真實發生過的記憶。

只不過那都不是真的。

我不是殺手或強暴犯，只是個普通人。我有其他身分，也曾經有其他身分。我曾經是個警察、新手爸爸、忠實的丈夫，過去的我永遠無法想像自己可能被戴上手銬、坐在囚車後方，或者在監獄食堂裡和殺妻兇手及銀行搶匪一起排隊領食物。我的生活裡除了我的女兒莉莉安不曾有過其他小女孩。當我被捕時，她來到世界上的時間仍以週為衡量單位。

以前的我讀書若渴。我會喝葡萄酒，和太太在廚房裡跳舞，穿奇怪的襪子，常常把鬍渣留在浴室的洗手台裡。一個普通的人。

現在的我則是個逃犯，住在偏遠地帶的最邊緣，每天尋找鱷魚，目送太陽落入湖對岸的山巒後方。我漫步爬上小丘，雙手插在口袋，糟糕的念頭在腦中盤旋。那種指控一旦進入你的生活就永遠不會離開。我對克萊兒．賓利所做的事不斷重複播放，在我前同事與朋友的腦中播放，在我太太和克萊兒．賓利父母的腦中播放；在案件最終崩潰消散之前，我的辯護律師腦中也同樣播放著那些畫面。所有人看到的都和我看到的一樣生動，一場虛假的真實，錯誤的真相。

當我戴著手銬走進法庭，人們便會彼此竊竊訴說發生的經過。媒體刊登印刷，電視反覆播映，那些故事是如此真實，以至於會在最奇怪的時刻閃過我的腦中——洗澡的時候，獨自坐在門廊上喝野火雞威士忌眺望湖面的時候。我時常夢見那些場面，然後大汗淋漓地在床上驚醒，全身扭動。

我不是戀童癖，現在不是，以前也不是。兒童對我來說沒有任何性吸引力，我也從來沒動過克萊兒．賓利一根寒毛。可是這根本不重要，我對這個世界來說就是一頭禽獸，沒有任何事情能改變這一點。

建造鵝舍的工作似乎能驅散陰鬱，於是我走到新搭建的鵝舍前，站在那裡，制定新的計畫。我被一片空曠草地包圍，七隻鵝漫步其中，啄著蔓生雜草，對彼此發出滿足的咯咯嘀咕。其中一隻在我腳邊坐下，顯然已經填飽了肚子，我彎腰從後方摸她柔軟的灰色脖子，羽毛塌陷、失去體積，直到我觸摸到底下柔軟溫暖的鵝頸。這些鵝不覺得我是怪物，無論如何至少是件好事。

我從來沒想過要當個鵝爸爸。在監獄裡待的八個月，我連能不能回到外面的世界都不曉得，更別提出來之後要做什麼。那時的我無家可歸。被逮捕的三週後，太太凱莉便決定放棄我，只因為對我不利的證據和輿論壓迫對她來說實在難以承受。被控告之後我就沒再為生活制定任何規劃，我被關進監獄，每天都努力活下去，努力讓自己不要失去理智或性命。審判程序進行了三個月後，我的律師看起來一天比一天緊繃，一天比一天疲憊，接著毫無預兆地，檢察署撤回對我的告訴。這在法律程序上稱為「不予起訴」，表示嚴格來說我不是無罪釋放——我沒被定罪，但也並非清白。他們沒有足夠證據能定我罪，所以決定放我走，直到找出新證據為止。如果真的有東西可找的話。帶著隨時會被重新起訴的可能性，我被送進一座充滿恨意的城市。我回家收拾了東西，然後逃往北方，全然出於躲藏的本能以及害怕遭到大眾報復。我離開的時候凱莉不在，她拒絕見我。我不得不向自己的律師借車。

抵達紅湖租下這間破舊的小房子後沒多久，鵝媽媽便出現在我面前，闖入我的落日飲酒時光。斷了一邊翅膀的她在鐵絲網另一側焦躁地拍打羽翼、高聲尖叫——她身處鱷魚的地盤。那是我一年多來第一次看到比我更無助的生物。我將這隻雪白家鵝取名為「女人」，她有三英尺高，身後跟著六隻毛絨絨的幼雛，根本在哀求黑暗湖水中的滑溜原始生物浮出水面，一嘴將牠們全都帶走。從那之後，名為「女人」的鵝和她的孩子們便與我一起住在湖邊，試圖療傷。

她的孩子長得很快，現在全都圍在我身邊看我組裝牠們的新家，不時靠近檢查我踩在茂密草地上的赤腳，或者啄我的口袋，因為有時裡面會放些飼料穀粒。牠們看著我，小珠子般的眼睛緊跟著我的手將螺絲推入玩具小屋的波浪板屋頂。

是的，我買了一座兒童玩具屋，而不是正常的鵝舍。這對臭名昭彰的準兒童性侵犯來說不是什麼明智的決定；太過引人注目，而且我也沒跟小孩同住。玩具小屋是在網路上找到的，免費贈送給願意自取的人，地點就在小鎮隔壁的霍洛威海灘區。起初我直接跳過這則貼文，因為那是個危險的想法。來到鎮上不久後，私刑正義之士和愛看熱鬧的人們都得知我的存在，直到現在還會不時開車經過我家門前，對這個莫名逃過法律制裁的男人充滿好奇。每當我前去應門，有三分之一的機率會見到記者站在門外，手裡的筆記本和筆彷彿槍口伸出。只要這之中的任何一個人窺見後院裡的玩具屋，我家門前就會再次擠滿媒體和拿著乾草叉的暴民。

但是無論如何，我現在沒什麼錢，而玩具屋是免費的；真正的鵝舍要價一千兩百元起跳，玩具屋只要拆下地板以鐵絲網取代，並在入口處幫「女人」和孩子們做一道斜坡就能啟用。自從被我找到之後，這家子鵝就一直住在我荒蕪小屋的門廊上。有時晚上太熱，或者鱷魚和夜鷺叫得太吵，我便會睡在門廊的沙發上，於是常在黎明時被鵝啄在我頭髮裡尋找蟲子的動作驚醒。有時早上睜開眼睛看到的第一個景象便是一張充滿好奇的鵝臉，離我只有幾英寸，等著我發放早餐穀粒。這是必然的代價，總得有人退讓。

我蹲在草地上，清掉玩具屋底下的蜘蛛網，然後用手指壓了壓底座。我要用線鋸把整個底部切下來，釘上鐵絲網，安裝能夠抽出沖洗的不鏽鋼盤，以維持鵝舍清潔。小屋子的結構很堅固，足以保護鵝們不受狐狸與蛇的侵害；那些動物偶爾會在屋子附近出沒，捕食湖畔的秧雞。我來到小屋正面，打開窗戶的活動遮板並扯下發霉的窗簾；這道窗簾可能是某個孩子許多年來用以抵抗世界的屏障，拉上簾子就算關上小屋，獲取一點隱私來玩自己的遊戲。孩子們的扮家家酒。我女兒也許會喜歡這樣的小屋子。她下禮拜就要滿兩歲了，我想不起最後一次親眼看到她是什麼時候，想不起上次把她抱在懷裡，讓她成為我胸前一團扭動的暖意是什麼時候。

我關上窗戶的活動遮板，讓所有的鵝都看到缺角的木框能卡入定位。「這裡我暫時用綁的，不過之後應該還是會裝上鎖。白天的時候這裡可以打開，但是今天晚上開始你們就要睡在這裡面，」我伸手嚴厲指著，「不可以再睡我旁邊，那感覺越來越奇怪了。」

「女人」是牠們之中唯一的白鵝，聽見我的聲音便晃著步伐走近，歪著小腦袋打量我。我伸手想拍拍她，不過她一如往常地咕咕噥噥並把頭轉開。她一直都不怎麼熱情，但我永遠不會放棄贏得她的心。

「之後會有兩排可以休息的架子，」我將雙手舉至屋子一半高度，為她勾勒我的視野，「也會放你們喜歡的那種乾草稈，讓你們全都住在裡面，舒適又安全。安頓好之後會很豪華——可能比你需要的還要豪華。不過能怎麼樣呢？誰教我人就是這麼好。」

我聳聳肩，尋求著回應。鵝別開了頭。

我一直在和這群鵝說話，尤其是「女人」。當我發現自己這麼做的時候，便意識到就算想停止也來不及了。我會像是對我老婆那樣對她說話，告訴她我去鎮上時看到的東西、心不在焉地和她聊天、讓她知道我的思緒演變。煮晚餐時，我會一邊隔著廚房紗門和鵝說話，一邊把食材丟進爐上的鍋裡，而她則安坐在門外的廊上梳理羽毛。聽說寂寞的人會自言自語，我不確定自己算不算寂寞，但是我非常想念有太太的日子。以前我煮飯時凱莉也會坐在廚房裡，喝酒、翻雜誌，對我漫無邊際的閒聊不甚關心，就像那隻高貴的母鵝一樣。當然，在監獄裡其實可以和其他人說話，並沒有任何規則禁止你這麼做，不過獄卒永遠只會以單字回應，直到你自己放棄離開。再說，我因為指控罪名性質特殊而被安置在保護性隔離區裡，同房的牢友幾乎都是戀童癖。戀童癖在外面時很少和同類來往，所以他們喜歡聊彼此的共通點，非常、非常喜歡。對鵝說話時，我能得到的唯一回應就是質疑的眼神和難以解讀的鳥語——但至少我不會因此作噩夢。

我離開鵝群，走上門廊的階梯進入廚房。水槽旁最下方的抽屜裡應該有束線帶，是搬進這間老房子時東修西補後剩下的，我想拿它來固定小屋的窗戶，於是蹲下身在雜物中翻找。

我重新起身，速度剛好比攻擊者預期的慢了一些，要是他抓對節奏的話，我可能已經死了。木製球棒從我頭上呼嘯而過，砸中排列在窗台上的葡萄酒瓶，酒水和玻璃到處噴濺。

我一下子激動起來。劇烈的恐懼、憤怒和震驚從肋骨向外膨脹，彷彿氣球嘶嘶作響，蔓延至手臂和頭皮。根本沒有時間喊話或質問，一名男子突然出現在廚房裡，惡狠狠地對我揮舞球棒；球棒還是我自己的，是我放在前門內側好隨手拿來嚇退正義魔人的武器。他再次揮棒，打中我的上臂，痛得令我失去理智。我反射性舉起雙手，棒子再次襲來。我看不見攻擊的人是誰，一切都發生得太快了。顯眼的金髮。黑色眼睛。我向前彎伏，整個人朝他腰部撞去。

我們撞進餐桌椅之間。我的腦海裡開始閃過各種荒唐的理智念頭，是腦袋從一連串快速發展的動作中隨機抽取的片段。鵝在院子裡尖叫。燈是開的，而且不是我開的。我的手上有血。這個人打到我的臉，我卻一點感覺也沒有。我大聲叫著「操！操！」，而他沉默不語，滿腦子只想要傷害我，將我撂倒。

他的體型不如我高大。沒幾個人能長成我這個樣子。可是他心裡有股怒火，熾熱而狂野，讓他像走投無路的動物那樣生出不可思議的巨大力氣。他的憤怒將在這場搏鬥中壓過我的求生意志，我很清楚這一點，但仍不停反抗、咆哮，不斷想抓住他身上的任何部位，襯衫、頭髮、被汗沾濕的脖子。他扔下球棒，我將他壓制，而他猛然一扭，我便撞向櫥櫃。他從下方朝我頭部側邊出拳，整個手臂向上帶動，擊中我的太陽穴。地板砸向我的臉。有雙手掐住我的喉頭，手指緊壓在我的氣管上，我連害怕死亡的時間都沒有。我抓住他的指節，接著便暈了過去。

我被鵝的聲音叫醒。牠們發出尖銳震耳的求救聲，其中不時穿插發自喉嚨聲處的低沉吼鳴。那時的我倒在廚房地板上，還記得自己邊聽邊想，這代表牠們都還活著，這才是最重要的事，真的。我面朝下趴著，雙手背在腰部後方，手腕被自己從抽屜底部挖出的束線帶綁了起來。我稍微挪動身體，讓血液流進麻木的手指。戳戳扎扎，一陣頻繁刺痛。一只黑色靴子從我臉前走過。

他正在搜我的房子。自從事件發生以來，我被突襲搜查了好幾次，懷恨在心的紅湖警察把我家裡裡外外都翻遍了，於是我開始認得那些聲音。一聲巨響，紙張滑過打磨木地板時發出的細微摩擦，某個抽屜被拉出梳妝台時的拖摩聲。我環顧四週。廚房裡所有櫥櫃的門都被打開了，杯盤破碎，塑膠保鮮盒散落滿地。葡萄酒噴得到處都是，從櫥櫃流下彷彿稀薄的血液。其中一張椅子被砸碎了。他從廚房開始，一個房間一個房間搜。我試圖起身，評估身體裡有沒有什麼東西斷掉或者歪掉。所有的疼痛似乎都不相上下。

「不要動。」

靴子回來了，從眼角的模糊區域冒出，將我的背再次壓回地板上。我聽見有隻鵝在門廊上拍動翅膀。我看著那名金髮男子再次消失在臥室裡，然後回到餐桌邊，擺正剩下那張廚房餐椅。他坐了下來，把我的筆電扔在桌上，然後打開。

「房子裡什麼都沒有，」他說，「但我不覺得你會放在網路上，太容易被找到。也許我錯了。」

他煩躁起來，不斷點開電腦裡的各種檔案。我鼓起勇氣，以笨拙的動作偷偷挪往廚房一角，將自己撐起身，花了點時間觀察攻擊我的這個人。我覺得自己的體溫逐漸升高，整個人在衣服底下沸騰起來。我看過他。我曾經看過這個男人，看過那張充滿稜角的瘦臉和深藍色大眼睛。

「你到底要幹嘛？」

「你覺得我在幹嘛？」他在電腦上到處點擊，然後瞥了我一眼。我的臉讓他從瘋狂搜尋筆電的任務中回過神來。我往後退，但已經無路可去。「我在找照片，或影片，或任何檔案。」

他在找兒童色情片。不管他到底是誰，無論我到底在哪裡見過他，這個人都與我的官司有關。這不是搶劫，雖然我剛才早已從他的怒意中看出這一點。這是私人恩怨。我感覺血沿著下巴流下，牙齒間也能嚐到那股味道。他的襯衫被扯破了。我的反擊沒對他造成什麼傷害。

「你現在離開的話，我保證不會報警。」我說。

「報警警察會理你嗎？」他刻薄地噴了一聲鼻息，「我很想知道他們離這裡有多遠，到底來不來得及趕到。」

「我不知道你是誰——」

「你不知道我是誰？」男人的眉毛一時間低了下去。他對我的回答著實感到震驚。「真的嗎？」

他抓起地上的球棒朝我走來，我的胃又沉了。

「拜託不要這樣。」

「你真的不知道我是誰？」

「拜託你。」

我緊閉起眼睛。他抓住我的下巴，將我的頭抵住後方櫥櫃，直到我睜開眼。

「看著我，」他咆哮著，「看清楚我的臉。」

我幾乎無法呼吸。要是再想不起來他是誰，他可能就要殺了我。我看得出他正再次失去控制。他的脖子通紅緊繃，有條肌肉在抽動。他的心臟劇烈撞擊——靜脈在皮膚底下不停搏動。我審視著他的臉，在他的身分浮現時一陣驚懼。

「噢天啊，你是克萊兒的爸爸。」

他拳頭緊握著球棒。他一站起身我便瑟縮進角落裡，等著另一陣毆打降臨。

「就是我，你這個白痴。」

我在審判期間幾乎沒看過他們的臉，我的受害者的父母。不對，不是「我的受害者」，就只是「克萊兒」。整個國家的人都覺得她是我的受害者，但我不能再這樣想了，我不應該被這樣折磨。反抗意志頓時湧出，微微刺痛胸口，憤怒的眼淚滑過我臉上。

「你怎麼現在才來？」我問，「電視新聞六個月前就報導我住在這裡，我以為會在抗議的群眾裡看到你。」

「是這樣嗎？」他再次坐下，「真是對不起噢，誰教我比較想要私底下拜訪你。」

「你想怎麼做？」我問。這不是挑釁，而是認真想知道。他也許曾經告訴自己，之所以來這裡是為了找出我擁有的兒童色情片並把我再次送進監獄，但是現在他也開始意識到那個計畫不可能成功了。而現在，他要對我做什麼都可以，沒有人會聽到我的尖叫。我不確定挨打就能讓他滿意，但如果他打算殺了我，我只想確定他不會碰那群該死的鵝。我開始在腦中想著該如何替牠們辯護，該如何讓他承諾我，可是保持腦袋完全清醒真的有夠困難。他剛才真的把我打了一頓，甚至可能在我暈過去之後也沒有停手。頭上的燈光顯得有些昏暗，我有種胸口被踢了好幾腳的感覺，咯咯噠噠各種雜音跟著呼吸作響。

他忽視我的問題重新坐回椅子，頭垂入雙手中，抓著頭髮，思考著。如同我也在思考一樣。

「我留了一張你的照片，」他深深吸了一口氣，然後緩慢吐出，「克萊兒從一連串照片裡指認出你之後，我要求警方讓我看那些照片並告訴我她指認了誰。就是你。我問他們能不能把那張照片給我。我把照片放在皮夾裡，有時拿出來看，提醒自己你就是個普通人，而不是某種……怪物，像是鬼魂。」

有輛車從外頭開過，我想著是否該大叫。

「我覺得，如果我一直沉浸在你不是人的念頭裡，那麼我也會到處看到你的幻影，」他搓著手，看著自己破皮的指關節，「就算你被捕之後，我太太蘿絲也還是覺得你無所不在。所有出現在小女孩身邊的高大男人，帶著女兒的爸爸，你懂那個意思嗎？我拒絕這樣。我會拿出那張照片，看著你的臉，然後告訴自己：他就是個人，被關在監獄裡，沒辦法再傷害她了。」

他的雙唇扭曲抽動。我看到牙齒在一瞬間閃過。

「但是後來他們讓你出獄了，而我不知道你在哪裡，」他說，「雖然你不在她的生活裡，但卻還是一直傷害她。她很痛苦，每天都很痛苦，每天都……像行屍走肉一樣。」

我全身都在發抖。一股新出現的平靜籠罩住他，令我的恐懼飆升至臨界點。這個人有能力殺了我，不是在剛才那種被憤怒蒙蔽雙眼的狀態，而是像現在這個冷靜而有條理的樣子。沒有人會去深入調查我的死因，反正整個國家到處都是想要我死的人；他們也不能在我墳上留下任何標記，以免有正義之士跑去撒尿。

「請你聽我說，」我對他說，「我沒有傷害你女兒。」

「這件事我想了很久，那是能讓我晚上不再失眠的唯一方法。我想過要買機票過來這裡，找你。」他張開雙手，指著整個廚房。我腳邊是破碎的杯盤，壞掉的椅子倒在門邊。「這些事情我全部都想過，想過好一陣子，用刀砍你、把你吊起來、拿霰彈槍轟你的臉。我有過各種幻想，感覺起來非常真實，我幾乎可以感覺到自己在執行的樣子。」

他突然哭了起來，陷入焦躁。他扯著頭髮，雙手使勁抓著自己的頭皮，將臉放在手掌中揉捏，像是努力想從夢中醒來。

「現在我真的來了，卻發現你他媽的只是個普通人，」他說，「就像我告訴自己的那樣，就只是個普通的人。」

我其實不知道他到底在說什麼，只想著要怎麼活下去。我以前也聽過其他人這樣說話，說他們的幻想如何崩潰、計畫如何落空。我還是警察的時候，曾聽著他們在無線電另一頭的聲音，同時站在街上抬起頭，看他們站在窗台邊，在談判代表伸手搆不到的地方。他一定會殺了我，這是他唯一能做的事了。我的嘴唇發乾，幾乎要說不出話來。

「拜託。拜託，你聽我說。我放文件的地方有個黃色信封，」我結巴地說著，「就放在客房裡。我這陣子一直在……我有個合作夥伴，她找到了一些線索，也許能找到傷害克萊兒的真正兇手。我從來沒有——我沒有——」

他站起身，我心想著他又要動手了，於是倉皇爬向一旁，但因為無處可躲只好縮成一團球。而他只是轉身走過門廳，離開這棟屋子。

有隻鞋子出現在我臉旁，不過這次不是黑色靴子。那是一隻髒兮兮的粉紅色Converse帆布鞋，鞋帶上還黏著潮濕的雜草碎屑，纖細腳踝上包裹著許多黃色老虎刺青和濕淋淋的叢林葉片。我感覺到亞曼達站在我旁邊，用另一隻鞋輕輕推著我身側。我發出還活著的聲音。

「泰德！你還活著！」她說著，接著歡樂的心情迅速暴跌成惱怒，「媽的，我跟自己打賭輸了。」

她朝我靠過來，我感覺到她將刀或者剪刀之類的東西塞進我手腕上的束線帶之間。我的手垂到地上，麻木而無力。

「鵝。」我說。

「什麼？」

「我的鵝。」

「喔，」她說，「對噢。」

她走向外頭門廊離開，門板在她身後關上。我躺在地板上，發著呆。我這輩子被打過幾次，在獄中和出獄後都有，我很清楚迅速起身會是現在所能做出最糟糕的決定。

亞曼達．法瑞爾是我的偵探搭檔，全身刺青，古靈精怪。她能在痛苦漫長的查案過程中發揮出色的調查能力，不過討人厭的程度也不相上下。我搬到紅湖後便開始與她合作，把新南威爾斯警察總局緝毒組的生活全拋在腦後，彷彿那是上輩子的事。我想你可以說她「僱用」了我；名義上來說，我的確受僱於她的私人偵探事務所，薪資單上除了我以外就是她，沒有別人。不過我們的搭檔關係更像是一場美麗的意外，是命運之手撮合的結果。當初我逃離雪梨偶然來到紅湖，停留一陣後就決定安頓下來，又很碰巧地，鎮上還有另一個像我這樣被所有人討厭的人物，我的律師介紹我們認識，然後不知怎麼地——我到現在還是不懂為什麼——這段合作關係竟然真的能夠運作。

亞曼達和我一樣，出獄之後從來沒受過文明社會的任何歡迎。她曾經和一位十七歲的高中同學一起開車到雨林中停下，準備走路去參加派對，結果她刺了那名同學十七刀，殺死了對方。雖然那不是她的錯，不過她確實犯了罪。就像我的罪名一樣，那次事件也是一張將她帶離「正常」世界的單程車票。

我和亞曼達完成第一起調查案件後沒多久，有天她突然給了我一只黃色信封。她調查了強暴克萊兒的真正犯人，信封裡的文件詳細說明了她所能找到的所有資訊。我因為太害怕，一直沒仔細看那些資料，而她也不曾對我施加壓力。要怎麼處理我的案件由我決定，在後來的幾個星期裡，那只信封帶給我的只有對可能性的焦慮和恐懼。當我真的去找攻擊克萊兒的兇手，也許會發現自己永遠找不到那個人，或者我找到了卻被對方逃走。也許當我採取行動，嘗試找出兇手，最終卻因為某些原因而讓自己受到牽連，或者無法證明他才是攻擊克萊兒．賓利的真兇。也許我會完全忽略那只信封，而他再次犯案，殺死某個人，最後等於是我害死了那名受害者。無論是哪種結局，我都不覺得信封裡的東西能帶來任何好處。

我聽見亞曼達踩上門廊的聲音。

「你本來有幾隻鵝？」

「七隻，」我發出呻吟，緩慢把腿拉近自己，將重心一點一點移到手肘，「六隻灰的，一隻白的。」

「嗯，牠們都還在，」她吸了吸鼻子，一腳踢向通往門廊的門關上它，彷彿這是她家似的，「只是現在全身帶刺，變得很暴躁。」

「我現在也很暴躁。」我搖搖晃晃地站起身。她鑽進我腋下，試圖扶我進浴室，但因為她的體型太小了，所以沒有太大幫助。我在門框上留下血跡，在太太寄來的離婚協議書上留下腳印；我還是沒有簽字。我滿是血痕的臉出現在浴室鏡中，有半邊腫了起來，兩團紫色腫塊將那側的眼睛擠成一條縫隙，皮膚上還印著躺在廚房地磚上壓出的十字線。

「你在這裡幹嘛？」我問她。

「我覺得可能有事發生，」亞曼達扶著我在浴缸邊緣坐下，「明明你十點以後才會去睡，可是剛才卻沒接電話。」

「你怎麼知道我十點以後才會睡覺？」

「我是超級偵探，調查天才，邏輯推演的專家。」

「我也有可能出門了，或者有人來找我。」

她一邊大笑，一邊在水槽中弄濕洗臉毛巾。她當然是對的，我的確在十點整上床就寢。監獄會在八點整熄燈，所以我在獲得自由後便把睡覺時間延長成正常的成人作息時間，但是仍保持整點就寢的習慣，因為擁有太多自由意志仍讓我感到有些不自在。我會在六點起床，六點半吃早餐，正午吃午餐，晚上九點四十五分準時進房間準備睡覺，接著便玩手機直到關燈。不這麼做的話就感覺不對勁。

「傷口需要縫。」她摸著我的臉這麼說。亞曼達訂定了十來條和她工作時必須嚴格遵守的規則，其中一條就是我絕對不能觸摸到她。不過隨著合作的時間越來越長，她觸摸我的次數也越來越多。她似乎正扶著我的臉，把臉頰的某一部分往上提。「你要我打電話給那個冒牌醫生嗎？」

我伸長脖子，再次看向鏡子。一邊眼睛下方有一道五公分長的弧形傷口，切口大開，露出裡頭紅色的肉。所謂的「冒牌醫生」是我認識的一名驗屍官，能滿足我所有的醫療需求。我沒辦法去一般醫院看醫生，就連買日用雜貨都要跑到兩座鎮以外的地方，戴上墨鏡、壓低棒球帽，並確保我不用和任何人說話，買了東西就走，整個人呼吸濁重、滿頭大汗，像要搶銀行似的。曾有一段時間，我是全國上下所有報章雜誌封面上唯一一張臉，而每個人認出我時的反應各不相同。男人有時會試圖動手打我，女人則往往變得冷漠，閃避、忽略，直到我離開為止。老太太們則會對著我大喊，伸手指責。我連看牙醫都害怕。

我接過毛巾，按在傷口上。

「沒關係，我得走了。我得在他離開之前找到他。」

「誰？」

「那個人——」我看著同伴，「是克萊兒．賓利的爸爸。」

「不可能吧！」她一掌打在我胸口，我震了一下。

「就是這種可能。」

「你打算怎麼做？你要打他嗎？我也要去，」她突出下巴，一拳打在另一手的掌心，「我想看到大吵大鬧的場面。」

「我沒有要和他動手，只是想談談。」

「和他談？」亞曼達突然愣住，「是要談什麼？那傢伙把你打趴在廚房地上吔，看起來他的立場已經很清楚了。你還不確定他是什麼意思嗎？泰德，你想聽的話我可以再說一次——他想要你死。他想把你該死的大頭塞進死亡研磨機裡，讓骨頭死了又死之後磨成死亡麵粉，再拿去做成無法超生的死亡麵包。」

「我知道，」我說，「但我覺得自己有答辯的權利。」

她打量著我，看了看我的傷勢，似乎在評估我和賓利先生再戰的勝率。

「你的狀況不好。」

「沒事的。」

「員工保險不理賠自殺行為喔。」

「亞曼達。」

「你根本走不動了吧？他剛才有踢到你蛋蛋嗎？」亞曼達尷尬地等待我會給出什麼答案。

「我不知道，全身上下都在痛。」我站起身。

「如果是我，好不容易抓到強暴我女兒的人之後，我會直接摧毀他的蛋蛋，」她沉思了一會兒，「但我不確定會用球棒就是了。也許會用剪刀，或者鑿冰錐。」

「說這種話不會讓我感覺比較好。」

「我不懂為什麼你會想要再去靠近那傢伙，」她搖了搖頭，「如果有什麼想說的，寄電子郵件就好了。」

「我要去就是了。幫忙我清理傷口，然後扶我到車子那邊，可以嗎？」

「泰德．康卡菲，你比無理數還沒道理吔。既然死意這麼堅決那就隨便你，但是你半張臉都要掉下來了，不准現在過去，」亞曼達握住我的肩膀，將我向後推到馬桶上，「我會幫你處理傷口。你有釣魚線嗎？」

「你別想。不管有沒有釣魚線，你都不准靠近我的臉。」

「什麼？你覺得我會弄壞你的臉嗎？泰德．康卡菲，你不是什麼大帥哥好嗎？」

「我就是。」

「縫合臉上傷口這種事不需要醫生也做得到，」她抬起我的下巴，檢查傷口，「我做得到，而且過程會很舒服，充滿情慾流動，像是方．基墨在《神鬼至尊》裡割傷臉，伊麗莎白．蘇幫他縫合那樣。天啊，方基基基墨。抱歉等一下，我要爽一下。」她嘆了口氣，向上抬頭，閉起雙眼回想著，然後露出溫暖、寬大的微笑。

事實上，很多女人都曾經在電影裡縫過男人的臉，亞曼達對我一一細數每個場景。她爬進浴缸裡（因為這裡的光線最好），跨坐在我腿上，無視我的抱怨，一邊用縫衣針將釣魚線穿過我的皮膚，一邊將呼吸的氣息吐在我臉上。除了伊麗莎白．蘇和方．基墨在《神鬼至尊》裡的深情互動之外，魯妮．瑪拉在《龍紋身的女孩》裡縫過丹尼爾．克雷格的額頭，瑪麗．伊莉莎白．文斯蒂德也在《科洛弗十號地窖》裡幫約翰．古德曼縫了幾針。

雖然亞曼達坐在我身上，兩人胯對著胯，但我卻不覺得哪裡奇怪。她興奮地喋喋不休電影中的情慾時刻，而我們兩個之間卻沒有任何情慾。真的一點情色的感覺也沒有。事實上，亞曼達似乎缺乏正常人的情緒。她對我沒有掛掉這一點所展現出的態度，和我想像中她發現我屍體時的態度同樣是愉悅欣喜。她會使用「比無理數還沒道理」這種奇怪的表達方式，彷彿每個人都應該知道那是什麼意思。殺人罪名和十年牢獄生活肯定對她的「社交—情感量表」造成打擊，但我不確定在那之前她的情緒生產機器是不是本來就能正常運作。

她扶我進到車內，我雙手緊抓著方向盤開上了路，全身不斷發出疼痛來抗議這項舉動。我真的應該去醫院才對。可是話說回來，我也已經很久沒有去到該去的地方，或者做該做的事了。

我有預感克萊兒．賓利的父親這次來凱恩斯找我對峙是搭飛機，而且這是一項重要任務，不是那種他會想延長停留時間好去觀光，或者坐遊輪去看鱷魚跳出水面的旅遊行程。我想他一離開我家就會直接前往機場，準備搭機離開。整趟任務似乎規劃得很糟糕，只是一時衝動的結果。也許他讀到了某篇自我反思的專題報導，文中剛好提到我的名字，頓時讓他失去理智。也可能他只是被老婆趕出家門，又或者克萊兒發生了什麼事。他憑著衝動行事，現在行為已經達成，幻想也已破滅，於是他決定逃走，心裡不斷想著我會不會報警、警方會不會受理、機場會不會有人正等著抓他。

我朝凱恩斯機場的方向開，一路超速，不時抓撓瘀青的鼻子，鼻孔裡乾掉的血液令人發癢。我不確定找不找得到他，畢竟瞎猜的成分太高了。不過我被攻擊時太害怕了，說不出該說出口的話，而他也氣得聽不進去。

我把車停在臨停停車場，沿著長排低矮建築的正面邊走邊望向窗內。報到櫃檯空蕩蕩的，身穿紅夾克的接待人員不斷以擔憂的眼神看著我。我的襯衫正面有潑濺的血跡，而且整個人的重心嚴重左傾，一雙手緊抱著身體，支撐住應該已經裂開的肋骨不受腳步顛簸影響。

如果你像我一樣被人打過幾次，就會知道減輕疼痛最有效的方法就是盡可能繼續移動，動作再緩慢都無所謂。第一次在監獄裡被揍的時候——肇因於康樂室中幾張報紙引發的誤會——我進了醫護室，整個人蜷縮在柔軟的高級床墊上，屈服於上天恩賜的睡眠渴望之中。在獲准隔離資格之前，我一直住在一般區域，睡在醫護室裡比睡在自己牢房安全；床比較好，房間比較乾淨，而且守衛更多。那裡的環境之安靜，讓我得以暫時沉入幻想之中，假裝自己自由了，住在外面正常的醫院裡。那是一項錯誤至極的決定。我全身的肌肉逐漸僵硬，關節裡的液體開始凝固，最後當我醒來時疼痛已經發展得比進來時更糟糕。

我找到賓利先生時他根本不在機場，而是坐在租車場一輛租來的車子裡。我看見那頭白色金髮，整張臉挫敗地埋在雙手之中，和我在廚房看到的他一樣。我在車子附近站了好一會兒，等待他抬起頭來，不過始終等不到。我走向副駕駛座，打開車門，我一坐進車內他便猛然撞上駕駛座車門，神色慌張，伸手去拉門把。

「等一下，」我掌心朝外舉起雙手，「請你等一下。」

他楞在原地，瞪大眼睛瞪著我。我緩慢關上這一側的車門，門的重量令我受傷的手陷入劇痛。我們同處密閉的空間之中，被沉默包圍著。我覺得自己能聽見他的心跳，猛烈的節奏在車內迴盪——但也許那是我自己的。我小心翼翼地從後方口袋抽出那只黃色信封，舉在兩人之間。求和的禮物在手剎車上方搖晃。

「你忘了這個。」我說。

「我不想拿你任何東西，」他的下巴肌肉抽動，牙齒緊緊鉗在一起，「我只想你滾出去。我要你現在下車。」

「這是我同事所能找到的線索，關於——」

「你給我下車！滾出去！」

「——強暴你女兒的那個王八蛋！」

我們的聲音膨脹、撞上車頂，兩人都無法看向對方。我們雙雙坐在位子上，盯著前面喘氣，是這輛停滯車內的兩名乘客，哪裡也去不了。

「我沒有強暴你女兒。」一會兒之後我這麼說道，眼角感覺到他那個方向投來的視線。我把信封扔在他腿上。「你不一定要相信我說的話，但我希望你看過這些資料之後會改觀。我希望你看一看，不過同樣地，我知道你不一定要這麼做。」

他沒有動作。

「你為什麼要來這裡？」最終他問，「為什麼要跟著我？」

「你不懂嗎？因為我也想要抓到那個人，」我揉著發疼的胸口，突然覺得自己再度瀕臨大吼大叫的邊緣，「不是我做的。」

他全身僵硬，脖子上的肌肉緊繃，雙眼死盯著儀表板。他的手放在腿上，就在信封下面，露出一隻破破爛爛、沾滿血跡的拳頭關節。這下換我把頭埋進手中了。

「我到現在還不知道你叫什麼名字。」我說。

「你怎麼可能不曉得我的名字？」他的聲音低沉、危險、單調，「你怎麼可能不認得我的臉？」

「因為從被捕的那一刻起，我就對自己的生活怕得要死，」我說，「我失去家人、失去工作、失去房子；我被銬上鐵鍊，和一群神經病一起關在監獄裡；被自己的同事當成犯人質問，而且他們全都是我的朋友。我的整個世界被搞得翻天覆地，所以我的腦袋裡沒有任何該死的空間去記得你、你太太或你女兒的任何事情。」

一提到孩子，他便動了一下。我深吸一口氣，謹慎地繼續說下去。

「那一天，我在高速公路邊看到克萊兒幾秒鐘，然後就沒再見過她了。你懂我的意思嗎？我根本不知道她是誰，一開始甚至不記得自己見過她。這整件事對我來說就像某種『概念』，從來沒有真正發生過。」

我瞪著他腦袋側邊，不確定他到底懂不懂，或者應不應該懂。沉默持續了好一段時間。

「我叫戴爾，」最後他終於開口，「現在給我滾出去。」

我下車關門，站在原地想著還有什麼我可以說或應該說的話。但是已經沒有了。我留下他，逕自離去。

親愛的日記，

開頭都是這樣寫的嗎？「親愛的日記」？我從來沒寫過治療日記，坦白說我覺得這種東西有點蠢。「親愛的」這幾個字讓我覺得像是在對某個人寫信，不過哈特醫生向我保證，沒有人會看到這些文字。連他也不會看。之所以這麼做是要讓我有病識感，把我的成癮症從過去十年來習慣性掩埋的沙土之中拉出來。挖掘它，然後握在手中，讓我能夠以某種方式去理解，也許有朝一日能有力量將它放到一旁。我猜最根本的問題在於，他覺得我會在這裡挖掘、面對、檢視某種相對無害的東西。我以謊言展開這場「治療之旅」，告訴他我覺得自己性愛成癮，而他對此有些訝異，因為我只有二十五歲。他不覺得像我這個年齡的男性一天到晚想到性有什麼問題，對於我因為要來找他而深深羞恥和恐懼，他覺得有些困惑。事實上，哈特醫生並不清楚我真正想說的是什麼東西。那個東西跟著我，像是你在十五歲時就結交的朋友，當時的我並不曉得它會一輩子待在我的生活裡。如果哈特醫生知道我實際上是怎樣的人，我不確定他還會願意治療我。對於我這樣的人是否應該接受治療，心理學界甚至有所遲疑。

我的第一位諮商師就連嘗試都不願意。

我曾經去找過我媽，要求她帶我去看心理醫生。當時她正站在廚房裡攪拌一鍋燉菜，整個人陷在單調的動作之中，目光低垂，臉頰因為盤繞的蒸氣而紅潤，穿著睡衣的她苗條美麗。我在旁邊遊蕩了一會兒，想著自己應該提出那個問題，一邊閒晃一邊努力醞釀。我從燉菜旁邊裝著飯的鍋子裡拿了幾塊培根，媽媽看了我一眼，露出調皮的笑容，說我要是再偷吃下去等一下就沒有了。她煮飯或創作時會進入一種神遊狀態，要把她從那之中拉出來不是件容易的事。那時的她會做雕塑，我會安靜看著她好幾個小時，看她手指靈巧地在黏滑的灰色黏土上移動。

到最後，我只好將肺吸滿空氣，數到三，然後直球對決。

「我覺得我需要找人談談，」我說，「找諮詢師。」

「凱文，」她的眉頭皺了起來，目光從眼前的工作中轉開，朝我射來，「什麼？你是指什麼意思？」

她的臉像一幅困惑的畫，閃爍著驚慌，彷彿雕塑家看著未乾的花瓶傾斜、塌陷，不明白為什麼它沒辦法像她轉動出來的其他花瓶那樣支撐住身體，士兵似的直挺挺坐在窯架上，明明它們都長得一模一樣。她是聞到焦味卻看不到來源的廚師，或者是感覺肚子裡發出一陣奇特刺痛的準媽媽，胎兒突然移動讓她覺得彷彿被螫了一下。我的創作品出了什麼問題？或者更準確來說：我做錯了什麼？無論告訴她和不告訴她都令我心痛。像現在這樣也是，我得編造出某個關於憂鬱症的謊言，然後一路保持沉默直到坐進心理醫生冰冷、寂靜的辦公室，不為她的疑惑做出任何解釋，不回答她是不是少給了我什麼東西、少說了什麼話、在我生命中的哪個片刻「缺席」了才導致我落到如此境地——我完全無法向她解釋為什麼這只陶罐有了裂痕，而這令我心痛。

我坐在心理醫生的辦公室裡，啃著指甲，看著牆上的證書，她則站在走廊上向媽保證青春期憂鬱症是很正常的事，她應該可以在幾次諮商內找到我痛苦的來源。而且我應該不太需要服藥，不過如果我們想要的話也可以，那仍是一種選項。她們談到一些統計數據，例如限制我看電視的時間、增加維他命攝取量、確保我在合理的時間睡覺。心理醫生走回來並關上門，我仔細地看著她走到桌子另一側，撫平簡潔黑色鮑伯頭的邊緣，彷彿她必須確定每根頭髮都在定位才能開始和我說話。

「凱文，告訴我一點關於你自己的事吧？」

於是我完全照做，就只告訴她一點點。現在回頭去看青少年的自己所做的自我介紹，我不禁露出微笑。我告訴她我看了哪些書、打了哪些電動，還告訴她我的好朋友叫保羅，並提到我們的腳踏車。她問我是不是被霸凌、成績如何、是不是有喝酒，全是那些會讓一般年輕人頭痛的正常原因。

等到我終於鼓起勇氣告訴她時，我已經滿頭大汗。她給予我漫長、溫和的沉默，試著給我時間醞釀，讓桌上時鐘的滴答聲去提醒我在這次療程中還剩下幾秒鐘可以說出真心話。我舔了舔嘴唇，看著地板，最後當我開口時，我的話緊貼在她即將提出的下一個問題前方。

「我覺得我是戀童癖。」我說。

她的嘴巴仍繃成一個小小的「O」型，準備要問出「你有沒有怎樣怎樣……」。療程開始後她就一直在問這類問題：你喜歡待在戶外嗎？你會花時間和朋友相處嗎？你有發過脾氣嗎？但是她現在僵住了，卡在「你有沒有……」的邊緣，因為她問的每件事我都做過，而她終於意識到這一切與我「做了什麼」無關，而是關於我「是什麼」。她靠上椅背，注視著我，嘴角有那麼一會兒向下拉扯，喉頭的肌肉緊繃著。

「凱文，你這麼說是什麼意思？」

接著那些話便接連從我口中湧出。所有的句子漫長、雜亂、結結巴巴，我幾乎沒有喘氣的空檔。我可以感覺到一股熱度爬上胸口，經過脖子，在耳朵邊緣點燃熊熊火焰彷彿燒灼的皮疹。她聽著，雙手垂在身側，嘴唇微開。我像跑步過後那樣喘著粗氣。

「怎樣的照片？」她問，「你從哪裡找到的？」

我告訴她照片的事。那是我人生中第一次和這項癮頭面對面，發生場景並不在我腦中，而是在聊天室裡某個人傳給我的實際照片裡。我描述自己不斷點擊那些圖片、連結和影片，一張接著一張，一段接著一段，沿著陰暗階梯一路鑽進網路的內臟，去到大部分人根本不曉得居然存在的地方。我告訴她那些照片是什麼，詳細描述所有細節。我對它們瞭若指掌，因為我曾經躲在黑暗的被窩裡盯著筆電螢幕上的它們，害怕自己如果不藏好的話，會有人闖進來發現我和那些圖片共處一室。我告訴她，看到自己一直在想像的畫面出現在電腦螢幕上是多麼矛盾的感覺，既恐懼又興奮，彷彿我在自己腦袋上開了一扇窗。那些我一直在想像的事，那些我確信不可能發生的墮落幻想原來曾在這世界的某個角落實際發生過，而且被某人捕捉下來，於是我能夠隨時隨地看到它們，要看多少次都行。我像是打開矮人國之門的桃樂絲，一切事物突然都有了顏色。我告訴她那種感覺有多好。

同時我也告訴她，那種感覺有多糟糕。

我隨時隨地都在想那些事，且在得知自己並非孤單一人時心生寬慰。一意識到這一點我就知道自己有多噁心、汙穢、不正常。

「我不想要這樣，」我抱著自己，試圖讓顫抖停止，「我……我不知道自己出了什麼問題，我不知道我為什麼會這樣。我一直很想找像你這樣的人，問你們我應該怎麼辦。我的意思是，我應該去看這些東西嗎？如果我只是去看那些小孩被那樣的話，某種程度上就代表我不用去做那些事，對吧？我的意思是，那些人那樣做當然是不對的，可是……可是那給我感覺像是，如果他們做了，那我就不用去做了。」

她看得出來我有多迷惘，也看得出我懇求協助的心，但是隨著我越說越多，她的臉也變得越來越紅。她的髮際線上開始冒出一層薄薄的汗珠，就在那些細小短毛往額頭逐漸稀疏的邊緣地帶。然後她做了我以為她最不可能做的那件事。

她起身走向房外走廊，將我媽帶了進來。

我就這樣坐在原位，聽她把我剛才說的所有事情告訴我媽。

當我媽在車裡邊哭邊敲打著方向盤時，我向她保證不會再去看那些圖片，不會再去想小孩子，也不會繼續在黑暗中對自己做那些事之後，想著自己到底哪裡出了問題。因為我真的有問題，對，我很清楚這一點。我知道那些行為都是錯的，我已經把它們都戒掉了。和諮商師談過之後，我便已經把那東西趕出自己身體。那名諮商師說她沒辦法治療我，但是沒有關係，我不再去找她也可以。我向母親保證我已經沒事了。

都是謊言。

十年了，我的問題只是越來越糟糕。

然後我終於順從慾望，第一次採取行動。

我在犯罪現場尷尬地下了車。四、五名穿制服的警察轉頭看我，每張臉都那麼面無表情。紅湖警方對我的態度一言難盡。在他們眼中我就是攻擊克萊兒．賓利的罪犯，是在轄區中恣意遊蕩的危險戀童癖，是隨時會對鎮上孩子們造成威脅的禍源。他們認為我蔑視司法制度——我吸的每一口自由空氣都是對他們的人身侮辱。而且我還和亞曼達．法瑞爾合作，那個明明在青少年時期殺了人卻還有臉去拿私家偵探證照的女人。她用刀殺死蘿倫．費里曼，成了少年犯，刑期服滿後成功說服一桌子專家，讓他們同意她有資格且應該接受私人委託去調查犯罪事件。亞曼達在殺死了整個鎮上最受歡迎的女孩之一後，居然還在同一座小鎮玩起執法遊戲，這對紅湖警方來說無疑是在傷口上撒鹽。永遠沒有人會接受亞曼達．法瑞爾或我，我們就是同病相憐的邊緣人。

不管怎麼說，警察和私家偵探本來就一直不對盤；客戶僱用我們只是因為他們認為警察沒有好好盡到職責，無論實際情況到底如何。即使我曾經是警界的一分子，也改變不了警察看待私家偵探的態度。我曾經在雪梨的緝毒小組待過五年。在我受審期間，報紙不斷傳播幾張我穿著制服的照片，在警校畢業典禮上笑容滿面，把某個皮條客押進囚車後座時眉頭深鎖。我是警界的叛徒，對警察最極致的侮辱。

紅湖警方，亞曼達和我，我們雙方本來應該全面開戰才是，不過事情沒有這麼簡單。我和亞曼達初次合作就偵破了謀殺案，清空了警局唯一一起兇殺懸案——紅湖的警察恨我們，但同時也欠我們。

現在，他們穿著一塵不染的制服和閃亮亮的靴子，全站在那棵掛滿了松蘿鳳梨的兩百歲無花果樹下。叫蛙客棧已經快被溪邊的雨林完全吞沒。糾結交錯的毒藤蔓帶著毛絨絨的新芽爬上木板牆，在波浪鐵皮屋頂上形成一層綠毯，讓酒吧看起來像是從地底下突然冒出來，彷彿暴露在外的暗門蜘蛛巢穴，閃閃發光的窗戶如眼睛向外注視。有些原生種紫藤沿著門廊欄杆盤繞而上，勇敢地加入纏鬥，但是美麗愉悅的紫色花朵在雜草緊咬之下苦苦掙扎，末端已經發黃，新枝遭荊棘刺穿，汁液都滴到了木板上。

到場的員警已經在入口處拉起藍白格紋的警示膠帶，以此標示內部封鎖線。有個上了年紀的灰髮男人在外部封鎖線邊緣來回踱步，垂頭看著自己的腳。我穿過泥土路面，彎腰鑽過外部封鎖線的格紋帶，正好看到亞曼達從酒吧側邊走出。她穿著丹寧短褲和褪色棉質背心，為了不破壞犯罪現場所做出的唯一努力是在帆布鞋外在套了棉質鞋套，並用同樣材質的頭套罩住她那頭又黑又橘的亂髮。今天早上我睡在門廊沙發上，她打了電話過來把我從痛苦的半夢半醒中叫醒，並給了我地址，然後去到我家檢查她在我臉上完成的傑作。我的臉頰已經稍微消腫，瘀青也退了一些。她自己的疤痕在多雲早晨的昏暗光線下顯而易見，從一邊肩膀和手臂向下，沿著纖瘦的腿，劃過好幾百個各自獨立的刺青圖騰，切穿那些墨水組成的臉，將所有圖案切成兩半。曾經有隻鱷魚試圖把她當成晚餐，於是她色彩斑斕的身體就變成現在這樣，被嬰兒皮膚似的粉嫩線條和裂縫切割得支離破碎。亞曼達的外表就是這樣，看起來非常有趣。

「你後來有追上那個拳擊手先生嗎？」她問。

「有。」我說。她的黃色腳踏車靠在另一棵年紀頗大的樹旁，我陪著她走過去。「我把你找到的線索給了他，讓他自己決定要怎麼處理。」

「這麼大膽。」

「反正都在我手上了，不如發揮一下作用。」

「他沒有再對你動手嗎？」

「如果我再繼續給他壓力的話，也許會吧。所以這是怎麼回事？」我指向樹下的警察們和室內更多的人影。我還真不曉得離雪梨這麼遠的地方會有這麼多警力。

「案發時間是今天早上，他們推測大概三點，但是沒有證人聽到或看到任何東西。其中一名受害者最後在凌晨兩點四十七分發出簡訊，通知他爸他要回家了。」

其中一名受害者。早上碰面時亞曼達只告訴我酒吧裡死了人，沒說多少人。所以我要面對的可能是瘋狂大屠殺的現場，也可能只是情侶爭執失手。

「僱用我們的是誰？」我問。亞曼達的視線越過我肩膀，朝外部封鎖線旁那個男人偏了偏頭。男人身形壯碩、頭髮花白，目光望著酒吧。我們朝他走去。我看得出悲傷正緊緊束縛他強健的身軀，他的肩膀低垂，雙手癱軟在兩側，使盡了全身力氣讓自己不要倒下。我知道那是什麼感覺，難以想像的重量壓在你的腦袋後方，那種痛就像鉛球嵌進頭骨後側。我朝他伸出手。

「泰德．柯林斯。」我說了謊。

我想像得出，這個男人平常握手的態度應該堅定、充滿男子氣概，但是現在變得軟弱無力且冷淡。他的雙手堅硬，體格健壯如卡車司機，長時間搬運重物和駕駛令他的肩膀厚實、肚子圓潤。一雙眼睛已經哭腫。

「你怎麼了？」他淡淡地問，沒說自己叫什麼名字。

「車禍，」亞曼達替我找了藉口，「泰德，找我們來的就是這位麥可．貝爾——他兒子在裡面。」

「請節哀。」我對麥可說。我環顧空曠的停車場。「有其他人可以現在過來陪著你嗎？」

「我所有家人都在那裡面了，」他移開目光，神色焦慮，「但是我……我沒辦法。安迪還在裡面，我真的沒辦法，所以就直接走出來。太多人在哭了，太多……」他的聲音衰弱下去。他揉著鬍子，思緒紛亂。「今天早上他們打來確認我在家。我一大早六點鐘接到警察打來的電話，還不曉得他們要幹嘛，人就已經來到門口……」

他顫抖著深呼吸。我想給這個魁梧的男人一個擁抱，但是不確定他或旁邊的警察會有什麼反應。他的臉上時不時會閃過盛怒的神色，如閃電劈過又隨即消失。以前當警察時常需要向家屬傳遞死訊，我知道那股憤怒隨時可能爆發，像火球一般突破悲傷衝出。

「我看過關於你們兩個的報導，傑克．史卡利那件案子。」麥可主動提起這件事，令我的胃一陣絞痛。他一定早就知道我是誰了，知道我受到怎樣的指控，知道我不姓「柯林斯」，而是「康卡菲」：那個惡名昭彰的康卡菲。「我想要……我要每個人都去查這個案子，我必須知道發生了什麼事。那些警察，他們一天到晚都在出錯，新聞上都有報，搞丟證據、貪汙瀆職，還有……還有……」他的雙手垂在兩側，無力地比劃著手勢，「不管是誰做的，我都要知道真相。我就只是……」

「我們會盡力調查，」我不知道酒吧裡確切發生了什麼事，不過這個人現在最需要的是有人給他一點信心，「但是我必須提醒你，麥可，這麼早僱用私家偵探就像在廚房裡一次塞進太多廚師，反而會增加風險——我們不應該去破壞警方的調查行動。」我看向亞曼達，確保她知道這話不只是對貝爾先生說，也是要說給她聽。「兄弟，我認真建議你先回家，或者找個人來這裡陪你。」

「我沒事，」受害者的父親一邊說，一邊移動重心邁開腳步，重新開始沿著封鎖線邊緣來回踱步，「我不會離開安迪的。」

我跟亞曼達穿過警方封鎖線，低頭鑽進酒吧裡。偌大的空間擠滿了人，大部分都盯著僅限鑑識人員出入的空曠吧檯與廚房看，但是我一出現，所有視線便都朝我轉來，看著我臉上的瘀青以及耳朵邊緣怎麼也清不乾淨的乾血。門邊桌上放著一大疊泰維克材質防護衣，每個人都穿了，於是我停下腳步也抓了一件。數十人沉默的目光使我的臉頰發燙。

有幾個警察似乎想要上前阻止我們進入犯罪現場，其中一名女人走了過來，拉下防護衣的帽兜。這個肯定是負責主導犯罪現場的警官，我已經做好要被洗臉的心理準備，知道她肯定要說警方有多不希望我和亞曼達在場，受害者家屬沒給警方任何犯錯機會就決定自己找私家偵探又是多大的侮辱之類云云。不過出乎意料的是，我眼前卻出現一張熟面孔。六個月前我第一次見到菲莉帕．史威尼警官時，她還是霍洛威海灘區警局的巡警，被派來保護我家的安全；當時我家外面聚集了一群暴民，叫囂抗議我來到他們的鎮。她抬起那張心型的臉看我，我很高興她並未因為管轄權受損而眉頭深鎖。

「康卡菲，你是發生什麼事？」

「踩到香蕉皮滑倒。」

「這樣啊，」她露出壞笑，「我是這起案件的負責人，偵查督察皮普．史威尼，我前陣子負責過你家的安全勤務。」

「我還記得，」我握了握她戴著手套的手，「升遷滿快的嘛。」

「喔，對啊，看來紅湖突然多了兩個偵查佐的職缺。」雖然很細微，不過她拉起嘴角，露出微微笑容。她不想——或者說沒辦法——向我道謝。「我參加了考試，上頭很快就通過了。」

「恭喜你。」我說。

「嗯。」

「我必須說，案件才剛發生家屬就找上我們很不尋常，」我說，「我已經向貝爾先生解釋過了，不過我很願意再去和他聊聊，讓他知道調查程序必須由你們主導，如果之後我們有能夠協助的地方再介入。」

「他還在震驚當中，」史威尼說，「三個小時前才得知兒子的死訊，他現在是看到什麼就抓什麼。我以前也見過類似的狀況，被害者家屬聽到消息之後完全無法思考，只能先去晾衣服。這只是他的本能反應，我不會覺得是在侮辱警察。」

「瞭解。」我說。

「不過我現在還不打算趕你們走，」她說，「你們要的話可以去看看犯罪現場，或者動用自己的關係去查點什麼線索。如果有你們在場可以安撫麥可．貝爾的心情，我不會多加反對。」

她轉頭拉上帽兜，我疑惑地朝亞曼達皺眉，跟著照做。史威尼的態度比預期中要好太多了。我本來以為自己會被勒令調頭並踢出門外，可現在卻跟在史威尼身後來到吧檯區邊緣；聚集在這裡的人更多，照相機閃光燈興奮地在牆面之間跳動。史威尼雖然放我們進來，不過顯然不信任我。她的眼神焦躁不安，就像還在判斷在這頭猛獸面前轉過身是否安全；她的目光不斷在我臉上搜索著，還以為我不會注意到。

站在通往廚房的門口，可以看見裡頭有兩具屍體。其中之一是棕色肌膚的女性，面朝下趴在地上，後腦中彈時就已經是這個姿勢，下巴抵著骯髒的地磚。她的臉背對著我，雙手掌心向下平放在頭部兩側。我猜另一名男性應該就是麥可的兒子安德魯。他在靠近後門前就被擊中數槍，然後想辦法向前爬行了一小段距離後再次中彈，地上有他爬向後門時留下的鋸齒狀血痕。血痕裡有足跡，看起來只有一組，不過有可能是最初發現這場血腥屠殺的目擊者留下的。有名攝影師正在拍攝女性死者的臉部特寫。

「那是姬瑪．道利，二十歲。另外那個則是安德魯．貝爾，二十一歲。」亞曼達看著自己的筆記說道。

「天啊，」我皺起眉頭，「根本都還是小孩。」

「小孩」兩個字從我口中飄出，在附近掀起一陣不安的神情。身負戀童癖指控如我，有些詞彙是我不能說的，例如小孩、玩具、學校。我曾經在公眾場合提到某部卡通，光是這樣就能讓在場的人坐立不安。那種影響永遠都不會淡去。

「他們是情侶嗎？」我問。

「不是，」史威尼說，「安德魯有女朋友，是個叫史黛芬妮的本地女孩。姬瑪則是最近才入境的英國背包客，一直在全國各地旅行。她媽媽有印度血統，不過姬瑪這輩子都住在薩里。我們正在聯絡薩里警方，他們會向她的家人轉達消息。」

「找到他們的是誰？」

「送冷凍薯條進來的送貨員，」亞曼達看著天花板，「泰瑞・希爾，本地人。通常安德魯會在早上幫他開門，但是他今天早上敲門時卻沒有回應。他繞到後門，從後面窗戶看到地上有隻腳，以為有人暈倒了，就叫了救護車。」

廚房底部有座塞滿焦黑鍋子的貨架，貨架旁就是那扇窗戶，窄小、裝有鐵欄杆，沾覆廚房油煙。窗戶的角度看來和敘述相符。送貨員的視線被長凳擋住，只能看見安德魯其中一隻叉開的腳，完全看不到姬瑪。

「有人找他問話了嗎？」

「嗯哼。」

「目前有哪些推論？」我好奇問道。

「最多人贊同的是搶劫，」亞曼達說，「有人闖進來，想要搶劫酒吧，於是叫這兩個人趴在地上，就像她的姿勢那樣，」她指著死去的女孩，「姬瑪和安德魯以為那個人會把他們綁起來再去搶保險箱，但是對方卻處決了她。砰。安德魯嚇壞了，試圖逃跑，但是馬上就輪到他了。砰砰。他沒有馬上倒下，仍然想去開門，然後對方就替他解決了後續麻煩。砰砰砰砰砰！」

亞曼達伸手擺出槍的姿勢指著門邊的屍體，閉上一邊眼睛瞄準。全部人都盯著我們看。我把她的手壓下去。

「你覺得呢？」我問史威尼。

「這個推論很合理，」史威尼說，「收銀機和保險箱都空了。這整個星期的營收都放在保險箱裡，本來安排今天要移轉，是洗劫一空的大好時機。我們正在找所有的現任和離職員工。」

「只是想搶劫卻把人都殺了，想想有點奇怪。」我看著女孩的雙腳，無力攤軟、腳尖朝內。我彎下腰，仔細去看她的臉。她喉頭的血跡裡有一條閃閃發光的項鍊。「為什麼要開槍？是因為他們認出搶匪了嗎？」

她們兩人都沒有答案。

「酒吧打烊前，有沒有奇怪的人在這裡閒晃？」

「我們正要把最後一名顧客找來問話，他叫達倫．莫克，在霍洛威海灘當郵差。他是刷卡機上顯示的最後一位消費者，也說自己是最後離開的人，我們會問他有沒有注意到任何奇怪的地方。達倫是酒吧的常客，看起來昨天晚上打烊前最後半小時的客人只剩他而已，就和平常一樣。」

「達倫說他幾點離開？」

「大約凌晨兩點。」

「兩點？」我說，「那就怪了。」

「怎麼說？」

「我大學時曾經在酒吧工作過，」我說，「很辛苦，晚上打烊前要花很長時間整理整間酒吧。你得洗杯子、擦杯子、洗吧檯墊、整理酒桶和冰箱，還要把所有椅子都倒放在桌上才能拖地。很煩。你會以為最後一個客人離開後工作就可以結束了，結果還要被困在那裡拚死拚活把整個地方打掃乾淨。」

「你想說什麼？」史威尼問。

「就是，如果一點半時只剩下一位客人的話，他們為什麼不早點開始整理，讓自己可以早點離開？」

我聳了聳肩，「為什麼要多留那沒必要的四十七分鐘？」

「也許員工自己也在喝。」史威尼說。

「真的嗎？就他們兩個？兩個人一起？」

「男女之間也有純粹的同事情誼，不是非得要怎樣。」史威尼說。

「希望如此囉。」亞曼達用手肘推了推我。

「我會去找老闆問話，」史威尼說，「他們當時有可能已經打掃到一半，我們會去問問打烊的流程和需要的時間。無論搶匪是誰，對方可能以為那個女孩會先走，留安德魯一個人鎖門，所以看到他們兩個人像要一起離開時嚇了一跳。」

這的確有可能是搶劫，可能性很高。搶匪持槍是很符合邏輯的選擇。如果他們兩人都被刀刺傷的話，我可能不會這麼覺得。只是因為兩人都死了，並不一定就代表私人恩怨，他們其中之一可能看到了搶匪的臉或認出他的聲音。

我在緝毒隊時曾經遇過幾次殺人搶案，互相敵對的幫派闖入彼此的家中，幹掉對方並偷走毒貨，還有幾次是因為女人、勢力範圍或者覺得自己受到侮辱。這種情況對我來說很好解決，因為緝毒隊只要遇到兇殺案，應對方式就是立刻撤退並轉交兇案組處理。有時我甚至連遺體都沒看到，根本懶得進兇案現場以免破壞證據，所以屍體和死亡對我來說其實還很陌生。現在的我顯然還沒有達到擔任私家偵探應該要有的脫敏程度，同時也不像亞曼達那麼幸運，她視這種場面如無物，幾乎沒有任何情緒起伏。看見死去的年輕人令我有些不安，便走開去查看其他地方。

我沿著吧檯前進，來到一間窄小的員工辦公室，另一名鑑識人員正在採集保險箱上的指紋。班表上寫著昨晚的員工就只有姬瑪和安德魯兩人。昨天畢竟是星期二，我認為這樣安排很合理。名叫本恩的廚師在九點下班。我注意到他在夜班簽退的地方。亞曼達是對的——姬瑪在兩點四十五分就簽退了，安德魯則沒有簽退紀錄。警方可以從收銀機裡得知他們服務的客人數量，酒吧也裝了閉路電視，但是系統老舊。我用戴著手套的指尖推開錄影帶插口的擋片，裡頭是空的。其實我不驚訝他們現在還在用錄影帶錄製監視畫面，這間酒吧很老了，到處都看得出修補的痕跡。吧檯底部缺了一塊木板，改用布條擋著，鏡子裂開的邊角則用膠帶固定。只要東西沒壞，他們就不會去換；如果真的壞了，就用最便宜的方式修理。

軟木板上釘著一張照片，一群年輕人在酒吧的門廊上喝酒聊天，當時那株紫藤還是株小芽。照片裡所有的員工看起來都不超過二十五歲，除了一名戴著沉重珠寶耳飾的年長女性，我猜她就是老闆。

兩名年輕人死在破舊廉價酒吧的地板上，臉上沾滿了狹小廚房裡的油漬和汙垢。負責打理他們臨終之所的是一名不合格的速食廚師，晚餐供應時段一結束便轉頭走人，工作檯面黏膩不說，連檯面下方的蟑螂屍體都沒清乾淨。太可惜了。

我十八歲開始在酒吧工作，當時的我根本想像不到這行業有多辛苦。雪梨中央商業區酒吧和夜店林立，我被它們迷人的外表所吸引，音樂震耳欲聾，女孩們一喝醉便與擁擠吧檯內身體強壯的年輕男子調情。幻覺消退得很快。我在凌晨時分下班，筋疲力盡、渾身菸味、雙腳痠痛，DJ台毫無靈魂的音樂在重複無數次後依然在我耳裡嗡嗡作響。當然了，女孩們的確會和我調情，但是當我拖著疲憊的身體清醒之後，她們的魅力只剩下我在吧檯後值班時的一半。每當有一個長腿美女試圖從我手中得到免費酒水，就代表有四個排隊的男子受到忽略，而且他們會毫不留情地表達自己的憤怒。每間廁所裡到處噴灑的嘔吐物和尿突然間成了我的責任，連帶還有優游其中的菸蒂和用過的保險套。

沒有人應該在那樣的環境中長期工作。這裡適合背包客匆匆降臨，賺取向北前往泰國的資金，或者適合作為本地人在綁好鞋帶踏入真正的工作環境前的暫棲之所；這個骯髒破爛的地方本應只是一座發射台，是前往更美好地方的中途休息站。唯一該在這裡的長椅和吧檯椅上坐出凹痕的只有鎮上的酒鬼和長途卡車司機，他們早已放棄年輕時的夢想。像安德魯和姬瑪這樣的小鬼，在夜深人靜時出現在此處便顯得格格不入。他們會成為困惑的鬼魂，張著明亮的眼睛繼續擦拭檯面、更換酒桶，對死亡毫無準備，以至於他們根本不曉得自己已經死去。我拿著那張年輕人在門廊上喝酒的照片，感到一陣哀傷。

史威尼從我旁邊冒出來，依然一臉滑稽的困惑表情。

「你的案子還好嗎？」她問。我記得她在第一次見面時就曾試圖要問我被逮捕的細節，而現在站在兩個孩子冰冷的遺體旁邊，我更不想被審問這件事，於是只對她聳了聳肩。

「那些正義使者還在整你嗎？」她看著我臉頰上的切口，「傷口是那樣來的嗎？」

「不是，」我說，「那是在酒吧因為愚蠢的原因跟人打架弄的，就為了一張撞球桌。我沒事，一切都很好。謝謝關心。」

我試圖走開，於是來到前門長廊，看著我停在馬路對面的車。車子後方的雨林糾結成牆面，一整片高聳、難以穿透的綠。有個不修邊幅的粗獷男人正試圖哄麥可．貝爾上車，看來終於有人來陪他了。史威尼跟在我身後來到門廊，邊走邊脫乳膠手套。

「這幾天亞曼達會是我們對警方唯一的溝通窗口，」我朝後指向屋內，我的同事正在吧檯翻箱倒櫃搜刮雪茄，「如果你們決定讓她向受害者家屬問話，不要讓她和他們單獨相處太久。她再怎麼委婉都不夠，怎樣都會像一腳踢在人家臉上。我沒有要退出，只是得去雪梨幾天。我女兒的生日，沒辦法取消。」

史威尼沉重地點了點頭。只要我提到女兒的任何事，人們都是這種反應，陰鬱嚴肅地點著頭，好像她已經死了。現在酒吧外多了幾輛採訪車，試圖拍攝停車場裡的輪胎痕跡，但是有警察指揮他們離開。我打算和以前一樣低頭跑到車邊，趕快離開這裡，免得被他們逼到角落，還得再次拒絕那些我根本沒興趣的採訪。

「我一直在聽那個Podcast節目。」史威尼突然說。

我停下腳步。疲憊如浪般襲來。

在我和亞曼達的第一起案子快結案時，社會上有一群相信我清白的人組成了團體。這件事的起因是一位名叫法比亞娜・格里珊的記者，她曾在報社的指示下來紅湖追我的新聞。她本來以為會看到預期中噩夢一般的兒童性侵犯，哭哭啼啼、瑟縮猥瑣、焦躁不安，但最後卻和大部分人一樣，對我有多「正常」所震撼。她開始質疑為什麼我會被指控那些罪名，而我對她所有的問題都有答案，並在一陣子之後成功改變了她的想法。當時的我正承受極大的壓力，又害怕又孤單，所以當她表現出好感時，我便和她上了床。我不確定這是那當下最好的決定，但是我想逃離可怕的現實，就算只有一個晚上也好。我很想念我太太，而法比亞娜非常美麗，她相信我的清白這一點是如此稀有且令我興奮。

後來法比亞娜返回雪梨，發起了一個團體名叫「泰德是無辜的」，他們建了網站，開設Podcast詳細交代案件經過並根據證據進行推測，還在YouTube上傳了幾支影片。隨著團體逐漸成長，媒體開始對他們產生興趣，隨即挖出法比亞娜和我曾經發生關係，雖然非常短暫。

輿論為此對她大加撻伐。人們開始罵她居然支持戀童癖，說她是叛徒、共犯，比較同情法比亞娜的批評者則若有所思地說她可能有戀罪犯癖，只會對犯下謀殺或強暴等暴力分子產生性慾。和我一樣，她家的窗戶也被砸過幾塊磚頭。不過大部分的反對聲浪都針對她的社交媒體，人們威脅她、肉搜她、寄下流照片給她，還駭進她的個人帳號並公布她的通訊內容。

我實在沒必要把另一個人拖進這種渾水。

「你聽過嗎？」史威尼問。

「沒有。」

當然沒有，那是我在這個世界上最不想聽的Podcast節目。他們在裡頭播了克萊兒・賓利被警方問話時的實際錄音。我在審判期間聽過那些錄音檔，直到現在還偶爾會在噩夢中聽見。Podcast裡有我自己受審訊時的片段，以及我對同事絕望的哀求，還有醫生為克萊兒做的詳細檢查報告，列出她受到哪些傷害。他們也播了戴爾和他太太的音檔，他們曾經在克萊兒失蹤當晚發出公開呼求，聲淚俱下、悲痛欲絕。我光是想到就覺得反胃。

「做得滿好的。」史威尼說。

「做得『好』？」我發出疑問，但是她沒注意到我的鄙視。

「沒記錯的話，我現在聽到第五集了。他們從頭開始詳細講解犯案過程、目擊證人證詞和警方問話內容，指出有哪些矛盾的地方，還提出一些很令人信服的推論。」

「嗯嗯。」

「你知道它是德國收聽第一名的Podcast吧，他們在那裡有四百萬訂閱聽眾，」她說，「你和他們有任何互動嗎？」

「沒有，」我清了清喉嚨，希望以不屑一顧的態度結束這個話題，「發起的那個女的遇到了一些很麻煩的問題，所以……我不想火上加油。」

「火上加油？」史威尼瞇起眼睛看我，「但那些人認為你是清白的。」

「我知道，」我邊說邊努力克制從胸口深處湧上來的憤怒，「那是好事，真的。但是我不想再引起更多注意了，反正一切不會有任何改變。我相信Podcast非常有趣，但只要我是自由之身，我就只想安安靜靜過自己的生活，努力忘記過去發生的事。就算有人穿著『泰德是無辜的』T恤到處走來走去或者在網站上留言，也沒辦法讓我老婆回到我身邊，讓我復職，或修復我和女兒的關係。他們那麼做沒辦法抵銷我在監獄裡度過的日子，沒辦法幫助克萊兒．賓利走出創傷，沒辦法重整她父母的婚姻關係，也沒辦法……」

「我懂了。」她說。

「也沒辦法說服那些已經認定——」

「好了，好了！我懂了。」她伸手按住我的肩膀，我發現自己的雙手都緊緊握成拳頭。我鬆開手，指節劈啪作響，努力將目光釘在雨林景色上。情況變得有點可怕，我渴望像這樣沒完沒了地發洩怒罵，語速逐漸加快，話語彼此重疊、含糊不清。

這股憤怒由來已久。剛出獄時我還太過疲憊、感覺如釋重負，沒有力氣生氣，但是最近我開始對所有人發脾氣，就算是同情我的人也一樣。我的鵝老婆不會介意我無止盡地抱怨自己的問題，但如果我想留住僅存幾個願意聽我說話的人類，就得在他們面前放緩這樣的態度。

史威尼過了一會兒才又開口，聲音細小，充滿試探。

「不過，如果你真的沒做那件事，」她說，「也許這些行動有助於抓到真正的犯人。」

親愛的日記，

看來我決定要這麼做了。把一切都寫下來。我要回到事情的最初，嘗試釐清自己能夠做什麼。我已經寫下第一次告訴其他人的經過，向他人揭露自己真實的模樣和內心真正的感受，書寫令我感覺良好。也許我可以寫下自己做過的事，好防止自己重蹈覆轍。我不想再那麼做了。這是當然的，因為做出那些事也讓我感覺很糟糕。

雖然可能需要多試幾次，不過我想嘗試去理解。我有好多話要說。

例如這句話：我是個普通的年輕人。我會檢視自己的行為，確保自己只做出二十五歲異性戀男性打工仔會做的事。這其實不難。我們不是什麼複雜的生物，既不神祕也沒有陰謀，我只要玩一場時間很長的模仿遊戲就能為自己戴上偽裝。我會在大學或工作的酒吧裡和年齡相仿的兄弟們來往，聽他們都說些什麼，然後便以同樣的東西回應。

我會去「夜店」，一邊看「小母狗」，一邊說她們有多想被我「灌滿滿」。這我看臉就知道了，你看她們的嘴唇，還有那些又大又翹的「肥臀」。當她們轉身背對皮特、戴夫、史帝夫和我時，我們其中之一就會做出某種手勢，像是抓住跨下然後發出哀號，彷彿我們是狗，正在對跑到鐵絲網另一側的同伴嚎叫。沒在看小母狗的時候，我就會抱怨工作、抱怨老闆，同時一隻眼睛隨時盯著角落電視螢幕上的澳洲橄欖球賽，一有人掉球就哀號呻吟。這幾個傢伙都被我抓在掌心，全都相信我是他們其中一員。

諮商師也被我唬得一愣一愣的，簡單順利。至於克蘿伊，要說服她不太容易，但也不是無法達成的任務。身為精力旺盛的澳洲小夥子，也沒長得太醜，勢必得幫自己找個女朋友，所以我在社會學課堂上搭訕了她。滿二十歲前的那幾年我換了幾份工作，全都讓人意興闌珊，沒什麼出路，於是決定回學校拿個文學士學位，保持低調，努力跟上正常人的腳步。我就是在那時認識克蘿伊，當時她正在與研究資料纏鬥，急需指點。認識她之前我也交過幾任女友，但都不是太認真，而我需要盡快進入一段認真交往的關係，以免大家開始疑惑為什麼我要放棄那些條件完美的女孩子。我們在這棟毫無生氣的小屋子裡同居五個月了，租屋處位在布萊爾蒙，受郊區烈日每日炙烤。傢俱都是慈善二手店買的，她常常吸地。她堅持廚房長椅要保持乾淨，不能放東西，也不准把用過的濕毛巾丟在地上。她想養貓，但我不想要衣服上沾滿寵物的毛。我一週大約幹她兩次。為了維持偽裝，我常思考如果我哪天被捕的話，她會說什麼。如果真的有那麼一天，他們終於發現了我的真面目，知道我曾經做過的事。你們的性生活如何？正常。會吵架嗎？偶爾，都是為了無關緊要的小事。他在大學的成績怎麼樣？還可以。你和他的朋友處得好嗎？很好。他以前有沒有提起過任何奇怪的性癖？上床時有沒有說過奇怪的話？電腦裡有沒有可疑的檔案？沒有。沒有。沒有。沒有。

如果我是隻變色龍，我的外表應該是灰色的。毫無深度、毫無情緒的灰。我會是一隻移動緩慢、眼球外突的生物，在灰色的世界裡爬行，手裡抓過一枝又一枝暴風雨顏色的樹枝，用肚子摩擦過鋼鐵色的樹葉。最難熬的地方在於這種生活太過無聊。

不過我還是會變色。一年前剛認識克蘿伊的時候，我帶她去某間咖啡店吃午餐。我們相處融洽，開始適應有彼此在身邊的感覺，邁向年輕愛侶應該要有的那種自在的親密感。她喋喋不休，拚命想告訴我她小時候發生過多少事，希望我能由衷欣賞她如何一路成長為現在這樣的好女人，然後和她建立感情連結，將她的人生和我的人生交織在一起。我記得當時外頭的街道是灰色的，突然間對街的窗裡閃過一抹珊瑚粉。

一群芭蕾舞者在打磨光亮的地板上騰空躍起。十來個有著棕色四肢的女孩猛然將自己拋向空中，十來個前青春期的小美女。我看著她們的頭上下跳動，她們揮舞著纖細手臂撲向角落凝聚成團，接著又朝外四散，彷彿盛開的粉紅花朵。一張張的嘴微開，尼龍布料包裹著扁平、結實的腹部，緊實得難以置信的肌膚持續在膝蓋和緊繃的腳尖之上扭轉、運動。我完全被迷住了。

克蘿伊正在看報紙。我已經沒在聽她說什麼了，她的提問也沒收到任何回應。我的面具已經摘下。我可以感覺到色彩在體內氾濫，血液湧上臉頰，身體裡的野獸危險地閃爍，試圖竄至表面警告她，警告正將我們的咖啡放在桌上的女服務生。警告訊號在我的脖子和雙眼中持續跳動。

但是克蘿伊什麼都沒看見。她太笨了，那正是我選她的理由。

一開始只是皺眉。有時還會歪頭，噘著嘴。即使我移開視線，他們也會一直看著我。我可以感覺到他們的注視，盯著我鬍子底下的下巴線條、我的鼻子和我的手。我將巨大的手掌高舉至額頭，試圖干擾那些人；他們會不斷翻動腦中的記憶直到想起曾在哪裡看過我這張臉。電視新聞、報紙、網路，或某人的Facebook貼文。或者在全部這些地方都看過。

他們一想起來，嘴巴就會跟著打開，然後停下本來在做的事。他們可能是和我同班機上隔著走道的鄰座，正在撕開迷你奶精盒的蓋子，膝蓋上方的托盤裡放著一只熱氣騰騰的紙杯。他們會用手肘去頂旁邊人的肋骨，然後伸手指著。第六感的浪潮如漣漪擴散至周圍的人群，其他人也留意到那種熟悉感，然後是竊竊私語，接著也認出來了。起先他們會感到一股尷尬、困惑的平靜；當他們在某間咖啡店或佛羅里達的某處海灘上看到超級電影明星時也會有同樣的感受，驅使他們假裝其實沒看見。所有人都裝作沒事一樣！接著他們就會像剛才翻找記憶那樣開始翻找自己的情緒，以便做出最適合的反應，而他們最後總是找到同一種反應。

暴怒。

大多時候人們會撇頭而去，稍微大膽一點的則會高聲談論我的案子，並偷看我是否在聽。「這國家應該恢復死刑，才能處罰像他那樣的人渣。」偶爾有人會帶著威脅的態度在附近徘徊，跟著我來到車子邊，抄下我的車牌號碼。有時會有人對著我拍照或錄影，當成公民新聞的素材。肢體衝突不時發生，但通常不怎麼認真。在酒吧裡，他們會推撞我的桌子，撞翻我的啤酒。他們會擋在超市門口不讓我進去，挺著胸膛、不發一語，就賭我不敢推開他們。

如果我被人認出，而氣氛又變得充滿敵意，我會在衝突發生之前離開。我最不想要的就是挑戰大眾。紅湖的居民對我已經很好了，沒有像許多小鎮對待丹尼斯．佛格森[1]那樣直接將他趕走。丹尼斯綁架並性侵三名孩童被定罪後，曾試圖在邦德堡、圖文巴、莫根、伊普斯威治、邁爾斯和萊德等地落腳，但是每次都被憤怒的民眾驅逐。他最終死在薩里山一處公寓裡，屍體好幾天後才被人發現。暴民也曾大張旗鼓來到我紅湖住處的門前，熱烈程度就像丹尼斯曾經遭遇過的那樣——手持標語、呼喊口號和電視新聞現場連線，巡邏員警守在我家門外。但是我沒有離開，恐慌的情緒和憤怒最終也逐漸平息。

飛機在雪梨降落時，我正僵硬地坐在靠近機尾的位置，緊緊抓著雜誌擋在臉前，想著那些可怕的事。我最害怕的就是這種密閉空間，如果真的發生暴力事件根本無處可逃。我必須在登機口的廁所隔間裡對自己嚴肅喊話，才有勇氣走進這架飛機。為了搭機，我還特意戴了假的粗框眼鏡，並把頭髮往後梳，但是瘀青的眼睛和臉上的縫線反而引來目光。

我知道一般大眾其實不能接受我跑到遠離大城市的偏遠沼澤地帶居住，因為他們可能會因此失去我的行蹤。但是也沒人喜歡我回到雪梨。他們會猜測我是不是打算搬回城裡，想想那會是多可怕的報紙頭條。我預期自己的行動上了新聞後會快速傳開並激起討論，悟性比較高的記者會注意到我女兒的生日即將到來，密切注意我會不會回來拜訪。可能還會有人探聽到我同意上《生命故事》節目，因此在電視台

1 Dennis Ferguson，澳洲性犯罪者，於一九八八犯案，後被判處十四年有期徒刑。

前面徘徊等待。

我揹著背包穿過機場，就在我因為沒被認出來而鬆一口氣時，就注意到有兩個男人跟在身後。我在一間燈火通明的文具店前停下腳步，假裝在瀏覽鑲著金邊銀邊的美麗日記本和信紙套組，實則從玻璃反射的倒影觀察他們。我只看見兩個巨大身影在男裝店前的寬闊人行道上徘徊遊蕩，其中一個的雙手放在身體前方緊握著，另一個則正在講手機。我想了想自己能有哪些選擇，可惜選項並不多。旅客們如牛隻一般拖著腳步沿廊道前進，一些人要向下前往行李轉盤，另一些則反方向前往上層的登機門。我覺得自己應該有機會在美食街甩掉那兩個人，但是當我走到樓梯頂端，看著眼前的人潮，便注意到離境酒吧的門口聚集了一小群媒體，幾乎所有人的眼睛都盯著手機看。

我瘀青的臉頰開始滴汗，吸入的空氣似乎只能抵達肺部最上方的四分之一。我壓低目光，迅速經過計程車區的行李與人群，穿過車流往租車區走去，而身後那兩個男人也加快腳步，拉近距離。就當我走到赫茲門市辦公室的玻璃門前，另一個男人突然從一座立在地上的巨大招牌踏塔後方走了出來，擋住我的去路。

「操，」我摀著胸口，在卡利面前後退幾步，「媽的，操。」

「嚇到你了吼，咖啡警察杯杯？」

這時卡利的兩個肌肉手下來到我身後，將我圍住。我終於放鬆下來，彷彿洗了一場熱水澡，呼吸變得深沉，肋骨的疼痛也減輕不少。

第一次遇到卡利．費拉時我只是個年輕的巡邏員警，被要求到坎登某棟小房子裡去處理家庭糾紛，而卡利還要到很多年以後才會成為澳洲最大的毒販之一。當年他是城市裡某販毒集團的跑腿小兵，衣冠楚楚、自尊滿滿，高檔車和巨大手錶在在表示他是個能賺錢的人，如果沒被人幹掉的話遲早會成為這一行的佼佼者。我和搭檔萊利接到通知說卡利的妹妹金瑪和丈夫馬哈穆發生激烈爭吵，鄰居看到卡利抵達，覺得可能會讓場面演變成暴力事件，於是決定打電話報警。這是標準的家庭糾紛。卡利、金瑪和馬哈穆三個人全在廚房裡挺著胸膛用黎巴嫩語破口大罵，滿頭大汗、青筋暴露，而屋內某個房間裡有個完全被遺忘的嬰兒正在高聲尖叫。

我在搭檔萊利安撫馬哈穆的同時把卡利和金瑪帶到客廳，以冷靜且富有同情心的態度嚴厲告誡他們應該如何溝通——就是在警校時他們教你要說的那些東西。一切看起來都在我們的掌控之中。萊利和我當時都還是剛畢業的菜鳥，照理應該要和比較資深的員警合作處理案件，只是受限於人力配置，不一定每次都有辦法那麼做。我們違反了在封閉環境處理家庭糾紛的第一守則：隨時待在彼此的視線範圍內。我最後看到馬哈穆和萊利時，他去了另一個房間找孩子，然後抱著小孩踱步，努力安撫哭泣的嬰兒，萊利則一邊跟在他後面一邊說話。這違反了第二條規則：你應該讓當事人坐下，在溝通過程中都讓他待在同一個地方。我把注意力放在自己負責的那兩人身上，沒多久便聽見一聲疼痛的喊叫和重擊聲，等我回到廚房時，萊利已經倒在地板上。我一繞過轉角便看見馬哈穆把女嬰塞進廚房檯面上的微波爐裡並用力甩上門，而我立刻拔槍。那是我第一次在處理實際案件時拔槍，更別說還要用槍指著人。馬哈穆伸出手指放到寫著「快速烹調」的按鈕前，剩下的距離不到一英寸，轉頭要我交出無線電並把槍放下。

我沒放下槍，不過拿下了腰帶上的無線電，並在放上餐桌之前迅速按了三下按鈕，透過巡邏頻道發出求救訊號。我告訴馬哈穆，如果他按下微波爐的按鈕，我會立刻開槍射殺他。我嚇壞了。卡利和他妹妹站在我身後驚恐地又哭又叫，直到我叫他們閉嘴。萊利毫無知覺地躺在我腳邊，看起來馬哈穆一拳正中鼻子，直接打暈他。

求救訊號在巡邏頻道引起注意，他們回應要求瞭解情況，馬哈穆當然沒讓我回答。被放進微波爐裡的嬰兒反倒冷靜下來，不再尖叫，而是在漆黑的空間中低聲嗚咽，完全不曉得自己的爸爸正威脅要將她活活煮熟。我舉槍對著馬哈穆整整五分鐘，試圖以話語安撫，然後是十分鐘，十五分鐘。我的手臂被槍的重量壓得發抖，整個人滿頭大汗。馬哈穆要卡利給他一些錢，並要卡利的妹妹保證不會和他離婚。他們當然答應了所有要求，但他依然沒有退讓，手指現在已經輕輕觸碰「快速烹調」按鈕的表面。

經過痛苦的二十一分鐘後，巡警車無聲無息來到屋外，一名負責偵察的警察透過廚房窗戶看到了此刻的情況。等到警方切斷電源時，我的手臂已經麻掉了。我們頭上的燈一熄滅，我立刻撲上去，用槍托砸向馬哈穆的臉，將他扔在地上並上銬。卡利．費拉在那棟坎登小房子外用力和我握手道謝，眼中滿是年輕、天真的欽佩，完全不曉得我在這場磨難考驗中有多焦躁恐懼。

「康卡菲？」他看著我的名牌說，「我會記得這個名字，聽起來有夠怪。哪裡來的？」

「應該是愛爾蘭裔。」我說。

「康卡菲。康咖啡。扛咖啡，」他看向坐在一旁的妹妹，後者將嬰兒緊緊抱在懷中，還太心煩意亂，欣賞不了卡利的幽默感，「以後你就叫卡布奇諾隊長了。」

那些和咖啡有關的外號從此如野火般傳遍整個毒販界，我曾經好幾次走在路上都被對街轉角賣毒的藥頭大喊「呦！星冰樂先生」。嬰兒和微波爐的故事也廣為流傳，每次都變得更誇張、更難以理解。曾經聽過有個版本，說我為了救孩子，拿餐桌上的主廚刀扔向站在廚房另一側的馬哈穆，刀子正中他眼窩。

卡利．費拉在事件發生後便立刻開始表達對我的感激，想要感謝我救他外甥女的命，但是我無法接受口頭話語以外的任何東西。他試圖在事發現場給我錢，但是我拒絕了。他寄了一支勞力士和一瓶香檳到總部，而我必須把它們都退回去。他的感激攻擊最終逐漸停止，但在那之前，同事們總拿有個藥頭煞到我這件事來笑我。

一如預期，卡利後來一路升官，發展出自己的步兵軍團。多年下來我遇見這個人好幾次，兩人之間形成一種奇怪的連結。我們不太能說是朋友，而是某種因為遇到彼此太多次而被迫形成的同志情誼，當然，我在他妹妹廚房裡的「英勇行為」也發揮了一點作用。穿著防彈衣和警靴闖進他在伊麗莎白灣的奢華豪宅總令我有種尷尬的感覺，更別提我身後跟著一支小隊，奉令要將整個地方搞得天翻地覆。我突襲過卡利名下的夜店、他奶奶家、他那些堂哥表弟的家（他們同時也是他的重要幹部），還有他親戚開的自助洗衣店和地毯店。多年來我的同事曾經起訴過卡利幾次，販毒或謀殺，不過他總是有辦法逃脫，有時出賣資訊，有時扔出幾個要價不菲的律師。要是我真的有辦法讓卡利被判刑入獄好一段時間，也許他就會把小外甥女發生過的事情拋在腦後，轉而對我恨之入骨。但是這個人真的太滑溜了，我完全拿他沒辦法，於是十多年過去他始終還是在那裡，還是那個對我充滿感激的仰慕者。

「好久不見啊，」現在，卡利站在機場的租車區對我笑著，他僱來的兩名打手在我身後形成一堵令人生畏的肌肉牆，「從你那件爛事爆炸之後都還沒見過你。當然啦，還是有看你上新聞。哥啊，你真的是整個人都泡在爛泥裡了，我不曉得你到底怎麼躲過那條罪名，完全想不透。」

「嗯，總之就是躲過了，所以現在努力想低調一點，」我說，「我這趟只回來雪梨兩天，然後又要離開。快進快出，不想惹任何事。」

我不知道卡利對傳聞中我對克萊兒．賓利做過的事有何感想，但是也不想留在這裡找出答案。我往側邊踏了幾個碎步，脫離他們三人形成的圍籬，不過他們也跟著移動，像包圍兔子的狼群那樣把我困在他們中間。

「你還好嗎？這陣子過得怎樣？」

「很難熬，」我聳了聳肩，「不過現在都結束了。」

「結束？我不認為喔，這裡的人還是對你做的事很火大。我聽過幾個白痴說要砍你的頭，還跑到你以前會出沒的地方找你。而且，看來你就算找到地方躲了，那裡還是有人對你有一樣的態度。」他指著我的臉。

「我沒事，真的。」

「也許就是因為你一直覺得都沒事、都過去了，所以才那麼常把事情搞砸，」他調整襯衫的袖口，像個硬漢似的挺起胸膛，彷彿這場討論已經結束，「咖啡哥，你聽我說，我一直在注意你的案子和據說被你偷摸的那個小孩，我來是為了要告訴你，我知道那都不是真的。我知道你沒有做，你不是那種人。我看過那種人，但你不像那樣。」

「謝了，」我點了點頭，「很謝謝你這麼說。」

「所以我一聽到你要下來就想要先來堵你，免得你又像個忍者一樣躲得不見蹤影。」

「誰告訴你我要下來？」

他揮了揮手把我的問題拋開。「那不重要。我只是想把這些話告訴你，免得你在那邊擔心我怎麼想。哥，我心裡對你只有愛戴，如果你需要任何東西，我的人永遠會為你服務。」

「太好了，」我說，「真的太棒了。那個，很高興見到你，不過我得先走了，我還有幾個地方要去。」

「嗯嗯，這就是為什麼我帶了兩個兄弟過來，」卡利揚了揚下巴，指著我身後那兩個動作緩慢的肌肉腦袋，「他們是你在雪梨時的安全小隊。」

「什麼？」我差點沒笑出來，而這反應讓肌肉腦雙雙氣得毛髮倒豎，「喔，不用這樣。我不需要什麼……安全小隊。」

「真的嗎？」卡利哼了一聲，「媽的，你知道自己現在算不上什麼受人歡迎的正人君子吧？」

我看著那兩個僱來的肌肉男。以他們的職業來說，兩人的穿著高級得令人疑惑。袖扣閃閃發亮、襯衫布料織線精緻，再搭配上剪裁得宜的西裝外套，光看就知道造價不菲。平常很少會看到做打手的穿成這樣，因為他們通常賺不了太多錢。大部分會做這種勞力活的人都是想藉此接近犯罪組織中的權力者，想著也許有一天能接手他們的位子，所以通常都很缺錢。除此之外，即便穿了好一點的東西，在履行預期職責的過程中都可能沾到血。我回頭看向卡利，他正在檢查自己的指甲。

「我可以處理自己的人身安全。」我說。

「對啦，我相信你一定可以，」他大笑，「頂著那張亂七八糟的臉說這種話還真的很有可信度吔，你現在看起來根本像是某人嚼爛之後吐出來的廚餘。」

兩個肌肉男竊笑起來。

「沒人在質疑你有沒有能力處理什麼，」卡利繼續說著，並舉起戴了戒指的雙手表示投降，「只是，哥啊，這裡隨便哪個癟三只要把你幹掉就能為自己贏到極大的尊嚴。你應該很清楚，沒有人喜歡戀童癖。我自己也有小孩，很多危險人物都有。有些人會覺得自己應該幫這個社會做一點善事，而那個善事就是做掉某個會強暴嬰兒的人渣，你懂我的意思嗎？畢竟那些廢物警察都搞砸了。讓我的人發揮一下專長，好嗎？就當作幫我一個忙，讓我不用整個晚上擔心你怎麼樣。你也知道，我睡得不是很好。再說，我一直沒機會報答你為珊米做的事——就是我外甥女——你知道她現在都十五歲了嗎？」

「我不知道。」

「如果不是因為你，她根本沒辦法活到現在。」

「我只是盡自己的本分而已，」我再次試圖從側邊溜走，「不需要什麼回報。」

「你需要，」卡利嘆了口氣，搖著頭，彷彿我是笨蛋，「再說了，你也可以趁著在這裡的時候，試試看能不能找到侵犯那個小鬼的真正兇手。我要知道那傢伙是誰，你懂嗎？如果最後有人要抓到他，那個人都應該是我。」

我懂了。這跟報答昔日恩情無關，而是跟地下世界的階級有關。罪犯都討厭罪行比較自己更糟糕的人。詐欺犯會告訴自己不是真正的壞人，他們會看著搶匪然後說——嘛，至少我不是當著別人的面做壞事。傷害男人而被起訴的人會瞧不起那些傷害女人的，殺手蔑視強姦犯，強姦犯蔑視兒童性侵犯，如此一層壓著一層，尊卑有序。每個罪犯都會為自己的本質辯護，說有其他人比他們「更壞」。性侵和殺死小孩的是人渣中的人渣，在監獄裡殺了這種人是一項英雄行為。對卡利而言，成功追殺一個兒童性侵犯並昭告天下，等同於獲得罪犯世界的榮譽勳章。

「你遇到那個傢伙的時候，把他交給我的人就對了，」卡利說，「我們可能還會讓你在旁邊看。總之不要把他交給警察，否則我會對你非常失望。我是認真的。」

「我不會在這裡的時候查自己的案子。」

「什麼？」

「對。」

「為什麼不查？」

「因為……」要我再從頭解釋一遍實在太累人，「這樣會輕鬆一點。」

「呵。」卡利抬起那對除過毛的眉毛。

「卡利，我沒辦法讓你的人到處護送我，」我說，「很感謝你願意這麼做，不是我不領情，而是現在的情況對我來說已經非常糟糕了，我不想引來更多注意。」

「我保證，」卡利一手放上心窩，「琳達和雪倫非常專業。」我看著那兩個男人，叫琳達的那個把自己的指節折得啪啪作響。

「琳達和雪倫？」

雪倫在地上吐了口痰。

「白人女性的名字，」卡利說，「這樣條子在竊聽器上聽到的時候才不會太興奮。」

「原來如此，」我說，「的確很聰明。如果真的遇到麻煩的話，你要他們怎麼做？」

「迅速、低調，」卡利聳了聳肩，「就跟我一直以來告訴他們的一樣。」

「我真的沒辦法接受這種安排。」我說。

「聽著，卡布奇諾，你就照我說的去做，好嗎？」卡利說，「一切都會沒事的。你現在就跟著琳達和雪倫，他們會帶你去開車，然後你告訴他們要去哪裡。就這樣了，哥，不要再討價還價。」

他們其中之一從我肩膀上拿下背包，另一個則帶著鼓勵意味將我推向停車場北邊。反抗失敗了，我感到筋疲力竭。這是我現在最不需要的場面，拖著兩個全身都是毛的暴徒保鑣去家庭及社區服務部的辦公室見凱莉和莉莉安。可是話說回來，看著這兩個人倒是讓我緊繃的肩膀放鬆了一些。他們兩個都比我高出一英尺，且都因為藏在西裝底下的槍而讓腰際線條突出，這顯然說明了一些什麼。原來我已經這麼融入自己的新生活。相比出獄後受到的遭遇，接受兇殘毒販和他手下的幫助對我來說實在不是什麼奇怪的事。

「好了，哥，之後再跟你聯絡。」分開時卡利這麼對我說。他從口袋掏出一副鑰匙，然後按下按鈕，停車場後方一輛黑色藍寶堅尼的車尾燈便閃爍起來。他對我眨眨眼睛，然後轉身離開。「隨時保持警戒。」

亞曼達站在叫蛙門口俯視雨林邊緣的道路，路在遠處向左彎往進高速公路。倒地的兩具酒保遺體早在幾個小時前移走，現場也已經做過處理；任何散落的餐巾紙和廢棄吸管都已裝袋、標籤，每個表面都撒滿指紋粉，每份文件都經過分類、貼上標示，並裝箱運走。有幾名死者的親友已經趕到，擠在外部封鎖線的角落哭泣，其中一些來回踱步，滿臉困惑地望著灰色天空。警察靠近時，家屬們便舉著手圍上去，彷彿都被扣押為人質。他們說話的音調高亢，接近歇斯底里。亞曼達抽著雪茄，抬起頭，試圖搞懂那些人都在看什麼，想知道那片漫無邊際的鋼灰色雲層裡到底有什麼東西，讓他們覺得自己可以從中得到答案。她不懂悲痛是怎麼回事。家屬們扭曲的臉令她疑惑。

當年她因謀殺案受審時，她的受害者家屬就飽受哀痛侵襲。這種情緒有許多樣子，有時候似乎沉重、遲滯，讓亞曼達刺死的女孩父母彷彿在水中行走，阻力重重；可是下一刻，當他們坐在法庭另一側看著她時，它又彷彿電力在他們體內竄流，在他們的眼睛後方燃燒，令他們的雙腿抽搐。亞曼達的律師曾特別指示她在審判期間要表現出哀痛的樣子，這樣法官才會知道她對自己的行為感到歉意。亞曼達確實有歉意，可是她不知道該怎麼讓自己看起來有歉意。應該要膝蓋併攏嗎？還是嘴角下垂？哪種哀傷才是正確的樣子？

她跳下叫蛙的門廊台階，漫步到建築物的邊緣，剝下腳上的鑑識保護鞋套，把它們留在露台上。低矮木造建築旁的草地已被前一晚進進出出的車輛壓平，這些富有韌性的新鮮草葉和凱恩斯的所有植物一樣，可能在一夜之間帶著生命的希望抽長而出，但最終會被人類擊垮。酒吧後方長了更多姿態強硬的東西；垃圾堆中滾出的某顆腐爛番茄長成了彎彎曲曲的植株，而向日葵大概是從郊區飛出的鳥兒吐在這裡的種子發芽而成。她來到酒吧後門，更多鑑識人員在此採集泥巴中的足跡模印。垃圾桶旁地面散落的每個菸屁股都被鑑識人員小心翼翼地用鑷子夾起，塞進紙製的信封中。她看了他們工作一會兒，便走下小丘來到溪旁。她一走近，腳邊便有滑溜的東西竄進水中。

下大雨時，雨勢會把鱷魚帶進湖與河之間的副河道裡，就像這裡。這些小水道成為掠食者的祕密小巷，把牠們養得肚皮肥肥，主要受害者都是放棄城市生活來到內陸，會在凱恩斯附近郊區購買偽豪宅的都市家庭。這些都市人帶著都市狗、都市貓來到這裡，對小心鱷魚的警告標示視若無睹，一心只想坐擁不受阻礙的水岸風景以及河畔涼亭；長滿艷麗九重葛的涼亭距離河床只有一箭之遙。日用品店的玻璃窗上全是寵物走失傳單。

小溪對岸有一排木圍欄，距離叫蛙後門約五十五公尺，其中有塊木板特別奇怪，一片淺亞麻色木板覆蓋在另一片已經倒下的舊木板上，彷彿一排髒兮兮牙齒裡的閃亮新成員。亞曼達小心翼翼踩著大石頭過溪。三塊大石頭坐落溪中，在水中激起漩渦。她一邊抽著雪茄一邊朝圍欄後的小房子走去，煙霧自她肩上飄散。

她沿著圍欄走，聽見一陣嗶嗶剝剝的冒泡聲，便湊到圍欄的縫隙中偷看。小院子後方角落有一座看起來由巨大砂岩圍成的金魚池塘，寬大的綠色蓮葉幾乎覆蓋了整個池面。象徵生命的橘色光芒從池子深處閃現又消失。

她來到空曠的前院。車道上有輛車罩著防曬罩——看起來像是舊款的雪佛蘭——復古輪圈蓋閃閃發亮，但是幾乎被蓋得看不見。她發現有個年輕人正從花園的格籠中拖出垃圾桶。亞曼達站在原地吸著雪茄，看著他布滿刺青的精瘦身形，直到他拉出第一個垃圾桶並轉身往她的方向推來。

「喔，你好。」

「嗨，」亞曼達微笑著說，「這是你家嗎？」

「不是，」男子看起來已經忙了好一陣子，雙手沾滿粉塵、神情疲憊，「這是我奶奶的房子，我和我哥這幾天來幫忙整修。請問你是鄰居嗎？」

「不是，」亞曼達爽朗地說，然後跟著年輕人走向馬路邊，看他把垃圾桶對齊路緣，「我是來調查命案的。」

「你說什麼？」

「事實上死者不只一個，所以應該算好幾個案子。」她意圖解釋得簡單扼要，但顯然不是很成功。

男子愣愣盯著她看。

「那些命案都在昨天晚上差不多時間發生。」

「原來如此。」

「就在後面那間叫蛙客棧。」

「那間酒吧？」男人順著亞曼達的雪茄望向森林頂端，彷彿那場毀滅行為留下了某種痕跡，如微風中的煙霧，「我的天啊。」

「不是不是，這跟老天沒有關係。跟耶穌基督、阿拉、佛祖都沒有關係，他們的案子很久以前就都破了。這起案子是新的，兩個負責調酒的小鬼昨天晚上被人闖進酒吧炸了。」

「什麼？」

「對，砰砰砰！在他們回家睡覺之前，先送他們上西天，家人們內心怕怕好可憐。廚房地板滿是鮮血，兇手不見人影……」

亞曼達思索起來。男人睜著眼睛看著她，等待著。

「……鑑識人員都在採集他的腳印！」

「嗯。」男人說。

「押韻不錯吧，剛剛想到的。我喜歡鑑識人員那句，突然靈光一閃。」

「不好意思，請問你是誰？」

「我是亞曼達．法瑞爾，私家偵探。我只是想問你昨天晚上有沒有在這裡，也許可能聽到任何和案情有關的動靜。」

「抱歉，沒有，」男人拍了拍手上的灰塵，「我是指我們昨天不在這裡，我和我哥艾德今天早上才到。我去叫他出來。艾德！」男人走上房子前的台階，拉開紗門後任它在身後甩上。亞曼達跟到門邊向內看，看到客廳入口處有張黑橘配色的舊躺椅。一旁的小茶几上放著茶杯，還有一副粉紅邊框眼鏡。一隻滿是皺紋的手肘靠著椅子扶手。

「你好，」另一名全身灰塵的精瘦男子出現在走廊上，毛髮豐盛、相貌英俊，稜角分明的臉上充滿關切，「我是艾德．松利，他是達莫。」

「噢對，我叫達莫，」達莫依然皺著眉，「抱歉忘記自我介紹，我剛才有點……分心。」

「我是亞曼達。你覺得奶奶昨天晚上可能聽到什麼嗎？」她放輕音量，眼神謹慎地看向椅子上的手肘，「她昨天晚上在這裡嗎？她現在醒著嗎？」

「她有阿茲海默，」艾德用沾滿灰塵的手將平直的黑色頭髮推至一邊耳後，「就算她真的聽到什麼，我覺得她可能也幫不上什麼忙。我們正在整理這間房子準備出售，而她會搬到安養之家。坦白說，我們其實不太喜歡她住在這裡，畢竟旁邊就是酒吧，有時會有些沒教養的人跨過溪來朝圍欄裡面扔東西。」

亞曼達點點頭，朝玄關走廊另一側望去。看起來他們才剛開始整修——部分工具還在包裝袋裡，新的盒子被拆開並堆疊在牆邊。這兩個鬍子刮得乾乾淨淨的男人隔著門檻看著亞曼達，既沒有邀請她進屋，也沒有要求她離開，達莫顯然仍對亞曼達的押韻技巧感到不安。

「我記得有幾個飛車黨的成員會去那間酒吧，也許是要交易毒品之類的，」達莫靠著牆說，「酒吧有被搶嗎？」

「有可能，」亞曼達說，「不過現在大部分資訊得暫時乖乖待在我的帽子裡。帽子，隱喻，你懂吧？無法透露太多的意思。我現在其實沒有戴帽子。家裡有帽子，不過今天沒帶出門。」

兩名男子面面相覷。

「如果這裡沒人聽見什麼的話，那我就沒有問題要問了。」

「往那邊不遠還有一戶，」達莫指了方向，「沒記錯的話是個年輕的小家庭。」

「好，我去看看。」亞曼達拿著雪茄向兩人致意，輕輕地關上紗門離開。

凱恩斯的居民顯然不喜歡交際，亞曼達心想。小溪這側的幾棟房子之間隔著茂密雨林，彷彿藤蔓與芋屬植物葉片交錯而成的潮濕牆面，濕淋淋的，枝葉濃得看不透。她不得不鑽出林子外，沿著偏僻的街道前往下一戶人家；又是另一座工整乾淨的住宅，赤陶盆栽沿著花園裡岩塊鋪成的小徑依序排列。她才剛踏進院子，一隻巧克力色的拉布拉多便衝到防蟲紗門前對著她狂吠，前腳拚命扒抓著紗門。她站在屋子正門，放眼望去看不見其他戶人家，跟站在亞馬遜雨林深處差不多。她在某盆長得像鳥巢植物裡捻熄雪茄，並對前來應門的年輕女性擺出笑容，不過對方眉頭緊皺。

「你知道那間酒吧嗎？」亞曼達解釋過來意後指著房子後方發問，「你去過嗎？有沒有看過長得狡猾致命像是殺人兇手的人在那裡出沒？」

「我的標準還沒有那麼低，」名叫萊菈的年輕女人翻了個白眼，「我只去過一次，整個地方都是袋貂的尿騷味，廁所又髒，所以之後就不去了。」

「那你昨天晚上有聽到什麼動靜嗎？槍聲或者尖叫聲？」

「這隻的叫聲，」她抓著狗的頸圈，努力拉住不斷撲向亞曼達的拉布拉多，「她叫了一整個晚上，我什麼都聽不到。我們才剛搬來沒多久，那些晚上出沒的動物還是會激起她很大反應。這地方到了傍晚五點就越來越熱鬧，到處都爬滿各種東西，蟲子、蝙蝠、青蛙，嗯……我都不知道我們為什麼要搬來這裡。」

「我也不知道。」亞曼達說。當狗再次開始狂吠時，她皺著眉，用手指著狗的臉說：「你安靜！」

「她只是在表達自己而已，」萊菈說，「用她自己的語言去描述周圍的環境。動物遇到困難時都會這樣用語言表達，她的心理醫生說幾個星期後就會適應了。一開始建議我們搬到內陸的就是他。」

「你的狗有心理醫生？」亞曼達問。

「每個人都需要心理醫生。」萊菈意有所指地說。

亞曼達走回松利家並往另一側走去，逐漸靠近一座曾經整齊乾淨的住宅。這裡的院子在過去某個時間點可能也曾經過細心修剪，不過現在已是雜草叢生，看起來比更靠近酒吧的另外兩戶民宅要雜亂得多。兩名警察正要離開，手裡揣著筆記本朝亞曼達迎面而來。

「另外兩戶可以不用去了，」亞曼達用拇指戳了戳身後雨林的方向，「一邊是早早上床睡覺的耳聾老太太，另一邊的雅痞少婦則是養了一隻太愛叫的狗。」

「滾開，法瑞爾，」兩名員警中的女警說，「我們是在調查命案，不是犯案，不需要你的高見。」

亞曼達已經習慣了這種鄙視。這座鎮上的每個人都知道她是誰、做過什麼事，每個資深的警察也都會告訴新進員警，無論這女人看起來有多友善，都不值得他們信任或來往。她不會覺得這是針對她的個人恩怨。紅湖沒發生過太多刺激的事，可以聊的話題少得令人心痛，所以她十幾年前犯下的殺人案件至今仍是人們的話題之一。雖然經常受到刻薄對待，但是她知道對某些人來說，鎮上出了個殺人犯其實是件有趣的事。他們根本不認識被她殺死的那個女孩，但仍對她的行為氣憤不已。這能讓大家自我感覺良好，所以亞曼達並不介意。她喜歡為大眾帶來快樂。

她聳了聳肩，兀自經過那兩名警官，往屋狀老舊的那戶人家走去。一名穿著花朵圖案睡衣的胖女人把警察送走後正打算關門，不過看到亞曼達便停了下來。她神情猜疑地掃視身材矮小的偵探，因為看到刺青而面露厭惡。女人滿臉都是一層細小的汗珠，而且看起來才剛起床沒多久。亞曼達瞥了一眼樹林間的太陽，聽見屋內某處傳來響亮的購物節目聲音。

「你好，」她爽朗地說，「我是——」

「我沒什麼好說的，」女人直接打斷她的話，「我的節目開始了。」

女人將門甩到亞曼達臉上，談話結束。

一個雅痞、一個老太婆，和一個顯然的隱士。亞曼達判斷叫蛙客棧後方這一排住宅區就是典型的凱恩斯街道，沒有什麼值得注意的特別之處。

她牽了自己的腳踏車，沿著高聳甘蔗田間的小路穿行，差點沒閃過一隻沿著柏油鐵板燒路面蜿蜒進城的棕蛇。

在鯊魚酒吧裡，巡邏員警懶洋洋地坐在卡座裡歇腳等待，其中幾個正在打電話、整理筆記，突然令皮普・史威尼意識到眼前這地方有多像警局裡的用餐區。在場的許多警察都是其他轄區調來的，這是當原本罕有命案的寂靜地區突然發生事件時，被恐懼激發出的本能反應。他們會在四十八小時內仔細搜查初步線索，一般來說這是追補兇手的黃金時間。隨著搜查動能逐漸冷卻，這些員警最終會一個接一個地被召回原本的案件中。史威尼的同事們正在追查目擊證人、閉路電視影像、銀行帳戶和犯罪紀錄，彷彿因為殺戮事件騷動起來的一窩黃蜂。史威尼搖搖擺擺鑽進其中一桌卡座，和兩名資深警探對坐；她頭上是一幅粉紅朱槿畫作，畫中那朵花不規則地恣意伸展。史威尼必須指揮兩名資深警探帶領各自的團隊搜索這附近區域，正當她開始覺得稍微自在一點時，便看到亞曼達・法瑞爾突然出現在咖啡店前，將腳踏車斜靠在玻璃窗上。

「你們坐到我位子了。」亞曼達走到卡座前這麼說。三名警察紛紛從眼前的文件上抬起頭，史威尼還抓著手機靠在耳邊。其中一名男警探望向亞曼達，對她露出冷笑。

「滾開，法瑞爾。這間咖啡廳現在是我們的調查總部了。」

「今天每個人看到我都要我滾！」亞曼達兩手一攤，擺出無可奈何的表情。

「也許你該聽懂暗示。」警探笑著說。

「聽我說，你們可以把這間店當成總部無所謂，但是這個位子不行，」亞曼達指著那名壯漢屁股下的座位，「那是我的位子，我有所有權。」

「咖啡廳是公共空間，你沒辦法擁有公共座位。」

「我可以。」

「你不行。」

「可以，」亞曼達說，「我可以。」

「她真的可以，」服務生薇琪像風一般飄到桌邊，邊走邊收集髒兮兮的咖啡杯，「大概一年前，亞曼達和我們老闆基斯有過約定，她擁有這間店面百分之零點八的股份，而且那百分之零點八指的就是你現在坐的位置。」

史威尼慢慢放下手機。同個卡座裡的那兩名男人瞪著走開的女服務生，看著她繼續去擦附近的桌子並招呼店面另一側舉手想要加點飲料的警察們。

「漢諾威偵查佐，」史威尼語氣謹慎地說，「能不能請你將位子讓給法瑞爾小姐呢？」

兩名警探一邊笨拙地從位子上起身，一邊喃喃罵著髒話。亞曼達在史威尼的注視下靈巧地溜進座位，接著脖子和下巴突然一陣抽搐，顯然是對警探們在椅面留下的溫度感到強烈厭惡。

「如果有人事先告訴我警察要把調查總部設在這裡的話，我就會提醒你們位子的事。」亞曼達說。

「我不是故意要把你排除在外，只是真的忘了，」史威尼說，「我向你道歉。」

「接受道歉。」亞曼達露出微笑。

「亞曼達，我不確定你有沒有注意到……」史威尼不自在地挪動身體，「……我是紅湖轄區的菜鳥，而且才剛升上警督的位子，是因為丹福德和亨奇被捕才被提拔調動過來的。」

史威尼還記得六個月前那個決定性的早晨，她走路上班，看到家家戶戶院子裡報紙的頭版，亞曼達的照片被那兩名警察剛被捕後的大頭照兩側包夾。亞曼達十年前犯下的案子又回到大眾注目之下，鉅細靡遺的專題報導橫跨了四頁版面，令人不忍卒睹的自我防衛故事將身為警察的丹福德和亨奇描繪成喪失人性的怪物。一名少女被殺害，另一名則是被祕密性侵之後又被塞進監獄。這種事能為噩夢提供多少燃料。史威尼能有現在的職位都要歸功亞曼達，但是她永遠不能這麼說。亞曼達經歷那些夢魘不是為了讓她升官加薪。

「看看你，不錯嘛，」亞曼達咧嘴一笑，賞識地看著眼前的女子，「脫下制服穿上偵探裝，你去買獵鹿帽和葫蘆菸斗了嗎？」

亞曼達傾身越過桌面，在對方肩膀上輕敲一拳以示祝賀。史威尼感覺血液頓時衝上臉頰，她環視咖啡店裡的其他警察，發現所有人都毫不掩飾地看著她。

「呃，沒有，」史威尼清了清喉嚨，「現在沒有時間慶祝。我的上司是總警司戴米恩．克拉克，他似乎很相信人經歷嚴厲考驗之後會浴火重生這種事。」

「喔，我認識戴米恩．克拉克，」亞曼達點點頭，「或者應該說我知道他是誰。」

「亞曼達，克拉克總警司已經任命我主導叫蛙命案的調查。」

「但是你從來沒處理過謀殺案。」亞曼達給出結論。

史威尼抖了一陣，再次環視店內。雖然其他員警沒近到能聽見她們的對話，她還是覺得所有人都在聽。

「誰跟你說的嗎？」

「沒有，只是霍洛威海灘算不上是謀殺案熱點，」亞曼達說，「富到流油的外國銀行家住在沙灘上的巨大白色豪宅裡，一邊偷股東的錢又一邊逃稅。那些無聊的老婆們在午餐時間就狂喝榭蜜雍，醉到互扯彼此的接髮，還把寶馬開去撞棕櫚樹。你在那裡處理的應該就是這種案子吧，我不覺得真的會發生什麼有趣的事。」

「你離真相不遠了。」

「所以這很令人興奮，你的第一起大屠殺耶！」亞曼達在位子上下抖動，「還是要恭喜你呀！」

「嗯嗯，」史威尼再次皺眉，「不瞞你說，壓力滿大的。有些警官覺得自己更有資格坐這個位子，再加上麥可・貝爾還僱用了你們，坦白說讓氣氛更緊張。」

「喔拜託，要是有人殺了我小孩，我也會立刻去找康卡菲與法瑞爾聯合調查公司，」亞曼達得意地揚了揚下巴，「我們的破案紀錄不是蓋的，接手的每件案子都沒掉過漆——泰德或我只需要把臉湊到鏡頭前向全世界宣布手上的案子，就能獲得媒體關注。反正每次我洗衣服都會上全國新聞，泰德則是所有人最喜歡的戀童癖。」

「亞曼達，拜託小聲一點。」

「我們還有個地方很加分，」亞曼達繼續說著，「我和泰德的體型差異能讓潛在客戶非常放心——像泰德這樣動作遲緩的大呆瓜是負責教訓惡棍的打手，我則是精力充沛的蜘蛛猴，可以在小巷子裡飛簷走壁追捕逃跑的壞蛋。」她擺出到處搜查的表情，對著空氣扒抓。史威尼點點頭，對這一連串招攬生意用的宣傳演說表示同意，但心裡其實默默得出結論：亞曼達很可能不曉得為什麼麥可・貝爾當初被史威尼手下的員警進行初步問話時，會突然發難決定要僱用私家偵探。

「另外還有一件事，他相信你們殺了他爸。」亞曼達打了個哈欠，不屑地對著滿屋子的警察揮了揮手。

史威尼瞬間被咖啡嗆到。

「咳，你說什麼？」

「當然不是說你們親手殺的，只是你們得負起責任，」亞曼達說，「麥可・貝爾的父親是克里斯多福・雷耶。」

「那個飛車黨員？」史威尼突然一陣畏怯，「為什麼沒人告訴我？」

「因為姓氏不一樣。我覺得麥可改姓就是不想讓人聯想到他掛掉的老爸。他想表示他和老爸不一樣，是個循規蹈矩的良善公民，至少他自稱如此。」

「克里斯多福．雷耶他是──」

「住在塔里的惡魔幫成員，」亞曼達點了點頭，「警方當時正在監視塔里的撒旦聖徒幫，知道克里斯多福．雷耶會因為得罪聖徒幫或者之類的理由遭到攻擊，但卻沒有警告他。然後，警方在某次監視行動中搞砸了──聖徒幫的人從警方眼皮底下溜了出來，殺死麥可的爸爸後又溜回警方的視線中。嘛，總之這是麥可相信的版本。當時他才八歲。」

「好，好極了。」史威尼把臉埋進手掌中。

「他有可能是錯的，」亞曼達繼續說，「從來沒人找到雷耶的遺體，也有可能他根本逃走了，現在人在菲律賓用魚叉捕龍蝦，把屁股曬得黝黑發亮。」她聳了聳肩。「我也不曉得。」

「天啊。這些都是麥可．貝爾今天早上告訴你的？」史威尼揉著雙眼。

「嗯哼。」

「你怎麼有辦法……」史威尼的話尾逐漸減弱。她環視四周，小心翼翼不在其他同事面前表現出自己正試圖從亞曼達口中獲取資訊。

「我們在凱恩斯有同一個刺青師，」亞曼達主動解釋，「而且我是個話匣子。我能說什麼呢？有時候人們會為了讓我閉嘴而自己開口說話。」

「我現在最不需要的就是這種情況了，」史威尼說，「一個不合作的家屬，還有……」她的聲音再次消散。她沒有理由大聲說出其他令自己擔憂的事。這是她當上警探後的第一起重大案件，還是雙屍命案，又可能牽連到飛車黨，再加上這座鎮上大家最討厭的兩個人半路殺出想要幫忙調查。史威尼看著亞曼達，後者正仔細地撕下紙巾的一角，揉成球狀，然後放進嘴裡嚼起來。旁邊一桌男警根本已經放棄假裝認真工作——他們以顯而易見的輕視神情看著全身刺青的私家偵探吃著餐巾紙做的零食。

「亞曼達，」史威尼深吸一口氣，「我不會把你和泰德參與調查的事告訴克拉克總警司。」

「喔？」亞曼達挑起一邊眉毛。

「對，我不會說，」史威尼說，「當然了，他勢必會從其他同事那裡發現這件事。他會指責我沒告訴他，然後堅持要我把你們弄走。但是在走到那一步之前，也許你們可以幫我挖出幾條線索。」

「小手段呀小手段，警探壞壞，」亞曼達微笑說著，搖著一根手指，「我喜歡你的做事風格，也喜歡這種見不得光的關係。喔喔喔，危險關係，臥底夥伴，祕密聯盟。我覺得自己現在好像在《我要活下去》的某一集裡。」

史威尼插嘴說道：「所以也許你可以——」

「保守祕密讓我興奮，」亞曼達現在只聽得到自己的聲音了，「讓我靈感泉湧，撲通撲通臉紅紅，彷彿暗戀——」

「亞曼達？」

「——雞蛋煎——」

「亞曼達，」史威尼傾身向前，再次拿起筆來，「本著合作精神，也許你可以告訴我你目前知道的其他資訊，尤其像是與飛車黨有關的關鍵資訊。」

「喔對，我的確可以。」

史威尼將筆尖靠上紙面，不過亞曼達卻已經站起身，伸手拍掉黏在襯衫下襬的紙巾碎屑。「但是呀，史威尼．馬賓尼先生[2]，你得耐心等待時機到來。我可是有教養的淑女，才不會在別人剛表現出興趣就沒節操地把自己的禮物全部給出去。我之後再聯絡你。」

史威尼眼神驚恐地看著亞曼達轉身離開咖啡店，經過最靠近的桌子時還對著滿桌的警察眨了眨眼。

2 亞曼達幫史威尼亂取的外號之一，應該是影射蘇格蘭殺人魔Sawney Bean。

親愛的日記，

我很抱歉。這應該算得上一點誠意。很對不起我是這樣的人，我也不想這個樣子，每當我做那些事、想那些東西的時候，我也覺得非常糟糕。你應該懂，我們會在電視上看到很多戀童癖，都是些笑臉迎人的傢伙，一點歉意也沒有，反而充滿自信、令人討厭。有天晚上我在看《法網遊龍》，而克蘿伊躺在我大腿上，半睡半醒，任燈光打在她的臉上。即使只是虛構角色，在螢幕上看到戀童癖都是很可怕的事。那一集裡有個戀童癖，是兒童情色組織的首腦，他正在告訴某個小男孩說，不用擔心，一切都會沒事的——因為他喜歡的是小女孩。他和小男孩的父親是朋友，小男孩不會因為他的碰觸而畏縮，也不會因為和他同桌吃飯而感到不舒服。

如果我的生活像那樣的話該有多好。如果我也能如此麻木的話該有多好，像播報天氣那樣隨意把自己最黑暗、最不為人知的羞愧心事告訴某個小男孩。光是說出來就令人感到安慰。想像一下，如果我有一整個「組織」的朋友，每個人都和我有同樣「喜好」。根本胡說八道。我根本不敢去找其他像我一樣的人，就算是在網路上也太危險。也許，如果我有同樣處境的朋友的話，他們就能說服我放下潘妮，讓我相信她其實不是我想像中的那個樣子。

和克蘿伊一起搬進衛希街房子那天，我看到了潘妮。她坐在門廊階梯上，一邊等著媽媽出門，一邊用棍子在草坪上挖洞，把棍尖深深扎進飽含雨水的泥土裡。奇怪的是，我並未感受到平時那種彷彿重擊胃部般的慾望，就是哈特醫生告誡我要小心的那種。潘妮穿著小小的天藍色長上衣，某個昂貴的牌子，可能是Charlie&Me。還有迷你跟鞋。我很努力不讓人知道，但我會留意童裝潮流。現在有越來越多媽媽喜歡讓小女孩穿跟鞋，這我舉雙手贊成。還有手提包包和太陽眼鏡，漂亮極了。我在搬箱子進屋時看到潘妮，心裡只想著「這小女孩打扮得很好看」。就這樣。也許治療真的有效，或者我心不在焉，甚至有點憂鬱。那天早上我讀了報紙上某篇文章，因此心煩意亂。

> 一名經常出入坎登公園區的男子可能與兒童進行不當接觸，警方呼籲該區居民協助提供相關資訊。警方收到多次檢舉，表示有一名男子曾在安吉拉李舞蹈學院周遭接觸兒童，並以不當方式和他們交談。該名男性年約二十至三十歲，白人，留有及肩深金色長髮。

我已經剪掉頭髮，給了克蘿伊「因為我想要有點變化」的爛藉口，但還是擺脫不了那股愧疚感。以前也發生過同樣的狀況。當時我還是個青少年，某天在海邊玩時「不小心」被浪沖進一群金髮小孩子裡，結果我有點毛手毛腳。兩名救生員接到其中一個小孩的媽媽投訴後追著我跑。會有人找上門的念頭始終在我心上縈繞不去。這就是我的人生。每當有我不認識的號碼打來，或者有意料之外的人來敲門，或者，每次有兄弟要吐露某個祕密，或者當克蘿伊對我說「我們需要談談」時，我都會想，我完蛋了。我每天至少會出現一次「我完蛋了」的念頭，而這令人筋疲力盡。

我一直站在院子的烤肉架旁，聽著廚房裡的克蘿伊打開箱子、拿出裡頭的東西、布置我們的家。就在這時，剛才在隔壁鄰居房子前看到的那個女孩突然把頭伸過籬笆。我剛剃了平頭，還有點不自在，意識到自己正用手摸著頭頂，試圖隱藏。看來那時的我就已經在在意她的想法了，或許也有點喜歡她。她大約十歲，白金髮色。對我來說有點老了，不過我還是報以好奇的微笑。

「嗨。」

「嗨。」

「我叫潘妮。」

「我叫凱文。」

胃裡開始有點騷動。我繼續安裝烤肉架，不想讓自己看起來太渴望。她一邊看著我，一邊用參差不齊的粉紅色指甲剝著籬笆頂端。

「你們都搬完了嗎？」她問。

「還要整理箱子裡打包的東西，」我將瓦斯瓶旋轉至定位，「不過應該不需要太久。」

「我認識之前住在這裡的人，」潘妮說，「他叫拜耳斯先生，脾氣很壞。」

「這樣啊，」我說，「還好我們脾氣很好。」

「她是你的老婆嗎？」她透過廚房窗戶看到站在水槽前的克蘿伊。

「她是我女朋友。」

「她好漂亮。」

「你也是啊。」我這麼說。不過她沒有臉紅，沒有回話，連某些年紀再小一點的孩子可能會咯咯笑的反應都沒有。大概很常聽到這種話吧。這個小鬼，開關已經被打開了。我感覺到一陣燥熱爬上頸椎，那種再熟悉不過的感覺。化學物質彼此碰撞。我的羞恥心立刻湧了上來，並為此心生歉意。其他人永遠不會瞭解這一點。這也是為什麼我從來沒向其他人說過的原因，正常人根本不懂這種感覺，強烈、噁心、微微刺痛的感覺湧上我的皮膚。我知道這是錯的，我知道我錯了，我很——

「你幾歲？」她問。

「我二十四歲。」我告訴她。

「好老喔。」她露出微笑，很清楚她正大膽地玩弄著自己的魅力。放肆的小母狗。我大笑起來。她媽媽從屋子裡叫她。

「那你幾——」我正開口要問，但是她已經走了，消失得無影無蹤，彷彿某個神祕的女孩，也許根本不曾存在過。克蘿伊摸我手臂，我嚇了一跳。剛才的我聚精會神在聽潘妮的鞋子敲打階梯的聲音，還有她離開我生命時關上紗門的撞擊聲。

我的成年女友問了我什麼，但我不記得了。我有回答，大概吧，因為她後來離開了。我蹲在磚頭地上割斷綁住烤肉架的束線帶，潘妮的名字始終不斷在我腦中迴響，殘忍、無情、震耳欲聾。

因為克萊兒．賓利的性侵案遭捕的三或四週之後，我被我太太放棄了。她屈服於《六十分鐘》持續不斷的追問，答應接受他們訪問，並開始與我保持距離，不再像還押候審時那麼常來探監，也不再旁聽預審。我的律師傳喚她時，她依然會打電話或文字聯絡，也願意參與會議，但是鮮少對上我的目光。十四年來她一直叫我泰德，現在卻改叫我的本名愛德華[3]，女兒莉莉安的身影也從我的視線中消失。一開始莉莉安還能坐在會面室的玻璃後，接著變成凱莉冷漠電話中背景裡的一陣嚎啕大哭，很快地就成了手機上偶爾出現的一張照片，遙遠陌生、毫無聲息。我曾經將幼小的她抱在懷中，微笑看著拒絕入睡的她緩慢眨著疲憊的雙眼，但是她現在卻成一幀鬼魂，在半夜三點的夜裡竊竊私語。

少數相信我清白的人無法理解凱莉的行為，不過我能懂。在情感上拋棄我是比較安全的選擇。我入獄並不是曠日持久的結果，而是某天早上去上班後便沒再出現。突然間，我成了凱莉生活中一個距離遙遠的男子，永遠疲憊不堪、充滿恐懼，因為身在監獄而無法擁抱或者親吻她。每個人都告訴她這個男人做了某件邪惡至極的事，且向她保證他們能夠提出證明。我們從來沒討論過這件事，不過我想對凱莉來說，她認識的那個泰德在那天就死了。我知道那是什麼感覺，因為對我來說他也算是死了。我認識的那個自己個性樂天，是個熱愛家庭和工作的隨和男子，喜歡在週日午後抓著書和啤酒，坐在客廳裡那個溫暖充滿陽光的角落。可現在我沒辦法想像自己再成為那個泰德了。對我來說，他太過天真、悲慘，是個隨時等著被扯後腿的傢伙。

家庭及社區服務部所在的大樓位在帕拉馬塔區的麥夸利街上。我站在大樓的電梯前，心上壓著那個死掉的泰德和他的鬼魂小孩及冷漠妻子，他們所代表的可怖過往逐漸聚積成一股漩渦般的緊張情緒，讓人越陷越深，難以逃脫。今天是我第一次進行監督探視，凱莉和我在先前的訊息討論中有過共識，都覺得應該要在公共場所碰面，藉此分散女兒的注意力。但是現在我被媒體追著跑，再加上自詡為正義使者的人所發出的威脅，我們認為改在這座建築物深處見面是對孩子最安全的選擇；大樓或許缺乏生氣，但至少外人難以進入。我走進狹小的電梯，腋下夾著一個包裝得亂七八糟的軟包裹，琳達和雪倫則在我身後不安地走來走去，就像兩隻有著強烈保護本能的鬥牛犬，因為察覺我不斷上升的慌張感而焦急地踱步。正當我看著螢幕上的液晶數字，倒數著剩餘樓層時，雪倫突然拍了我的肩膀，嚇了我一大跳。

「卡利送的。」

我看著他塞過來的小盒子，只有我食指那麼長，外表包裹著金色厚包裝紙，上頭的銀色小蝴蝶結被雪倫的夾克稍微壓歪了。雪倫看我沒拿，便不耐煩地再次往我面前推來。

「這是什麼？」

「當然是禮物啊，王八蛋，不然會是什麼？」他嗤了一聲，琳達也同意地嘆了口氣。

「我不想要禮物。」

「給小孩的啦，」雪倫把盒子硬塞到我胸前，撞得我一下子喘不過氣，「有完沒完。」

我把盒子放進口袋，接著門一打開就看到凱莉站在我們電梯前。我早該料到的。她從以前就是這樣，越是擔心我，就會離開家裡越走越遠，試圖盡早見到我的人。以前在緝毒隊時，如果我輪到比較危險的班次，或者只是沒接到她電話，那天回家轉進巷子就會發現她站在巷口轉角，看著我的車從夜色中

3 泰德（Ted）是愛德華（Edward）傳統上的小名之一。

浮現。她看起來氣色很好，這點令我訝異。我猜自己可能下意識認為，經過過去一年她也會像我一樣形同枯槁，但是眼前的她健康而結實。我們還在一起的時候她就喜歡用跑步來紓解壓力，現在的她一定瘋狂地在人行道上狂飆。

「嗨，凱莉。」我露出微笑。

「嗨。」她後退讓我們離開電梯，似乎因為克制了自己想要擁抱我的衝動而覺得無所適從，雙手在胸前糾結著。「你好嗎。」語氣是敘述，而非問句。

「你可以抱我。」我不知道自己為什麼這麼說，她可能根本不想。我知道自己在哭，但是克制不住。喉嚨在痛。這種感覺糟糕透頂。「沒……沒關係的。」

凱莉張開雙臂朝前環繞住我，但是只用手掌與我的背部接觸，彷彿我整個人是一根發燙的火把。這個姿勢似乎耗盡了她從最後一次見面以來勉強累積的些許善意。她檢視著我的臉，神情就像以前那樣，彷彿我是在某次突襲行動中不小心撞傷手肘。

「你是發生什麼事？」

「喔，靠，」我這時才想起來，伸手去摸臉，「我呃——」

「還有，這兩個是誰？」她又退了一步，好看清楚我身後那兩個奇觀般的高大男子，「不好意思，請問你們有事嗎？」

「他們跟我一起的，」我試圖握住凱莉的手臂加以安撫，但是被她抽開，「抱歉，他們應該算是我的……保鑣。」

「你認真的嗎，愛德華？」凱莉難以置信地看著我，「你就這樣來參加你女兒生日嗎？帶著半張被打歪的臉和兩個……兩個……」

她一隻手朝著琳達和雪倫揮舞，試圖找到對的詞彙。我沒說話，因為我也不曉得該叫他們什麼。

「這兩個人跟你那些毒販朋友有關嗎？」現在的凱莉怒意高漲。我還記得她那些小動作，它們會隨著她的怒氣加劇而像燈光一樣依序亮起。雙眼瞇起，血管沿著脖子一側突出。

「小姐，麻煩繼續前進……」琳達用巨大的手掌比著凱莉身後走廊，彷彿夜店保全正在告訴發酒瘋的女子大門在哪，「還有其他人要用電梯。」

「不要這樣，」我對他搖頭，「不要命令我老婆。」

「我不是你老婆！」凱莉猛然爆發，「媽的，你到底在搞什麼！」

我可以聽見走廊底部傳來莉莉安的哭聲，那聲音如火災警報般打斷了爭執。我們全都停了下來，凱莉擦著額頭上的汗，一邊喘氣一邊小聲抱怨。

「我們走吧，」我對她說，「能不能讓我就——」

她調頭就走。我跟了上去，兩支肌肉棒子緊貼在我身後。

「我需要你們兩個保持一點距離，可以嗎？」我邊走邊對他們說，「這些是我的家人。」

「我們知道。」

「那就給我們一點空間啊。我已經很久沒看到他們了，我現在很努力要享受和家人共處的時間。」

我彎過轉角，看到兩歲的女兒在大人陪同下站在辦公室的等候區，任何我原先預期或者希望會有的愉悅感卻都在這一刻消弭殆盡。

莉莉安只看了我一眼，便開始尖叫。

凱莉和我沒有離婚。我們試過要離婚，只是沒成功。問題首先發生在她那一邊：在我獲釋後，凱莉要求法官下令探視必須受到監督，接著便開始拒絕我或者我律師的電話。她自己找了另一名律師，打算拿走我手中的所有財產，但是後來又無緣無故開除了律師並退出協商。經過幾個月的沉默，我們漸漸恢復聯繫並重新草擬和解方案，不過就在程序要進行到下一階段時，換成我開始拖延。我告訴她，我需要時間去思考和解方案的公平性。這是真的，我一直很還怕簽署最後的文件，不過她也沒有多加強迫。於是所有文件現在仍分別躺在我們兩人家中，上頭黏滿了黃色小標籤，告訴我們該在哪些地方簽名。

對離婚的猶豫不決體現在我不曉得該拿自己的結婚戒指怎麼辦。我第一次拿下戒指是在前往凱恩斯的路上，我開著車，雪梨成了後照鏡中的倒影。我把戒指塞進副駕駛座前的儲物箱裡，但是手指赤裸的感覺很怪，於是很快又戴了回去。在接下來幾個月裡，我不斷在憤怒之下摘掉戒指扔至一旁，然後又怯懦地撿起戴上——這通常都發生在喝醉的時候。而在此刻，我戴著戒指跟在凱莉身後，邊走邊用指尖去轉動手上的戒圈。

這裡有兩名社工和一個凱莉帶來的男子，我不知道是誰，也許是她的新男友。凱莉蹲下，將莉莉安撈至懷中並帶離我身邊，留下我和我的打手雙人組站在原地，和她的情感支持小隊面面相覷。那兩名社工身穿長裙，表情嚴肅，脖子上的掛繩末端綁著門禁卡和識別證，是典型的社會工作人員，和我以前在緝毒隊時常遇到的無異。他們會深入冰毒毒窟，從最黑暗的深處拉出不斷抽搐的沉默嬰兒和臭氣沖天、渾身疥癬的幼童。

我先向那名男子打招呼，反正看起來也沒人打算向我介紹他是誰。

「我是泰德。」我伸出手。

「傑特。」他用力和我握手，沒有說明自己的身分，但我感覺得出來他是凱莉的男友。對他來說這次握手顯然是件大事，是他老早就決定好的反應。他看了看四周，確保兩名女性社工都有看到這一點，都知道他的器量有多寬大。他比我矮很多，但是結實、肌肉發達，就像現在的凱莉那樣。不過他的眉毛末端有點奇怪，是上了蠟嗎？事實上，因為現在近距離看他，我發現這個人全身上下有很多奇怪的地方，皮膚光滑無毛得很不自然。我心裡那個憤怒的泰德令我擺出警察的姿勢，挺著胸膛，繃緊嘴唇，垂低視線從鼻尖看人。不要這樣，我在心裡咒罵自己。不要這麼王八蛋，這個人有可能成為你女兒的繼父。我尷尬地拉出微笑。

我向家服部的兩位女士介紹自己，不過除了「你好」之外，她們似乎不願意有任何更深入的交流。我沿著凱莉消失的方向走去，發現一間充滿消毒水味的巨大遊戲室。凱莉坐在地上，用鼻音對著莉莉安嗚嗚咽咽，試圖哄她和一隻粉紅色的泰迪熊說話。我保持著一點距離，在附近的地板坐下。我沒辦法彎得那麼低，一移動肋骨便發出驚人的疼痛。琳達和雪倫走到遊戲室的另一端，琳達拿起一輛消防車仔細研究。

「他們兩個一定得在這裡嗎？」凱莉問。

「我也不願意，」我說，「他們是卡利．費拉硬塞給我的。」

「卡利．費拉！」凱莉睜大眼睛，面露恐懼，「天啊，泰德！」

我朝她揮手。「你小聲一點。」這世界上的毒梟分成兩種，一般的毒梟和因為謀殺或勒索罪嫌頻繁出現在媒體上的毒梟，後者的名號家喻戶曉。兩名社工和凱莉的男人似乎都沒注意到。他們在旁邊一張塑膠桌邊坐下，兩名女士已經猛烈地寫起紀錄。我拿出小盒子，遞給凱莉。

「這是他給小莉的禮物。」我說。

「我不想要。」

「你必須收下。」

「沒有這種事。」

「凱莉，拜託，」我朝家服部的人瞥了一眼，「拜託，就是——」

凱莉搶走我手中的盒子，塞進開襟毛衣口袋。「泰德，你不能和那些人混在一起，」她帶著威脅的神情朝我靠近，「沒有藉口。」

「凱莉，我現在的生活裡有很多糟糕的傢伙，」我露出冷淡的笑容，「我知道這很怪，但他們雖然都是流氓、毒梟、殺人犯，卻從來沒懷疑過我的清白，從來沒有。反觀我自己的太太……」我聳了聳肩。

凱莉不發一語。我捏了捏自己瘀青的雙眼。

「對不起，」我說，「對不起，這樣講太過分了。我道歉。」

「沒關係，」她看著面前地上的莉莉安，孩子背對著我，正在擺弄泰迪熊的眼睛，「小莉，你看誰來了，是把拔吔。你記得把拔對不對？」

莉莉安轉頭看我，下巴顫抖著。

「我是把拔呀，」我微笑著說，「你是小親親，你認識我對不對？」

莉莉安轉頭撇開。我舉起手假裝去抓太陽穴，然後便一直舉著沒放，以防自己潰堤。

「她只是需要一點時間。」凱莉說。

「我知道。」

我拿起自己的禮物朝她伸去，但是莉莉安不想和我有任何接觸，於是我只好自顧自地拆起包裝。她用眼角餘光偷偷看著。我從紙袋裡拿出一隻絨毛玩具恐龍，讓它在我旁邊的地墊爬上爬下。一會兒之後，我偷偷側身往莉莉安移動，將兩人的距離拉近到剩下一英尺左右。我痛苦地意識到牆上的時鐘，兩個小時的監督探視時間正一秒一秒地倒數消失。我在這段時間裡的任務是給自己的小孩一個擁抱。我要一個真誠、毫無恐慌情緒的擁抱，就算賠上這條命也無所謂。

「如果沒有人要跟我一起玩的話，我只好自己跟它玩囉，」我若無其事地說著，讓恐龍在我面前地上繞圈，「『喔喔，我是一隻快樂的恐龍，善良體貼，又綠又帥。』」

莉莉安被勾起好奇心，但仍充滿警戒。我嚇到她了，頂著黑青的眼睛和充滿血絲的眼白，還有整排雜亂無章的釣魚線縫線。我無視疼痛側躺下來，用手撐著頭。

「我是一隻快樂的——」

「那是我的。」莉莉安說著，拿走我手裡的恐龍。我們的手指擦過彼此。我坐起身，又挪近了一些。

「好啊，那就給你。」

「我的恐容。」她模仿我剛才的動作，讓恐龍到處移動。她抬頭看我，露出一絲微笑，彷彿最細小的光芒，「『我是綠色的，我是綠色的。』」

「她長好大，」我對凱莉說，「竟然已經這麼大，都快變成小女孩了。」

「小孩子就是長這麼快，」凱莉嘆了口氣，「我們現在正在練習上廁所，該怎麼說……很有趣。」

我想知道她說的「我們」是指她和莉莉安，還是她和那個男的。所以現在住在我老婆家裡，每當莉莉安用了馬桶就給她一根棒棒糖的人就是這個男的嗎？每天晚上幫她蓋被子、唱搖籃曲的人是他嗎？我抬起頭，發現傑特正俯視著我。我隨意拿起一隻塑膠老鼠把玩，莉莉安推了我胸口一把，搶走我手中的老鼠。

「那是我的。」她說。

「好啊，那就給你。」我微笑著說，抓住機會拍了拍她的黑色捲髮，而她沒有轉身躲開。我離那個擁抱越來越近了。

「他們可以有肢體接觸嗎？」傑特皺著眉頭，以眼神朝家服部的兩名女性尋求幫助，「這在允許範圍嗎？」

「她是我女兒。」我說。

「嘿，我只是希望謹慎一點，」傑特生硬地聳了聳肩，「如果沒有理由擔心的話，法院也不會要求監督探視。」

「傑特。」凱莉說。

「可以有肢體接觸，」家服部的其中一名社工說，「只要擁有監護權的家長同意就沒問題。」

擁有監護權的家長。那我算什麼？受指控的家長、被起訴的家長、沒有監護權的家長；觸碰自己女兒時必須戒慎恐懼彷彿她是紙做的，深怕引起包括孩子在內的任何人驚嚇或恐懼的家長。這樣的話，傑特又算什麼？後來替補的家長？我想知道他凱莉在一起多久了，她竟然會帶他來參加氛圍這麼緊繃的會面場合，而他又如此力求在家服部的社工面前表現自己是個好人。他們的關係一定是認真的，但是她卻從來沒提起過，而是毫無解釋便這樣往我臉上扔來。不過就算事先知會了我也不確定是否就能緩和現在的場面。我不想問凱莉她和傑特是什麼關係，不想稱了她的意，顯露出任何驚訝或沮喪的樣子。因為對她來說，她知道我也有個女朋友。我曾經短暫假裝自己有過。好可悲的遊戲。

抗議終了，傑特重新沉入椅子裡，眼神死盯著我。我試著把注意力放在莉莉安身上。又經過十分鐘，她抓住我的手，一邊戳我的脖子一邊大笑。我離那個擁抱只剩下一點點距離，一股想要拋下謹慎態度的衝動在雙臂和胸口裡跳動著。但是我會害怕，怕我如果真的像以前那樣抱住她、將她緊緊捏在懷中，不僅可能嚇到她，更可能不小心讓她受傷。我的身體渴望著她，強烈的渴望令人難以承受。我可以聞到她的味道，小小孩會有的那種奶味和香皂味，以及她指甲上某種類似塑膠的味道——可能是培樂多黏土，或者蠟筆。琳達和雪倫全神投入地在角落玩四子棋，最後輸的那人大喊著阿拉伯語並將拳頭砸在桌上，把硬幣震得到處四散。

我離擁抱的目標非常非常近了，但是當我張開雙手時，莉莉安卻撲向凱莉懷中。我的太太對我露出安撫的敷衍微笑。我想，在久別重逢的新鮮感退去之後，凱莉已經清醒過來，重新想起我們現在之所以會在這裡都是因為我的緣故；無論我是有意還是無意，她曾經為自己的和女兒的未來所安排的一切都因為我而完全坍塌。要是我那天稍微晚一點出門就好了，要是我把車再往前停遠一點就好了，要是我再多努力一點去證明自己的清白——找到某項證據讓整起案件水落石出，向包括她在內的每個人證明我沒有攻擊過克萊兒．賓利——如果我那樣做的話就好了。但事實是我沒有做到這些事情中的任何一項，所以對凱莉來說，這一切都是我的錯。

當秒針走到這兩小時的最後一圈，連分針都還沒晃至定位時，傑特便已從椅子上起身，抱走我面前地上的莉莉安。

所有人都在準備離開，琳達和雪倫離別依依地朝角落的玩具箱投去最後一眼。凱莉默默來到我旁邊，我以為她要和我道別。

不過她說的卻是：「現在和你一起工作的那個女的，亞曼達．法瑞爾，那個殺人犯。」

「怎麼了？」

「她是怎樣的人？」凱莉在我眼神中搜索著。

「亞曼達人很好，」我發現自己的身體又擺出以前當警察時的姿勢，抬頭挺胸，揚起下巴，「她是很好的同事，偵探能力極強，也是非常稱職的朋友。」

「喔，」凱莉說，「所以你們是朋友。」

我的肩膀垮了下來，一臉困惑。所以凱莉是在問我的「殺人犯朋友」危不危險嗎？還是想知道我和她有沒有一腿？那句話到底是什麼意思？我看著自己的太太，試圖理解她現在的心境，我以為她早已將我放下，重建起原先破碎的生活。她有個明顯一起運動的男性友人，且兩人似乎頻繁來往，以至於我們的女兒願意被他抱起來，坐在他的髖關節上。這樣的話，為什麼凱莉要在乎我生活中的其他女人怎麼樣？

「凱莉，我們得走了。」傑特走到我們旁邊。我決定冒險一搏，伸手拍了拍莉莉安溫暖的頭、拉拉她天鵝絨般柔軟的耳朵，就像以前那樣。以前的我曾是唯一一個可以抱起她，而不會讓她反感的男人。

「下次見，小親親，」我對她說，「我愛你。」

莉莉安放開傑特的領子，一隻手朝我伸來，但是傑特卻往後退開。我感覺自己頓時咬緊下顎。

「讓她抱吧，」凱莉對他說，「是她自己想抱他。」

傑特的脖子和下巴一陣通紅，鮮豔的怒意爬上臉頰。他讓莉莉安伸出身體，朝我靠近。我將她抱進懷中。

「喔，我的小寶貝。」我發現自己不自覺這麼說，於是轉身背對他們，避開困惑的凱莉、她滿肚子怒火的男友，以及家服部社工的目光。我抱著莉莉安走向窗邊，努力不要抱得太緊而讓她無法呼吸。

「寶貝，寶貝，我的寶貝。」

我站在那裡，背對著所有人，感覺到她的小手臂環繞我的脖子，臉頰貼著我的肩膀。我抱著她搖晃，聞著她的氣味，用巨大的手掌托著她的頭，用盡全力抓住令人興奮的此刻。也許只要我抓得夠用力，當我們再次轉頭時就不會看到那間位在醜陋建築物裡的老舊辦公室，也不會被一群充滿敵意的臉孔圍繞。也許，當我再次轉身，我會發現自己其實一直站在家中客廳的窗戶前看著外頭的院子，懷中抱著幸福的小寶貝，身後只有深愛著我的妻子，只有她。

「我愛你，小莉莉。」我對著懷裡的孩子這麼說。她的手指在我頭髮中，玩弄著我頸後的一綹捲髮。

「把拔，我也愛你。」她說。

在往地面樓層的電梯裡，我背對著琳達和雪倫抹眼淚。電梯門關上，我的家人已經在視線之外，我的眼淚終於能夠落下，無聲無息、小心翼翼，這樣才不會引來我身後那兩頭怪獸笑話。當琳達開口說話時我有些訝異，他的聲音低沉，自我頭上傳來，彷彿神在低吼。

「要我們去幹爆那傢伙嗎？」他說。

「什麼？」我迅速轉頭看了一眼，「誰？」

「那個眉毛奇怪的死娘砲。」雪倫說。

「什麼……喔，沒有，不用，我沒有要你們去……幹爆他，」我清了清喉嚨，「不過還是謝謝關心。真的。」

他們其中之一失望地嘆氣。

皮普．史威尼見識過許多陷入危機的家庭，非常瞭解那些跡象。所有維持日常運作的工作突然停滯，碗盤堆疊在水槽裡，乾渴的植物在盆器中垂頭喪氣。你想得到的每個角落都擠著人，而狗在人群之間漫無目的地遊走，被到處都是的哀傷以及偶然閃現的怒意搞得困惑不已。當她抵達麥可．貝爾在瑞德林奇的家時，搖搖晃晃紗門後的景象就和她預期中的一模一樣。一名年輕女性占據了小客廳右邊的廚房絕望地哭著，抽抽噎噎，旁邊陪著兩名體型豐滿的中年女性，也許是她的母親和阿姨，正試圖舒緩、撫平她的痛苦。流理台一角放著幾盒披薩，這些用來隨意充飢的食物很快就會讓窗框邊那列正在爬進屋內的螞蟻欣喜不已。窗台上的那朵白鶴芋已經開始凋萎，纖長的綠莖緩慢下垂。十幾個小時的哀悼對這個地方產生的破壞力令人訝異，彷彿一場狂歡從未舉辦便已結束，徒留混亂的殘局。人們紛紛到來，兀自倒咖啡、吃東西、喝啤酒，帶來他們認為一名父親在消化喪子之痛時會需要的物資：用外帶餐盒裝著自己煮的食物，因為塞不進冰箱便都堆在一旁；好幾袋麵包；記著諮商和心理醫生資訊的小冊子。沒有人來幫史威尼開門，她直接走了進去。當死亡發生時，敲門後等待應接的儀式被拋在一旁——所有的門都開著，隱私都暫時不存在。如果無法阻止死訊向外傳播，那麼將家的一切阻隔在內似乎也沒有任何意義。

她左手邊是安德魯的房間，門是敞開的，因為在向這家人傳達死訊的幾個小時後，她曾派了警探來蒐集證據。史威尼瞥了一眼，看到凌亂的床單和牆上那張神碑樂團的海報——海報上滿是骷髏頭和撕裂的血肉。塞滿東西的桌上有包未開封的香菸，吸引了她的目光。安德魯已經抽不到這包菸了。現在來看，他能享受的過程只有將菸從商店買回來放在桌上，這對他來說實在太不公平。在遞出現金、拿走小菸盒的那個當下，他根本不曉得自己的生命只剩下最後幾個小時。時間倒數著，然後變得只剩幾分鐘，然後是幾秒。

她胸前抱著文件夾，才走進正門就停下，文件上簡要寫著他們已經著手展開哪些調查。她讓幾名警察去看路上的監視器畫面，要他們找出哪幾輛車曾在案發時來往叫蛙旁的高速公路，然後找出駕駛、聽取他們為什麼在如此荒唐的時間點還在路上，並查核他們的解釋。犯罪現場的鑑識工作已經順利完成，從酒吧採集的所有樣本都會緊急送去分析——會有一組專業人員負責分離出生物檢體，並嘗試從檢體去篩選有理由出現在酒吧附近的每個人，尤其是曾出入命案發生的廚房內場的相關人士。需要採集的樣本數量極為龐大。史威尼已經指派員警去採集酒吧每位員工的DNA，包括老闆克勞蒂亞・弗蘭瑞，以及任何在工作時可能走過廚房的維修技工或送貨人員。還有所有員工的朋友和情人，那些來吃免費零嘴和聊天的年輕人那天晚上可能在酒吧老闆離開後進入廚房逗留。

她指派警官分析犯罪現場找到的血跡足印，要求找出兇手穿的鞋款、尺寸，以及是否有任何值得注意的外來物質透過兇手的鞋底轉移到廚房地磚上。她正要走進貝爾家的客廳時手機便響起通知聲——一名員警回報他們調查了酒吧正後方的那戶人家，發現昨晚只有一名老太太獨自在家，沒有其他異狀。

麥可・貝爾沉默地坐在客廳，身旁圍著許多體毛旺盛的魁梧男性，八成是他的兄弟或同事。到處都能看到啤酒瓶，在人們手中、地毯上，或者被用來充當菸灰缸。史威尼一走進，談話聲便停了下來。站在沙發末端的她清了清喉嚨，把仍在哀悼的父親從茫然的空想之中拉回現實。

「貝爾先生？」她撫平硬挺白襯衫的前襟。這件襯衫是她特意為了擺脫警察制服後的第一天上班日買的，是一整套套裝中的其中一件單品。

「怎麼了？」身形龐大的男子從沙發上抬起頭，垂著嘴角，滿臉焦慮，「你們抓到他了嗎？」

「還沒，不過我們一定會抓到的，」皮普說，「請問我可以坐下嗎？我有幾個問題想問——」

正門的紗門突然被甩開，嚇到了站在她旁邊的幾個男人。她認出帆布鞋在地板上發出的熟悉摩擦聲，一顆心突然沉了下去。

「我來了！」亞曼達來到前廊底端，舉起滿是刺青的雙手得意洋洋地宣布，「大家不用緊張，我來也。」

「你到底跑去幹嘛了？」麥可轉過身體，看著亞曼達大步走進客廳，「為什麼都不接電話？」

「哥啊，我很忙呀，忙得像發瘋的小雞一樣到處跑呀，」亞曼達喘著氣，「又要打電話，又要追查線索。你的案子還排在很後面啦，現在還不重要。如果你有什麼重要資訊的話，當初找我的時候就會告訴我了吧。」

麥可和史威尼看著她，兩個人都說不出話來。

「不如說說你自己在幹嘛吧？」亞曼達環視屋內，看著每個凌亂的桌面。沙發椅腳旁的洗衣籃裡塞滿了看起來剛從烘乾機拿出來的衣服。「這地方都變成垃圾場了吔！太丟臉了吧！我的天啊，好像被炸彈炸過一樣！」

沒人說話。史威尼感覺有汗珠從自己嶄新襯衫底下的肋骨滴落。亞曼達猛然坐到洗衣籃旁的地上，扯出一條四角褲並整齊地摺成四方型，然後放到屁股旁邊的地毯上，引得一旁的男人們面面相覷。

史威尼看著亞曼達摺衣服、疊衣服、尋找成對的襪子，有些遲疑地開始向麥可解釋警方目前的調查進度，麥可聽著，繃緊了下巴。

「我想問關於安德魯母親的資訊，」她看著自己的筆記，「她叫希薇亞．貝爾？我們找不到她目前的聯絡電話或地址。」

「她已經不能算貝爾家的人了，」麥可不屑地擺了擺手，「七、八年前她和某個南部來的王八蛋跑了之後我就沒看過她，想找她只能祝你們好運。」

「天啊，你真的這麼衰喔？」坐在地上摺T恤的亞曼達嗤了一聲，「老爸死了，兒子死了，老婆還跟南部人私奔。你被詛咒了啦，兄弟。」

「嘿，」旁邊某個男人對著亞曼達皺眉，「你給我節制一點。」

「我們能不能談談安德魯去世前幾個星期的狀況？」史威尼插話，「他有沒有提過他遇到的任何狀況？或是有誰想要傷害他？」

「安德魯是個乖小孩。」麥可威脅似的環顧四周，以防有任何同伴想要挑戰這個觀點，「他有幾個壞朋友，但誰不是這樣。他某幾個朋友沉迷於毒品，但是安迪沒有，我們的家教不准。前面那間就是他的臥室，我每次進出屋子都會經過，裡頭除了菸味和爛音樂之外不會有別的東西。」

「驗屍結果應該能釐清這一點，」亞曼達說，「他們會有毒物報告。」

「亞曼達，拜託。」史威尼嘆氣。

「怎樣？」

「那麼……」史威尼把身體轉向麥可，試圖保持呼吸平穩，「就我瞭解，我知道，呃……亞曼達之前跟我說過，你的爸爸……」

「你們看吧？」麥可的臉突然漲紅，目光兇惡地看著周圍的人，「才不到十二個小時他們就開始提那件事了。我和飛車黨的關聯。對，我爸就是惡魔幫的徽章成員，這樣你滿意了嗎？當初他被極惡殺手的人打死的時候，你們這些穿制服的王八蛋卻吭都沒吭一聲。」

「你不是說撒旦聖徒喔。」亞曼達說。

「極惡殺手！」麥可猛然吼了回去。

「對不起啦，」亞曼達表情愉悅地繼續摺衣服，「我常常沒認真聽別人說話。」

「我當了一輩子的正當公民，」麥可定睛看著史威尼，「今天早上警察正式問話時我就說過一次，現在再跟你說一次：我和飛車黨沒有任何往來，現在沒有，以前也沒有。」

「可是你看起來就像飛車黨的成員。」亞曼達說。麥可不可置信地轉頭看她。「不對嗎？你的體型很像呀，胸肌那麼大，手臂又那麼粗，看起來就像在酒吧裡打過架。而且鼻子還扁得像煎鬆餅一樣。」

「我是卡車司機，」麥可．貝爾咆哮道，「我沒有摩托車，從來就沒碰過。我的犯罪紀錄上都寫得很清楚了。的確，我曾經在酒吧打過架，但我沒碰過幫派。安迪沒有，我們都沒有。」他伸手比向在場的所有男性。

「關於酒吧，」史威尼說，「安德魯喜歡那份工作嗎？」

「他對未來有別的規劃，但是也不討厭那裡。」

「我敢說他一定愛死了，」亞曼達一邊在大腿上摺襯衫一邊插話，「有免費的酒水和員工餐，還能和性感的小野貓女友一起工作，誰會不喜歡？」

「不對，」麥可清了清喉嚨，周圍那群憤怒的大塊頭頓時變得不安起來，「現在在廚房裡的史黛芬妮才是安德魯的女朋友。」他指著一個哭腫了眼的女孩，幾個同伴正拍著她的背安慰。

「我才是他的女朋友。」史黛芬妮拍了拍胸口表明身分，正在一旁安慰她的幾名女性看起來非常緊張。她整個人已在崩潰邊緣。史威尼感到有股拉力不斷敦促她走到女孩身旁，用手抹去她滿臉的淚水，但是亞曼達的聲音彷彿車子的喇叭刺破了那個想像。

「你只是其中一個女朋友，」亞曼達舉起一根手指更正她，「安德魯和姬瑪也在交往，這代表他有兩個女朋友。」她舉起第二根手指。

「你是什麼意思？」史黛芬妮突然起身向前，但是馬上又在分隔廚房和狹小客廳的長椅旁停下腳步。她似乎在猶豫，並未下定決心繞過長椅去質問坐在地上的私家偵探。「你到底在說什麼？」

「亞曼達。」史威尼發出警告。

「喔，舒味思[4]！我現在還不能說嗎？」亞曼達扁著嘴看向史威尼，「所以你們打算先隱瞞這件事嗎？」

「我們並不知道任何關於——」

「隱瞞什麼？」史黛芬妮把汗濕的頭髮往後推，脖子一片通紅，「根本……根本就沒有——」

「安德魯在和姬瑪上床，」亞曼達無所謂地說道，「不過這件事應該和命案無關就是了。我還以為你知道吔，史溫斯[5]。我以為大家都知道。所以沒有人看出來嗎？明明那麼明顯，」她環視著周圍的男人們，此刻每張臉都轉向她，有些人因為懷疑和覺得受侮辱而沉下臉來，其他人則顯得困惑、好奇，「因為那些車呀，還有那條項鍊。」

「亞曼達，你到底在說什麼？」失去耐性的史威尼忍不住發難。

「我受不了了——」史黛芬妮的下巴顫抖起來，「我沒辦法聽這種事。」

「看來很多人都把頭埋在土裡，好吧，那我就幫你們解釋一下，」亞曼達翻了個白眼，然後伸向後方口袋拿出筆記本看了一眼，「姬瑪是英國人，對吧？她來到凱恩斯沒多久，只待了四個星期。她一開

4 氣泡飲料品牌，原文名稱Schweppes和「史威尼」這個名字的原文Sweeney很類似。

5 原文的字根Sween有時可以用來代替「甜」（sweet）這個字。

始在雪梨降落，在那邊待了兩個禮拜，然後到拜倫灣待了兩個禮拜，布里斯班也待兩個禮拜，最後來到這裡住了一個月。她一定很喜歡這裡的天氣。」

「可以講重點嗎？」史黛芬妮往前推進幾吋，手指握緊成拳。

「姬瑪死的時候，」亞曼達謹慎地繼續解釋，「脖子上戴著一條蛋白石項鍊。那條項鍊現在已經被列為證物。項鍊本身很不得了，不是放在紀念品店透明塑膠盒裡騙人的便宜貨，而是確實有價值的首飾。鑲嵌底座和鍊子本身也都是真的，是上等的好貨。這代表什麼意思呢？意思是她和安德魯正在上床。」

「這到底是什麼屁話？」麥可對著史威尼咆哮。亞曼達的能量逐漸累積，說起話來幾乎像在胡言亂語，所有咬字都含糊混雜，語速快得像機關槍掃射。

「那條項鍊要價高昂，不是會特意從英國帶來的東西，因為她很清楚這趟旅程得常常睡在背包客棧，任何人都可能在她去洗澡或者睡覺時來翻她的行李。她也知道在澳洲打工旅遊意味著得邊玩邊賺旅費，所以她可能會在大農場裡採收水果或者站在路邊舉警告標示。這樣說起來，那條項鍊就是她到澳洲後才拿到的，」亞曼達吸了一大口氣，「或者說是她到這裡之後才『收到的禮物』。送她的人根本沒想到她有可能去採水果、站在路邊舉牌或住在破爛旅舍，反而覺得——或者說是希望——她會留在這個鎮上。事實上她也確實留了下來，已經留了四個星期，時間是她來到澳洲之後在其他地方停留的兩倍。」

「都在胡說八道，」其中一個男人說，「這根本——」

「沒有人會在工作時在脖子上戴那麼大顆的石頭，」亞曼達繼續說下去，手裡也繼續摺著短褲和襯衫，然後把它們一一疊起並壓成扁平狀，彷彿她在壓平紙板上的摺痕，「尤其是當你必須俯身趴在垃圾桶上，不斷重複收垃圾、換垃圾袋，幾乎整個人都要埋進垃圾堆裡的時候。也沒有人會拿那種項鍊去搭配褪色的黑牛仔褲和Kmart買來的T恤，因為到了下班時那套衣服就會沾滿啤酒酒液和香菸的臭味。工作服和那麼巨大的昂貴項鍊根本不相配，她之所以戴著那顆石頭去工作，唯一原因是會在酒吧看到送她項鍊的人，而她不想讓那個人覺得她不喜歡那條項鍊。」

「有可能是某位客人給她的。」走廊上某個男人說。

「不可能。」亞曼達說。

「為什麼？」

「因為那是蛋白石，」亞曼達說，「不是鑽石，不是珍珠，不是——」

史黛芬妮衝了出去，邊跑邊掙脫廚房裡女人們的手。現在，那些好奇的目光之間開始參雜著下流的眼神，而在場的所有人都試圖低頭看向亞曼達，除了麥可．貝爾。麥可一臉好奇難解，彷彿若有所思。沒人說話。史威尼起身，示意亞曼達跟她出去。

來到屋外草地，亞曼達在溫暖的陽光下伸展四肢，轉動滿是刺青的細瘦肩膀。史威尼跟著她來到小道旁一株四散開展的聖誕紅樹前，看著她拉起黃色腳踏車，用拇指按壓輪胎測試胎壓。

「好，就當我姑且相信好了，」史威尼說，「為什麼因為是蛋白石就代表項鍊是安德魯送的？」

「因為澳洲人不會買蛋白石。」亞曼達說。

「為什麼？」

「我怎麼知道，我又不是地質學家，」亞曼達嘲諷地從鼻子噴氣，「總之澳洲人就不愛買，一九八〇年代之後珠寶界就沒流行過那東西了。外國人會買是因為國外沒有，但是蛋白石在這裡到處都是，走路都會踢到。觀光客愛死那種石頭，所以在凱恩斯只有宰觀光客的商店櫥窗裡看得到，這也是為什麼店家都把它放在小塑膠盒裡隨便賣。姬瑪是觀光客，她會看到那些蛋白石，也會喜歡那種東西。在和安德魯無數次的聊天過程中，她一定曾經說過自己有多喜歡那種石頭。沒錯，無數次聊天，也就是不只一次，因為你不會在第一次見面時就和其他人提起這種事。跟酒客聊天例外啦，隔著吧檯說醉話的時候倒是有可能說到。因為她戴著項鍊去上班，所以無論項鍊是誰送的都是她的同事之一，而她一直在和對方聊天則是因為他們在上床。」

「為什麼不可能是其他同事？」

亞曼達將一條腿甩過腳踏車，然後從短褲後方的口袋緩慢拉出一條淺色蕾絲布料，營造著浮誇、隆重的氣氛，彷彿正把絲質手帕塞進拳頭裡的魔術師。她用兩根食指撐開布料，讓布彈向史威尼。史威尼抓住來到胸前的布。

「你從洗衣籃裡翻出來的？」史威尼用手指撐開那塊布料，訝異於那是一條丁字褲，「有可能是麥可的女朋友的啊。」

「麥可？你嘛幫幫忙，那傢伙根本沒有女朋友，否則她現在應該在這裡才對，這可是他最需要安慰的時候。再說了，紅湖這種地方根本找不到一夜情，他不到兩個禮拜就會把同年齡的女人睡完了。他是卡車司機，要噴噴都是在路上找啦。」

「也有可能是史黛芬妮的。」史威尼不確定該拿那條丁字褲怎麼辦，侷促地回頭望向身後的房子。

「又錯囉，史威尼．陶德[6]，」亞曼達說，「那不是史黛芬妮的尺寸。」她踢起腳架，踩著腳踏車離去。

---

6 十九世紀中期出現的著名虛構角色，是在倫敦擔任理髮師的連環殺手，曾改編為音樂劇《倫敦剃刀手》。

我不曉得自己本來以為電視台攝影棚應該長什麼樣子。我有可能從好萊塢的電影裡得到先入為主的印象，覺得裡頭都是俗艷布景和光滑明亮的地板，巨大的攝影機靠著輪子四處移動交錯。應該會有人坐在摺疊椅上，拿著擴音器對金色燈光下的美麗人們大吼大叫，偶爾也會有博美狗耐心等候出現在一堆貼有鮮豔明亮標籤的罐頭上方。現場應該會有許多保全，負責保護年輕得驚人的美麗演員，讓他們能在虛假客廳的沙發上互相摸來摸去，或者坐在虛假廚房裡煞有其事地認真喝茶。

當我在隔天早上抵達三號電視網的攝影棚時，我發現這裡和自己草率的天真想像不同，完全不如預期中那樣光鮮亮麗。我們駛入烈日普照的停車場，毫無靈魂的磚造建築群如階梯一般，在我們前方沿著沒有絲毫特色的山丘彼此堆疊。接待區簡陋枯燥，牆面上突出許多以前用來掛電視節目裱框海報的掛勾和釘子，不過現在那些海報都已經消失，取而代之的是其他掛勾和釘子，和其他海報。我和肌肉腦們拿到識別證，感應穿越一道坑坑疤疤的厚重門扉，幾乎和我在監獄裡走過的門沒有不同。

接受《生命故事》的訪問邀請之後，我為自己編了一大堆催人熱淚的花俏理由，以免有人質疑我的決定。例如，這是一次難得的機會，能夠讓我親自澄清克萊兒．賓利綁架性侵案的傳聞，以此維護自己的清白，並為長久以來曾對我表現過任何一點支持的所有人辯護。攻擊她的兇手有可能會看這檔節目，也許這能強迫他正視自己對我的生活造成多大影響，進而說服他自首或至少尋求幫助。雖然莉莉安現在還很小，還不瞭解發生了什麼事，但是她會長大，總有一天會得知父親被控訴的罪行，而我公開自訴清白的聲明也許有助於她接受我對她和這個家帶來的可怕影響。

這些都是很好的理由。但事實上，當《生命故事》聯絡我，要求我在節目上進行獨家公開專訪，並承諾提供三十萬元費用時，我猶豫了，決定轉頭向律師尋求建議。而在這一來一往的期間，電視台的開價已經升至四十五萬，於是我答應了。的確，我很有可能在這次訪問中生不如死，如果回答問題時不夠小心，我的名譽可能會受到比預期中更大的傷害。畢竟，大眾對我的興趣在一定程度上已開始消退；上一次巔峰是在六個月前，當時一群暴民擠在我家門外，全國上下每個電視台都等著看我會不會被私刑處決。不過這些風險也帶來將近五十萬澳元的豐盛報酬。我答應了他們。我要用這筆錢買下紅湖那棟破舊的老房子，然後存下一部分以備不時之需，最後把剩下的錢放進留給女兒的信託基金。

看來這場訪問備受電視台期待。無論去哪裡我都至少提早十五分鐘抵達——警隊生活留下的後遺症——於是我剛好撞見一群可能是製作人或高階主管的人在一扇玻璃門內開會，門上貼著《生命故事》的標誌，一本藍色大書。

「天啊，」我一打開門，人群裡便探出一顆頭來，「他到了。」

「泰德，」一名穿著紅色西裝套裝的嬌小女性轉身向我，伸手把自己已經非常服貼的俐落髮型向後梳，「我是愛瑞卡．路瑟，寫信和你聯絡的人就是我。」

她伸出手，打算和我握手。這項舉動令她身後的每個人都露出些許遲疑，嘴角微微繃緊，眼睛微瞪。顯然和我握手是一項大事。我態度堅定地握住她的手。

「幸會。」

「這位是勞拉．艾金頓，」愛瑞卡向我介紹一名極度苗條，身穿貼身奶油色連身裙的女人，「今天早上會由她負責訪問你。」

我曾經在螢幕上看過勞拉凌遲像我這樣的人。她本人的臉比在節目上看起來更細長、銳利。我和她握手；她的手柔軟無力，彷彿一包裝在緞面布袋裡的鳥骨。

「你受傷了。」她以打招呼的語氣說著，一雙鷹眼注視著我的臉。

「喔，對，一點小意外。我沒事。」

「你還帶了朋友。我們有同意這件事嗎？」她提出問題，但沒有特別在問誰。她把琳達和雪倫迅速掃視一遍。「我記得我們只同意你的律師在場。」

「我的律師在哪？」我環視整個攝影棚，攝影師和收音師都努力不盯著我看，「他說他會自己過來。」

「他會遲到一下子。」愛瑞卡微笑著說。我頓時感到一陣恐慌。尚恩．威金斯是唯一一個陪我經歷所有苦難的人，從我被捕那天起的每分每秒都站在我身邊。我第一次看到他是在拘留室裡，就在我的分隊所屬的那間警局；我的生活自此成了充滿漩渦的危險水域，而他是其中一座平靜、鎮定的島嶼。但是現在，我突然像是第一天上學就被爸爸要求要自己照顧自己的小孩，必須聽從陌生人的指示行動。必須相信他們會把我照顧好。

我和肌肉棒子被領著穿過攝影棚，來到一座模擬客廳布置的布景前；這裡放了幾張舒服的高背扶手椅和一座假壁爐。琳達和雪倫自己找了旁邊的長椅坐下，彷彿兩隻強而有力的巨大猛禽暫且棲息，一邊整理夾克袖扣，一邊好奇張望。我仔細研究著頭上的收音麥克風並聽取指示，此時走廊上傳來一陣狂亂的腳步聲，令坐在我對面的勞拉整個人緊繃起來。

「喔，媽的。」我聽見有人這麼說。當我的律師氣喘吁吁地出現在燈光下時，勞拉正在按摩她異常平滑的額頭。

「我就知道你們會來這套，」尚恩衝著嬌小製作人的臉而來，而愛瑞卡．路瑟一路後退，差點被攝影機架絆倒，「他媽的我就知道。你之前說十點，早上十點。」他瘋狂敲打手腕上的昂貴手錶，讓它發出答答答的聲音。

「尚恩？」我起身。

「一定是溝通上發生了什麼誤會，」愛瑞卡冷笑著說，「我不知道和你聯絡的人是誰，不過——」

「這是他們的招數，」尚恩抓著手臂把我從椅子上拉開，彷彿椅子上有陷阱，「他們會告訴律師錯的時間，所以等我真的來的時候已經太晚。看看你，整個人根本一團糟。你們真的打算就這樣讓他上鏡頭，對不對？泰德，你真的看起來一團糟。」

我從來沒看過尚恩這麼慌亂的樣子。無論在法庭或是預審時都不曾看過，從來沒有。他的汗滲進襯衫領子，絲質領帶也歪了。「梳化在哪裡？」他提出要求，「快點叫他們過來。」

「我們從來沒談過要有梳化，」愛瑞卡說，「你應該早——」

「喔對。」尚恩突然間拽著我的手臂，把我一路拉到走廊，琳達和雪倫也匆忙跟在身後。我們慢跑經過一座空蕩的新聞播報台和成排的錄音間，然後拐進某條狹窄通道，並爬過防火梯。尚恩似乎熟門熟路。最後我們鑽進一間金光閃閃的化妝間，有名美麗的亞裔女子正在一整排襯衫旁等待著。

「哈哈！」她一看到我就笑了出來，「你是對的，他看起來很糟糕。」

「我真的不覺得自己有那麼邋遢。」我的襯衫燙得工工整整。我壓著黑領帶，用手撫平衣服正面。

「坐下。」尚恩把我推到巨大的鏡子前，鏡子被好幾顆白色燈泡點亮。我仔細看了看自己。他們是對的，我看起來糟透了。瘀青的眼睛顯眼至極，發紅的鼻子旁還歪七扭八長出一道深藍色瘀痕。我理了理自己的鬍子，沒有太大幫助。

「鬍子要剃掉，」尚恩一邊對女人說，一邊把那排襯衫推至一旁，一件件檢視，「記得鬢角也要剃。」

那名女士在梳妝台上一陣尋找，四處移動乳液瓶罐和粉底盒。

「等卡莉化完之後，你就去換這件。」尚恩從架子上拉出一件色彩飽滿的寶藍色襯衫，拿給鏡子裡的我看。

「那是我的尺寸？」

「對，」尚恩一隻手放在女人的肩膀上，「卡莉是我昨天找來的，她平常是青少年影集的化妝師。我早就知道——我他媽的早就知道《生命故事》的人會耍這些小手段，真的是死性不改。白襯衫和黑領帶就是他們的老套把戲。」他一臉厭惡地彈飛我的領帶，我又趕快壓平。

「是他們要我這樣穿的！」

「對，他們就是故意的，你看起來就好像要上法庭一樣。」

我看著鏡子裡的自己。他說得沒錯，我看起來就像要出庭的流氓。我之前怎麼沒看出來呢？我曾經護送過很多吸毒過頭的毒蟲出庭，看過公設辯護人把樸素的純黑棉質領帶塞給他們；他們有一整個抽屜都是那種領帶。純黑的棉領帶——最便宜的那種——搭配純白棉質襯衫——最安全的選擇。現在衣架上那件襯衫則是深沉的藍色，看起來引人注目，昂貴而高級。那件襯衫會讓我看起來像是對衣著打扮有想法的人，讓我彷彿有個性，讓我像個人。

救火隊化妝師卡莉幫我刮鬍子、剪頭髮，並把我的頭髮往後梳，用梳子使出一些我不懂的技巧後塗上髮膠，呈現出比較穩重的髮型。她站到我的膝蓋之間，抬起我的下巴，用粉底掩蓋瘀青。

我努力試圖隱藏，但是此刻的碰觸帶給我的身體極大的愉悅。那和性無關，而是因為受到關愛和注意而生的溫暖，使人陶醉。我想，狗被遠方歸來的主人以恰到好處的力道抓撓，被主人搓揉著耳朵，聽著主人低聲稱讚自己有多棒時，應該就是這種感覺。自從我被起訴，披上戀童癖這個可怕的詛咒之後，就沒有人再用以前對待我的方式觸碰我了。當然，還是有極度英雄式的握手，以及深思熟慮後僵硬的擁抱。琳達和雪倫喜歡把我推來推去，彷彿我是搖搖欲墜的醉漢，而亞曼達拍我手臂的力道根本像在揍人。但是眼前這個我不認識的女人，用冰涼柔軟的粉撲拍打我的鼻子和下頜，將拇指放在我的下巴，其他四指放在我的太陽穴，以此引導我的臉轉左轉右，我卻感覺如此安全，安全到足以閉上眼睛，任由她輕柔地將化妝品盡可能貼近至亞曼達在我臉上留下的縫補痕跡旁。她心不在焉地說著以前的梳化經歷、特殊化妝工作、我的膚質、她此刻在用的顏色。當她完成後，我看著自己的臉，不禁大受震撼。我想起結婚照片上的那個泰德，那個自己，那個滿臉微笑的年輕人不知怎麼地，竟然有辦法搶在其他人之前抓住一位美麗的女人，突破萬難說服她嫁給他。

當我再次走到勞拉．艾金頓對面的高背椅坐下時，她從腿上的文件中抬起頭，皺著眉看我，然後像打了敗仗那樣露出沉重、疲憊的笑容。人們在我們周圍來來去去，調整麥克風和燈光的角度、觸摸我們的頭髮，進行各種檢查。我安靜地坐著，默默回想尚恩的叮嚀。

「她的主要目標就是惹你不高興，」尚恩提醒我，「她會卯足全力去挫你志氣，讓你在螢幕上看起來既焦躁又危險。她會用各種難聽的名字去稱呼你，不斷改變問題讓你沒辦法專注在同一個方向上。記得，你在這裡就是怪物，他們會想盡辦法讓你看起來像廣告或電視評論節目裡的怪物。不要微笑也不要大笑，但是也不要太冷靜或消沉。保持你的人性，泰德。無論任何時候，努力當個人。」

現在，勞拉將雙腿擺至某個看起來就很不舒服的角度，膝蓋併攏，光滑無毛的脛骨反射著光線彷彿整條腿是鉻做的。她將高跟鞋的細跟湊在一起，嘆了口氣、甩了一下頭髮，顯然是以此暗示組員她已準備完成。

「準備錄影。」有人喊道。

親愛的日記，

那都是她的錯，她要負大部分責任。之所以會有這整件事都是因為她。我的意思是，我很明顯被她吸引。在我們相遇的第一天，她將頭探出籬笆的那一刻，我便已被潘妮震懾住，被她那厚顏無恥、大膽無禮的性格，和那對又大又黑的雙眼。不過我知道自己是怎樣的人，很清楚這個住在隔壁的小女孩是我的禁區。我還沒那麼笨。可是呀，我們人生中總會遇到某些特別的愛，而他們就是會對你造成影響，讓你變得愚蠢，對他們有所幻想並陷入其中。幻想中的他們會變得如此完美，和你這輩子渴望的任何事物都那麼和諧，以至於當你再次見到他們時，他們身上仍縈繞著幻想的火花，讓他們看來彷彿行走在日常人間的精靈或天使。當我再次看到潘妮時，是在我們住處後院裡的烤肉聚會；克蘿伊對此期待已久，一直在哀叫想要舉辦「喬遷派對」。我們的大學朋友全都喝醉了，可憐的小院子到處都是菸灰和掉在地上的香腸，克蘿伊正在說想要養狗，而我則默默考慮要去跳河。然後潘妮就出現了，白皙的臉從籬笆上冒出來，彷彿是一輪滿月，以充滿希望的光芒撫慰地照耀這個迷航的水手。

「你們在幹嘛？」她用下巴朝我們比了比，吸引住我的目光。我走了過去，而坐在塑膠椅上的其他人似乎根本不在乎我離開他們。

「愚蠢的派對，」我翻著白眼說，「不是我說要辦的。」

「生日派對嗎？」

「不是，只是因為搬家。」

「我生日快到了。」

「什麼時候？」

「三月十五號。到時候我就十一歲，快要變成青少年了。」

「看起來的確如此。」我露出微笑，並聽見克蘿伊正在身後某處對其他人說我「很懂得和小孩相處」。

「那是什麼？」潘妮將奶白色的手臂伸過來指著我的酒。我頓時升起一股幾乎無法克制的衝動，想在那條手臂溜走之前抓住它，細細啃咬那柔軟到不可置信的鮮肉，看看自己能不能忍住傷害她的欲望。

「蘭姆酒加可樂。」

「喝起來是什麼味道？」

「很好喝。」我說。我喝了一口，回頭望向坐在桌邊的人們。克蘿伊正在說自己期末作業差點寫不完的故事，所有人聽得津津有味。「你想試試看嗎？」

「好啊！」潘妮咧嘴笑著。

「但是不能告訴其他人喔。」我目光嚴肅地看著她，彷彿忠實的朋友在測試她，以此衡量我們未來的互動。她想要成為我的朋友，想要我喜歡她。這是很嚴肅的事情——關乎她值不值得信任。「你可以保守祕密嗎？」

「當然可以，」她怒氣沖沖，彷彿受到侮辱，「我最會保密了。」

我踮起腳尖，試著用頭和肩膀擋住這場交流。我把酒遞到籬笆另一側，同時留意著院子裡其他人的動向。潘妮笨拙地吞下一口，然後開始咳嗽。

「噁！好奇怪的味道。」

「像是有火在燒，對不對？」

「好像跑到我鼻子裡了，」她一邊咳嗽一邊捏著自己的小鼻孔，「你到底為什麼要喝這個啦？」

「我也不知道，」我看著手中的酒，「大概是因為很有趣吧？」

「我不覺得。」她發出像是嘔吐的聲音，然後跳下籬笆，消失在她那側後院一片灰綠暮色之中。我站起來，想知道她去了哪裡，不過凡塵小天使已再次從我身邊溜走。

勞拉：各位晚安，我是勞拉．艾金頓。今天晚上的《生命故事》，我們將為您獨家訪問全澳洲最令人厭惡的男子。泰德．康卡菲曾被指控對兒童有過暴力性侵行為，最近因為涉嫌綁架並企圖殺害一名十三歲的女孩而遭到檢方起訴。他從未公開談論過這起令全國屏息關注的重大案件，而當時檢察長未解釋原因便突然撤回起訴的決定，也令澳洲民眾大感震驚。今天晚上，您將聽到他對這起犯罪案件的個人說法，以及可能讓案情有一百八十度大轉變的震撼消息。泰德，歡迎來到我們節目。

泰德：謝謝你，勞拉。不過你剛才說的震撼消息是指什麼？

勞拉：不必太糾結，那只是宣傳的說詞而已。

泰德：尚恩，我們……（無法辨識）好，知道了。嗯，我們繼續吧。

勞拉：泰德，不如請你先介紹一下自己？

泰德：我叫泰德．康卡菲。我是個爸爸，有個很漂亮的女兒莉莉安，最近剛滿兩歲。呃，我曾經是新南威爾斯警察局的緝毒警探，現在則是私家偵探，呃，的助理。

勞拉：不過這些都與我們今天的主題無關，對不對？

泰德：對。

勞拉：能不能請你先談談看？

泰德：嗯，我……我去年被警方逮捕並被指控犯下一件非常可怕的案件。但是我從來沒做過那種事，那起案件和我完全無關。

勞拉：泰德，你似乎沒辦法說出直接說出罪名，是因為你對這件事感到羞恥嗎？

泰德：不是。

勞拉：所以你不認為那是應該羞恥的事嗎？

泰德：我想是因為那是非常可怕的行為，所以事件本身就讓人很難啟齒。不過現在想想，我覺得還是直說吧——我被指控的罪名是綁架、強暴並企圖殺害一名十三歲女孩。

勞拉：克萊兒．賓利。

泰德：對，克萊兒．賓利。

勞拉：泰德，你曾經對警方表示自己只是在錯的時間出現在錯的地方——就像很多人會引用的理由那樣。意思是你出於某種難以解釋的理由，卻剛好在二〇一六年四月十日下午十二點四十五分把車子停在休姆高速公路旁一處公車站牌附近，而你——

泰德：我不覺得我停車的理由有那麼難以解釋。

勞拉：先讓我說完，媒體喜歡整段簡單扼要的解釋。

泰德：好。當然。

勞拉：而你在路邊看到了十三歲的克萊兒．賓利，並和她交談。當時高速公路上車輛來來往往，其中有超過二十名的目擊證人都看到你在那個地點和那個孩子說話，而你表示自己當時等到車流減少、路上空無一人的時候才開走，留下女孩毫髮無傷地待在原地。

泰德：勞拉，你剛才的敘述有幾個問題。

勞拉：是嗎？

泰德：是的。

勞拉：那麼如果有辦法的話，你要不要向澳洲大眾澄清事情的真相呢。

泰德：我之所以停車是因為我的車子後方發出奇怪的聲音，一陣敲擊聲，而我想要讓聲音停下來。在我看來這是非常合理的反應。

勞拉：嗯哼。

泰德：我當時並沒有看到那個孩子站在路邊。

勞拉：你是說克萊兒．賓利嗎？泰德，她有名有姓。

泰德：你自己也會叫她「那個孩子」，就在你剛剛說話的時候。

勞拉：請繼續。

泰德：我一開始根本沒看到克萊兒。其中一名證人說我突然駛離公路，想暗示我是因為看到她才停車，但是我一心只想解決聲音的問題，根本沒看到她的人。我下了車後確實和她說過話，不過說真的，我根本不記得自己說了什麼。整件事其實不值一提，就是很隨意的行為。

勞拉：克萊兒的遭遇「不值一提」？能說是「隨意」嗎？

泰德：不是這樣，勞拉。天啊。隨意的是我停車的行為本身，而我對克萊兒根本不存在任何意圖，那才是不值一提。

勞拉：後來你開車離開，時間點就在她被綁架的當下。

泰德：不對，是在她被綁架前不久。

勞拉：泰德，這聽起來實在太過巧合，有些人可能會說是「難以置信」。

泰德：勞拉，民眾本來就會有各種不同意見。

勞拉：你一定是全澳洲最不幸的人了。

泰德：我……不是。沒這麼簡單。你和我都很清楚，和克萊兒．賓利的遭遇比起來，我遇到的問題根本不算什麼。

勞拉：話雖如此，你還是失去了一切。你丟了本來的工作，太太也離開了你。

泰德：如果可以不要把凱莉牽扯進來的話，我會非常感激。

勞拉：她離開得非常突然。

泰德：我不認為——

勞拉：你是不是有什麼私底下的一面是凱莉知道，但是大眾卻不曉得的呢？她會對這起事件感到驚訝嗎？她對你被捕感到驚訝嗎？

泰德：當然驚訝！

泰德：呃。

勞拉：因為我們稍微對你有點瞭解，泰德。我們調查了你的生活，並從中得知發現幾件令人不安的事實。

勞拉：你喜歡極為年輕的女性主演的色情片，而且你和太太凱莉曾在事發那天早晨有過爭執。

泰德：你必須知道，這兩件事根本彼此無關，但是你現在卻講得好像兩者有因果關係一樣。

勞拉：如果我發現自己的丈夫對色情片上癮的話，我想我也會非常難過。

泰德：上癮！才不是這樣，我並沒有上癮，我就只是擁有幾張DVD而已。

勞拉：為什麼呢？

泰德：因為……我不知道。勞拉，男人就是會看色情片，成千上萬的男人都會。在結婚以後，有時候可能因為你覺得累或者你太太覺得累，而讓兩人的性生活受到一點影響。凱莉和我都有工作，我們還有新生兒要照顧，生活有時就是這樣。但是這都和案子無關，和任何事情都無關。

勞拉：你不覺得——引用你剛才的原話——「性生活受到影響」和克萊兒被綁架當天你和太太發生爭吵有關嗎？當時你帶著焦躁的心情離開家裡，激動且具有攻擊性——

泰德：我當時並沒有攻擊性。我生氣的時候不會那樣，從來不會。

勞拉：不會嗎？

泰德：不會。真的要說的話我只會生悶氣，去問我太太就知道了，她也會這麼說。

勞拉：你是指你前妻？

泰德：我們的離婚程序……還在處理當中。我們一定要談這件事嗎？

勞拉：不過你可以有攻擊性，對吧？你說自己沒有攻擊性其實是個謊言。

泰德：你是指哪個方面？

勞拉：緝毒隊員的訓練不就是在訓練你的攻擊性嗎？你的工作內容不就是要踹門和打人嗎？以暴力的方式回擊？粗魯地對待他人？

泰德：這太荒謬了，你現在是把兩件不相干的事用離奇的角度硬扯在一起。

勞拉：離奇？你確實被警方逮捕了，泰德，也受到起訴。這些假設並不「離奇」，警方會逮捕你也是因為認為這些觀點有一定的可信度。

泰德：（無法辨識）

勞拉：你的案子及其受到的關注引出了許多非常有趣的人。現在有個Podcast節目專門在討論攻擊克萊兒的兇手可能是誰並提出各種不同理論，因此受到全世界聽眾追蹤。

泰德：那個節目《泰德是無辜的》一直對我很友善。

勞拉：節目創辦人法比亞娜．格里珊也對你很友善。泰德，你和法比亞娜怎麼認識的？我們該怎麼定義你們之間的關係？

泰德：勞拉，我不會回答這種問題的。

勞拉：為什麼呢？

泰德：沒有為什麼。

勞拉：泰德，你同意進行完整的訪談。

泰德：我和法比亞娜之間沒有什麼值得拿出來談的辛辣八卦。她之前是追查這起案件的記者，後來開設Podcast節目來討論案情。她相信我是清白的，這個立場已經為她的生活帶來很多阻礙，我不打算在這裡說任何話造成她更多問題。她是個很好的記者，也是個好人。

勞拉：稱呼她是好記者可能有點勉強。我這裡有份清單，列出了該節目中所提過關於你不是兇手的理論，例如你被警局的同事陷害、真兇是連環殺手，還有——

泰德：我沒有聽那個節目。

勞拉：為什麼呢？

泰德：節目的內容對我來說很痛苦。

勞拉：我想你可能覺得那個Podcast會將案子的資訊傳得越來越遠，搞到全世界都認識，但實際上你真正想做的是忘記這些事，繼續過自己的生活。

泰德：嗯。

勞拉：因為你永遠不曉得下一個跳出來說話的人會是誰，對吧？

泰德：大概吧。

勞拉：不過很不幸的，泰德，已經有人跳出來了。

泰德：不好意思，你說什麼？

勞拉：如果可以的話，我想請你用這台筆電看一小段影片，然後請你告訴我們你的想法。

泰德：這是什麼？

勞拉：先看看再說。

泰德：好吧。

梅蘭妮：我叫梅蘭妮・史賓費爾德，高中時曾經和泰德・康卡菲交往過，我認識他時十五歲。

泰德：我的天啊。

梅蘭妮：泰德和我交往時的關係很奇怪。不過我想每個人小時候談戀愛都是那樣，好像每件事都很奇怪，你會一直想搞清楚所謂正常的交往關係應該是什麼樣子，以及自己該怎樣去掌握。不過我幾乎在交往初期就發現了泰德的真正目的，並且意識到他這個人有多糟糕。現在我準備好說出我、他以及我的妹妹埃莉絲之間發生了什麼事。泰德・康卡菲對我妹妹有掠奪性的關係。他利用我來接近她，她當時只有八歲。

泰德：我的天啊。

勞拉：泰德，關於目前看到的，你有什麼想說的嗎？

泰德：我……沒有。為什麼會有這影片？尚恩？我們可不可以——

尚恩．威金斯：（無法辨識）

勞拉：先別管那些，先回答我的問題就好。你還記得梅蘭妮．史賓費爾德和她妹妹埃莉絲嗎？

泰德：我記得梅蘭妮，但是不記得她的妹妹，沒……沒什麼太大印象。我的意思是，我只知道她有個妹妹。尚恩，我應該回答這個嗎？我不知道該說什麼。天啊，天啊。

勞拉：你可以解釋一下梅蘭妮的指控嗎？

泰德：不行。沒辦法。絕對不願意。我不知道她到底在說什麼，我不知道她為什麼要說那種話。

尚恩．威金斯：停止訪問，馬上停止。

勞拉：沒關係，沒關係，讓我們回到克萊兒被綁架那一天。

泰德：什麼？

勞拉：泰德，讓我們——

尚恩．威金斯：關掉攝影機。（無法辨識）現在就關。

泰德：尚恩？

勞拉：你同意進行完整訪談的，也簽了合約。

泰德：她為什麼要說那種話？她為什麼要那樣講？

他死的時候皮普只有十五歲。她還記得當時是什麼感覺，她站在門前階梯上，午後陽光打在她狹窄的肩膀，眼前細長的琺瑯門把正等著她伸手去握。她的夜晚從此開始充滿噩夢，彷彿有人鳴響起跑的槍聲。隨著他的酗酒問題越來越嚴重，皮普也在學校留得越來越晚。她用盡一切辦法，在最後一堂課結束後自願打掃教室，和學校員工邊聊天邊目送最後一輛校車從校門口開走。那一週的星期一她故意找數學老師麻煩，為自己贏得留校查看到晚上七點的懲罰；七點，這時她爸早已進入酒醉後昏昏欲睡的階段，不會在廚房發酒瘋，也不會在後院亂踢東西或者對鄰居大吼大叫，而是會像隻憤怒的看門狗，深深沉入椅子提供的安全感裡。

可是到了這天下午，學校裡已經沒有打掃工作可做，職員全都在打發她離開，而數學老師則是心情太過愉悅，聽到她的冷嘲熱諷之後除了翻了個白眼以外什麼反應都沒有。她在附近的公園閒晃了好一陣，朝著水池丟石頭，刮著鞋子上的泥土。但是她不可能永遠躲著他，於是到了五點鐘皮普便走進家門，聽見屋內傳來他甩上冰箱門的聲音。

他的存在如一團冰冷的黑雲，而她走了進去。

皮普把包包掛在玄關的掛鉤上，然後對著屋內打招呼。他沒有回答。剛從電視旁的躺椅上起身時是他最危險的時候，於是她屏住呼吸走進臥室，靜靜把門關上。

皮普並不天真。她知道在眾多糟糕的父親裡，自己的情況還算走運。皮普在學校認識的某個女孩曾說，有次她爸發現她偷皮夾裡的錢，就抓著她的頭髮一路把她拖到後院，朝著肋骨猛踢。皮普也在報紙上讀過，有些父親會把年幼的女兒賣去性交易、在她們身上燙菸疤，或是在被公司開除後的某天晚上突然殺死她們。皮普的父親從沒做過這些事情，他只是會時不時將她抓進懷裡，非常用力地抱著她。他的擁抱力道之大會讓她全身肌肉發疼，除此之外他還會在她耳邊吼著某些話，有時聲音低到她幾乎聽不見，有時則大聲到令她的耳膜都跟著震動。他有時也會推她。這個禮拜她經過後門時就被他撞開，結果在她臀部上留下瘀青。她一邊手臂的最上方也被三條長型的紫色印記纏繞，只因為他猛然把她扯離廚房角落。都不是什麼太嚴重的事，而且時間不長。

她的母親才剛離開一年而已。皮普曾利用午餐時間在學校裡上網，像偵探那樣試圖找出母親在哪裡。她曾在母親朋友和同事的Facebook留言中看到那個女人的身影，蒼白憔悴一如自己所記得的模樣，但是從來沒看過她本人。她會瀏覽那些派對或者海灘的照片，在男男女女中尋找著她的身影，長髮稀疏細軟，五官尖銳深刻。皮普不曉得如果真的找到之後自己會對她說什麼。也許第一個問題會是問她為什麼沒有道別，為什麼不帶皮普一起走，為什麼要把她留給他。他周身繚繞著憤怒和哀傷的霧氣，而她們一直在那片迷霧之中徘徊，長久以來牽著彼此的手，期盼在自己尚未抵達的地方存在一個晴朗安全的避風港；她們不曉得那樣的天堂是否真的存在，但是一直保持希望。可是現在母親卻放手了，顧自消失在迷霧之中，不只沒先提醒皮普，看起來也毫不後悔這樣的決定。

那些問題會一直在她腦海中跳動，並突然停止時間的流逝，讓她有時會突然停下腳步、盯著地板，沉浸在失去母親的感覺之中。那感覺就像想讓一截不存在的肢體再次移動並發揮功用，但最終失敗得無聲無息。

她猛然從夢中驚醒。皮普知道不能把自己關在房間裡太久，會讓他覺得受到冷落。她換上T恤和短褲，再次將門打開，回到那團冷霧之中。他站在窗邊向外望，夕陽照亮他長滿短鬚的臉。那是她最後幾次看到還活著的他的時刻，他的虹膜是紅的，反射著窗外的雲。

「我不舒服。」他說。

「什麼意思？」她邊問邊整理那些棕色空瓶，它們像士兵般沿著水槽後方排排站立。

「他媽的還能有什麼意思？意思就是我不舒服。我的身體不舒服。」

「今天是真的很熱。」她皺著眉頭說。附近的國家公園一直在進行回燒作業，除草並疏伐森林，火車和卡車也努力在野火季節開始前運送收成的甘蔗。走回家的路上，她都能聞到風中的煙味。

她開始洗碗，感覺父親的目光不斷注視著她。第一次被他用力緊抱的記憶始終揮之不去，那時他在桌邊站了很久，讀著母親留下的紙條，而皮普興高采烈地從正門衝進來，彷彿一隻快樂的小狗闖進他頓時天翻地覆的世界。一年過去了，她還記得他的手指骨用力壓進自己肌肉裡的感覺，彷彿那是前一秒鐘才發生的事。

「你他媽的根本不在乎。」看到她無話可說，父親做出這樣的結論。她試圖想像如果母親還在的話會怎麼回答，但是沒有任何想法。她只是個孩子。她才是那個該在不舒服時去找他的人，向他索求照顧、答案與同情。母親走了之後這個世界就不曾恢復正常，一切都反了，父親在鬧脾氣，而她則努力清洗碗盤。

他回到躺椅上時，她不禁鬆了口氣。她手指上的泡泡裡有彩虹。突然間，他疼痛的叫聲彷彿電流一般令她的皮膚都泛起點點刺痛。

「怎麼了？」

「我說了我不知道！」他揉著自己胸口，「我不舒服！」

「我能怎麼幫你？」

他似乎在打嗝，或者咳嗽，手拚命抓著自己肋骨。她背靠著流理檯，站在原地看著，整個人動彈不得，每條肌肉都緊繃起來。皮普比他早一步發現這是怎麼回事。他的眼白閃爍著困惑的光芒。

不過兩週前，她才和朋友們坐在學校禮堂地板上，看著體育老師與那台老舊電視及光碟播放器搏鬥，努力想讓藍色螢幕起死回生。她心不在焉地摳著鞋底的橡膠，看螢幕上的卡通人物擠壓著卡通胸部，然後往微張的嘴巴裡吹氣，不留縫隙地蓋住幾片嘴唇，螢幕上的數字閃爍著倒數。訓練影片的旁白出奇地歡快，而畫面中的人物則拚了老命在拯救從泳池拉上岸的孩子以及跌下跑步機的老人。

「接下來，請觀察患者有沒有呼吸。務必用眼睛看！用耳朵聽！用手去感覺！」

心肺復甦術訓練影片裡的卡通人物始終帶著美麗而愉悅的笑容，連失去意識的人也是一樣，不過皮普的父親就沒那麼愉快了。他朝她扭轉身體，跌下椅子，仍然因為喘不過氣的疼痛打嗝，那頭髒髮上幾束垂落的髮絲抖動著。他的視線飄向她旁邊檯面上的無線電話，但是話說不出來。皮普沒轉頭去看，她知道他的意思，知道電話就在旁邊，也知道自己應該拿起來撥號。

但是她沒那麼做。

皮普沒有動。父親笨拙地爬過客廳地面來到廚房邊緣，朝她伸出手，疼痛似乎令他想要蜷縮成一團球。他的臉脹成紫紅，然後變白，那團黑雲現在在他身體裡不斷膨脹，從他的皮膚表面冒出。他在離她幾公分的地方倒下，伸長了手指想要抓住她的腳。

她沿著流理台滑坐到地上，看著他的頭頂。她看著他禿頭的地方，看著因為俯視角度而變得陌生的臉型，一動不動的眉毛和鼻梁上的點點汗珠。

幾秒鐘過去。然後是幾分鐘。她想像自己撲上去將他翻成復甦姿勢，一邊檢查脈搏，一邊聽旁白用極不恰當的歡快嗓音說著：現在皮普將手放到了胸骨位置！

她沒有把手放到胸骨上，倒是伸手把自己拉成蹲姿。她覺得全身突然因為疲累而覺得沉重，一邊動一邊顫抖。她拿到無線電話，緊抓在胸口，重新靠上背後的櫃子。

可是她還是沒有撥號。

她靜靜看著倒在狹窄廚房地上的父親因為心臟病而死去，既沒動手施行CPR，也沒叫救護車。他體內的開關和旋鈕一個接一個關上。眾多寬大空曠走廊上的燈光一一熄滅，所有的房間都那麼密不通風、缺乏生氣，死亡從一間走向下一間，關門關窗，拉上簾子，停下時間。皮普什麼事都沒做，只是將無線聽筒抱在胸前彷彿那是孩子的玩偶。最後一絲紅色陽光在客廳天花板徘徊，細長得彷彿終點線。那條線褪色、消失，一會兒之後，她按下電話上的彈性按鈕，說出她應該說的那些話。

他什麼時候停止呼吸？接線員問。

就在剛剛。

皮普知道怎麼做CPR嗎？

知道。

你有嘗試急救嗎？

有。

等待救護車的期間也要繼續急救，可以嗎？

當然。

緊急案件調度員掛斷電話，救護車從醫院出發，詳細資訊都已輸入某個地方的電腦裡，許多螢幕上亮起各種警示和訊號。皮普一邊想像這些事情，一邊抱著電話坐在地上看著死去的父親，但是沒做CPR。她碰都沒碰他，連假裝都沒有。

後來長大當上警察，皮普才瞭解自己在那天晚上做錯了什麼。她告訴電話另一頭的救護車調度員：父親才剛死去，她嘗試做ＣＰＲ，但是他沒有反應，她會繼續嘗試。醫護人員抵達之後一看就知道這些都是謊言，皮普的父親面朝下倒在地上，然後就沒被移動過了。他的胸口以及手臂和臉部朝下那面迅速爬滿紫色瘀斑，清楚表示他在血液停止循環後便長時間呈倒地姿勢。換句話說，他死了之後就躺在那裡，沒被動過。皮普明顯沒有嘗試進行ＣＰＲ，父親的襯衫鈕扣都還扣著，而他的體溫和皮膚上灰白的蠟質光澤會告訴醫護人員，他至少在報案電話撥出前一個小時就已經死亡。也可能是兩個小時。

當初應該要有後續調查的，雖然可能不會是刑案，但是未能向瀕死父親提供急救又謊稱自己有做，不是心智健康的青少年應該有的行為。可能會有人堅持要為這個小孩建立正式檔案，並依法提出警示。也許會有人要求皮普必須進行心理評估及諮商療程，並讓兒福部注意到她的行為。總而言之，可能會有人在十五歲皮普．史威尼的人生紀錄上標示出那一刻，確保她永遠不會忘記，也永遠不會被忘記。

但是事實上，皮普一邊等著隨時被戴上手銬拖進監獄，一邊沉默地坐上救護車跟著父親前往凱恩斯區域醫院，然後在空蕩蕩的長走廊上等待他們試圖聯絡上她的母親。她盯著鞋子，聽著周圍病房裡的機器發出各種滴滴答答嗶嗶的聲音，在心中排練當他們終於問她為什麼放任父親死去時自己要怎麼回答。她完全沒注意到有位上了年紀的白袍女人朝她走來，坐在她旁邊說了十分鐘的話；說的內容無關她父親，而是她的學校生活和朋友，就是閒聊。那個女人有著濕潤的大眼睛，塗了紫色指甲油，兩人短暫的相遇幾乎沒在皮普的大腦裡留下任何印象。

當警察終於抵達時，皮普立刻爆哭出聲；她看到的是掛在他們腰帶上的手銬，和停在遠處玻璃拉門外的警用廂型車。她一開始哭就完全停不下來，整個人哭得如此恐慌而絕望，讓那兩名警察一臉擔憂地看著彼此。警察說他們聯絡上了她的叔叔，現在要先將她帶到他家安置，之後等待進一步安排。在其中那名女警的攙扶下，皮普搖搖晃晃地站了起來。女警高挑精實，溫暖的手掌滑向皮普的手中，陪著她一起穿越整條走廊。皮普許久以來第一次感覺自己彷彿就在母親身邊。

皮普一邊想著父親的事，一邊在凱恩斯醫院法醫接待櫃檯的訪客登記簿上簽到；這裡離多年前她所坐的那條走廊低兩層樓。當時的他應該也穿越過這些門，經過那條綠色的長走廊，進入遠處那些鋪了磁磚的房間。當年坐在少女皮普身邊和她說了一下子話的人就是薇萊麗．格拉特醫生，也是她刻意忽略了父親手臂、胸口和臉上的斑點，把那些資訊排除在意外死亡報告之外。她在報告中裁定，據信死者曾被施以CPR急救，但仍無法挽回性命。多年之後，當皮普從警校畢業準備成為新進員警時，曾經來到這裡試圖問薇兒當初為什麼要那麼做，但是老太太一開始打發她，辯稱自己已經不記得那個案子。當皮普堅持繼續問下去，薇兒只說自己的工作不是只有觀察屍體而已。「我會看到一切。」她說。薇萊麗．格拉特醫生確實隱瞞了皮普的失敗。

是的，這就是皮普現在對那件事的看法：未能拯救他的失敗。她應該要更瞭解他垮掉的原因，應該要幫助他度過失去妻子的痛苦。她應該要叫救護車，然後幫他翻身，扯開他的襯衫按壓胸口，給他活下去的機會。

她打開一號研究室的門，試圖甩開這些念頭。

房間中央的桌上躺著兩具屍體。皮普還沒準備好見到他們躺在眼前的景象，赤裸裸地蓋著白布，朝上的腳趾讓一塵不染的布料突起成尖峰。由上而下的強光照亮了人體明顯的曲線凹凸，讓他們看起來有種荒謬的道具感，彷彿萬聖節裝飾。兩條年輕的生命就這樣毀了。研究室裡到處不見格拉特醫生的身影。

皮普一邊等待，一邊擺弄胸口鍊子上掛著的警徽，心中突然湧起一陣不太健康的好奇心。她走向最靠近的遺體，試圖透過布料上的小洞看清楚遺體的臉。雙眼緊閉、黑髮。皮普瞄了一眼房間末端的對開門，然後伸出手。

那具屍體突然跳了起來。

「不要亂碰屍體！」亞曼達發出尖叫。

亞曼達從皮普指間扯掉白布向下推，彷彿嚇人箱玩具似的整個人彈坐起來。皮普驚恐的叫聲如氣球一般膨脹撞上天花板和磁磚牆面，似乎被放大到難以置信的程度。她向後跌坐在房間一側的長椅上，而亞曼達的笑聲在空氣中迸裂，彷彿一連串瘋狂的撞擊。

「神經病，」皮普咆哮著，覺得一股熱意從胸口衝上臉頰，「你這個瘋女人！」

「天啊，」亞曼達笑得氣喘吁吁，「喔，騙到你了吧，完全被我騙慘吔。喔天啊。喔我的天啊，這真的太好笑了。喔喔喔！」她摀著自己的臉前後搖晃，像是停屍台上的詭異玩偶正在哀悼自己的死亡。她的笑聲似乎完全不可能停下來了，亞曼達覺得自己呼吸困難。

「這裡是怎麼回事？」薇兒．格拉特推著一張鋼製擔架床從橡膠雙開門進來，床上的遺體蓋著白布，這才是第二位被殺害酒保的真正遺體，「你們兩個的聲音吵到外面都聽得見。」

「史威尼被我騙到了，」亞曼達喘著氣，用大拇指比著自己胸口，努力把還在起波瀾的咯咯笑聲從肚子裡趕出來，「她被嚇到要挫屎了。對不對，史溫斯？對不對呀？喔天啊，這也太有趣了吧。」

「卡通裡的屍體惡作劇，」醫生給了史威尼一臉同情的表情，「我已經很久很久沒玩這種遊戲了。我們以前會把剛開始輪班的實習護士叫下來這裡，用這招嚇他們。不過說真的，皮普，你明明知道這個白痴今天也會過來，應該要預料到她會來這招才對。」她把亞曼達輕推下檯面。

「是很好笑的白痴。」亞曼達更正。

「你們兩個認識？」史威尼拉正自己的衣服，試圖把話題從自己的丟臉反應上移開。

「她認識我的搞笑天分。」亞曼達對著醫生眨了眨眼，薇兒直搖頭。

「我以前處理過亞曼達手上的案子，」薇兒說，「我們第一次碰面是在泰德家，他請我在他不在時幫忙照顧鸚鵡，當時亞曼達也在那裡，惹出了一點麻煩。」

「是很好笑的麻煩。」

格拉特醫生掀開兩具酒保遺體上的白布，過程中，史威尼的目光一直盯著亞曼達看。身材嬌小的偵探站在桌邊，下背部靠著桌緣，雙手交疊在胸前，恍惚的表情就像默默陷入白日夢中的人，思緒不知道飄到哪裡去了。亞曼達似乎全身上下都會不時發癢、抽動，一下子將重心從右腳換到左腳，一下子用一根手指敲打著二頭肌，頭也朝右側極其輕微地抽動著。當白布完全掀開並露出遺體時，亞曼達只抬起視線看了一眼，然後開始打哈欠。史威尼看著女孩的下巴重新和攏，頓時覺得胃裡一陣緊縮。

她看不出任何情緒。亞曼達根本不像在看兩名無辜年輕人的遺體，反而比較像在看人體模型。

「好，來吧，」格拉特醫生邊說邊拉起上衣的袖子，然後戴上淺色橡膠手套，「我們的受害者就是這對小情侶。」

「亞曼達告訴你她的假設了？」史威尼拉高的聲音。「說他們在外遇？」

「她沒說，」格拉特醫生頓時沉了下來，「怎麼了？這是什麼不為人知的祕密嗎？」她指著姬瑪和安德魯。

「是，因為他現在有女朋友。我是指他生前。」史威尼清了清喉嚨。

「總之呢，安德魯的陰莖上有姬瑪的唾液，」格拉特醫生說，「所以除非有什麼神奇的理論能解釋這種現象，不然我都會假設他們有性關係。」

「我就說吧！」亞曼達突然大喊，嚇到了史威尼。女孩的嘴角大開，拉成一道笑容，「天啊，我好喜歡說這句話。我是對的，我每天晚上都是對的。我對是因為我聰明，因為我天下無雙、燦爛輝煌，充滿智性之光。」

「過度包裝。」薇兒說。

「既然有外遇，安德魯的女友史黛芬妮就會進入嫌犯名單了，」史威尼默默思考著，「她有可能跑到店裡對他們開槍，以此報復他的不忠。我們會再檢查一次她的不在場證明，同時看看姬瑪還有沒有跟其他人來往，也許他們也會因為這段關係感到不高興。」

「這個傢伙身上可能有你要找的線索，」格拉特醫生沿著安德魯的遺體所在的擔架床繞了半圈，「你們兩個都靠近一點。」

亞曼達輕巧地蹦跳至法醫身邊，不過史威尼的反應就不是這樣。她越靠近，胃裡的緊繃感就越加強烈。先前她只能勉強看一眼姬瑪和安德魯的遺體，可是現在已經沒有其他東西可以轉移目光，只剩下年輕人蒼白無力的身軀、癱軟的陰莖和深色陰毛，以及在光滑鋼製檯面上鬆弛攤平的粗壯大腿。為了確認死因確實是他頭上的槍傷，格拉特醫生已經剖開他的胸腔和腹腔，檢查完內臟後又仔細縫合。雖然臟器都已被放回原位，不過史威尼知道位置可能不太對，他的肚子奇怪地凹陷下去。他臉上的神情狼狽而疲倦，史威尼知道那是因為身體組織和肌肉在血液循環停止之後下垂造成的。他看起來就像安德魯本人的蠟像，而且是做工很差的那種，皮膚異常平滑，身形稍微矮胖。

然後是他頭上的傷口，一團混雜血肉、頭髮和骨頭的爛泥。史威尼嘆了口氣，別開視線。

「這裡有泥土，」格拉特醫生舉起死者的手掌，「這裡，在他手指之間的蹼上，卡在他的銀戒指下面。指甲裡反而沒有。」

「竟然有泥土。」亞曼達說。

「酒保要做什麼手上才會沾到泥土？」

「嗯，他一定曾經離開酒吧進到雨林裡，」史威尼說，「他一定……我不知道，撿過地上的東西？撿髒石頭或者樹枝？」

「他衣服有泥土嗎？」格拉特醫生問，「衣服直接送到鑑識組了，所以我沒看到。」

「不曉得，我會去查。」

亞曼達仔細檢視安德魯的雙手。她聞了聞他的手指，把它們貼在自己臉頰上，然後攤開他的手掌觀察上頭的紋路。

「也許是他跌倒了。」她突然說道。

「為什麼這麼說？」

「因為泥土卡在指蹼裡，」她在自己面前打開手掌，五指大張，「如果是撿東西，泥土應該會沾附在手掌還有戒指的外側，但如果是跌倒，他會為了保護自己而向外張開手掌。這個向前的動作會帶起泥土，沾到他的指蹼、手指和戒指之間的縫隙。他起身的時候可能會拍掉手上的灰塵，但是除非洗手，指蹼間的泥土都不會脫落。」

「我想的也是這樣，」格拉特醫生微笑說，「所以，他在酒吧外跌倒了，但是到被殺害之前都沒有時間洗手。為什麼會跌倒？他當時在外面做什麼？」

「也許他看到對方打算攻擊自己，」史威尼說，「也許當時他在跑步，試圖逃跑，而地面是濕的，到處都是潮濕的落葉，於是滑倒了。」

「如果他想逃跑，為什麼要跑進酒吧？」亞曼達問，「為什麼不跑到別的地方？」

「也許他想跑進去拿武器，」史威尼沉思著，「或者警告姬瑪。」

三個女人看著眼前的屍體。亞曼達仍然舉著死去男孩的手，彷彿昏迷病患的家屬試圖把力量傳入死氣沉沉的軀體，試圖溫暖那些癱軟的手指。史威尼看著她，亞曼達的神色仍然冰冷，眼神裡沒有任何東西。

心智完全停擺。我認得這種感覺，因為當初在等待入獄期間也曾遇過。從被囚禁在自己所屬的警局直到被送往銀水羈押中心拘留，那之間的每一分每一秒我都處於這種激烈焦躁的狀態。我的手腕上綁著鐵鍊，整個人像盲目的牛隻被趕往某處，移動到下個目的地。上囚車，下囚車，穿過走廊來到一列隊伍的最末端，和其他人一起等待體檢。接受檢查時，我完全赤裸地站在滿是獄卒的房間裡，他們全都帶著警棍。唯有完全脫離任何情感才能帶我撐過一切，度過從警察轉變成為罪犯的荒謬過程。我聽從命令去他們要我去的地方，舉起雙手轉身低頭。一張紙被推到我面前，我在上頭簽名。我拿起那疊摺好的衣服和盥洗用品，前往牢房，坐在床上，把所有力氣都拿去告訴自己繼續呼吸。

在看完前女友梅蘭妮・史賓費爾德的爆料之後，我和勞拉・艾金頓的訪問其實仍繼續進行。我知道尚恩試圖阻止訪談，知道工作人員拍下了他和製作人爭執的畫面，也知道兩人在談話間互相威脅，並提及合約云云。我回答了更多提問，而問題的焦點已經從才剛出現的指控上移開。我對剩下的訪談沒有任何印象，直到頭頂上的燈光熄滅。

我站起來，內心已經再次放棄所有掌控和情緒。尚恩和肌肉腦在走廊上爭執。我看向窗外的街道，記者正在聚集。他們得知我會上《生命故事》節目的消息，可能早早派人堵在外面等待，看我什麼時候離開電視台。消息傳得很快。三號電視網辦公大樓外的車道上已經擠滿了人和攝影機。

「他要跟我走，」尚恩說，「我會把同事叫過來，準備討論策略。我們會提告，媽的一定要告。泰德？泰德？走吧，老哥，你跟我回去。」他抓住我的手臂。

「卡利交代過，」琳達說，「要把他帶到房子那邊。」

我猜肌肉腦袋贏了，因為有手指引我方向，有聲音敦促我前進，接著我便發現自己回到那輛豪華大車裡，兩個巨型身影一動也不動地坐在前座，相機在車窗上閃著光。我依稀記得他們一前一後夾帶著我穿越人潮，伸手拍開朝我伸來的鏡頭。雪倫一掌拍在某個攝影師胸口，對方幾乎要跌倒在地。

我在駛離車道時看著手機，無意識地開始搜尋自己的名字，根本不記得自己曾經下決定要這麼做。搜尋結果上已經充滿了各種連結。

突發新聞：《生命故事》下一期獨家專訪將揭露康卡菲的最新指控。
突發新聞：《生命故事》製作人對康卡菲案的最新發展守口如瓶。
突發新聞：據傳將有康卡菲不為人知的受害者吐露心聲。

突發。突發。突發。所以不只有人洩露我會出現在三號電視網的辦公大樓，更有某個人向全世界透露我會遭到新的指控。新聞如閃電般迅速傳開，野火一般席捲整個網路。我抓著自己的頭，將臉埋進掌中。我幾乎可以感覺到自己的腦袋正在碎裂、崩塌，無法以邏輯思考得出任何結論，只剩下彼此無關的突發念頭糾結成一團令人難耐的混亂。

她怎麼可以——我從來——我沒有——我根本不知道——如果她——她為什麼不——

我失去了時間感。突然之間，我跟著那兩個大塊頭穿過某座豪宅的巨大雙開門；修剪整齊的草坪上安放著一座超大型人造噴泉，水面反射的光線令我皺起眉頭。有聲音從屋內傳出。一陣隱隱約約的模糊談話聲，不時穿插清亮的女人笑聲。這是卡利．費拉的房子，我意識到自己以前來過。我曾經踢開剛才經過的那些門板，要那個穿著完美的男人坐在前廳那張奶油色沙發上，等待同事們在他的物品中翻找毒品。

現在這裡找得到毒品了，就放在一張咖啡桌上，桌旁圍滿了刺青男子。我走進門，瞥了一眼懶洋洋坐在昏暗燈光下的他們，深色眼睛周圍長著黑色長睫毛，一臉齜牙裂嘴，滿脖子銀鍊。這些前廳守衛全都塗著油亮亮的髮油，耳朵上的短髮根都剃著某種圖案。我一邊看一邊向前走，穿過一扇雙開門進入巨大的廚房，差點撞到一個端盤子的女人。盤子裡的東西看起來像肉丸。門廳旁另一間豪華房間裡坐了一桌子人在吃飯。小孩，老人，很多紅酒。

「卡布奇諾！」卡利的聲音從通往陽台的法式窗門外傳來。我們又回到了白天。我記得自己走到景觀陽台上──緝毒隊突襲時這裡是空的──從附近同樣巨大的豪宅之間偷望著遠處的風景，港口波光粼粼。現在，年輕的王子手裡端著酒，斜靠在石欄杆上。走到戶外好冷。還是因為我仍然處於驚嚇當中，陷在幾個小時前的訪問裡難以脫身？手機在口袋裡震動。我注意到有群女人正擁擠地躺在陽台遠端的躺椅上，個個都拿著紅酒杯。

「表情不錯嘛，」卡利露出冷笑，下巴朝著我推了推，「我在第一次要進去蹲的小鬼臉上也看過這種表情。你看起來糟透了，兄弟。」

「我人不舒服。」

「我看到新聞了。你被耍了。」

「嗯。」我揉著肚子，感覺喉嚨裡一陣燒灼。我忘記該怎麼說話了，那些字在我嘴裡彷彿彈珠似的撞得牙齒嘎嘎作響。「很糟糕。事情變得很糟糕。」

「那個女的是誰？她為什麼會那麼說？告訴我發生了什麼事。」

他的語氣變了，那句「告訴我發生了什麼事」是一道命令。就在這時，我第一次意識到現在的狀況有多危險。這裡是這個國家最危險的毒梟之一的家裡，而這個人從一開始就相信我的清白，不顧一切地幫我說話。當第二項指控出現時，他的手下也始終在保護我。我知道他現在在想什麼，專訪的消息傳開之後所有人都在想同樣的事：若我真是無辜的人，被指控同樣罪名兩次的機率有多大？我移開視線，再次望向陽台另一端的女人們。她們不是家族成員。她們和前廳的那群男人一樣，都是僱來的——卡利的家人之所以能容忍這些手下是因為他的工作以及他和這類人的關係有所回報，造就了他們頭上奢華的屋頂。這群女人有種罕見、不自然的美，小麥膚色、結實勻稱，包裹在昂貴布料中閃閃發光。她們腳上的高跟鞋看起來危險得難以行走。當我重新拉回目光時，我發現卡利一臉懷疑地盯著我。他是在判斷我會不會被她們吸引嗎？

「那個女的是我在高中時的女朋友。」我說。曾經卡住的那些話現在泉湧而出，「她叫梅蘭妮·史賓費爾德，我們認識的時候她十五歲，我十八歲，是同一間學校的學生。我們根本不能算真的在交往——就只是兩個小孩說自己在一起，然後一起去看電影而已。那段關係只維持了……有點忘記了，大概兩個禮拜，還是一個月？」

「你上過她嗎？」

「沒有。」

「噢，拜託，」卡利不帶幽默感地嗤了一聲，「你都十八了！」

「我很害羞，」我向他坦承，「我很……不知道……大概算很晚熟吧。但是，這樣真的算晚嗎？不然其他人第一次都什麼時候？嗯，算了。我當時沒什麼人緣，都跟書呆子混在一起。」

「所以她不是你的第一次？」

「不是。我的第一次是在一年之後，和一個大學認識的女生。」

「這樣的話她講她妹妹那些鬼話是怎樣？你連她都沒上了，怎麼可能跟她妹妹上床？」

「我不知道！」我猛然攤手，「你告訴我呀！我不知道為什麼她要這麼做，完全想不通。我們高中畢業之後就沒聯絡了，所以我根本不認識她。我和高中的朋友幾乎都沒有聯絡——你應該知道我的意思，當上警察之後你就會換一批全部都在當警察的新朋友，根本沒時間和其他人來往。」

卡利沒說話。他像是一隻無聊的貓斜靠在陽台欄杆上看著我，充滿危險，可能隨時跳起來將我撕成碎片。他正等著聽我解釋為什麼他不該那麼做。

記憶重新湧了回來。青少年時的我們，尷尬、不自在，從來不會看向彼此的目光。「我記得那個小妹妹埃莉絲，以前我去梅蘭妮家裡時她偶爾會黏著我們，梅蘭妮很討厭那個樣子，就會把她趕走。我和她的互動就只有這樣而已，她就只是我短命戀情女友很煩人的小妹而已。」

此刻陽台不可能像我感覺到的那樣寒冷。我咬緊牙，不讓它們繼續打顫。我沒有其他能對卡利說的了。沒辦法再說出什麼去進一步保證，我從未在許多年前為了未成年性行為而去追求那個自己幾乎不認識的小孩。他朝陽台末端的女人們瞄了一眼，然後又看向我。他似乎特別在注意其中一個女的，一名穿著飄逸金色洋裝，四肢修長的棕髮美女。

「你喜歡她嗎？」他把酒杯朝她的方向傾斜，這麼問我。

「喔卡利，拜託不要這樣。」

「想要的話可以給你。我覺得她喜歡你，她剛才朝這裡看了你好幾眼。」

「這樣又能證明什麼？」

「不知道。」他故意地說。

「我和我太太在一起十四年，」我說，「把你手下的某個女人塞給我也沒辦法說服你相信我不是別人口中的那個人，你只是選擇相信或者不相信。」

他露出微笑。我說對了。現在是該下定決心的時刻，而他似乎也決定了。他的目光在我臉上遊走，可能腦中正閃過我們過往的每一次互動。最後，這個男人站直了身體，把酒杯移到另一隻手，然後啜了一口。

「你想要我把這件事處理掉嗎？」

「不要，絕對不要，」我說，「我當然希望事情消失，但是不想要你去做什麼。卡利，你絕對不能和這件事有任何關連。我知道你覺得自己知道怎麼做對我比較好，可是那麼做會讓我現在的處境非常、非常糟糕。」

他挑了挑一邊肩膀，用舌頭打了個響音，一臉失望。

「我說真的。」我強調。

「懂啦，兄弟。」

「我得回家才行，」我望向地平線，城市天際線銳利而雄偉，「現在發生這件事，可能又會有人去砸我的房子。」

「你打算怎麼處理？」他問。

「不知道。什麼都不做？他們終究會平息。我會和律師討論現在的狀況，也許……也許會提告？逼她承認自己在說謊。她到底為什麼要這麼做？我真的不懂。她這樣做到底能得到什麼好處？」

「又是官司，」卡利嘆了口氣，「兄弟，你得開始想想自己要站在哪一邊了。」

「什麼意思？」

「這個小妞編造出關於你的謊言，」他說，「無論原因是什麼，無論她能夠得到什麼好處，那都不是重點。重點是她說了謊，而且這個謊言有可能置你於死地，讓你永世無法翻身。」

「我知道。」

「但是你現在卻打算怎樣——」他嗤之以鼻，噴出冷笑，「找律師去解決？你要和她在法庭上對決嗎？你不是在開玩笑吧？」

「大概吧？」

「康卡菲，你現在對付的是走在另一邊的人，不好的那一邊，」他一隻手放在我肩膀，握緊，「強暴了那個小女孩的傢伙，還有這個騙人的小妞，他們都是那邊的人。你得用另一邊的手段去處理另一邊的問題。」

矮小、致命的男人彷彿雄獅一般堅定驕傲地站在我面前，懇求我讓他離開籠子。惡的世界確實存在，卡利．費拉的豪宅就是它燈火輝煌、奢華鋪張的市政廳，而我讓自己盲目地被帶進其中。我回頭望向身後屋內的人影，黑影撞擊著酒杯，在奢華地毯上拖拉著椅子，彷彿完美地獄中永無止盡的派對。我走到陽台欄杆邊，卡利也靠了上去，和我形成一對鏡像。他的雙手在冰冷石欄上交疊，眼神在遠處海岸上逡巡。

「你已經從好人的船上掉下來了，兄弟，」大毒梟這麼說，「現在你人在水裡，他們也沒打算回頭來救，而你看到地平線上有黑色的帆，你打算上船還是淹死？」

大船。小船。有著巨大帆翼的白色巨型飛機即將帶我回到鵜的身邊，回到我應該處理的案件裡，回到那些應該更重要的事物之中。我低著頭走過登機通道，確定走在我後面的人正在討論我。我的照片剛才曾出現在起降班次表旁邊的電視螢幕上。沒有人知道《生命故事》會在下一集節目上公開關於我的什麼消息，不過有件事情是肯定的——全國上下所有人都會準時收看。那齣節目就是有這種吸引力，我的墮落故事也是。我必須回家才行。

我往自己的座位走去，刻意不和任何人四目相對，完全沒發現自己下意識將登機證捏得皺巴巴的。我停下腳步將它攤平，然後看向右手邊的座位，10D。

兩個小孩坐在我位子旁邊。坐在最內側靠窗的年輕男孩大約十六歲，而目測大約十三歲的妹妹則坐在中間座位，兩根拇指在螢幕鍵盤上飛舞著，正在輸入訊息。兩人都是紅髮，一男一女，彷彿完美的家庭計畫。我有苦難言，只能抓著發疼的喉嚨四處張望，絕望地尋求幫助。

「先生，你還好嗎？」我身後的男人嘆了口氣說。

「我不能坐在這裡。」

座位上的女孩抬起頭看我。青春完美得如此不公平，皮膚柔軟到難以置信。她T恤上的搖滾明星顴骨高聳、髮型糟糕無比，沒比她大幾歲，正在她毫無特色的狹窄胸口上對著麥克風嘶吼。

「為什麼停下來了？」隊伍後方的某個人說。

「我不能坐在這裡。」我說。恐慌的感覺爬上我的手臂，滾燙的液體在胸口翻攪。我回頭看向身後長長的人龍，因為扭動的速度太快，包包不小心砸在旁邊最靠近的座位上。飛機底端有幾名穿著紅色西裝外套的空服員，我沿著機艙走道一路走向儲藏區，他們在此整理各種物資。

「抱歉，我不能坐在自己的位子。」我一下子脫口而出。兩名空服員一男一女，空姐轉向我，噘著塗口紅的嘴唇，伸手調整了一下自己完美無瑕的髮髻，彷彿她的髮型被我說的話撞歪了。

「先生，不好意思喔，」她從容地擺出笑容，「所有乘客都要坐在被劃分的座位上，至少在起飛時必須如此。」

「我沒辦法。」

「為什麼呢？」

我拉著喉嚨上的皮膚，告訴自己馬上閉嘴，但是我並未停止。「就是沒辦法。請你相信我，你們會很希望我換位子。」

此時那個空少手裡拿著兩袋迷你馬芬轉過身來，看到我時瞬間向後跌了一下。

「可是，先生——」女人正要說話。

「薛莉，沒關係，我來處理，」他拉住她肩膀，「先生，沒關係，我們會幫您更換座位。」

我的龐大身軀站就在廁所隔間的單薄拉門前，空少扭著身體才擠過我與門之間的狹窄空間。看到他將我帶到最後一排的某個座位上，我能感覺臉上滾燙的熱度正在逐漸下降。他從我手上接過包包，減輕了我身體和心理上的負擔。我跌進座位裡，把自己的思緒拖進塞在前座椅背上的某本雜誌中，等待心跳慢慢回到正常速度。

我沒去質疑為什麼那名年輕空少會出手相救。我猜想原因應該很簡單，他之所以在認出我後便迅速採取行動，純粹是因為他知道如果有人在飛機上拍下我的照片，無論我坐在誰旁邊，都會在社群媒體上掀起軒然大波。人們可能會因為這間航空公司願意讓我上機而發起抵制，也可能會質疑我在飛行期間是否有確實受到監督，想著我是否會不懷好意地在廁所附近徘徊，等待撲向哪個女孩。當然了，讓我坐在一個青少女旁邊根本是商業自殺。把我塞到某個角落是最安全的做法，眼不見為淨。

不過當飛機達到巡航高度時，那名空少拍了拍我的雜誌上緣。我放下遮著自己整張臉的雜誌，看到他正解開並放下我的桌板。他偷偷看了一眼身後，然後把一小瓶紅酒、一只塑膠杯和一小包起司與餅乾放到我面前。

「加油，泰德，撐著點。」他低聲咕噥著，再次迅速離去。

那是我這輩子嘗過最好的紅酒和起司。

沒有別的辦法了，得來一場浴室派對才行。

鵝還很小的時候我就開始辦浴室派對了。那時牠們還很脆弱，只要風吹得強一點就能讓牠們一隻隻無助地滾過草坪，彷彿毛絨絨的灰色風滾草。凱恩斯經常發生濕度高到破表而生成的風暴，這種天氣狀況有時對小幼鳥而言太過激烈，不適合放牠們在外面，於是我會在浴缸裡放幾公分高的水，然後把牠們全都丟進去。仍然跛腳的母鳥會一拐一拐地在走廊上走著，以多疑的目光看著這一切。一開始我都只是坐在馬桶蓋上看著小鴨鑽進溫水裡潛游，牠們會划著小小的腳掌，用喙探索四周高聳的白瓷牆面。在我看來牠們總是如此快樂，因為我還記得自己救起牠們的那一天，牠們全都聚集在紙箱底部，在我找到牠們的沙洲上驚恐尖叫。身為父母，想隨時隨地讓牠們過得更快樂是我本能的一部分。那是一種內在驅力，想要盡可能讓牠們經歷的每件事情都成為美好回憶。所以我開始會在祕密採買時從超市架上多抓兩隻泡澡塑膠鴨，這真的沒什麼大不了的。我把它們丟進浴缸裡，讓小鳥們在迷你波浪間有可以戳啄或者吵架的對象，多一些有趣的變化。有一天我帶了一本書進浴室，我坐著看書，牠們則在一旁拚命划水。還有一次我播了音樂。等到自己意識到的時候，我已經懶洋洋地躺在浴室裡，梳妝台上放著紅酒杯，空氣中迴盪著尼爾．戴蒙，毛小孩們在一旁快樂玩耍。牠們似乎很喜歡尼爾的歌。

回到紅湖家中時，我在門邊扔下包包，直接走到後院鵝群過夜的兒童玩具屋裡。薇萊麗．格拉特醫生——我的好友兼鵝保母——在冰箱上留了紙條，但是因為我一心想要回到鵝們的身邊，所以完全沒注意到。我意識到胸口有種痛苦的渴望，先前當我站在家服部的電梯裡等著進入辦公室和莉莉安見面時，也有類似的感覺。我的愛都在等我。把拔回家了，一切都沒事了。

我不太了解家禽的直覺能力怎麼運作，不過我一打開玩具屋的門閂牠們便流瀉出來，一整隊及我腰高的肥碩士兵全都搖搖晃晃地踏著步，不斷抖動著身體，瘦長脖子上的精巧羽毛彷彿因為寒冷而顫抖。鵝興奮的時候會發抖。不知怎地，牠們知道浴室派對即將開始。

這些鵝在很久以前就已經大到沒辦法同時擠進浴缸了。我帶著這群追隨者穿過廚房來到浴室，然後在浴缸裡放冷水。牠們在走廊上等待著，用鵝的奇怪語言和彼此說話，一連串低沉、尖銳、短促的咯咯嘎嘎，斷斷續續。我打開蓮蓬頭，並將水柱對著鋪了磁磚的空曠地面。牠們有時候會一股腦全部朝我衝來，不過這次似乎在秩序上達成了共識。三隻灰鵝走向浴缸，另外三隻則搖搖擺擺進了淋浴間，在水流沖刷牠們光滑的羽毛時紛紛挺立、晃動。我將牠們一隻一隻抱進浴缸，第三隻鵝焦急地對著我拍打巨大的翅膀，打得我皺起眉頭。

「好了，好了，好了！」

牠們的母親是鵝群中唯一的白鵝，從以前就對這樣的慶典沒有太大興趣。行動緩慢的她站在走廊上向裡面張望，目光高傲如女王，彷彿在說自己不屑於這麼輕浮的活動。我經過她旁邊，倒了葡萄酒並開始放音樂，等到我回來時她已經走到前門占據平時的位置，一邊探頭看我的旅行包裡有沒有鵝飼料，一邊留意紗門外有沒有危險靠近。

我喝下一大口酒，打電話給亞曼達。

「康卡菲與法瑞爾聯合調查公司您好，我是怡芳。」亞曼達說。

「是我。」我說。

「啊，您是要找亞曼達吧？我幫您轉接。」

亞曼達有時候會假裝成自己的秘書。我瞭解她的意思——這麼做大概能讓公司感覺起來比實際上更有規模、更正式。但我不懂為什麼跟我說話也要來這套。我聽見話筒裡傳來一連串按鈕音，不禁嘆了口氣，亞曼達正徒勞地按著電話按鈕。

「晚安，康卡菲與法瑞爾聯合調查公司您好，我是亞曼達。請問您需要什麼服務呢？」

我又喝了一口酒。

「阿呆，我需要叫蛙那件案子的資訊。」我說。

「那是本公司正在調查中的案件，我應該要把案情的重要資訊告訴名聲如此敗壞的人嗎？」她生硬地說著。

「喔天啊，你在網路上看到的嗎？」

「不是，是尚恩告訴我的。不過我現在在看 Twitter，我想現在這應該可以算是年輕人口中『引發網友關注』的大事件之一。」

「喔，」我說，「我很努力別去想那件事。」

「否認嗎？的確很好的應對策略，也是我最喜歡的策略。」

「可以討論一下叫蛙的案子嗎？」

「我要去拿筆記，請您稍候不要掛斷。」

「不准按電話上的保留通話鈕。」我說。

「喔，拜託嘛！我現在有新的等候音樂了，比以前那些都好聽。」

「什麼音樂？」

「排笛演奏的〈前進，美麗的澳大利亞〉[7]。」

「不准按。」

「好吧。彈道專家檢查了彈殼和遺體上的火藥刺青，認為兇器是九公釐口徑的槍枝。不是什麼花俏的東西，但是能確實完成任務。河對面鄰居家裡的狗叫得太大聲，他們不太可能聽見槍聲，」我聽見她在電話另一頭翻紙張的聲音，「另外，安德魯雖然有女友，但是在和身為背包客的姬瑪有一腿。口水不會編故事，泰德，也絕對不會說謊。」

我現在不夠醉，沒那個心情去瞭解這句話到底什麼意思。

「史黛芬妮的不在場證明是什麼？」

「在家睡覺。當然了，沒有其他人能證實她當時在哪裡。」

「我們去查史黛芬妮的資料，銀行帳戶、電話紀錄、社群媒體，看看基地台說命案發生時她人在哪。姬瑪和安德魯那邊也是一樣。她買回英國的機票了嗎？還是她打算繼續留在這裡？他們對這段關係有多認真？她來到這裡之後還跟其他人交往過嗎？」

「好的好的，」亞曼達說，「另外我們也拿到了收銀機的紀錄。」

「喔真的嗎？」

「刷卡機上只有幾杯啤酒的帳目，現金則有一千兩百塊和一些零錢。」

「我以為這是整個禮拜的營收。」

「是沒錯，」亞曼達說，「為了幾根狗骨頭失去兩條人命，兩條一千二，一條六百，怎麼算都不值得。嘿，你是在聽尼爾．戴蒙嗎？」

通知聲響起，我看向手機。是凱莉。我下意識將手伸進浴缸，撫摸其中一隻在裡頭拍水、旋轉的鵝。濕漉漉的羽毛給了我一點慰藉，我任鵝在指間啄咬。結束和亞曼達的通話後，我打給前妻。

「那不是真的。」我以此代替打招呼。

「當然不是。」她回答。我一時愣住。我本來預期會遭到一連串憤怒話語緊密攻擊，或許還有早已熟悉的疲憊哭泣聲；當我站在監獄裡的電話前，聽筒另一端傳來的就是這種哭泣聲，彷彿看著救生索慢慢消失。

「聽到你這麼說感覺很奇怪。」我說。

「那個女的很明顯在說謊啊。我就問，她真的是你的女朋友嗎？你真的認識她？」

「我們在高中交往過。小孩子那種交往，只維持了幾個禮拜。」

「那為什麼她現在才出來講這件事？為什麼要等這麼多年？而且哪裡不說，偏偏選在《生命故事》節目上講？她只是想站在鎂光燈底下而已，大概希望能拿個封口費或什麼的，搞不好還能撿到雜誌專訪。」

7 澳洲在一九八四年後的國歌。

「呃。」我的語氣裡帶著訝異。凱莉沉默地分析我的回應，一陣令人寒心的寂靜。

「怎樣？」

「沒什麼，只是——我不知道。我們在一起十四年，但是我被關進去三天後你就放棄我了。當初那個小孩說我強暴她，你相信了，現在有個成年人說了類似的事情，你卻這麼嗤之以鼻。」

「泰德，我從來不覺得你有罪。」凱莉說。這是她第一次說出這樣的話。我感覺自己繃緊了下顎，後排牙齒緊緊嵌在一起，咬得幾乎發疼。我有好長一段時間不知道該說什麼，只是默默喝著酒。

「聽到你這樣說真的讓我很難接受，凱莉，」我最終說道，「你到底想說什麼？你是想告訴我，雖然不相信那些指控，但你還是選擇拋棄我了，是嗎？所以現在這種尷尬的局面就只是你用來甩開我們婚姻的藉口嗎？」

「去你媽的，愛德華。」

我強忍著把其他話都壓了下去。

「我的確不相信你做了那些事，但我只是不懂為什麼他們要說你有做，」凱莉說，「我當時很困惑，現在也還是。」

「是喔，很好，我瞭解了。」我說。

「不要這麼王八蛋。」

她是對的，我是個王八蛋。她也是，但那不是藉口。關於她「拋棄」我的那整句話就是個卑鄙的說法。我想過要用「把我留在監獄裡腐爛」代替，不過覺得那樣太過戲劇化。那種尖酸刻薄的源頭是覺得自己被輕視的男人，因為剛剛親眼看到妻子的新情人而心生妒忌。我大部分時候都沒這麼卑劣，只是被扔在一旁所造成的傷痛真的仍未痊癒。

其中一隻鵝在我這一端的浴缸裡踩著水，直盯著我看。我順著她的脖子撫摸而下，搔了搔她的鳥喙下方。這些鵝相信我，「泰德是無辜的」裡的成員相信我，黑幫和殺手和流氓和不認識的空服員都相信我。我捏了捏自己的鼻梁。

「還有別的事嗎？」

「卡利・費拉送的那份禮物，」她說，「是一條鑽石手鍊。真的鑽石，大顆的，總共十二顆，鑲在小孩尺寸的手鍊上。」

「我有想過會是那種東西。那傢伙就是這麼俗氣。」

「這是要我怎麼處理？」

「我不知道，」我聳聳肩，「就給莉莉安。」

「她才兩歲吔！」

「我的意思是等她長大之後，可以拿去賣掉。或者你也可以賣掉。我真的不在乎你怎麼處理，凱莉。他叫我拿給你，我完成任務了，接下來就是你和他之間的事了。」

「我和他之間？」她語帶嘲諷，「他是壞人，愛德華。我不是那種人。」

壞人。地平線上的黑帆。鹹水的味道，浸入我的肺裡，試圖把我拉進一道致命的冰冷波濤底下。不是攀附求生，就是溺斃。

「對，你不是。」我說。她一定從我的語氣中讀出什麼東西，得出某種帶有一千種可能性的結論，最終能讓她拿去和新男友抱怨的證據，抱怨我有多看不起她。她直接掛斷電話。

在腦袋還沒清醒之前，我的身體就從床上彈起。溫暖的空氣湧入肺中，從那裡驅散關於壓力的夢境，漆黑的深淵和沙質海底瞬間朝我湧上來。我聽見自己受到驚嚇的叫聲。思緒仍然七零八落，我只知道有個男人站在漆黑臥室的門邊，而我的手正朝床頭櫃上的槍伸去，但是不夠快。

「天啊！」我大聲叫著，「我的天啊！天啊！天啊！」

「你的防護措施真的不夠，」他斜靠在門框上這麼說，「我是說，你甚至沒有——沒有……」他被自己的語言能力背叛，只能用手比著整條走廊。

我在黑暗中用槍指著他，突然意識到一陣困惑的認知。我的大腦試圖讓自己冷靜，但是接下來幾秒鐘內發生的事都不可能讓人冷靜。當眼睛適應黑暗後，我認出靠在門邊的瘦長人影正是戴爾・賓利，那含糊不清的聲音也證實了這一點。他喝醉了，非常醉。就在我認出那身影的同時，我也突然想起他咬字有多含糊，並聞到空氣中的波本酒味。

「沒有監視器。」他終於找到詞彙，再次用手比著整條走廊。

他垂在身側的手中拿著某個物體，深色，四四方方。我拉下手槍上的擊錘。

「把那個放下。」我說。

「什麼東西？」

「不管你手裡拿什麼都放下。」

「這個嗎？」他舉起手來。我輕輕扣上板機，感覺金屬在另一塊潤滑良好的金屬上滑動，彈簧微微壓縮。他把信封扔在床尾的地板上。我的耳中全是巨大的心跳聲，幾乎聽不見信封掉落的聲音。

「隨便啦。」他說完便調頭朝走廊另一端走去。

我氣喘吁吁，身上因為都是汗水引得床單黏上來，彷彿藤蔓攀附在腰際和腳邊。我穿著四角褲來到走廊，手裡仍握著槍，心想著應該要多穿點衣服。那個信封。我回去拿信封，然後在廚房裡那張碩果僅存的完好椅子上找到我被害人的父親。他癱坐在椅子上，金髮因為汗濕而黏成滑溜的髮束。

「我差點就要對你開槍，你知道嗎？」我打開電燈，把手裡的槍拿給他看，「你不能在三更半夜走進我家，然後像鬼一樣站在我床尾。我……喔，天啊，要是我真的開槍的話會變成什麼樣子。」

「對，想想那會是怎麼樣子，」他壓下一個嗝，「到時候會引起多少疑問。媒體一定愛死了，光是知道我是……」他再次找不到合適的詞彙，於是轉著手腕，比著手勢，「你到底為什麼不裝監視器之類？為什麼不把窗戶鎖起來？」

因為我在門鎖和鐵條後面待得太久了，我心想。而且一旦我開始往那條路上走，單是把門窗鎖起來也不夠。到時候我會裝監視器，把大門籬笆架高並在最外側的大鐵門上綁鐵鍊，還有每天回到家以及晚上睡前都得輸入密碼的警報器。我很清楚，我如果開始在家裡裝上這些東西，就等於在一點一點地打造自己的單人監獄。沒有防護措施其實是一種反抗行為，是對過往的拒絕。我現在可以聽見鵜在外頭激動而狂暴地叫著，剛才在臥室裡時根本聽不到。我太生氣了，現在根本說不出話來。我走到冰箱前拿出一罐啤酒，貼在自己臉上，希望靠著冷凝的水珠降溫。

「我不知道你來這裡要幹嘛，」我對戴爾說，「但如果你像上次那樣攻擊我的話，我會把你打得滿地找牙。」

「這麼硬漢。」他噴了一聲鼻息，自顧自地笑起來。他一隻手掛在椅背上，彷彿酒館裡滿心厭倦的牌客。現在我有時間能好好觀察這個人，我看得出來他的情況非常糟糕。他全身發臭，不只是因為波本酒氣，而是因為已經好幾天沒洗澡。拳頭指節上還留著攻擊我之後留下的擦傷，根本沒被清理過，有幾處已經發炎。我完全猜不到他為什麼會在這裡，但說真的也不在乎。我的鵝不高興了。我往外走去，讓紗門在身後甩上，暗自希望等我回來時，克萊兒．賓利父親的鬼魂已經消失。

我打開鵝舍的門，七對狂野的眼神從黑暗中注視著我。牠們全都站起來，成群往前湧來。我推著其中一隻柔軟蓬鬆的胸口，手指陷進由毛躁羽絨構成的盔甲中，直到觸摸到溫暖的骨頭。

「不是，不是，不要出來。我沒事，我……」

一隻鵝從我旁邊溜過，搖著屁股走下小斜坡。接著牠們全都衝了出來，彷彿一支憤怒的隊伍，羽毛直豎、全身抖動，在夜色中啄著草地。

戴爾．賓利來到我旁邊。我還沒看到他便先聞到氣味，立刻退出他揮拳可及的範圍之外。我喝了一口啤酒，看著鵝群排成一列在門廊上的金色燈光中覓食；牠們時不時停下來盯著我的訪客看，或是追趕某隻悠閒的甘蔗蟾蜍。我轉過頭，發現戴爾逕自從我冰箱裡拿了啤酒。我就著屋子那側發出的微光端詳他高聳的顴骨和尖鼻子，胸口仍因困惑而緊繃。

「這樣問可能很怪，」我看著他把啤酒靠到嘴邊，然後慢慢說道，「如果你不是要來揍我的話，那你……」

「我到底來幹嘛？」

「嗯。」

他聳了聳肩。我們一起看著鵝。

「我看了你給的那些文件，就是信封裡的那些，」他說，「那就是我來這裡的原因，大概吧。我也不知道。說真的，過去這一年多我就只是到處晃蕩，應該每個人都在想我到底在幹嘛。可能我希望你真的對我開槍，所以我才沒敲門。」

「所以你要嘛在尋死，不然就是想和我討論你女兒的案子？」我得出結論。他一屁股坐到草地上，兩腳重重甩在身前，某種程度上等於回答了我的問題。

「我對那些文件沒有什麼想說的，」我以堅定的語氣慢慢靠近，「我甚至沒有認真看過。我現在不想和這個案子扯上任何關係，只想安靜地在這裡好好過生活，這樣也許總有一天，如果我夠幸運的話，大家會忘掉我這個人的存在，不會再來煩我。我幫不了你，戴爾。也許你可以去和亞曼達討論那些線索，不過我認為她應該也沒有多深的研究。我覺得她——」

戴爾向後癱倒，啤酒瓶也翻了。我看著他抗拒睡意，而其中一隻鵝靠了上去，小心翼翼地啄著他口袋旁的草地，希望能在皺褶的布料間瞥見飼料的影子。

「媽的。」我嘆了口氣。

親愛的日記，

我在跟蹤她，這點毋庸置疑。說起來我也沒在騙自己。當你不斷瞇著眼從後院籬笆縫隙之間窺視看她在不在，並隨時豎起耳朵捕捉她的聲音時——也許是咯咯笑聲或者風中的一絲尖叫——你知道自己其實已經變身了。我曾經跟著她到學校幾次，看著她和媽媽一起走路上學。潛伏在學校大門一百公尺外某輛車內的陰影中，努力不被她們或被其他家長注意到，其實是很刺激的事。我考慮過要買個兒童尺寸的人體模型，讓它直挺挺地坐在後座，這樣從窗外至少能看見頭的部分。不過那樣的話還得想辦法不讓克蘿伊發現。女朋友雖然是必需品，但也有其缺點。

關於潘妮，我想我唯一自我欺騙的地方是整件事的嚴重程度。我從來沒真的犯過罪。我一直覺得自己有辦法自制，覺得自己所有的作為就只是邪惡的小遊戲，就只是好玩而已。

最容易說服自己相信任何事情的人就是自己。我站在科技倉庫屋的門市裡，手裡拿著泰迪熊外表的保母攝影機，一邊看著那張圓滾滾的快樂熊臉，一邊告訴自己這麼做是妥協後的結果。既然擺脫不了這種喜好——我從來沒主動追求或鼓勵過這種心理衝動——那麼我至少應該被允許進行這樣的必要之惡，預防我最終做出最壞、最壞的壞事。太嚴以律己是沒有用的。我天生就是這個樣子，我已經很努力在接受自己缺點了。

當然，雖然只是出於懶惰，但我也曾經試過沒那麼侵入性的方式。曾經有某個網友教過我怎麼駭進隔壁鄰居家的電腦，並在不開啟紅色運作指示燈的情況下啟動桌機上的攝影鏡頭——那人是存在暗網深處的食屍鬼之一，手藝靈巧彷彿擁有魔法。那種畫面非常刺激。我曾經在網路上看過從被駭過的電腦攝影鏡頭上偷拍下來的影片——有人毫不知情地在開啟的筆電前脫衣服，也有人以為自己正在私人線路上和遠方的男友玩視訊性愛。可是當我打開潘妮家的攝影鏡頭後，每天晚上都只看到潘妮的媽媽安卓雅坐在電腦前逛購物網站。她的臉皮鬆垮，在螢幕反光下呈現不健康的藍色。簡直衰爆了。

所以我在電子用品店買了那隻泰迪熊，然後在同一條街上買了色彩繽紛的包裝紙。

最麻煩的部分是要放那隻熊。我曾經隔著籬笆聽潘妮提到她的生日派對快到了，並且得知她媽媽打算把禮物桌設在院子側邊的籬笆下方，也就是和我相鄰的這一側。可是到了派對那天，隔壁院子裡充滿大吼大叫、四處奔跑的小孩時，我一偷看才發現禮物桌被擺在院子的最後方。這幾乎毀了一切。不過我在夜色降臨後，繞到街區另一側花了點時間探查潘妮家後面那間房子。屋主不在家，也看不出有監視器的樣子。於是我沿著房子側邊走到屋後籬笆等待了一會兒，在適當的時機將禮物扔過籬笆，聽見它在輕柔的嘎吱聲中落到了禮物堆上。

我覺得我這輩子從沒流過那麼多汗，回到家時已經全身濕透。我對克蘿伊說我去跑步，但是當我拿著啤酒坐在院子裡聽隔壁的派對即將結束時，身上仍不停冒汗。潘妮以鈴鐺般的清脆嗓音向大家道別，然後興奮地和媽媽一起回到院子，開始把所有禮物拿進屋內，而其中也包括那隻緊緊包裹起來的可愛泰迪熊；禮物沒附卡片，沒有任何跡象表明它從何而來。

我非常想立刻打開攝影機，透過麥克風聽她困惑的聲音以及撕開包裝紙後的喜悅。那是一份神秘的禮物，一隻高檔的泰迪熊——馬海毛髮，而不是壓克力纖維製的便宜貨色。那是有眼光的女孩會喜歡的經典禮物，我有把握她一定會很愛上它。只是每次當我想要打開手機上的應用程式去啟動那隻熊時，克蘿伊就會像黏人的肥碩飛蛾一般朝我撲來。

沒關係，我會耐心等待時機到來。我很擅長等待。

在亞曼達的「辦公室」裡，偵查督察史威尼僵硬地坐在辦公桌前其中一張椅子上，環顧著四周環境。史威尼年輕時很喜歡私家偵探小說，但是這裡和小說裡那種枯燥、正經的專業環境完全不同。她原本預期會看到一個毫無裝飾的空間、一個檔案櫃（眾所皆知最底層抽屜裡藏了一瓶威士忌）、一張滿是各色大頭針的地圖以及成堆成堆的檔案，但是眼前的辦公室卻更像某個古怪老人略顯凌亂的客廳。進門左邊那幾張紅色絨布躺椅沐浴在陽光之中，底下鋪的厚粗長毛地毯上有三隻貓各自蜷縮成團，彷彿散亂丟在地上的圓墊。房間裡和預期中一樣擺了幾張裱框證書，但是全部都和學術研究無關，其中一張證明亞曼達懂得飼養馬匹，另一張則是烙鐵。所有證書都是在她被監禁期間由布里斯班女子懲教中心簽發。這裡有座擠滿書的書櫃，其中許多都是技術手冊。另一隻貓占據了書櫃上層，條紋花色的尾巴垂在橫板外，來回彎曲擺盪。L型的辦公桌右邊有座小廚房，水槽裡擺著幾只喝過的咖啡杯，造型新奇，其中之一的手把被像是人類耳朵形狀的東西取代，另一只則顯然是從布里斯班女子懲教中心偷出來的。

讓史威尼等了好一段時間後，偵探小姐本人終於在九點時出現在門口，身上穿著蝙蝠俠圖案的緞面睡袍，仍然處於半睡半醒的惺忪狀態。史威尼坐在椅子上，聽亞曼達在樓上踱步、大聲打哈欠、呻吟、咒罵、沖澡。一會兒之後，她看了一眼手錶，告訴自己以後沒聽見十點鐘聲就不必來打擾亞曼達。

泰德．康卡菲似乎很瞭解這些習慣。她從亞曼達辦公室門旁的窗戶看見泰德停車、上鎖，然後像逃亡中的人左右掃視街上。他低垂著頭，走路姿態緊張不已；他是個寬肩高大的男人，如果不是被現在的處境壓著，身形應該比現在更高大、更魁梧才對。他原本的鬍子不見了，身上穿著樸素的白襯衫搭配牛仔褲，整個人乾淨簡潔，彷彿他試圖刷洗過去一年發生的部分創傷，於是把自己的皮膚洗得清潔溜溜。還沒等他握到門把，亞曼達便莫名其妙出現，用肩膀從側邊朝他用力撞去，這一擊差點要把他頂到草地上。亞曼達一定是看到他停車後偷偷溜下樓梯，然後從後門繞過來。

皮普看著他們說話，一個是高大的厭世男子，一個是充滿活力的迷你花園妖精，而妖精剛剛才對著男人展開突擊。亞曼達談到某個東西時用雙手做出一個誇張的手勢，引得泰德翻了白眼。史威尼摸不清他們的相處模式，甚至不曉得這兩人為什麼有辦法相處。亞曼達曾經殺過人，雖然是因為自我防衛，不過那樣的過往經驗裡想必有某種東西可能引起泰德的強烈共鳴。還是因為泰德曾經受到指控，而讓他開始對亞曼達這樣的人打開心房？因為同樣身為被社會排斥的邊緣分子？史威尼想知道，如果泰德得知她曾讓自己的父親像動物一樣死在廚房地板上的話，他會怎麼想。明明只要按下按鈕就能求助，但是她卻沒那麼做。她父親的其中一片心臟瓣膜在那天晚上破裂了，而那或許是人類所能感受到最痛苦的疼痛之一。皮普只是看著，沒有任何作為。她不像亞曼達還有辦法主張自衛——亞曼達看過，也知道雨林中的那兩個男人打算對她做什麼，當時她實際身處危險之中，而皮普不過是看見了父親眼中閃過危險的光芒。她曾經揣測過、假設過他可能變得多危險，但同時間她內心深處其實也非常清楚，他還是有可能不再傷害她、不再喝酒，重新把自己打理好，成為她心中所希望擁有和需要擁有的那個父親。

她否決了他擁有那個機會的可能性。

她在他瀕死時看著他的眼睛，狠狠批判。

泰德不在的那幾天，皮普還沒時間去重聽Podcast的舊集數，某幾集節目詳細說明了這位前警察之所以墜落的驚人故事。第一次在他家外面見到他時，她就感覺他的案子比表面上看起來的更複雜。那個案子太過完美，一切的發展都太過完美：藏有邪惡祕密的輝煌警察、從路邊被伺機擄走的美麗女孩、犯案計畫中顯然被完全忽略的大量目擊證人，以及看到克萊兒・賓利站在路邊幾乎隨時等待被擄的景象後陷入瘋狂的他。當史威尼站在那棟湖濱小屋外，她見到的那個男人不是什麼被逼至瘋狂境地的隱密性侵犯；那個人面對前來斥責他的暴民時會隱隱然感到畏縮。她很確定他不是那種人。但是話說回來，史威尼自己看起來就像會做出她當年行為的那種人嗎？不像。她是個假象，是披著紙紮披風的假英雄。她沒有任何方法能夠得知藏在外表底下的泰德到底是怎樣的人。他不像亞曼達那樣空洞。亞曼達這個人沒有任何能被得知的祕密。皮普希望自己也能有同樣純粹的真實。

泰德推開辦公室的門，偵探小姐也來到她的座位上，一臉興奮。

當我走進亞曼達的辦公室，一隻胖橘貓便從地上跳起，彷彿圓滾滾的毛絨砲彈朝我撲來，撞上我的胸口，我差點沒抓住她。現在，我懷裡多了一塊不停扭動的溫暖重擔。六號。我老是忘記六號。

「我可以有哪次來這裡的時候不要被攻擊嗎？只要一次就好，」我一邊抱怨，一邊試圖把貓從脖子上抓下來，「真的是四面八方來吔。」

那隻貓不斷大聲叫著，發出絕望而急切的噪音。牠想要爬回我的胸口，把自己貼在我臉上。這如爆炸一般表達好感的方式令人熟悉。幾個月之前，在我沒有給予任何鼓勵的狀態下，亞曼達所養十一隻貓中的這一隻突然對我產生了一種奇怪的喜愛。我開始發現這隻薑黃色的貓會從書櫃的第三層毛骨悚然地盯著我，然後隨著我來到亞曼達家裡的次數越來越多，這隻野獸開始會在我抵達時展現自己的擁有權，憤怒地對著我嚎叫，彷彿她已經好幾天沒吃東西。她會把其他貓從我身邊趕走，如果我拒絕理她的話，她就會用頭頂撞我的脛骨。就在最近，她開始會在我一進門就把自己朝我身上扔來。我把那隻動物翻過來，像嬰兒一樣抱在懷裡。皮普．史威尼坐在亞曼達的桌前，似乎正努力壓抑笑意。

「六號是泰德的女朋友，」亞曼達指著那隻試圖襲擊我的貓，向史威尼解釋，「她愛他，迷戀他，想要嫁給他。」

「我很想和你握手，史威尼督察，但我現在有點忙。」我在她旁邊的椅子上坐下。

「沒關係。」

亞曼達開始用高亢、焦慮的竊笑嗓音替貓配上自白：「喔，他來了，我的靈魂伴侶。我還以為他永遠不會回來了！」她切換回自己的聲音：「六號，他是人類，你不能嫁給他啦！」

「現在的進展如何？」我瞄了一眼史威尼放在桌上的筆記本，「抱歉我前陣子有點分心，不過我現在來了，準備好全心投入。從現在起這個案子就是我的第一要務，其他事情都會自己找到辦法解決。」我一度沉浸在史威尼還沒聽說新指控的幻想裡，不過她很快就打破了這個幻想。

「你確定自己準備好工作了嗎？」史威尼說，「現在每個網站的頭條都是你。」

「我的律師已經在處理了。」

「新的指控到底怎麼來的？」

我把三號電視網攝影棚裡發生的訪問過程和突然砸來的「震撼消息」都告訴史威尼，過程中抬不起自己的目光，只能一直看著腿上的貓。在一陣撫摸之後，六號終於安靜下來，呼嚕聲宏亮低沉彷彿老舊的冷氣機。亞曼達靠在桌上，直看著我。

「我相信等我們和埃莉絲．史賓費爾德聯絡上之後，她就會讓這一切平息下來。不過目前她拒絕接受任何媒體採訪。我還沒去看『泰德是無辜的』的網站，他們說了什麼嗎？」

「沒記錯的話，明天會緊急發布一集新的Podcast集數。」皮普說。

「這樣啊。」

「警察打給你了嗎？」

「還沒。」

「泰德，就算你在我們調查這件案子期間被逮捕，你還是得烤蛋糕給我。」亞曼達伸出食指，指責似的對我說。

「烤蛋糕給她？」史威尼看著我。

「我們說好了，破了下一件案子的人可以得到一個蛋糕，」我說，「輸的人要負責做。當然，所謂的『說好』是指亞曼達自己提了一個提議，而我根本沒在聽，然後突然間就變成我也同意這件事。這裡的所有事基本上都是這樣決定的。」

「這傢伙——」亞曼達朝我甩出一隻手，「——他講得好像一切都是我的錯，但是他心裡早就想好一顆非常精緻的蛋糕了，我一問他馬上就給出答案，好像事先想過一樣。其實我只要有一塊瑪氏巧克力棒就心滿意足了，烤都不用烤，但是他卻想要黑森林櫻桃蛋糕。」

「還要有手工調溫的巧克力薄片。」我抓撓著貓老婆的耳朵後面。

「手工調溫，」亞曼達俯身越過桌面，怒目盯著史威尼，「巧克力薄片。」

「回到你的問題上。鑑於你的良好名聲，那些嚴重指控有可能會破壞掉你的一切……」史威尼說。

「我根本不知道為什麼會有那些指控，」我嘆了口氣，「我現在手上只有專訪中播放的那個片段，說我在十八歲時和只有八歲的埃莉絲．史賓費爾德有過『掠奪性的關係』。我不知道這句話到底是什麼意思，也不知道梅蘭妮是不是已經和警方談過了，我……」我攤開雙手，「也許我們應該把注意力放在眼前的案子上，放我的人生自己去尋找出路。」

「以你希望的為主。」史威尼不自在地變換重心，然後打開筆記本攤放在自己面前。她拿出一份鑑定報告，「這是姬瑪和安德魯的驗屍報告，我也拿到現場的指紋和DNA分析。我認為犯罪現場本身有三個重點值得注意：保險箱被清空了，然後被擦拭得一乾二淨，另外犯案的槍枝很有可能是口徑九公釐的白朗寧大威力半自動手槍。」

「你怎麼知道？」

「我原本找了凱恩斯的本地彈道研究人員，不過他推薦了一位在雪梨麥夸利大學的專家，是一個徹頭徹尾的槍枝迷，」史威尼說，「子彈穿過槍管時會在彈殼上留下的痕跡，他認為那個人不僅可以透過這種痕跡來指出兇槍的種類，還能判斷子彈被推進槍膛時所留下的鑿痕。我想，就算是從未被擊發過，現在的人似乎也能判斷子彈來自哪種槍枝。」

「人類實在是太聰明了，」亞曼達若有所思地說，「我們對這把白朗寧手槍瞭解多少？」

「很容易取得，」我說，「那是常見的執法人員配槍，所以某些警察、獄警、保全手裡都有這種槍。它在一九三五年成為澳洲軍隊的標配手槍，後來就一直保有這項地位。這是在街頭上最容易取得的槍種之一。擁有制式手槍的人只要去跟上頭的主管說自己需要更換零件，然後找個朋友在幾個星期後做一樣的事，很快就能湊齊零件去拼出一把全新的手槍，轉頭就賣到街上。」

「好極了，」亞曼達嘆了口氣，「所以一點也不特別就是了，沒有任何值得注意的地方。」

「除了兇器之外，我們還知道被害者曾被命令並排趴在地上，且雙手放在腦後，十指交錯。」史威尼說。

「這不是業餘的手法。」我說。

「沒錯。十指交錯——這代表對方是有經驗的人。」史威尼點著頭說。

「所以，如果我們把保險箱被洗劫、手槍種類、對被害者下的指令三件事湊在一起的話，可以得出什麼結論？」亞曼達說。

「這個人有鑑識知識，」我給出推論，「知識量足以讓這個人在最緊張的時刻還顧及清除保險箱裡所有的DNA痕跡和指紋。而且這個人還擁有一把便宜的菜市場手槍，是常見的警槍或保全配槍。同時，這個人受過足夠訓練，瞭解如何冷靜且有效地壓制其他人，讓他們進入難以移動或逃跑的姿勢。」

「我很不想說，但是這個人聽起來像個警察。」史威尼說。

「或是保全。」亞曼達提議。她正在幫屍檢照片中的安德魯・貝爾畫上翹鬍子。「退伍軍人。可能是陸軍、海軍或空軍，也可能是後備役。」

「犯罪現場分析還得出什麼結果？」我帶著寧靜的恐懼看著亞曼達的塗鴉，大聲提問，「辨識出鞋印了嗎？」

「有沾了血跡的印子。是標準的Blundstone牌工作靴，使用情況尚新，男性尺寸十號。」史威尼說。

「好極了，」亞曼達說，「所以全澳洲上下每個男人都有一雙。」

「我有兩雙。」我說。

「你穿幾號？」亞曼達瞇起眼看我。

「我們沒辦法判斷他是不是從後門進入，不過在殺人之後肯定是從後門離開，」史威尼繼續說道，「後門還有很多其他人的腳印，廚師和酒保在休息抽菸時都會在外面來回閒晃。那裡的地面很潮濕，土質是黑土。每天晚上離開之前酒保都要負責拖地，據老闆所說那是打烊班的最後一項工作，而我們有證據顯示他們當時正要做這件事。」

她拿起驗屍報告，解釋了安德魯指蹼上的泥土以及格拉特醫生的說法。我傾身靠近，跟著她的手指在紙張上劃過。

「有東西不太對勁。」我說。

「什麼東西？」

「我不知道。」我順毛摸著貓老婆的頭。我的腦海裡有種拉力，彷彿一段半成形的記憶。「我想像不太出兇手是怎樣的人。」

「他的行為模式沒有道理，」亞曼達把腳抬到桌上，「兇手冷酷、平穩、鎮定，足以接管整間酒吧並制伏兩個成年人，可是在進入店裡前卻毫無準備且笨拙到讓站在後門外的安德魯對他的意圖起了警惕。這導致安德魯往回跑進室內，過程中跌倒而弄髒了手。所以他到底是哪種人？兇手到底是有著充分準備的刺客，還是差點搞砸整件事的笨蛋？」

我閉上眼睛，試圖在腦海中描繪那晚的酒吧，廚房裡蒼白的日光燈、地板上的沙礫和汙垢。兩個年輕人在整夜漫長而繁忙的工作之後已經筋疲力盡，準備離開。我在剛當上警察那幾年接受過應對強盜和搶劫的訓練，但是從未見過演變成殺人命案的情況。根據我的經驗，搶匪會突然闖入，發出巨大的噪音、激起巨大的恐懼，以至於任何受害者搞清楚他們想要什麼之前，搶匪就已經消失了，沒有人能夠清楚看到他們的臉或衣服。這是一場屬於有經驗罪犯的運動——新人若要試水溫，通常會等到目標地點空無一人時才下手行搶。因為人是不可預測的，而搶劫其他人需要勇氣。當時姬瑪和安德魯趴在地上，頭朝前門，腳朝後門。這意味著兇手走進酒吧後繞過了這兩個年輕人，用某種方法讓他們兩個心生恐懼，害怕到即使通往後門的路線未受阻礙，他們依然選擇轉身躺下，而不是從後門逃走。他不過拿了一把便宜的小型手槍，到底怎麼做到的呢？他說了什麼話如此有效，能讓這兩人放棄逃跑，乖乖跟隨他的指示？

史威尼在筆記本上做了些筆記，然後抬起頭，似乎猛然意識到我和亞曼達都沒在寫筆記，於是闔上筆記本。

「我們面對的是兩名兇手嗎？」亞曼達想著。她對受害者面對的方向似乎和我有同樣的看法，後門應該是可行的逃跑路線。

「有可能，每件事都沒有表面上看起來那麼簡單，」我說，「我覺得我們眼前就擺著某樣東西，但是我們卻一直看不見。必須先找到那把槍才行。那把槍那麼便宜又無聊，讓我覺得哪裡怪怪的。」

「怎麼說？」亞曼達問。

「我只是在猜測，」我說，「假如你最初的目的是搶劫——本來只想搶劫，只是最後演變成處刑——那為什麼要選一把隨時能拋棄的槍呢？你又不會真的把槍丟掉。從兇手的表現來看他應該是個有經驗的人，換句話說以前曾經搶劫過，以後也會繼續做同樣的事。他從後門進入並讓那兩個人轉身，很清楚自己該說什麼話能夠達到目的。如果這就是你吃飯的傢伙，為什麼不挑好一點的槍呢？」

「對我來說槍就是槍，」亞曼達說，「每把槍看起來都很嚇人。」

「但如果世界上所有的槍任你挑，為什麼要選最小、最普通的那一把？」我問。

「為什麼不選更有能力的？」史威尼聽懂我的意思，在位子上挺直身體，「挑一把花俏的大傢伙，還能嚇嚇受害者。」

「因為你知道不需要大傢伙，」亞曼達說，「因為這些事你之前都做過了。」

「也許吧。」我不置可否。

「或者因為他們只幹這一票，」亞曼達說，「根本懶得花大錢去買好一點的槍。」

「僅止一次的驚天動地搶案目標只有一千兩百塊？」我問。
「也許他們以為保險箱裡會有更多錢。」史威尼插話。
「他們的依據是什麼？」我說，「你也去過叫蛙，那地方看起來就像要壽終正寢了。如果搶匪只幹這一票，那顯然高估了營收的金額。」
「我們需要新的觀點。」亞曼達靠向桌子，試圖在屁股不離開椅子的狀況下將頭轉成上下顛倒，就像貓頭鷹那樣。她整個人消失在桌子下面。「找到那把槍，找到解答。」
「那是當然，我已經在查了，」史威尼說，「我派了好幾隊的人在那條路的兩側仔細搜索，另外還有一隊負責在最靠近的橋邊兩端打撈。」
「喔喔喔，尋寶遊戲，」亞曼達精神一振，「我們可以幫忙。」
「亞曼達，你不准隨隨便便跑進去找他們還沒找到的東西。」史威尼說。
「如果我那麼做的話，應該會給大家帶來很大的麻煩吧，」亞曼達臉上的笑容逐漸擴大，「聽起來根本像在下戰帖。」
「你不是約了老闆在店裡碰面，時間快到了吧？」我說。
「喔對。」史威尼瞄了一眼手錶。
「很好，」我站起身，「我們就回到現場找找新的觀點吧。」
我因為一直在想戴爾・賓利還在我家這件事，以至於去酒吧的路上幾乎都在走神。我載了皮普・史威尼一程，讓她能把巡邏車交給另一名想要前往凱恩斯醫院再次查看屍體的警官。史威尼坐在副駕駛座問我關於亞曼達的問題，並用安靜、疑惑的表情看著我，彷彿試圖從我的臉上讀出我的罪孽。我知道她還沒決定自己能否信任我，疑惑我是不是像全世界認定的那樣，其實是個穿了人皮的怪物。每次與我互動，皮普・史威尼都在跨越自己所劃下的新界線。她和我說話、同意與我合作，現在甚至坐進我的車裡。自從遭到指控以來，這就是我生活中每個人的處境。就連我的前妻在擁抱我時，都不確定她是否已經準備好要那麼做。

我把戴爾・賓利扶到門廊沙發上，讓他睡在那裡，不確定除此之外還能拿他怎麼辦。之後我就睡不著了。我打掃了廚房，即使它一如往常地一塵不染。監獄讓我對做家事產生了奇怪的喜愛，我喜歡刷洗、擦拭、清理灰塵。在讀完每週的書籍配額後，拘留牢房裡其實沒有太多事情可做，唯一能做的就是打掃、整理和重新排列自己數量稀少的重要物品。

九點半我準備好出門時，戴爾還在睡覺。我無可奈何地盯著他看了一會兒，聽他打鼾，但那沒有解決任何問題。我無法判斷要他離開和讓他留下哪種決定更不明智。我試圖預測他聽到對我的新指控後（如果他還沒不知道的話）可能會發生什麼事，但是有太多可能性，每種情況的可能程度都不相上下。他可能會從此消失，讓我所有財物完好無損地留在原地，然後悄悄關上前門；也可能燒毀我的房子，殺死我所有的鵝。

我在亞曼達辦公室外告訴她這個情形，但也沒給我帶來任何有用的建議。

「睡衣派對！」她大喊，「我可以去嗎？」

我意識到史威尼問我某個問題，但是我一直在看著馬路兩側的綠色雨林牆，看它們迎面而來，再自窗外飛快掠過。我想搞清楚戴爾・賓利為什麼會來我家。他說是因為那個信封，是亞曼達所收集關於攻擊克萊兒兇手的那些證據。他是因為不相信那些證據，所以要來這裡找我對質嗎？還是他相信我的清白，而想要我幫忙追查？哪種情況比較糟糕？

「你覺得她是因為那件事才會變成現在這樣嗎？」史威尼問。

「抱歉，你說什麼？」

「我說亞曼達，」她似乎有點沮喪，「她犯的那個案子。」

「抱歉，我今天早上狀況不是很好，」我揉了揉疲憊的雙眼，在駕駛座上坐正，「昨天睡不著，所以剛才沒仔細在聽你說什麼。」

「我在說，你覺不覺得亞曼達過去犯下的案子對她的個性造成很大的影響，」史威尼的語氣軟化了些，「她整個人好……愉快。」

「對，」我大笑，「像是危險又致命的森林小精靈。」

「你不覺得那是某種解離症狀嗎？」史威尼繼續追問，「她那種愉快的性格，還有……缺乏表現哀傷的能力。還是這都只是表演？她之所以拒絕顯露任何複雜情緒，是不是因為害怕會被拖進回憶裡？」

「我不是心理學家，」我說，「不過如果要猜的話，我會覺得亞曼達就只是缺乏複雜的情緒。我的意思是，我看過她沒這麼活潑的樣子，也看過她生氣，她確實有情緒，只是沒那麼常出現。或者說，只是不會公開表現出來。我覺得她心裡有許多不同的變化轉折，只是我們從來沒機會看到。」

「也許她有亞斯伯格症。」史威尼說。

「現在這個時代每個人都覺得每個人有亞斯伯格，那幾乎是一種流行。」

「是啦，不過那確實能解釋為什麼她無法判讀其他人的情緒，」史威尼說著自己的邏輯，「她在受害者的家屬面前也不會收斂，依然開朗得彷彿全世界都開滿了雛菊。」她開始描述亞曼達在和安德魯的親友見面時，隨隨便便就拋出了安德魯出軌的震撼彈。

「我不覺得找出她的病名會有什麼實際用處，」我聳了聳肩，「她可能是亞斯伯格，可能是反社會型人格，或者也有可能就只是很巧克力香蕉。」

「巧克力香蕉？」

「她自己用的詞，意思是一陣子之後她就會沾得你身上到處都是，」我露出微笑，「總之，重點是她偵破了一起麻煩的犯罪事件，對我來說這才是最重要的事。」

「我只是想知道這是不是她真的性格，還是只是在演戲。你怎麼有辦法在不知道對方個性真假的情況下和一個人每天相處？」

「我不覺得她在假裝，」我說，「亞曼達真的覺得自己那些滑稽古怪的行為很有趣，她覺得自己充滿了幽默感——你去問她，她也會這樣講。我覺得她大部分時候就只是在自娛而已。」

「但如果她不表現任何情緒，我們要怎麼判斷她到底是怎樣的人？」

「她是怎樣的人跟我們有什麼關係？」我皺起眉頭。

「怎麼說，她曾經殺過人。做出那種行為會對一個人產生影響。」

「例如？」

「我不知道，例如讓你變成壞人。」

「我不認為，」我說，「只是殺過人並不代表你就是壞人。」

「大概吧，如果是因為自我防衛的話。」

「不是自我防衛也一樣。」

「你這樣覺得？」她稍微靠近了些。

「當然。」陰暗的念頭再次在腦中拉扯著我，擔心著房子、擔心鵜。我的注意力只剩下一半，於是想到什麼說什麼，「人都會殺人，正常的人也一樣。我不認為殺了人就會讓你變邪惡或什麼的。有很多原因都可能會讓人去殺人，我想我就認識一些性格相當慷慨的殺手。」

她陷入沉默。我們越過一座木橋，橋面兩側都站了成排的警察。混濁的河水裡有潛水員，他們戴著帽子的頭在離岸幾公尺遠的河面上下浮動。搜尋隊已經搜索了橋底下的區域，並在兩側設置了二十公尺長的網子以保護潛水員不受鱷魚威脅，不過看到橋上站了兩名拿著步槍的男子還是讓我安心不少。這兩人的目光緊盯著潛水員，神色緊繃。前方還有更多人在用金屬探測器搜索道路兩旁。就在我觀察的時候，亞曼達騎著自行車從雨林中飛馳而出，她突然轉向騎上路緣，嚇到兩名搜索隊員。她熟悉橫越森林與甘蔗田間的各種捷徑，經常比我更早到達目的地，像是瞬間移動一般。她這個人就是這樣，有種超自然的不可思議，似乎能憑藉意志出現在她想去的地方；她的感官敏銳，能從另一個層次上感知人們未說出的想法和意圖。看到她擁有這些不公平的神奇能力應該要讓我感到火大才對，不過我太喜歡這個人了，且又對她心存感激。她在我來到紅湖時出現在我的生活中，彷彿早就知道我的到來一樣，出現在我最需要她的時間和地方，成為我最需要的那種人。

「亞曼達會讓你覺得不舒服嗎？」我問史威尼。

「喔，不會，」史威尼毫無遲疑地回答，令我有些訝異，「她……」

不知道為什麼，但是我默默在心裡想著：她正好是我現在最需要的那種朋友。史威尼沒有把她那句話說完。

「我覺得她是會吸引其他人的人。」史威尼說。

「她應該會很喜歡聽到你這麼說。」

「我永遠不會告訴她。」史威尼露出些許愧疚的微笑。我本來以為她臉上會出現一次狡猾的神情，像是某種隱隱然的喜悅，但是不太確定。我朝她瞥過眼神，想再看看能不能捕捉到那個神情一閃而過的樣子，多一點線索去瞭解她的語氣是什麼意思，不過她已經沉進自己的思緒裡了。我跟隨她的腳步也回到自己的念頭中，那輛老車在我們周圍轟隆運轉。

身形魁梧、頭髮灰白的麥可．貝爾站和一名纖瘦的金髮年輕女子在叫蛙外的封鎖線旁，兩人的手都交叉抱在胸前。我把車停在他們後方，大塊頭男人放下手看著我；他也許一邊想著今早報上那些罪大惡極的照片一邊打量我這個人。

「他們搞砸了。」他憤怒地指著酒吧。

「貝爾先生，」我鎮定地表示，「抱歉我最近都不在，我去了──」

「你呀，」他無視我，伸出一根粗短的指頭指著剛走來的史威尼，「你們的人應該要在這裡阻止這種蠢事才對。」

「請問你是指？」

「那個老闆。」金髮女子說。她細瘦蒼白，眼睛頗小，長得就像那些陽光烈一點就受不了的荒唐昆士蘭居民。「她打開灑水系統，把整間酒吧都弄濕了。警方的鑑識人員說內部的蒐證作業還沒有完成。」

「天啊，為什麼沒有人打給我？喔天啊！」史威尼喘著氣跑了出去，彎腰鑽過封鎖帶。我站在封鎖線邊緣，感覺在進去之前應該先做點什麼去讓客戶安心。但是貝爾先生略過寒暄，像受驚的看門狗一樣直接對我發動攻擊。

「你們找到什麼線索了嗎？」

「目前只經過七十二小時，我們其實才剛把觸角伸出去而已。我們正在搜索──」

「觸角？」貝爾先生突然發飆，「什麼觸角！你們是蟑螂嗎？這是我兒子的命案，我要的是獵犬不是蟑螂。」

「我們——」

他氣沖沖地離開，往馬路邊走去。我抓著頭皮，想著自己應該盡快離開身旁這名女子，以免任何媒體在此時出現。我站在年輕金髮女性旁邊的照片一直都賣得很好，無論她們實際年齡到底幾歲。

「我是史黛芬妮．尼許，」她說，「安德魯的女朋友。」

「你好，」我轉向她，再度恢復談話的興趣，「我要為亞曼達向你道歉，你們第一次見面時她太不禮貌了。她這個人太不懂說話的時機。」

「她是對的。」史黛芬妮說。她噘起嘴唇，試圖用緊皺的眉頭逼退逐步靠近的眼淚。「他的確劈腿了，和姬瑪。說來好笑，我們之前其實在討論要訂婚，所有親朋好友都知道我們的計畫。我們甚至去挑了結婚場地，結果他卻和她做出那種事。有一條丁字褲……」她的話音斷了，換成幾聲啜泣，因為受屈辱而顫抖，「我登入他的Facebook帳號，所有訊息都在裡面。我居然笨成這樣。」

她使勁咬著嘴唇，臉色變紅，努力忍住眼淚。我想要給她一個擁抱，但在這種公開場合實在太冒險，隨時可能被人拍下照片賣給媒體。我的眼神隨處游移，看著樹梢、腳下的泥土，隨便什麼都好。

「你不笨。」我屈服了，最後還是伸出一隻手摟住她的肩膀，抱緊她的上臂。

「那個怪咖女偵探只看了項鍊一眼就看出來了，而我還要聽她說才知道，這樣還不笨嗎？」

「雖然亞曼達看出來安德魯出軌，但我不認為那就代表事情有多顯而易見，」我說，「她有時會看到其他人不可能看到的東西。相信我，擁有這種偶爾出現的天才是有代價的，像她的代價就是除此之外其他時間都極度不切實際。」

「我好希望可以問他為什麼要這麼做。」史黛芬妮說。她的睫毛上沾著一滴眼淚，我想要伸手抹掉，但是不敢。「只要給我五分鐘就好了。我到底少做了什麼？少說了什麼？到底是我哪裡不夠？」

「不是因為你，史黛芬妮。」

「那不然是為什麼？」

我努力想提供一些意見。我不認識眼前這個女子，對年輕而脆弱的她來說我就是個公正的陌生人，她期待著我能說出她想聽到的那些話。我對伴侶出軌一無所知——我沒劈腿過，據我所知也沒人對我那樣做過。當然，我可以想出一些顯而易見的論點。例如，安德魯可能是她第一個認真交往的對象，或者她是他第一個認真交往的對象，而他為此感到害怕或厭倦，或者純粹被美麗而充滿異國情調的姬瑪吸引，著迷於她所代表的遙遠生活幻想。又或許安德魯就只是渣而已，自戀、性愛成癮。但是回頭來想，對，我又陷入了眼前的兔子洞中，陷入它所提供的診斷和膚淺安慰。我無法為史黛芬妮做任何事——即使我能讓她對男友出軌感到釋懷，她依然會陷在史上最糟糕的分手原因之中：她的男友死了。我一開口就覺得自己像個騙子。

「即使他走了，你也有權利去恨他所做的事，」我說，「你可以同時愛著他又恨他的行為。」

史黛芬妮似乎不確定該不該相信我。但是我總不能把自己的婚姻關係告訴她吧？總不能告訴她，我現在還是愛我太太，但也恨她丟下我，讓我獨自承受過去一年來所有的可怕遭遇。我總不能說自己每天晚上都想要回家，想要假裝這一切都只是在作夢。即使我對她充滿怨恨，感覺像胃裡被燒穿了一個洞，我仍會幻想著有天打開家門便發現她在裡頭等我，就像以前那樣。

安德魯的父親從路邊走了回來，看起來像哭過，眼圈紅腫。他踩著泥土路面朝我們走來，整個身形看起來就很悲傷，像是想用嚴厲的目光和緊閉的嘴來驅散情緒。

「你認為是搶案嗎？」麥可問。

「我們正在調查這個角度的可能性。史威尼已經派了員警去查這一帶可能的嫌犯，找出擁有前科的人。」

「等抓到他之後，如果你們在審判時說得好像整件事只是搶劫時擦槍走火的話，他可能會被輕判，從蓄意謀殺變成非預謀故意殺人，」麥可．貝爾深吸一口氣，似乎努力想讓自己別為這些話哽咽，「這不是搶劫擦槍走火，這是冷血處刑。我兒子和那個女孩都趴在地上，根本沒有反抗能力。」

史黛芬妮將臉藏入手中。

「後來也許真的有東西被搶，但是他們一開始的目的就是殺人，」麥可咆哮著，「我找你和那個叫亞曼達的來是為了讓你們可以在一開始參與調查，確保審判時沒有人能模糊案件的本質。」

「也許先把審判的事放在一邊，我們現在需要想著怎麼抓到那個人，」我說，「先別想得太遠，現在應該先——」

「先怎麼樣？」他打斷我的話。

「先處理哀傷。」我聳了聳肩。史黛芬妮對著自己手掌哭泣。我們兩個人都看著她，無能為力。「你和你的家人現在只要和彼此待在一起，好好處理自己的心情就好，其他事情就讓我們處理。」

高大的壯漢屈服了，把已故兒子的女友擁入懷中。史威尼出現在叫蛙客棧的門廊上，我向身旁的兩人打了招呼，然後走向史威尼。她正在和一位全身珠寶的老婦人說話；老婦人毛茸茸的白色耳垂上掛著巨大的藍寶石耳環，橘子色的頭髮一團糾結，用鑲嵌珠寶的髮夾到處固定。

「這位是酒吧老闆克勞蒂亞．弗蘭瑞，」史威尼火大地比著那個女人，「弗蘭瑞女士非常幫忙地啟動了酒吧的消防灑水系統，所以謀殺案發生後任何可能有用的鑑識證據現在都沒了。我必須告訴你，弗蘭瑞女士，這是非常值得懷疑的行為。」

「你覺得我是故意的嗎？」克勞蒂亞挑起一道畫成橘色的眉毛，「你真的覺得我會故意讓自己的店淹水嗎？太誇張，真的太誇張了！你手下那些警察已經把整間店的生意搞得一團糟了，我何必再去增加水損呢？」

「因為你想破壞調查？」史威尼問。

「你到底想暗示什麼？」克勞蒂亞問，「是要說我拿槍殺了自己手下兩個年輕員工嗎？小妹妹，我已經七十八歲了，我這輩子從沒看過任何一把真槍。」

「你覺得我會因為你七十八歲就完全排除你的嫌疑嗎？」史威尼說。

「要問我的話，我會說那是很合情合理的判斷。」克勞蒂亞看著我說，彷彿史威尼是不可理喻的瘋子。

「灑水系統為什麼會啟動？」我問。

「不知道，」克勞蒂亞聳了聳肩，把歪垂的淺色卡夫坦長袍拉回肩上，露出了長滿斑點的棕色皮膚，「我昨天晚上來檢查東西是不是都還在，系統就突然打開了。有可能是被我的香菸觸發的吧，誰知道呢？我根本也懶得走到戶外抽菸了。反正這地方已經變得跟垃圾場一樣，多一點菸灰又會怎樣？」

「你從一開始就不應該進入犯罪現場！」史威尼氣得脖子通紅，紅色的藤蔓幾乎要爬上臉頰，「我們之前特別跟你說過，在調查完成之前都不要進去，難道你都不想抓到兇手嗎？」

「當然想啊，」克勞蒂亞憤慨地噴著鼻息，「可是那兩個孩子已經死了，兩個人都走了。如果他們的魂魄選擇留下來的話，我們或許還能從他們身上瞭解一點什麼，光是搜集廚房磁磚之間的油汙或者在每一面牆上噴你們那些有毒的化學物質，絕對沒辦法幫你抓到兇手。」

「他們的魂魄？」我試探性問道。

「我是有合格證書的靈媒。」克勞蒂亞的語氣軟了下來。她拉起我的手，握緊我的指節。「從事餐飲住宿只是追尋目標的手段，靈性引導才是我真正關懷的。」

「我的天啊。」史威尼舉起雙手投降，轉身離開。

「三天前那個晚上在這裡發生的事件是邪惡的作為，一場屠殺，」克勞蒂亞繼續說著，兩根拇指在我手背上不斷按摩，「兇手殺死那兩個孩子時把最邪惡的能量引進了這個地方，灑水系統可能只是在反映建築本身的能量。」

「建築物……有能量？」我問。

「當然有，」她指向我們頭上垂落著紫藤的發霉屋頂，「這個地方比我還老，它在這裡坐了這麼久，每天晚上把人類的靈魂吞進肚子，到了早上便又吐出來，你覺得它什麼事都沒學到嗎？它知道那兩個孩子發生了什麼事，但是除非你好好對待它，否則它什麼都不會說。」

克勞蒂亞對我露出燦爛的泛黃笑容。我緩慢從她手中抽回自己的手，想著要去和史威尼開一場危機處理會議；她現在正帶著滿肚子怒火站在門廊盡頭。

「趁著你在這裡，有件事要告訴你，」克勞蒂亞再次黏了上來，彷彿金光閃閃的古老章魚纏著我一隻手和前臂，「你看起來既溫暖又溫柔，是很有洞見的人，而且懂得聆聽。」

「喔。」我說。

「我一直要求你那些警察同事去處理薇多莉亞．松利家的噪音，」她露出嚴厲的神色，兩隻眼睛的眼角慢慢縮小，「但是根本沒人把我說的話當一回事。」

「誰是薇多莉亞．松利？」

「她就住在後面，」克勞蒂亞伸出一隻手戲劇化地指向酒吧後方，「聽起來她應該是在整修家裡。她以前常常抱怨酒吧晚上太吵，一天到晚跑去檢舉，沒有幾百也有幾十次。可是因為她老公是湯姆・松利——就是那個局長——所以他們就放任她想幹嘛就幹嘛。但她現在居然覺得自己可以在鎮議會允許的時間之外使用鑽槌，這樣實在很不公平。我們追求的不就是一個公平嗎……抱歉，我一直不曉得你的名字。」

「柯林斯。」

「柯林斯先生？」

「這件事持續多久了？」我問。

「我今天早上才注意到。」

「可能只是暫時的，反正酒吧現在也沒在營業。」我提出自己的判斷。

「柯林斯先生，我想我應該不必明說吧，這是原則問題，」克勞蒂亞露出微笑，「你看起來像個有原則的人。」

「好，弗蘭瑞太太，我會過去看看。」我再次從她的觸手中抽走自己的手。

我走向門廊盡頭，開始感覺到酒吧後方傳來微弱的鑽槌噪音，位置大約在建築物側邊濃密雨林牆面後方某處。我走到史威尼旁邊，她突然轉身看我，一臉憤怒，幾乎要伸出手指戳到我臉上。

「灑水系統不會沒事『突然』打開，」她怒沖沖地說，「系統就是她開的，好讓酒吧能重新開始營業。一切都只是因為她在虧錢而已，那隻老母牛，講什麼靈性引導狗屁都只是在裝神弄鬼而已。」

「哇，你現在的氣場真的變得好黑暗噢。」我舉起雙手假裝投降。笑話撞到她後瞬間彈開。

「我媽以前就是那種很有『靈性』的人，」她嘆了口氣，注視著聚集在路邊的人群，「我十五歲那年，她突然就像不受束縛的蝴蝶那樣飛走了，從那之後就沒再見過她。」

「噢，抱歉。」

「沒關係。」她從鼻子噴了一口氣。

「目前的狀況看起來像是她因為酒吧生意太差而狗急跳牆，」我說，「畢竟這個星期的營收只有一千二。」

「她賺的錢一定不只這些。」史威尼說。

「她說自己是有合格證書的靈媒，」我說，「也許她有在幫人通靈。」

「那都是垃圾話。靈媒是要怎麼認證？考試要考什麼？猜你的星座嗎？我看都是在猜信用卡號碼吧。」

我不置可否，不想繼續施加壓力。

「一直有傳聞說這裡是飛車黨的聚集地，」史威尼說，「他們大概是在這裡把毒品交給卡車司機，再讓司機沿著海岸線到處交貨。我覺得，就像我們剛才討論過的，如果這確實是一樁搶案的話，也許兇手高估了營收？」

「你們的人去查麥可．貝爾跟飛車黨的關係了嗎？」我問，「亞曼達跟我說他爸以前——」

她舉起一隻手打斷我。「我們查了，」她放低嗓音，「他說自己只是行事正當的一般人，他的犯罪紀錄或銀行帳戶裡也沒有任何跡象顯示他可能與黑幫有關聯。我派了兩名員警跟蹤他，看他在這幾天有沒有和任何可疑的人見面，任何可能牽連到毒品或者飛車黨的人。只是，如果這件事被他發現的話，他大概會氣到暴走吧。」

「嗯。」我回頭看了麥可一眼，他正指著酒吧對史黛芬妮怒吼。我改變話題：「湯姆．松利是誰？」

「誰？喔，松利——他在一九七〇年代中期當過新南威爾斯州的警察局長。他家就在酒吧後面，」她伸出一隻手揮向酒吧後方，「我也有派員警去那一側探查，老太太根本沒聽見或看見任何東西。」

我點點頭。「我就想說這名字很熟，松利。看來大家都逃到北方來了，是吧？七〇年代那些事他幾乎都插了一腳。」

七〇年代中期是澳洲警界的黑暗時代，腐敗的風氣高漲，警察們處理犯罪的方法也不太專業。他們問話時的態度粗暴，也極度縱容對罪犯使用暴力，而且經常隱瞞證據，特別是各種文件。這種黑暗的執法風格似乎在新南威爾斯州最為明顯，不過墨爾本的黑幫戰爭顯示這種風氣也曾擴散至維多利亞。曾經有調查揭露，當時許多警察都收受毒販和性交易罪犯的賄賂，因此對這些行為睜一隻眼閉一隻眼，無論階級高低都沾上了腐敗的臭味。我不知道湯姆·松利局長是否曾在皇家委員會主導的調查期間受到波及，不過考慮到新南威爾斯州一直以來喜歡找戰犯的風氣，他選擇在退休後向北逃到熱帶地區可能是個明智的決定。

「他應該很老了，現在還住在那裡嗎？」

「已經死了。兩年前因為動脈瘤走的，」史威尼說，「為什麼突然問這個？」

「裝潢噪音太大，我們的駐店靈性女神無法承受。」

「我們現在在調查謀殺案，她卻要抱怨噪音嗎？」史威尼揉著眉頭，長長地嘆了口氣，「我真的受夠了，頭都要痛了。」

「這件事讓我去處理吧。」我對她說。

她必須打幾通電話報告犯罪現場已毀的狀況，於是我離開她，獨自繞過建築物側邊來到酒吧後方。熱帶雨林在此讓位給一片長滿茂密植披的溪床。這裡非常潮濕。空中有群群果蠅飛舞著，在巨大尤加利樹之間一段野生百香果藤上覓食。此時鑽鎚的聲音越來越大，不協調的刺耳噪音沿著森林形成的綠色隧道傳開；蓊綠的森林隧道自我兩側向左右延伸，裹著潺潺小溪一路往較大的河道流去。有一群警察在更下游的地方用金屬探測器沿岸搜索，其中一人穿著防水褲在溪流中緩慢前進。我沿著斜坡走下去，跳過幾顆大石頭，在對岸重新爬升。我正要繞過房子側邊，便透過籬笆注意到院子裡的動靜。

「不好意思？」

「嘿。」有人回答。我一腳踩上大石頭將自己撐高，抓著籬笆頂端的三角形尖端。有個精瘦的黑髮年輕人正在後院製造破碎的水泥塊和木頭碎屑。

「你好？」他露出微笑。

「你好，你好，」我伸出手，握了握他滿是灰塵的手，「我是泰德．柯林斯，後面酒吧的警方請我來的。」

「喔，你好。」

「請問你們現在在做什麼工作？」

「只是在拆浴室，」他朝著陰暗的客廳點了點頭，「房子是我奶奶的，我們之後打算要出售，所以現在在整理。」

透過玻璃門，我可以看到客廳裡有張沙發，上面坐了一個老太太的身影，腳上穿著襪子和淺藍色的毛巾布拖鞋。角落的電視開著，正要結束一則新聞。我看到院子角落有座魚池。這地方小小的很可愛，希望整修之後不會破壞它的魅力。

「奶奶不怕吵嗎？」我問。

「她已經聾到不能再聾了。」男人說。

「怪了，那間酒吧的經理似乎覺得她以前常常投訴酒吧噪音太大，」我伸出拇指朝身後的酒吧戳了戳，「這感覺起來像是兩個老太太之間的戰爭。酒吧經理請我過來和你們說一下鑽槌的問題。」
「是喔，」他停下手中的工作，站在水泥塊堆旁邊抓著自己的鬍渣，「不過我猜她們吵架的原因應該跟噪音無關，對吧？」
「對，噪音一直都不是重點。」
「退休生活太無聊了，她們只是想惹點麻煩來玩玩。」
「沒錯，我以前也處理過這種情況。」我說。我剛當上警察的頭幾年，大部分的工作時間都在聚會派對和工地之間奔波，處理噪音投訴並視情況開出罰單。很多時候投訴的重點都不在噪音，而是發生在多年前的某次冒犯，也許是誰家的狗每天早上都在鄰居家前院拉屎，或者誰家的客廳裡積滿多少工地揚起的灰塵。噪音投訴其實只是鄰居報仇的一種形式，執行起來最簡單，而且完全匿名，只需要打通電話就好了。
「麻煩盡量遵守議會公布的施工時間，」我說，「早上八點到下午五點。」
「是的，長官，」年輕男子朝我敬了個禮，「那邊的狀況如何？你們抓到人了嗎？」
「還沒。」
「警察之前來過，不過我們也幫不上忙，」他看了一眼椅子上的老太太，「你覺得要跟她說嗎？」
「應該不必讓她操這個心，」我說，「注意晚上記得鎖門就好，就跟平常一樣。」他發現我身後有某個東西，於是後退一步瞇起了眼睛看著。我順著他的視線，發現亞曼達正小心翼翼地在叫蛙的屋頂上走著，在長滿了藤蔓的瓦片之間踩穩了才踏出下一步。
「亞曼達！」我跑著穿過小溪回到對岸，用手遮著眼睛擋住早上的陽光，「天啊，你到底在幹嘛？」
「找新的觀點啊，」她喊著，然後伸出手指，「那上面有一條蛇吔！綠色好大一隻！」

「在你把自己搞死之前下來這裡！」

史威尼來到我旁邊。一團藤蔓在亞曼達的重量下坍陷，讓她整個人一陣搖晃。

「嗚喔！」她咧著嘴笑，「差一點吔！」

「她又在幹嘛？」史威尼發出呻吟。

「大概在找槍吧，」我說，「你派人找過屋頂了嗎？」

史威尼臉色一陣燥紅，我想是沒派人上去過。我俯視小溪，望向拿著樹枝一路翻查石頭的警察們。如果亞曼達現在從上面帶下來一把槍的話，就真的要翻天覆地了。典型的亞曼達。

「你找到槍了嗎？」我喊道。

「沒。」

我感覺肩膀失望地沉了下去。亞曼達來到屋頂邊緣，傾身朝下。「但是你看有這個，接著。」

她舉著一只布袋朝我扔來，被我用胸口接住。

「這是什麼？」

「我在那邊找到的，」亞曼達指向屋頂一角，「那上面一堆有的沒的東西。然後你看！是兔子吔！」

她舉起一隻兔子填充玩偶，髒兮兮的還滴著水。「我要洗乾淨送給你的貓老婆！」

「袋子裡是什麼？」史威尼靠過來問。我鬆開拉繩，打開袋子。

「是現金。」我從裡頭掏出一疊用塑膠圈綁住的黃色五十元鈔票，拿給史威尼看。她的眼睛瞠得老大。「酒吧的營收。」

親愛的日記，

我開始瞭解關於她的事。我知道的超過腦袋的負荷，所以接下來幾天都彷彿在夢中遊蕩一樣，努力不去倒數她還要多久才會放學回家重新出現在我的螢幕上，不去想還要經過多少秒鐘我的手機小寵物才會從外太空回來。我努力不讓克蘿伊發現這件事，不過想當然她會注意到我整個人黏在手機上、自顧自地傻笑，舉著手機貼在耳邊去聽潘妮咕咕噥噥地替娃娃們編造悲慘的人生故事。

我瞭解到潘妮正站在人生的重要分水嶺上，即將對那些雙腿修長到超乎現實的美女玩偶失去興趣。有時她會在玩到一半開始注視她們被畫上的眼睛，或者推她們橡膠製成的頭，想知道會發生什麼事。我懂她的感覺。有時我會站在一旁，看著準備晚上要和其他女生出去玩的克蘿伊在浴室鏡子前朝自己臉上塗抹顏料，看她在坑坑疤疤的皮膚上抹著防曬乳，整張臉立刻變得蒼老、堅硬。潘妮手裡的娃娃們正在死去，就像真的女人那樣枯萎凋零。我躺在床上，聽見克蘿伊回到家，和她的朋友們窸窸窣窣說笑，整間屋子都是她們的菸味。她們會用那些潘妮根本不懂的詞彙猛烈地批評教授、父母、上司，所謂的壓迫者。隔壁那個小女孩什麼時候也會成為這些殘破、鬆弛的娃娃之一呢？

我會透過保母攝影機看著她穿衣服，看著她睡覺。某天晚上，我在病態的喜悅之中看著她拿下架上的熊，帶上床一起睡覺。她的嘴因為離熊的眼睛太近而有些模糊，並隨著她陷入沉睡而逐漸張開，呼出的氣息在側影鏡頭上吹成霧氣。我早已不再期待自己有不愛上潘妮的可能性。我深陷其中。不是正在沉淪，而是已經滅頂，早被那片海水吞噬，它的重量擠壓著我的腦袋。我不再欺騙自己——我很清楚自己無時無刻不在看著、聽著，等待自己的時機到來。

到目前為止的任何努力都還沒有效果。我收集關於她的小細節，喜歡的男孩團體、最愛的電視節目、曾在學校被哪些女生欺負，然後在我們隔著籬笆閒聊時給出回應。她一定會覺得我這個人帥翻了，居然也喜歡她喜歡的東西。我以及其精微的動作轉動旋鈕，試圖找出正確的訊號。雖然不時能見到光點突然閃爍，但是她仍在一段距離之外，彷彿一隻機警的小鳥，上前啄了幾顆種子後便又振翅離開。

沒有她，人生將平凡得難以忍受。我不曉得在她出現以前的自己到底是怎麼熬過來的。待付的帳單逐漸累積。我看運動比賽、喝啤酒。車子壞了。我應該別管克蘿伊，自己出門去買新車，可是她說想要創造屬於兩個人的回憶，把整件事變成某種冒險活動。我在某個停車場裡看到一輛白色舊廂型車，非常想要，告訴自己和克蘿伊說是喜歡它的大空間——這樣下次搬家時就能輕鬆一點。我拿她喜歡的刺激冒險來誘惑她——我們可以在後座放床墊，兩個人去旅行。超棒的啊！根本噩夢一場。廂型車也能讓採買更方便；很好用的謊言。我們為此吵了架。我必須掩蓋自己對這輛車的熱情，一定要藏好，無論如何都要藏好，使盡全力壓制衝動。我們最後妥協的結果是買了在報紙二手廣告上看到的皮卡車，藍色的。我把車子放在她名下，以防萬一。

空氣裡似乎充滿了騷動。潘妮先前曾從媽媽口中得知，她們要去寵物店帶一隻小狗回家當成她的生日禮物。不過當日子一天天過去，她的生日來了又走，她卻仍對此深信不已——我猜她之前一定是偷聽到了某個生日驚喜，卻誤以為是要養狗。她畫了一大堆圖畫，厚顏無恥地暗示著，試圖讓小狗禮物的想法繼續發酵。每張畫裡都畫著她和一隻尖耳朵的小東西，完全沒浪費時間去幫狗上色就急著拿給媽媽看。我將畫面暫停在圖畫中的她身上，火柴人神情詭異地咧嘴大笑，而那條脖子上繞著紅色牽繩的獵犬神情同樣欣喜若狂。

當潘妮玩夠了那些不怎麼委婉的暗示之後，便直接向媽媽提出要求，但是遭到拒絕。媽媽配合這些有趣的遊戲已經配合得夠久了，但是她們不會養狗——也根本沒打算要養狗。潘妮提出抗議，說自己聽到媽媽在講電話時對另一個媽媽說會有生日驚喜。她聽錯了，而且因為偷聽電話而被罵了一頓。她受傷了，那畫面幾乎令人不忍卒睹。我知道那種感覺，抓著某件小事不斷餵養，全心投入直到整個念頭長成令人深信不已的巨大幻想，但是最後卻被人潑了一桶冷水。我坐在浴室裡，戴著耳機聽潘妮在床上哭，看著螢幕上的她撕心裂肺地啜泣，小小的身體不停顫抖。

這就是了，我等到了我的機會。

我沒有離開家太久。一股沉重的恐懼籠罩我的胸口。如果戴爾·賓利確實想從我這裡得到某種東西的話，我需要知道他到底想要什麼，並在瞭解之後針對那個問題做出決策。區隔、切割。藉由高度分析來解決問題，把注意力都集中在極其微小的東西上——這種解決方法我以前在緝毒隊時就做過很多次了。一次只思考一件事、只處理特定的微小問題，並忽略身邊其他如暴風般令人暈頭轉向的混亂，以此來應對困難或可能帶來創傷的案件。處理完叫蛙命案調查，現在要處理戴爾·賓利，之後再去考慮其他討厭的事。梅蘭妮·史賓費爾德的指控、媒體、那些自詡正義之士，以及因為思念家人所產生的古老而疲憊的傷痛。那些事情都不急。

當我走進屋內，發現裡頭安靜而空蕩時，一陣興奮感突然湧上。他終於走了。不過馬上又是一陣重挫，因為我看到他的頭頂出現在廚房窗戶外面。他聽見我在屋內走動的聲音，於是轉過頭來，那頭和他女兒一樣的白金色頭髮也跟著轉動。

我克制住想抓起流理台上的野火雞酒瓶一口氣喝乾的誘惑，改從冰箱拿了一瓶啤酒。

他坐在我當初留下他的沙發上，手肘旁有一杯威士忌，膝上放著那只信封中皺巴巴的文件。鵝群都聚集在院子最末端靠近籬笆的陰涼處；對牠們來說，比起在門廊上的陌生人附近走來走去，待在有鱷魚出沒的水域旁似乎比較舒服。我仿效牠們的決定，在距離他最遠的門廊角落站著。啤酒淡而無味，且冰得讓人發疼。

我們兩個都沒說話。我看著他在文件之間來來去去，在每份文件上只停留一、兩秒，然後便塞到整疊紙張的最下層。我可以想見他已經在那裡坐了好幾個小時，不斷重複同樣的動作。那些文件我只需要瞥一眼就知道是什麼內容。

一份安南山當地報紙某刊登廣告的印本，宣傳要將一隻白狗免費送給會愛護牠的人。

一張監視器影像截圖，畫面中是在克萊兒失踪當天，離她被綁架地點不遠處的一輛藍色皮卡。

一張監視器影像截圖，畫面中有一名駕駛藍色皮卡車的男子，帶著一隻白色的狗站在亞谷納的皇家防止虐待動物協會外面。

「克萊兒提過有一隻白色的狗。」戴爾突然說話，讓我從陰暗的思緒中驚醒。他喝了一口威士忌。「我一開始就聽她說過，混雜在她說過的其他胡言亂語裡。後來諮商時她又說了一次，還幫那隻狗畫過一張畫，就在她被要求參加的那些……那些藝術治療課程上。」

「她有沒有……」我清了清喉嚨，「她有沒有說過那是什麼意思？」

「沒有。」戴爾回答。

我們陷入漫長的沉默。關於這隻白狗的線索一直讓我感到很困惑。帶著白狗的藍色皮卡車司機和這起案件唯一的關聯，就是克萊兒在遭受攻擊後曾經提到過一隻白狗。也許那沒有任何意義，就只是巧合；畢竟克萊兒受過創傷，無論腦海中閃過什麼她就說什麼，而那個毫無關聯的路人只是剛好在綁架發生當天早上從一對英國人手中收養了一隻白狗。只不過，這個男人因為某種原因——也許是意外，也許是蓄意——讓狗受了傷，然後將牠丟在亞谷納的皇家防止虐待動物協會外面。雖然這個行為看起來頗不尋常而且殘忍，但是他有可能和克萊兒被綁完全無關。

又或者非常有關。也許這個男人之所以領養那隻狗，就是想用來引誘小女孩。邀請她摸摸小狗，或者請她幫忙找到牠，聲稱牠在某個地方走丟了。亞曼達先前提到這隻白狗的切入點時，我完全不想和案子有任何關聯，所以便將關於藍色皮卡車和狗的資訊轉交給「泰德是無辜的」Podcast，但是沒有告訴任何人那隻狗在到達動物協會時身上有傷。我感覺那是某個我自己知道就好的奇怪細節，以防萬一我們真的找到了那個棄養白狗的男人，或者出現某個人聲稱自己就是他。

我現在還是不想去理這條線索。我把它傳出去，它就是別人的責任。我深吸一口氣，準備以最有禮貌的方式請戴爾離開我的房子。

「我不相信你是無辜的。」我還沒來得及開口，戴爾就這麼說道。

我不知道該說什麼，於是什麼都沒說。

「我沒辦法相信你是無辜的，」他繼續說，無助地聳了聳肩，「我猜我的大腦就是還沒準備好接受這一點。我恨你這個人恨了那麼久、那麼決絕，沒辦法就這樣……」他戒慎恐懼地看了我一眼，「我沒辦法……」

「我懂。」我說。

「但如果這個人和案子有關，」他舉起那些紙張，「我必須知道發生了什麼事。」

「瞭解。」我發現自己已經喝完啤酒，正在等待著。我在等他主動開口說要走了，說他會把這些文件交給警察，也許會把他們轉介給亞曼達，讓她去詳細解釋關於那個帶著白狗的男人的線索，並引導遠在雪梨的調查人員走上正確的方向。但是他沒有任何動作。我發現他是在等我說話，接著便震驚地意識到他想要什麼。

「我幫不了你。」我說。

「你可以。」

「我不想和那個案子有任何關聯，」我舉起雙手，「我很努力在讓自己的生活重回正軌，現在又還有新的問題要解決。你應該已經聽說新的指控了……」

「嗯。」他說。

「那你應該知道我的生活現在跟一坨屎沒兩樣，」我內心一片掙扎。他看起來根本沒在聽，「我的意思是，有個女人說我——」

「我沒辦法去想那件事，」他搖起頭來，「我必須想這件事。」他再次舉起那些紙。區隔切割。試著一次解決一個問題，撐到最後。

我抱著頭，提醒自己正在和一個深受創傷的人打交道。他現在的精神狀態也許根本不正常。

「警察可以——」

「我不要會去找警察，」他喝了一大口威士忌，「如果我們找到那個人，我不要他們來擋路。」

我哧了一聲。不應該這樣的。他看著我，而我感到胸口一陣刺痛。我的身體還記得這個男人對我造成的痛苦，記得在那天晚上他被憤怒激發出的能力和力量。這是個危險、失常的人，我告訴自己。一個走在崩潰邊緣的人。有很多方法能讓他離開我的生活，有的正確，有的錯誤。如果我不謹慎處理這個情況，他可能會傷害到人。包括他自己，還有我。

「我們該從哪裡開始？」他問。

我掙扎著該不該回答。我靠著欄杆，試圖專注在鵝群身上，牠們能讓我安心。牠們坐在斑駁的樹蔭下梳理羽翼、打瞌睡，把喙塞在長滿羽毛的背上。就當我站在那裡觀看時，他們所在的那個角落似乎變得越來越遙遠。我又被捲入恐怖的過去之中，被捲入戴爾的孩子身上所經歷的野蠻、痛苦的世界裡，降臨在她身上的風暴也將我意外掃入。

「有些你可以做的事情，」我思考著，努力讓自己的立場盡可能模糊，「我的意思是，我可以幫助你開始，之後你就能自己處理，獨力去追查這個案子。我們可以試著找出照片中那輛車的品牌和型號，列出顏色、型號相符的註冊車輛清單，然後對照已知的性侵犯名單，尋找在那段時間內買賣的車輛。不過我只能幫你到這裡。我給你一些資料，然後你就要離開，不要再回來……」

我的話音漸弱。這種話騙不了任何人。每天晚上躺在床上時，我都一直努力不要去想這種假設性的推論，但是現在通往那個世界的門已經打開了一條縫隙。我當過刑警，非常清楚該怎麼追查攻擊克萊兒的嫌犯，一直都知道。我關上那扇門，把假設和推論都擋在門後，然後閉上眼睛試圖把它們趕走。我告誡自己不能再回到那個案件中，風險太高了。如果我沒抓到那個人，那就一輩子無法擺脫指控，永遠無法找回自己的生活。

但我到底在騙誰呢？居然覺得自己真的有辦法回到以前的生活？

一直到戴爾說話，我才意識到他已經站了起來。

「你的電腦在哪裡？我去拿筆電。」他一邊打開通往廚房的門一邊說著，幾乎像在自言自語。他的動作迅速、精力充沛，而那杯威士忌就這樣留在沙發扶手上。

「你不能待在這裡，」我大喊，「你得去住汽車旅館。」

他沒理我。

我在牢裡認識一個男人被指控參與未成年人賣淫，而那個未成年人是他十五歲的侄子。這個男的和他的侄子常會坐在當地汽車旅館的走廊上，等待男人們透過網站約定碰面時間並交付服務費用，之後便會住進汽車旅館的其中一間房間，準備與客戶見面。儘管我很不想聽到這樣的故事，但是在監獄裡就是這樣，有時別人不管你有沒有在聽，就是想對你說話，如果你拒絕交談的話可能會被視為挑釁。這個男人對自己的行為毫無悔意。他不斷向我抱怨那件事浪費了他多少時間，他唯一懊悔的就是和男孩日復一日坐在那條走廊上無數個小時，盯著走廊另一側光禿禿的牆壁，什麼都沒做，就只是空等。

「而我現在坐在這裡，瞪著這面牆，」他指著我們所坐位置附近的一面牆，「我在外面浪費了好多時間。我應該……我應該……」

他努力想以言語表達自己的沮喪。我等著，看著他，盡量不去想像他在外面世界錯過了哪些墮落的活動。當他終於決定自己應該做什麼時，那個答案令我驚訝不已。

「我應該把時間都拿去走路才對。」他說。

當時我不懂他的意思，不過出獄後不久我就明白了。在裡面時，你很清楚走到任何地方需要多久。走五步會到牢房的盡頭，五十步能穿越牢房區，而從牢房到食堂則需要一百五十步。你只要走得夠遠就會撞到牆，到處都有限制，畢竟籠子只有這麼大。出獄之後我花了一段時間才意識到，如果想要的話我可以步行穿越整個國家，沒人會阻止我，路上也不會出現鐵欄。

剛搬來湖邊那段日子，我會透過菱狀網格望向外頭湖面，盯著湖西側的一塊地方。一道由岩石和灰色沙灘組成的長條狀地形朝著湖中央伸出，如果我瞇起眼睛，就能看到沙洲末端站著一株扭曲、彎背的樹。它遠離森林的邊緣，在沙洲盡頭最遠端的岩石上頑強地生長，不知道為什麼，那樣的姿態令我有種強烈的感應。它的種子也許是被某隻鳥帶到那裡的，或者在濕季時漂流至此並卡在岩石之間，不過它沒有因為被拖離原本的生長環境而死去，而是就地扎根茁壯。我不知道那棵樹的種類，但它不如突破附近雨林林冠挺立而出的桉樹那樣傲慢、筆直，也不如成群向湖面延展的紅樹那般圓潤、蒼白。它的樹幹蜷縮彎曲，彷彿承受著巨大重量，頂部平坦像是被誰強行壓下。我曾以為它可能是聖誕紅，但是從未見過它開花。

或許這棵樹對我來說是一個象徵，代表著反抗、韌性、再生，象徵一種被扭曲、被遺棄、開不出花朵的生活方式——但仍然活著，只需要最低限度的必要養分。

有一天，我決定走去看那棵樹。

過程沒有乍看之下那麼容易。湖畔大部分地方都長滿了茂密雨林，只有幾條極不明顯的獸徑穿梭其中。我多次試圖沿著小徑找到那個地點，但都失敗了，有幾次從馬路邊出發甚至連湖畔在哪都找不到，完全迷失方向。經過兩個月的努力，我終於找到了那棵樹。我離開樹林走在岩石上，警惕著水中鱷魚的動態，帶著勝利感把手放在那棵多瘤的樹上。這棵樹不只在這裡活了下來，纏繞著岩石的脆弱根部還庇蔭著其他種子。一條纖細的殺手藤正慢慢攀爬上樹幹，我知道如果不加以阻止，這種植物會變粗，最終害死樹。我把它藤蔓拔下來，扔進水中，發誓要成為這棵勇敢樹木的守護者，並且再回來檢查。

後來我發現這根伸入湖中的小沙臂有個名字，叫作「救贖角」。我喜歡這個名字。

無論是前往救贖角或者其他地方，走路成了一種自我療癒的方式。我在獄中邁過無數步伐，永遠會被迫停在牆壁、鐵欄杆或嚴厲的獄卒的面前，而這是對獄中那些步伐的抗議。我喜歡走路。有時在出門前，當我對著家中的鵝群說再見時，我會幻想要帶一隻狗一起走，我可以和牠聊天，就像在家裡時對「女人」說話那樣。

我留下戴爾．賓利，一個人走向救贖角。我的房子位於紅湖湖畔長滿茂密紅樹林的那一側，極為偏僻，沒有任何鄰居，房產包含的範圍深入難以穿越的叢林，止於混濁水域前的潮濕灰色沙灘。這樣的住家在位處熱帶的北澳洲是個奇怪的選擇，畢竟這裡有大如豪華轎車的鱷魚潛伏在潭水深處。

從監獄獲釋後，我就搬來北部。這裡的高溫壓抑沉悶，濕度彷彿令人窒息的霧氣，無時無刻不影響著我，只有在汗濕床單、完全失去入睡希望的清晨時刻才稍微緩解。頻繁的暴雨短暫澆熄炎熱氣溫，雨點猛烈地敲打著門廊上的波浪板鐵皮屋頂。雨水引出隱藏在深處的各種兩棲動物；壁虎出現在屋梁上，油亮肥碩的青蛙則懶洋洋地趴在草地上。幾個月後我便適應了這裡的氣候。我低頭走著，思緒翻滾，厚重的空氣像防護泡泡一般籠罩著我。專注於空氣的味道讓我平靜，雨林土壤與苔蘚的氣味是一種天然療法。

手機鈴聲打破了我才剛尋覓的自足心情。我認得那個號碼，於是停下腳步，緊抓著自己汗水淋漓的喉嚨，試圖鼓起勇氣說話。

「喂？」我最終喘著氣接聽。

「嗨，泰德。」偵查督察法蘭基・勞柏森清了清喉嚨。她也苦惱於該如何讓話語傳遞過我們之間充滿痛苦情緒的鴻溝。「我是法蘭基。」

我被逮捕這件事令緝毒隊的同事們心碎。我們曾經是個團隊，也像家人。當然了，當負責兇殺案和性犯罪偵查的其他部門同事決定羈押我時，緝毒隊的隊員們必須信任他們的決定。他們勢必瞭解那是個艱難的決定，不是輕率或倉促做下的選擇。大衛及莫里斯是我在緝毒隊的兄弟，但是我們已經失去聯絡，最後一次說話時，電話另一頭的尖刻話語充滿惡意。

「你打來應該是為了新的指控吧？」我試圖幫她起頭。

「對。」

「我沒有做。」

「性犯罪組要求梅蘭妮・史賓費爾德來做筆錄，」法蘭基說，「不過她……呃，她沒來。」

我看著眼前的綠色雨林牆面，深邃幽黯。一隻鳥在裡頭某處啼叫，高亢而痛苦。

「這代表什麼意思？」

「他們在《生命故事》的訪問曝光後打給她，」法蘭基說，「請她過來做筆錄，想知道有沒有必要，呃，提出刑事控告。」

我在路邊蹲下，一隻手放在地上穩住自己。我知道這件事必然會發生，但是腦袋硬是將那個念頭推至一旁，壓入內心某個陰暗的角落，讓它的聲音無法穿透其他問題所發出的尖叫。我的腳感到微微刺痛發麻。

「她今天早上應該要過來，但是卻沒出現，」法蘭基說，「也沒接電話。」

「那現在呢？」

「我們還不知道。」

「另外那個女孩子呢？」我說，「那個妹妹，埃莉絲。」

「他們正在試圖和她聯絡，不過他們一家人似乎很團結。」

「為什麼要打給我？這又不是你的案子，」我說，「你……你現在還在緝毒隊嗎？」

「因為我們之前認識，」法蘭基說，「所以我……我自願的。」

「你現在也還是認識我。」我說。

她嘆了口氣。我摀住眼睛，想躲進黑暗裡。

「他們要我說服你過來，」法蘭基說，「你現在沒有被起訴，也沒有原告，嗯……我們覺得如果你來做正式筆錄的話，對現況會有幫助。」

「我得和律師討論。」我說。在被《生命故事》偷襲之後我都還沒和尚恩聯絡。他在我的手機裡留了語音訊息，但我沒聽。我心裡有一部分對他很失望，覺得他怎麼能沒料到會有這一波刺激震撼的新指控。我自己也沒料到，但是從受審期間開始，我就已經習慣性認為尚恩會比我聰明——身為我的救世主和保護者，這樣的事情應該逃不過他的火眼金睛。我只是緝毒隊員，而他是衣著華貴的學霸。他從來沒犯過錯。當然，我心裡其實很清楚他有可能犯錯，也有權利犯錯，可是我需要一些時間去發一頓沒道理的脾氣。

「希望到時候下去能見到你。」我對法蘭基說。

她開口發出聲音，一個不怎麼恰當的詞，那個字一遇到空氣便衰退。聽起來她本來要說的是「好」，但那是不可能的。她不可能也希望能和我見面。

「泰德，我要說的就是這樣了。」她說。

我向她道謝，然後她就掛了電話。我再次開始邁開腳步，讓新鮮空氣進入體內。幾分鐘之後我回撥給她。

「你打給我是因為想要幫我。」我說。

「我不會這樣說。」她謹慎地回答。

「我會，」我調頭，開始往家的方向走，「你自己也說了，你自願打這通電話。你之所以願意這麼做是因為你知道這對我來說會比較輕鬆，比被性犯罪部門的陌生人要求到案輕鬆。所以，即使你還沒準備好接受我的清白，法蘭基，還是有一部分的你想要幫助我。」

她沒回答。

「如果你願意的話，」我說，「我有其他事情需要你幫忙。」

親愛的日記，

這麼做的風險頗高，但是機會轉瞬即逝。我告訴克蘿伊我要去睡覺了，留她自己去看那些荒唐可笑的電視節目，然後便溜出家門。潘妮的母親已經把垃圾桶拖到街邊，一如以往地準時。我蹲在那家人的車子旁等待，仔細看著外頭街上的每戶人家，確保無人注意。我拿起最上面的那袋垃圾轉身就跑，沿著我們家的側邊跑進院子。我透過客廳窗戶確認克蘿伊的動靜，她完全沉浸在電視節目裡，嘴巴開開，口水幾乎就要滴出來。螢幕上，某個笨蛋正在分發紅玫瑰給衣著閃亮的迷人模特兒們，而女孩們伸手抹著滑落在完美妝容臉頰上的睫毛膏。

我在後院的燈光中打開袋子，開始翻找。很多紙張。電費帳單、用過的處方箋、收據、筆記本的某幾頁。我抓住某張被蘆筍罐頭湯汁稍微浸濕的碎片，是潘妮的圖畫，小女孩和媽媽和一隻微笑著心情愉快的狗。

我興奮得幾乎失眠。一到早上，我便起床跳上皮卡車，第一時間開到亞谷納的皇家防止虐待動物協會，看能不能找到那條狗。我當然非常清楚圖畫裡的狗之所以是白的，是因為潘妮根本懶得上色，她現在最渴望的是母親能明確告訴她可以或不可以養狗——但即使如此，我還是想要找到一隻完全符合畫中形象的狗。當你愛上一個人，就會願意為他們這麼做。你會留意每個微小細節，加倍努力滿足她們，成就詩意。我仔細看著那張畫，在水泥通道間穿梭，彎下腰瞇眼看著關在獨立狗籠中的那些狗。牠們在欄杆後對著我狂吠。潘妮的狗有著典型的長吻和高高豎起的尖耳朵。我找到一隻白色的吉娃娃和一群馬爾濟斯，但是牠們都不對。我必須找到最符合女孩期望的那隻完美的狗。我想要將牠抱在懷裡，讓她看見，彷彿是從她的夢中走出來的場景。抱著她夢想中小狗的夢中情人。

那間皇家防止虐待動物協會令人失望。我上網找到一間在利物浦附近的貓狗收容所，開到那裡時幾乎要因為太過期待而氣喘吁吁。那裡唯一的白狗是一隻邋遢的茶杯貴賓幼犬，眼睛下方有像油汙的骯髒斑點。挫敗感逐漸累積，我坐進皮卡車搜尋另一間收容所。卓伊特山，開過去半個小時。早上的時間就這樣浪費掉了。克蘿伊打來，我假裝在工作。後照鏡中那個不快樂的男人看著我，眼神呆滯地向電話那頭傳遞飛吻。

網路瀏覽器注意到我想要找狗。我打開自己的Facebook頁面，看到動態消息被塞進了一則廣告，頓時摒住呼吸。找到了！她得意洋洋地坐在鏡頭前，有著粉紅色嘴唇的嘴裡伸著舌頭。我大笑起來，捶著方向盤，伸出顫抖的手指點擊交易網站的廣告。

我發動車子，瘋子似的開出去，根本不曉得自己要開去哪裡，只是希望收到地址時自己已經在路上。那對英國人在自家房子外和我碰面，狗就坐在他們腳邊搖著毛絨絨的粗尾巴。

公主，多完美的名字，正好配我的小女王。我煞有其事地對他們編造我女兒的故事，說她一定會是多負責任的小主人，還讓他們看一張我偷拍潘妮的照片；當時我們隔著籬笆在聊天，而我假裝在滑手機。他們怎麼可能抗拒得了她呢？怎麼可能抗拒得了那張可愛的小臉。他們對看一眼，似乎因為達成共識而露出微笑。我開始摸索皮夾，不過那對夫婦說能幫她找到好人家是無價的。我差點哭出來。他們哭了，雙雙環抱著那隻動物道別。

我打開皮卡車的門，公主便跳了進去。一切如此完美。

為什麼不能就這樣維持下去呢？

皮普在紅湖警察局重新審問史黛芬妮．尼許，這次總警司在旁聆聽，確保所有該問的問題都被提及。女孩的敘述中得不出任何新的資訊。她最後一次見到男友是在案發那天晚上，他從她家前往酒吧上班。她留在家裡，自己做了晚餐，時不時傳簡訊給他，並和平常一樣收到充滿愛意的回覆。她知道他會很晚下班，可能要到凌晨三點，之後他便會回到和父親一起住的家裡。她在晚上十點發出笑臉和許多愛心符號的簡訊，並聲稱完全沒料到這就會是最後的道別。皮普隔著空無一物的塑膠桌面，看著女孩再次艱難地敘述那些經過；一綹綹沒清洗的自然捲髮總是無法乖乖待在耳後，女孩不斷疲憊地撥開那些髮絲。

史黛芬妮的敘述吻合她手機的通信紀錄。那部手機整晚都在她位於紅湖附近的家中，收發訊號的基地台就在附近一座位在卡塔納的山頂。而麥可．貝爾的紀錄也顯示他整晚都在家。皮普不太認為這兩人參與犯案。無論安德魯在酒吧外看到的是誰，對方都嚇得他拔腿就跑並摔倒，而在皮普的設想中，看見女朋友或父親都不會讓他有這種反應。當然了，除非他們說了威脅的話。或者手裡拿著槍。

皮普將那對祕密戀人的照片釘在辦公桌的一塊軟木板上。胸膛已開始像父親一樣逐漸變得寬厚的安德魯在某個陽光明媚的陽台上，手裡拿著泡沫豐厚的大啤酒杯，露齒笑開。根據同事們被警方問話時所述，他是個厚臉皮的派對動物，每次都會做出誇張的行為來炒熱氣氛。許多人都記得他爬上某位朋友家後院裡一棵巨大棕櫚樹，一邊說著醉話，一邊要去救一隻被派對噪音嚇到爬上樹梢的貓。貓後來跳到房子屋頂上，安德魯則掉進後院游泳池，引得朋友們衣服都沒脫便也跟著跳進去。他是個心地善良的人，想必也是姬瑪夢想中的澳洲壞男孩——古銅膚色，滿臉笑容，既有紳士風度又反抗權威。

姬瑪則不像會當「小三」的那種人。來自薩里的她一直是家中的好女孩。她的照片來自她的Instagram頁面，是典型的旅遊照片——她在巨大瀑布前張開瘦長手臂，擁抱全世界。她的每趟旅行都當之無愧。她以前三名的成績從預科學校畢業，花了一年時間在烏干達擔任人道救援志工，並在上大學前的這一年放鬆一下，盡情享受生活。她在高中時曾有個男朋友，她向所有人宣稱自己總有一天會嫁給他，但是烏干達之旅讓那段關係走到了極限。如果她確實因為這次分手而受了情傷，她也沒讓任何人知道。她的Instagram充滿各式各樣的自拍，燦爛的笑容出現在高聳地標前和擁擠的夜店舞池裡。現在的她是個獨立自主的女孩，獨自旅行，在咖啡館的桌子上攤開地圖，一路標出自己要走的路線。

皮普在空閒時刻坐著看這些照片，發現自己一時忘記這兩個年輕人已經死了。她的思緒自然地延伸至他們接下來的人生，為他們兩人尋找職業和伴侶。姬瑪會回到英國成為護理師。她長得就像會當護理師的人，面容善良堅韌、雙手強壯，再加上大而親切的眼睛。安德魯會為她離開而傷心，警戒著難以再次付出真心。他會搬去南方，上學，從事戶外工作——也許和工程學相關。皮普可以看到陽光在他的安全帽上閃耀，他的手遮在帽沿，徒勞地試圖擋住內陸荒野的陽光。

不過現實不是這樣。他們兩個都不會繼續前進了，有人提早截斷了他們的生命。「截斷」似乎是很適合的詞，像是劃破緊繃的彩色緞帶，一刀兩斷。皮普盯著照片，努力不讓自己陷入他們的死有多浪費的情緒中，那種悲傷會使人筋疲力竭。

這不是搶劫，從錢袋被扔到酒吧屋頂上可以得知這一點。兇手可能是從酒吧後面把袋子扔上去。對袋中內容物仔細檢查後，他們得知裡面有一千兩百四十七元和一疊簽名收據，以及安德魯在死前不久結算營收時填寫的表格。皮普坐在辦公桌前，困惑地看著桌上被封在證物塑膠袋裡的錢袋。兇手真正的目的是殺害安德魯和姬瑪，帶走酒吧裡的現金只是為了掩人耳目，這點皮普可以理解，她不懂的是為什麼兇手不直接帶走現金。這些鈔票上沒有標記，他大可輕鬆收著錢再扔掉錢袋就好，為什麼要丟到酒吧屋頂上呢？為什麼不丟去別的地方？

他們打算之後回來拿錢嗎？皮普寫下備註，提醒自己要對克勞蒂亞．弗蘭瑞和酒吧的其他員工進行第二次審問。各種可能性在她的腦中盤旋。總警司說他們能找到這個錢袋非常幸運，但皮普知道這與運氣無關，而要歸功亞曼達．法瑞爾顛倒混亂的世界觀，她那與眾不同的新視角。皮普想要更了解亞曼達的思考方式。如果她能掌握這個奇怪女人的心理，也許能從中學到一些東西，從她顯而易見的天才之中獲取一些零碎片段，好好利用。對皮普來說，試圖從亞曼達身上學習幾乎像是一種背叛，畢竟她的同事們都非常厭惡這個人。皮普這麼做等於是在與敵人共枕。

這天晚上，皮普再次回到私家偵探的辦公室兼住所。她告訴自己，她之所以會出現在這裡，正是因為這些接連不斷的問題，以及對亞曼達神秘世界觀的新生渴望。她站在紅湖空無一人的大街上，頓時質疑起自己的意圖。這麼晚了還登門拜訪，亞曼達會怎麼看她？要是被同事們撞見怎麼辦？太陽才剛落下，遠方青山在怒紅天空下呈現黑色的輪廓，暴風雨雲很快就會從山後悄悄爬出，將幽靈般的手臂伸展到甘蔗田上。皮普改變主意，準備調頭回家，亞曼達卻在這時打開前門走出來。

「哇！」看到滿身刺青的私家偵探時，皮普真的徹底愣住了。身材削瘦的亞曼達穿著一件極其華麗的銀色連身裙，整件衣服綴滿昂貴的亮片和珠子，是皮普完全無法想像自己會穿的東西。亞曼達穿著一雙巨大的閃亮高跟鞋，轉身看著站在原地的皮普；後者穿著剛才在警局換上的牛仔褲和襯衫。亞曼達的妝容完美無瑕，皮普開始懷疑自己是否看到了幻覺。

「我才要哇，」亞曼達鎖上屋子前門，將鑰匙滑入縫滿黑色亮片的手拿包，「你怎麼會出現在這裡，史威尼．陶德？」

「我，呃，我只是——」史威尼荒唐地指著馬路遠方某處，彷彿答案就在那裡，「你又是要去哪裡？」

「只是出門晃晃，」亞曼達聳了聳肩，「去夜店。也許會去霍洛威海灘吧，我也不知道。」

「不知道？所以你沒有和人有約？」

「沒有。」

「可是——」史威尼比了比亞曼達的洋裝，「你……你看起來……」

「怎樣？」亞曼達皺起眉頭。

「你看起來好像電影明星，」史威尼最終承認，「只是去酒吧為什麼要穿成這樣？」

亞曼達看了一眼自己的衣服。「不然你去酒吧都穿什麼？」她是打從心底感到困惑。史威尼低頭看了看自己的牛仔褲和靴子。「就這樣嗎？」

亞曼達抬高了下巴，對著她的服裝打量一番。「好啊，你穿這樣也可以來。」她點點頭，通過服裝審核。

「呃，我的意思不是——」

「快走吧，史威尼—威尼，」亞曼達揮了揮手臂，「再晚一點夜店裡就要擠滿討厭鬼了。」

入獄期間，我被隔離在一個特別區域，那裡專門關押如果和小偷、毒販、殺人犯這些普通囚犯一起住會有危險的犯人。當警察多年的經驗告訴我，有很多罪行會讓你被隔離。一般來說，曾對女性或兒童犯下暴力罪行的人只要一被普通囚犯看到就會遭到嚴厲毆打，所以和我關在一起的都是戀童癖、強姦犯、殺了妻子或嬰兒的人，以及散播兒童色情片的傢伙。那裡也會關押告密者（無論真的做過或者只是被懷疑）、變性囚犯和前獄警。另外還有一些容易引起注意的人：有錢人可能會被普通囚犯勒索，前警察或律師可能會在放風時遇到昔日敵人。一些名人明星也會短暫出現那裡，他們的聽證會通常會迅速舉行，而且往往會獲得保釋。

隔離區裡實行「不問不說」政策，所以大多數人不曉得其他人為什麼被拘留。這項政策本應減少隔離區裡的暴力事件，不過卻得到反效果。囚犯們就和所有閒閒沒事做的人一樣會散播謠言，而謠言一旦產生，就會在監獄內迅速傳播。假如今天有人偷偷跟我說隔離區另一頭的某個人把自己老婆扔下橋殺死，到了隔天被扔下去的就會變成他六歲的女兒，而且還是先姦後殺，一陣拷打後才狠心殺害。

耳語和意味深長的眼神，各種訊號在牢房裡傳遞，囚犯們聚集在角落裡竊竊私語。隔離區是地球上最安靜又最緊張的地方，令我有時渴望普通囚犯區那些乒乓巨響、喧鬧與嘲笑。隔離區的空氣充滿潛在的惡意，讓人難以呼吸。衝突爆發前不會有任何警告，沒有大聲互罵或者爭執作為前奏，撲克牌在水泥桌面滑動和拍打的聲音會瞬間被叫聲取代，然後是警報響起，然後是獄卒吶喊。

我隔著餐桌在戴爾．賓利對面坐下，感受到隔離區的緊張氣氛再次瀰漫在空氣中。這是自獲釋以來第一次我有這種感覺。我把剛開始與亞曼達合作時買的新筆電讓給他，從別的房間拖來另一把椅子，打開原本的舊筆電。他全神貫注地工作，仔細研究線上資料庫中的汽車照片，時不時瞥一眼旁邊桌子上的藍色皮卡車截圖。我研究著安德魯．貝爾的Facebook聊天紀錄，可以感覺到他的目光不時落在我身上，他的每個動作都讓我全身緊繃。他放下威士忌酒杯，杯子突然撞擊桌面的聲音令我的胸口一陣疼痛。

我不禁想：要是我們找不到克萊兒的襲擊者，他會有什麼反應？他說他不相信我的清白，所以是打算殺了我嗎？

要是我們真的找到兇手，他會把我們兩個都殺了嗎？

不斷崩潰的個人生活致使我沒辦法在叫蛙謀殺案中投入足夠的注意力，這給了我難以擺脫的沉重內疚感。說到底，亞曼達收了麥可．貝爾的錢後再付錢給我，為了就是希望我對調查過程有所貢獻。命案發生後的頭幾天是搜集線索和抓住兇手的黃金時間，我若能有任何貢獻都極其寶貴。問題是，就算是在調查叫蛙命案時我也不是全心投入，總有一部分思緒飄到別的地方。我會不怎麼認真地聽著，腦中反覆思考自己遇到的新問題，尋找可能的解決方法，努力不去幻想假設性的情景。每當我以為自己正完全專注於姬瑪和安德魯的案子時，我的思緒就又會飄回梅蘭妮、凱莉、克萊兒和戴爾身上。

我實在很難忽略戴爾就坐在這個廚房裡。我暫時放棄，走到水槽邊給自己倒了一大杯野火雞威士忌。

「你老婆知道你在這裡嗎？」我問他。戴爾一會兒之後才回答。

「我們分居了。」

我喝掉半杯酒。

「和我住在一起不是容易的事，」戴爾繼續說，「事情發生那天，她本來去克萊兒的朋友家接她，而我說她可以自己搭公車。我以為她已經夠大了。」

我十三歲時就自己坐公車了。我想這樣說，但不知道這種話適不適合。我望向廚房窗外的夜色，聽著蝙蝠在雨林邊緣的樹上尖聲叫著。餵飯時間到了。

「克萊兒在哪？」我問。

「和她媽媽住。」

「她有沒有……」

「她在家自學，因為出門會讓她不舒服。我們讓她接受心理諮商。大量的心理諮商。」

我感覺他站到了我身後。他伸出手抓住我旁邊桌上的野火雞瓶子，替自己倒了一點。然後又回到原本的位子。從頭到尾我都全身緊繃。

「我覺得是這輛。」他說。我看向筆電螢幕，照片中的福特Falcon皮卡車以鐵絲網為背景，停在一片明亮燦爛的原野中。我靠近一些，比較那張照片裡的車和亞谷納皇家防止虐待動物協會外的那輛藍色皮卡。這輛車看起來確實很像監視器畫面中的車子，雙人駕駛艙、車斗低而平坦，還有老式車型常見的稜角線條。「福特Falcon XF，八八年左右的款式。這種藍應該不是標配，你覺得呢？藍色的老皮卡不怎麼常見。」

「可能改過顏色，」我說，「如果他當初是到店家找人噴漆的話，會是很適合追查的線索。現在我們找出了車子的型號，我想接下來就要確定是哪間店改的顏色。」

「噴漆是找修車廠就好了嗎？還是要特別找專門的人？」

「我不知道，」我說，「我不怎麼懂車。」

「我也不懂。」

「很好，看來我們就是兩個只會喝威士忌，對車子一點都不懂的失婚爸爸了。」我說。他盯著我看，想搞懂我為什麼要這麼說，而我自己也很想知道為什麼。我倒了更多威士忌，然後全部喝完。可能不是很好的選擇。

我的筆電嗶了一聲。我看向螢幕，是一封信。

「我剛才聯絡了可能把白狗送給攻擊者的夫婦，請他們重新描述對方的長相，現在收到他們回信了。把信箱地址給我，我轉寄給你，」我說，「另外我請以前的同事幫忙，拿到了車輛銷售和車籍資料庫的權限。你等我一下，我會把——」

「我看到了。」戴爾說。

我抬起頭來。

「你現在在我信箱裡？」

「對，」他點了點滑鼠，「你和卡利・費拉是朋友？這麼有趣。」

信箱裡有一封卡利的信，想知道我什麼時候會再去雪梨。我不知道他怎麼拿到我的私人信箱，不過這就是卡利。他的人面廣闊，到哪裡都有門路，到處都找得到朋友或者願意當抓耙仔的人。有的欠他人情，有的則是想要討好他，這些是他能成為罪犯之王的必要條件之一，讓他能夠從門下蜿蜒溜過，進入警局、競爭對手的會議現場、某某人的家或者各種交易之中。他無所不知，無所不曉，既能察覺危險何時到來，自己也是危險本身，了無痕跡地滲透所有受保護的界線。

我皺眉看著桌子對面的戴爾。

「可以麻煩你滾出我的私人信箱嗎？」

「當你被指控綁架我女兒時，就等於放棄自己的隱私權了。」

「你認真的嗎？」

「非常認真，」他瞥了我一眼，「我這樣糾纏讓你不高興了嗎？不好意思，在我們抓到那個傢伙或者證明他根本不存在之前，你沒有拒絕的權利。」

我用力吐了一口氣。我感覺臉好緊繃，臉頰上的縫線拉扯著我的皮膚。我折響指關節。

「你要知道我已經很努力了，王八蛋。」我說。

「我也是啊，王八蛋。」他回答。

那是一輛快要散架的藍色公路車，比亞曼達騎的那輛還要舊，鋁合金煞車把上布滿繡蝕的痕跡。史威尼緊扣著握把，指關節都發白了，時不時望向一同騎行的夥伴。亞曼達穿著華麗連身裙，光腳踩著踏板，鞋跟誇張的高跟鞋掛在車把上。這一切是如此多餘。多餘得如此美麗而古怪，且莫名其妙。她們從鎮上出發，沿著甘蔗田間光禿的泥土路進行一場漫長而神秘的遠征，兩人的輪胎在泥土地面上留下痕跡。史威尼感到一種奇怪的喜悅。溫暖的空氣從她身上掠過，沿著甘蔗牆之間的小徑向後沖刷。亞曼達的雙腿用力踩著踏板，裙面在月光下閃閃發亮。

「你有想過要練習讓自己能再坐進車子裡嗎？」她拉近兩人的距離，這麼問道。泰德跟她說過亞曼達拒絕再坐進任何車子裡，並警告她不要試圖以任何方法誘騙或者脅迫亞曼達上車；他沒說會發生什麼事，只說那不是明智的行為。

「練習？」亞曼達挑起一邊眉毛。

「你是因為害怕才沒辦法坐車，對吧？」史威尼說，「因為那天晚上在車子裡遇到的事。」

「我才不怕車，」亞曼達不屑地說，「車又不會傷害我。」

「那為什麼不坐車？」

「因為從那天晚上之後我就沒坐過了。」

史威尼試圖做出回應，但是感覺自己像在跟電腦說話，一切彷彿符合邏輯又好像完全不合理。

「但如果你可以開車的話，生活不是會比較方便嗎？」她指著兩人面前的道路，「例如現在就不用這樣騎車？」

「你是累了嗎？」亞曼達問。

「不會。」史威尼坦白地說。她們爬上一座突然隆起的小丘，月光在上方照耀著。她瞥見甘蔗田自兩側向外延伸，融入遠處黑色山脈的底部。「完全不會。」

亞曼達向前騎去，領著史威尼轉進兩片甘蔗田的交界處，沿著雨林邊緣難以察覺的微小縫隙前進。他們突然壓過一條在樹叢間蜿蜒穿行的舊鐵路，車子一陣顛簸。這條甘蔗運輸路線在整修升級後遭到廢棄，現在長滿了開花的藤蔓。史威尼留意著同伴的動作，在亞曼達低頭躲過低垂的樹枝時也跟著低頭，但是她的動作太慢，被濕漉漉的樹枝打了一下，滿臉黃金蒲桃之類植物的味道。她們鑽出叢林，拉緊剎車，停在一間公路酒吧的燈光下。酒吧長得幾乎和叫蛙一模一樣，只差沒被森林包圍，而且前廊擠滿了人。

門口上方的招牌寫著「對對碰」，還畫了一隻褪色的快樂鱷魚。史威尼站在亞曼達旁邊，看著這位刺青偵探穿上那雙巨大的高跟鞋。令人驚訝的是，儘管凱恩斯的天氣如此潮濕，她們剛才又在夜色中騎了好長一段路，亞曼達竟然一滴汗都沒有。史威尼意識到自己的體味似乎飄了出來，而亞曼達身上卻散發著淡淡的薄荷香，若有似無，只要靠近就能聞到。

「你絕對會愛上這裡。」亞曼達說。

「你怎麼知道？」史威尼問。

「我什麼都知道。」女人回答。

「是個年輕人。」戴爾抓著自己喉嚨，向後癱坐在椅子上，讀著那對英國夫婦寄來的信。他看向我，但我現在沒心情和他說話。我躲進那兩名喪命酒保的線上對話紀錄裡，安德魯在下班後仍和姬瑪傳了好久的訊息。

安德魯．貝爾：我覺得那天晚上你在跟我調情。不對，我很確定你在跟我調情。我知道你們英國人都覺得自己很低調、很有教養，可是我好幾次都抓到你偷看我的電動馬達。

姬瑪．道利：最好是啦！XD

安德魯．貝爾：我已經很久沒這麼小鹿亂撞了。

姬瑪．道利：我也是，我覺得我們在一起的話應該會很快樂。我昨天晚上還夢到你，今天早上根本是笑著醒來。

安德魯．貝爾：喔喔，真的嗎？

姬瑪．道利：真的呀！

安德魯．貝爾：你最好一五一十招出來，我們可以找機會來演練一下。

我瀏覽著他們的情話簡訊，看著兩人在清晨時分依依不捨地道別，頓時對於自己闖入他們的私人對話感到些許內疚。這段關係並不只是性而已，看起來他們似乎正慢慢醞釀出一段更有意義的感情。她談到以前在學校時自己如何因為父母的沉重期望而深陷抑鬱之中，似乎只有酒精能緩解那種情緒；後來某次朋友把她從週末派對中拖出來，當街斥責她是個「酗酒的蕩婦」，令她撞到了人生的谷底。安德魯不是善於表達的那種人，沒辦法像她那樣用流暢的長篇文字向她坦白自己的脆弱。他仔細地從網路上挑選現成圖片傳給她：兩個孩子手牽手站在山頂，頭髮被風吹起；一對小狗在田野裡自由奔跑；你讓我振作，讓我看清楚前方的路，沒有你我一無是處。那些訊息雖然俗氣，卻都發自真心。他應該是會喜歡寄賀卡的那種人。

在這一連串標記了日期與時間的訊息對話中，有一次奇怪的互動引起了我的注意。時間在命案發生的兩週前，安德魯在凌晨五點登入Facebook帳戶，傳了這樣一句話給姬瑪：「你誰？」這則訊息之所以奇怪的原因有幾個，首先當然是安德魯知道姬瑪是誰，自從她到酒吧工作後，兩人便一直在訊息中打得火熱。但是我注意到「誰」這個字的第一個字母沒有大寫，而且兩個字之間也少寫「是」這個字。也許是為了讓英國女孩留下好印象，在這則深夜訊息出現之前，安德魯的所有訊息都用了完美的正確文法。另外，凌晨五點還在互動對這兩個年輕人來說也很不尋常。他們通常都在工作前後聊天，先是在晚上七點準備見面前，然後在凌晨三點簡短互道晚安、交換笑臉和愛心、向彼此許下承諾。

所以，這則訊息會是安德魯以外的人傳的嗎？只要翻閱過往訊息就能明確得知姬瑪和安德魯的關係，為什麼還要問她是誰？有沒有可能是史黛芬妮在凌晨拿了安德魯的手機傳訊息，試圖和姬瑪說話？我現在是透過安德魯的Facebook頁面看這些訊息，所有對話一目了然。不過，那則「你誰？」訊息也許是從安德魯的手機傳的，有沒有有可能安德魯刻意在手機上刪掉或隱藏傳給姬瑪的訊息？

姬瑪沒有回覆那則訊息，有可能是因為正在睡覺，而安德魯則可能在兩人見面時解釋為什麼會那樣問。史黛芬妮得知安德魯劈腿後一定難以接受，光是想到這件事我便為她感到沮喪。我用手梳過頭髮，試圖擺脫那種沉重的感覺。她對亞曼達說，自己不知道安德魯死前一直在追求那個漂亮的英國女生。當我在酒吧外的路邊見到她時，她和男孩心碎的父親站在一起，眼神裡仍然流露著震驚與困惑。

難道這一切都是演的嗎？她其實早就知道了嗎？有沒有可能令她震驚和困惑的不是安德魯劈腿，而是她對這對年輕戀人所做出的事？

「喂，我說『是個年輕人』。」戴爾拍拍我筆電旁的桌面，又說了一次。

「什麼？」我口齒不清地回答。我的酒杯已經空了。

「你看這裡，」他沒有把筆電螢幕轉向我，自顧自地伸手指著，「那對英國人對收養者的描述：『年輕人，大約二十五歲。衣著乾淨整齊，棕髮。溫文有禮。』」

「嗯，他們就是這樣說的，」我說，「如果你在信箱裡往回看，會找到一封今天剛收到的，寄件者是法蘭基．勞柏森，裡頭有一份住在案發地的已定罪性侵犯名單。你先找出符合年齡範圍的人，然後我們再來看他們被逮時拍的大頭照，看看有沒有福特 Falcon 登記在他們名下。」

「那個人怎麼可能二十五？」戴爾攤著手問。

「蛤？」

「這兩個英國人的意思是強暴我女兒的人只有二十五歲。」

「我想……」我走到流理台邊，又倒了一些野火雞，「這麼年輕的人竟然能對其他人的生活造成這麼大影響，確實是很不可思議的事。」

「我真的沒辦法……」戴爾抓著自己脖子，似乎突然激動起來，喘得上氣不接下氣，「我真的不懂，為什麼要做這種事？一個二十五歲的人就這樣隨便抓走路邊的小孩，你怎——」

「對方的年齡似乎讓你覺得很震驚。」

「你不覺得嗎？」

「我在銀水時和一大堆戀童癖關在一起，」我注視著酒液中反射的光芒，「他們的歲數、膚色、高矮胖瘦全都不一樣。」

他沒說話。

「嘿，」我說，「你聽我說，你不能糾結這些細節。你現在的情緒完全被這些東西牽著走，不可以這樣。你必須先把情緒先放在一邊，繼續調查，等抓到那個人之後再哭也不遲。」

他看著我。我喝乾杯子裡的酒，又倒了一杯。他將自己杯子裡的吞下肚，臉部微微皺縮。

「你查了那一帶的福特 Falcon 皮卡了嗎？」我問。

「還沒。」

「先回到那件事情上，完成之後再開始處理下一件事。」

「你現在是在教我怎麼當警察嗎？」他口齒含糊地罵道。

「要不要當警察是你自己的選擇！我沒有想要教你任何事！」我聳了聳肩，「不然這樣，你知道怎麼滾出我家嗎？我教你滾出去好了。你想要知道怎麼做嗎？這裡，這裡有路。」我指著通往正門的走廊。

「我現在應該用力往你臉上揍下去才對。」戴爾冷笑著。

「你已經揍過了，」我摸了摸自己臉上的縫線，「就在這裡，看到了沒？我才應該用力往你臉上揍下去。該換我禮尚往來了，不是嗎？」

我們看著彼此。我放下酒杯，他闔上筆電。

——

酒吧裡溫熱紅豔，像走進一頭巨獸不停搏動的體內。人們成群圍站在高腳桌旁，或者兩兩成對沿著吧檯排開，所有人都低著頭，專注於激烈的對話或者手上的撲克牌。角落裡，一支爵士樂隊尖叫、蠕動，閃亮的銅管在頭頂的燈光下閃爍著粉色光芒。史威尼從來就不怎麼愛喝酒，這一點可能讓她被孤立在霍洛威海灘的警察同事們之外。預期中的酒吧場景令她心生畏懼。她以前和警察們一起上過幾次酒吧，每一次撞球桌旁或遊戲室裡的男性注視都令她感到畏縮。她早早將手伸向烈酒，想藉由酒精放鬆自己，最後的結果就是在突然撲來的對話中大喊著尷尬回應，讓自己出醜。她總是無法融入，總是太大聲了那麼一點，或者太安靜了那麼一點。沒有人會轉向她尋求意見，她也不曉得什麼時機離開才不算冒犯。

不過這個地方不一樣。她們走進店裡時，沒人抬頭多加注意。酒保似乎認出了亞曼達，邊點頭邊拿起一只玻璃杯，應該是她常點的酒。

「你的朋友喝什麼？」

亞曼達看向她。史威尼感覺一口氣梗在喉頭。

「你喝什麼？」

「起瓦士。」

「我的媽呀！起瓦士？」

「我喝了十年的監獄酒，」亞曼達說，「現在不管喝什麼都絕對不選水果口味。」

「我跟她一樣。」史威尼對酒保說。她們吧檯邊的高腳椅坐下。史威尼被某人的手肘推擠，她皺了皺眉。某人在她頭上大喊，一道命令飛過。酒保在她們面前放下兩杯沒摻水的純蘇格蘭威士忌和一疊撲克牌，亞曼達沒掏錢出來付，史威尼便也照做。

「我們要玩什麼？」

「當然是對對碰呀[8]！」亞曼達大笑，「不然還有什麼？」

史威尼小學之後就沒玩過對對碰了。亞曼達開始過手洗牌，姿態彷彿老派的老千。

四周響起歡呼，人群看著翻落桌面的撲克牌，所有視線都黏在跳動的手指上。史威尼拿起自己的牌，一張張翻開並疊成一堆，亞曼達的手則在空中動來動去，靜不下來，脖子上抽搐的地方有節奏地跳動。

「你們跟監麥可・貝爾有發現什麼嗎？」亞曼達握緊雙手拳頭又放鬆。

「以一個粗獷單純的硬漢來說，他的救助網絡出乎意料地龐大，」史威尼說，「跟監的人快無聊死了，大家都在幫他做事，送食物和啤酒給他、幫他割院子裡的草。他大多數時間都待在家裡接待訪客，我們已經識別每個訪客的身分並進行了背景調查。」

「有值得注意的人嗎？」

「沒有，」史威尼緩慢地拿起自己的牌並翻開，「銀行帳戶也沒有可疑的地方。他名下沒有機車，從來沒有。」

「現在這年代，沒有機車也可以加入飛車黨，重點是你有多重要，」亞曼達說，「只要證明自己懂得賺大錢，就算不會騎車也無所謂。」

「你怎麼會知道這些東西？」

「泰德和我在調查上個案子時曾經拜訪過一個住在沼澤的老怪物，叫盧埃林・布魯斯。」

「盧埃林・布魯斯！」史威尼說，「天啊，你們好勇敢。」

「總之呢，從那之後我就時不時去找過他幾次，就只是打個招呼。能和他那樣的人維持關係繫挺好的。」

當同樣的牌被翻開時，亞曼達一把將手砸在牌堆上，她發出的勝利戰嚎令史威尼耳朵嗡嗡作響。

「對對碰！」她大吼。

「天啊。」史威尼害臊地望向四周。

「哎喲，史溫斯，你的反應要再快一點才行。」

「你去沼澤那裡應該要小心一點，」她們再次開始翻牌時史威尼緊繃了神情，「不要一個人去。」

「為什麼？」

「因為可能會發生事情。」

「例如？」

「例如被強暴後被當成鱷魚飼料，要我舉例就是這樣。」

「容我提醒你，這兩種麻煩情況我都遇過了，而且我處理得頗為有效。」亞曼達說。史威尼覺得自己脖子上一陣燥熱，不過亞曼達似乎沒注意到她的尷尬，繼續問道：「回到貝爾。既然他不是我們要擔心的對象，那另外那個女朋友呢？」

「她就是完全不同的生物了，」史威尼說，「她都是自己一個人。」

「她自己住？」

「對，不過我的意思是她的生活非常孤立，」史威尼必須提高音量才有辦法壓過音樂聲，「她的父母住在別的州。而除了安德魯以外，我不認為她和任何人有任何社交往來。」

8 對對碰（snap）是一種類似心臟病的撲克牌遊戲，基本規則是每位玩家輪流翻出自己牌庫最上面的一張牌，如果發現檯面上出現兩張一樣點數就要喊出「對對碰」並伸手去拍，第一個成功執行動作的人可以拿走檯面上已經翻開的所有牌，最終贏得所有牌的人獲勝。

「放任初戀占據你的一切就會發生這種事，」亞曼達說，「你會變懶惰，覺得自己已經有他了就不需要朋友。然後等到他離開你的時候，你才發現自己根本沒發展出交朋友的能力。很多老太太就是因為這樣才會一個人死在布置完美的房子裡，三個月都沒人發現。」

「嗯啊。」史威尼想要擺脫此刻侵襲而來的陰暗念頭，但還是迅速被那些思緒籠罩。她很孤單。吞噬她的不是初戀，而是第一次面臨失去的傷痛。成年後的她一直沒發展出交朋友的能力——直到為時已晚，她才注意到自己的生活缺少了什麼。現在的她會四處徘徊，就像監視人員報告中的史黛芬妮那樣，低著頭走到商店，什麼也沒買，然後又走路回家。

「這輪我請。」她指著亞曼達的杯子說。

到了第三杯蘇格蘭威士忌下肚時，史威尼覺得自己溫暖而快樂，汗水沿著脖子流進胸罩。酒吧裡的所有人都滿頭大汗，紅色惡魔們在地獄業火中享受著愉快的時光。

「你那個地方一直都會抽搐嗎？」她突然發問，立刻便後悔了。她緊閉上眼睛，糾結出皺紋，與同事尷尬互動的記憶自眼前迅速閃過。亞曼達連頭也沒抬起，而是專注地看著撲克牌落下，彷彿注視魚缸裡金魚游動的貓。

「殺了人隔天早上開始的。」亞曼達說。

「就是這樣，這就是我不懂的地方。」史威尼繼續翻牌。

「不懂什麼？」

「你，我不懂你，完全無法理解。你願意談但是又不願意談到那次案子，」她聽到自己聲音中的挫敗感，「你會說出『殺了人隔天早上』這種句子，態度像在說『婚禮隔天早上』，好像那是很稀鬆平常的事。那件事造成的傷害如此之深，以至於你的身體受到了實際的創傷，而你卻像永遠無敵的卡通人物那樣繼續在生活裡到處遊走，跟著史酷比解決各種神祕案件，享受美好時光。」

「迷你妮妮史威尼比基尼女士，歷史威尼加拉瓜地馬拉女士，請問我是隱瞞了那次事件的哪個部分？」亞曼達問，「你到底想知道什麼？」

「你後悔嗎？」

「我後悔自己殺錯了人，這是一定的，」亞曼達突然毫不合理地大笑起來，「我想殺的是史蒂芬・亨奇，他本來就在那裡，就站在車門外。可是當我睜開眼睛時看到的卻是蘿倫・費里曼，彷彿在看老套的換人魔術，」她抬頭看了史威尼一眼，「誰知道呢，對吧？」

「嗯，」史威尼說，「誰知道。」

「現在史蒂芬・亨奇進了監獄，這點讓我覺得很討厭。因為我其實很喜歡監獄，而他有可能也是這樣。我也不知道怎麼說。」

「不過回到蘿倫……」史威尼說。

「她已經死了。」

「對，」史威尼朝亞曼達靠近，「你不覺得很難過嗎？」

「人本來就隨時可能會死，」亞曼達說，「就算是現在，也可能有某架飛機的引擎掉下來砸破這間酒吧的天花板，壓得我們兩個像蟑螂那樣肚破腸流。你想過這種事嗎？我想過。」她看向天花板。

「我們從命案直接跳到了飛機意外，」史威尼說，「我怎麼覺得自己現在在跑步機上，跟不上你的速度。」

「快點，快點。」亞曼達不耐煩地對著牌堆揮手。

「你的態度和行為不一致。」兩張皇后一被翻開，史威尼的手便迅速拍在牌堆上。亞曼達放聲大笑，整個人坐在高腳椅上向後仰。

「碰得好！拍得好！」

「你有罪嗎？」史威尼繼續追問。

「親愛的，所以你問這麼多都是為了我犯的罪嗎？」亞曼達問，「還是你的？」

酒力突然衝進了腦袋。她想知道自己到底和這個奇怪的女人在這裡做什麼，為什麼要去追尋她可能隱藏起來的愧疚感，為什麼要去挖掘她真正感受的蛛絲馬跡。這一切都是因為史威尼感覺到了，她感覺到有陰影在自己的大腦深處蜿蜒滑行，冰冷、黑暗，不時閃現，玷汙她心裡那些明亮的潔白思緒：她竟敢想著自己能交到真正的朋友，能被對方瞭解，還期望和對方在酒吧裡共度快樂時光。她突然覺得亞曼達應該很明白那種感覺。她所做過——或者說沒做到——的那些事似乎都從自己心裡的封鎖盒中逃了出來，全被亞曼達看在眼底。亞曼達看到她倒在地上的父親，看到他伸長的手和懇求的眼神。

「哇靠！」亞曼達突然發出驚呼。她跳下高腳椅，在亮片和掛珠的光芒中瞬間跑開。史威尼跌跌撞撞跟在她身後，因為太靠近吧檯而被桃花心木的飾邊撞得手臂發疼。吧檯盡頭有個肩膀寬大厚實的男人，威士忌杯在他刺了青的手指間看起來異常迷你。他粗獷的下巴和臉上長著均勻的灰色短鬍渣。

「喔，靠。」他被亞曼達一手拍上肩膀時這麼說。

「斯布魯斯．卡布斯[9]——盧埃林．布魯斯！我剛剛才提到你耶！我都不知道你也會來這裡混！」

「你要幹嘛？」

「這是老盧！」亞曼達一邊向史威尼解釋，一邊又以某種充滿熱情的粗魯力道拍著大塊頭的手臂，「看到你真好吔！流浪狗老大！」

「自從上次見面之後你的胸部怎麼還是沒長進，」亞曼達小而堅挺的雙峰被裙子擠在了一起，布魯斯傾過身，懷疑地盯著她的迷你乳溝，「你們兩個是在約會嗎？」

「不是。」史威尼說。

「這個是史威尼．麥史溫斯小帥臉，勉強算是我工作夥伴啦。我們現在一起調查叫蛙的案子，但只能算是私下合作，」亞曼達拇指一甩，差點戳中史威尼的臉，「嘿，能在這裡看到你真的太好了，布魯斯，你一定認識那個粗皮女王克勞蒂亞．弗蘭瑞對不對？她跟你一樣都算是老化石了。」

「我的確認識弗蘭瑞，」布魯斯的目光懶洋洋地在亞曼達身上游移，「認識很久了。」

「好多人跟我說叫蛙是飛車黨的聚集地，」亞曼達說，「說那裡是一座毒窟。」

「就我所知不是。」

「對啊，我就覺得不像，」亞曼達說，「我告訴他們你才是遠北地帶的毒品天皇。」

亞曼達正準備繼續說下去，但話只講到一半便突然停住並宣布自己要去尿尿，接著便衝進人群中。

史威尼低頭避開老毒販的目光，這時才發現他的吧檯椅底下躺滿了一群懶洋洋的狗。牠們全都看不出特定品種，彷彿一群破爛的殘廢小動物。其中一隻的脖子上鼓著一團粉紅色腫塊，威脅著要爬上牠的臉；另一隻則根本沒有雙眼，眼窩完全被焦糖色的毛髮覆蓋。坐在吧檯邊的布魯斯再次舉起酒杯，巨大的手掌吸引了她的注意力。他的手指上用斑駁的藍色墨水刺著「SKIN」四個字母。她看向他的另一隻手，上面則刺著「BONE」。

「我知道你在想什麼，」當她鼓起勇氣看向布魯斯的目光時，他這麼對她說，「你在想——既然亞曼

9 卡通《辛普森家庭》中一輛火車的名字。原意類似「雲杉木列車」，不過亞曼達之所以這時想到只是因為和布魯斯名字的發音類似。

達認識我，也許你就能透過這層關係認識我。你覺得既然在小鎮新官上任，自己應該可以擠進我們之間，把所有人都變成樂意互助的大家庭。」

「呃，我沒有……」史威尼努力擠出回應，「我沒有預設這麼多。」

布魯斯傾身靠近。「我跟你說白了，我們不是一家人。對，我很高興你前任的那兩個白痴走了，我也容許那個小怪咖——」他對著亞曼達消失的方向揮了揮手，「——到我那裡晃來晃去，但是我不會跟警察合作。以前不會，以後也不會。」

「沒事。」史威尼試圖擺出淡然的樣子。

「我想也是如此，」他欣賞這位新來的警探，「既然我都這麼開誠布公了，那就再送你一個建議：看好那個法瑞爾小妞，她會引來各種麻煩。」

「我也這麼覺得。」

「根本災星轉世。」

「亞曼達去你那裡的時候到底都在幹嘛？」史威尼問。

「沒幹嘛，」布魯斯聳了聳肩，「沒講一聲就突然跑來，講一堆不好笑的笑話、和狗玩。我覺得她可能看上了一輛機車，某輛狀態很糟糕的老哈雷。你應該也知道她不喜歡汽車。她每次去都待不久，衝進來嘩啦嘩啦講一堆話，講完之後抖一抖，拉起拉鍊就走了。」

「你為什麼願意讓她這樣晃來晃去？是打算把那輛車賣給她嗎？」

「我根本不在乎機車，」他不屑地說，「人要懂得接納同類人。」

史威尼一開始不懂他的意思，不過接著便看到了。酒保本來往他們這裡走來，要幫布魯斯續酒，不過中途被其他事情分散注意力而轉向；她看到一絲屬於惡意的光芒在大塊頭下垂的嘴角邊閃爍。殺手的本能。史威尼知道，即使全澳洲沒有任何一座犯罪資料庫裡找得到紀錄，也沒有任何法庭文件提到過任何線索，不過眼前的男人曾經殺過人。他接納和自己相同的人。他和亞曼達同是生命的掠奪者。

史威尼來不及問更多問題亞曼達就回來了，擺出慢動作假裝對著布魯斯的胖肚子揮拳。

「好了布魯斯，說吧。叫蛙不是單純的酒吧，對吧？」亞曼達開始逼問，「我們想搞清楚為什麼有人會想搶那個地方，那裡的營收又不好。有什麼我們不知道的事情，對不對？」

「所以你還沒搞清楚現在是什麼狀況？」布魯斯嘆氣，「天啊，我還以為你是偵探天才吔。」

「我是啊！」亞曼達看起來神色震驚。

「我們不曉得發生了什麼事，」史威尼靠了上去，「可以幫我們一下嗎？」

布魯斯看了看自己的錶，然後瞥向吧檯上方的時鐘。奶油色鐘面上有個顯示日期的小格子。

「不如你們現在去那地方看看吧？」布魯斯以輕快的語調提出建議。他咧嘴笑著，露出整嘴泛黃的金牙。

「今天晚上沒開。」史威尼說。

「是這樣嗎？」布魯斯問。

無論從誰的標準來看，這場架都打得不是很好。有些警察喜歡打架，會故意在毒販和運毒者的家裡和他們起衝突，就只為了發洩工作中的諸多挫折，順便踢壞某個年輕人用命賺來的超大電視。不過當我還在緝毒隊的時候，因為體型的關係更常擔任破門槌，而毒販們的體型無一例外都偏結實瘦小，通常一看到我就跑。要是我帶著滿身傷痕回家，凱莉會對我大吼大叫，所以我都盡量小心一點。

我在監獄裡打過幾次架，也知道如何保護自己，可是即便如此，當時的我也偏向速戰速決。你永遠不知道誰會拿著自製剃刀混入戰局，只因為他們覺得自己可以趁亂殺人並立刻離開而不被發現。

雖然我們都不會承認，不過我和戴爾撲向對方時其實都已酩酊大醉。我把他舉起來，乾淨利落地扔到紗門外的門廊上。他滾下台階跌落到草地。我跟上去，沒給他反應時間便又將他抓起來，朝肚子狠狠揍了一拳，他則以手掌攻擊我的下巴作為回禮。我們在草地上扭打、咒罵、咆哮，努力對抗喝了太多酒所帶來的笨拙和呼吸困難。等到我們兩人都放棄時，他的鼻子在流血，而我的嘴唇裂開。最嚴重的傷口大概就這樣。

我們又驚動了鵝群。我去安撫牠們，戴爾就坐在草地上喘氣。他嘴唇和下巴湧出的血在廚房的燈光照射下呈現美麗的紅色色階，彷彿玫瑰。當我再次回到門廊時，他正背靠在魚鱗板牆邊坐著，小心翼翼地在兩邊鼻孔各塞進一張紙巾。我靠著附近的牆邊坐下，曲起雙腿，將手掛在腿上，心裡有種奇怪的滿足感。閃電打在遠處天空，瞬間照亮山脈的頂端，將院子盡頭的湖面照得閃閃發光。在暴雨即將來臨的壓迫下，濕度已然棄守上限，我和眼前這位敵手之間的緊張關係也被打破。

我應該是陷入自己的思緒裡好一會兒，回過神來時戴爾已經伸直了雙腳，腿上放著筆電。他在我們之間的木板上放了一杯新的波本，我不知道那是要給我還是他自己的，總之我喝了。

他再次開始瀏覽車子的照片，垂在腫脹鼻孔下的紙巾已經變紅。我在門廊上吐了口血水，看著他仔細打量那些汽車然後抹去；車子一輛輛飄升至螢幕頂端，接著向上消失。他切換至法蘭基給的資料庫，開始交叉比對註冊在安南山周圍郊區的車輛，而我就在一旁看著。

我們什麼話都沒說，暫時算是扯平了。

—

她們低著頭默默騎行，天上開始下起細雨，滴滴答答溫暖地拍打在史威尼的臉頰上。她一直騎在亞曼達旁邊，直到騎進光滑的黏土路上才稍微落後；那些黏土小徑切穿雨林，將森林分成數個區塊。

她記得曾對泰德提過自己的理論，她認為叫蛙酒吧賺的錢沒有表面上那麼少，且有傳聞表示那裡就是毒販沿海岸線運送毒品前的中繼站。史威尼不知道如果她們現在要去叫蛙進行大動作的緝毒突擊檢查，亞曼達會用什麼方式衝進酒吧；她毫無武裝，身上還穿著那件難以置信的裙子和那雙荒唐的高跟鞋。不過話說回來，她剛才看到盧埃林．布魯斯時，也是大剌剌走過去拍那位罪犯老大的手臂，彷彿兩人有著幾十年深交，像是頑皮的侄女故意作弄滿身戰痕的年邁叔叔。史威尼知道布魯斯不是可以隨便戲弄的人。他在沼澤地的大本營裡聚集了逃亡者、飛車黨和各種墮落的傢伙，素來都以衰退老狗的終點站聞名，附近許多狗最終都消失在那個地方，不過史威尼懷疑被拿去餵鱷魚的可能不只那些。照這樣看來，亞曼達不僅沒有罪惡感，也缺乏恐懼。一個人之所以無所畏懼，大多是因為知道一些其他人不知道的事，否則就是因為他們已經一無所有。

當酒吧出現在視線中時，史威尼看到沒有刺眼車燈照進路邊茂密糾結的樹林，不禁鬆了口氣。不過一段距離外沿路都停著車，她能透過樹叢看到其中幾輛的輪廓，全都沿著雨林中的狹窄泥土路一輛接一輛地停著。史威尼注意到其中有一輛老舊的黑色豪華轎車。兩個女人在酒吧外停了下來，試圖在周遭夜行昆蟲的震天鳴聲中判斷建築物內是否有任何聲音傳出。亞曼達光著腳踢下自行車腳架，史威尼也跟著照做，並注視著黑暗中的同伴。

「那個老傢伙叫我們來這裡到底是什麼意思？」亞曼達大聲地思考著。

「也許他只是想甩掉你。」史威尼提出想法。

「不是，他不討厭看到我，」亞曼達說，「很多人會，但他不會。」

亞曼達穿上高跟鞋朝酒吧走去，踏上階梯來到紫藤覆蓋的門廊。史威尼小跑步跟上。

「你幹嘛？這樣做好嗎？」

亞曼達拍著酒吧正門大喊：「喂！有人在家嗎？」

「亞曼達！」史威尼把那女人從門邊拉開，「如果裡面有人怎麼辦？你的計畫是什麼？」

「廢物才需要計畫。」亞曼達說。此時史威尼驚恐地發現，門突然開了一道幾公分的縫隙，從中浮現一張男性的臉。男人沒有立刻開口，雙眼在黑暗中閃閃發亮，似乎在打量這兩個女人。

「兩個人？」他問。

史威尼愣住了，一臉不可思議地看著自信地點頭的亞曼達。

「對喔，大帥哥，今天晚上只有我們兩個。」

「新人每個人五塊，會員四塊。你們不是會員吧？我沒看過你們。」

「我們今天剛加入，」亞曼達說，「今天早上。」

史威尼擦了擦額頭上的汗，腦中浮現一股念頭：亞曼達知道這裡發生了什麼事，她一直都知道。不過當男人推開門，亞曼達便伸出一隻手，掌心朝上，像是在等待對方給她某樣東西。只有史威尼注意到這個手勢。男人一轉身指向酒吧內部，亞曼達便將手放下。

「走吧。」亞曼達抓起史威尼的手臂。

「這是什麼意思？到底發生了什麼事？」兩人走入陰暗的室內，史威尼用最小的音量激烈地問道。

「我不知道，但是很刺激！」

「這樣是不對的，」史威尼咬著牙齒說，「我們得先離開這裡並請求支援。」

「廢——」

「廢物才需要支援？」史威尼小聲而嚴厲地說，「那你知道廢物還需要什麼嗎？需要活過今天晚上。廢物需要活到一百零八歲，最後躺在溫暖舒服的床上在睡夢中安詳離世，而不是死在三流破爛酒吧的地板上。」

「這邊請。」男人帶她們來到吧檯，這裡點了三支蠟燭排成一列，微弱的光芒照在吧檯後的酒瓶和玻璃杯上。史威尼開始默記這個年輕人的臉，還有他的身高和其他細節——海軍藍的西裝、手指上的銀戒指，鼻梁上有一道隆起。他的表情淡漠，幾近無聊。他彎下腰打開吧檯後方地板上的一塊嵌門，然後再次伸出手掌，就和剛才示意她們進門時一樣。

他們向下進入空蕩的酒桶儲藏室，這裡唯一的光源依然是三根蠟燭。到了這裡，史威尼才開始聽到音樂的重擊聲，彷彿模糊、不成音調的嗡鳴。這是地下夜店嗎？史威尼知道布里斯班和墨爾本有這樣的非法酒吧，隱藏在便利商店冰箱裡成排的瓶子後，或者外表平凡的咖啡店內書架後方。男人拉開水泥牆上的一塊薄木板，露出一座照著紅燈光芒的房間，音樂聲也跟著變大了。現在她能聽到裡面傳來說話、歡呼、呻吟抱怨的聲音。

「我猜是非法格鬥俱樂部。」亞曼達說。兩個女人滿心緊張地站在陰暗的儲酒室內。「你覺得是什麼？」

「我想不出來。」史威尼說。

「女巫團，」亞曼達說，「你可以猜女巫團。輸的人要請吃晚餐。」

她們走進一座地窖。龐大空間的邊緣逐漸消融至黑暗之中，並以吊掛的絨布區隔出地窖中央與其他臨時劃分的房間。主要空間中央擺了三張半圓形的豪華皮沙發，毛皮抱枕四處散落，有的沙發披巾掛在扶手或掉落在地。所有人的裸露程度不一，有的完全赤裸跪在地上或趴伏在沙發扶手上，有的則在一張寬大的黑色毛皮地毯上彼此交纏。那張地毯看起來像是用一頭大熊的皮做成的。人們手裡端著閃爍光芒的酒杯，指間夾著香菸，站在一旁觀看各種滑行、蠕動、摩擦動作在沙發上及其周圍發生。整個空間裡塞滿了人，情侶們互相擁抱，把彼此抵在牆上，或者在天鵝絨布區隔出的房間之間游走。有人拉開某個房間的布幕門簾，史威尼瞥見裡頭裝著複雜的滑輪系統。她抬起頭，看到多條黑繩延伸向隔間布幕上方的天花板，聚集至一只鉤子上。

「天啊。」史威尼說著。直到音量開始變大，她才意識到自己的嘴巴在動，而話語由其中不斷滾出。

「天啊，我的天啊！」

亞曼達張大了嘴，下巴肌肉緊繃。史威尼遮著自己的眼睛，亞曼達則直挺挺地站著，伸出一隻手目瞪口呆地指著。

「我們必須馬上離開。」史威尼用力按下亞曼達的手。

「這實在太驚人了！」

「亞曼達，」史威尼拉著她的臂膀，此時有個戴著塑膠娃娃面具的男人從她們旁邊經過，走到設置在門邊轉角的迷你吧檯，「我們走，快點。」

「你們在這裡做什麼？」突然之間，史威尼眼前只看得見克勞蒂亞・弗蘭瑞。克勞蒂亞彷彿不知道從哪裡冒出的巨大黑鳥，全身綴滿閃亮黑色珠寶，擋住了她們和門之間的路徑。「誰讓你們進來的？這裡是私人住宅！出去！天啊，馬上離開！」

史威尼被推了一把，撞上亞曼達。充斥整個空間的汗水味使得空氣變得炎熱厚重，音樂聲大到她的聲音被瞬間包裹、捲走。

「這到底是什麼地方？這些人是誰？你為什麼從來沒告訴我們這件事？」

克勞蒂亞沒有回答就穿過門縫消失蹤影。史威尼立刻跟了上去，在踏上樓梯時還滑了一下，差點跌倒。亞曼達緊跟在她身後。

「你沒有得到許可，無權進來這裡，」回到空蕩死寂的酒吧裡，克勞蒂亞再次轉身看著史威尼，眼神狂野，「這間店在營業時間之外就是私人住宅，無論這裡發生什麼事都是私人活動。你這樣是擅闖民宅，你——」

亞曼達的眼睛是閉著的。她站在原地，一手摀著心口，另一隻手緊貼在唇上，彷彿想要制止自己馬上就要顫抖著嗓音說出的話。

「這是我這輩子看過最美好的事物，」她喃喃說道，「愉悅俱樂部。居然是一間祕密的愉悅俱樂部。史威尼，我以甘道夫的鬍子發誓，我永遠想不到會是這種答案。真的，給我一百年也想不到。」

克勞蒂亞召來警衛，一邊斥責一邊拖著他朝兩人走去。

「把她們趕出去！」克勞蒂亞尖聲大叫，然後和警衛一起推著那兩個女人，匆匆忙忙將她們推出酒吧門外，「把她們趕走！快點！快點啊」

史威尼站在叫蛙的門廊上，看著輕巧的雨滴急促拍打著紫藤花。雨水敲在葉片上，令它們跳起舞。她站在這裡看著雨滴落下，腦中有那麼一瞬間沒去想剛剛在祕密地窖裡看到的場面，不過那景象很快就又出現在她腦海。抹了油的光滑肉體。粗糙手掌拉下花紋複雜的蕾絲內衣。蠟燭。布簾被打開，暴露出絨布房間內那群坐在扶手椅上的人，還有以鉻合金和黑色橡膠組成她所叫不出名字的性愛道具。那個房間裡的都是男人，臉上戴著奇幻色彩濃重的面具，他們的身體被侷促地擠進乳膠連身衣裡緊緊束縛，而乳膠衣外掛著兩顆巨大渾圓的乳房。史威尼看著亞曼達脫下高跟鞋，準備再次跨上腳踏車。

「愉悅俱樂部到底是什麼鬼東西？」史威尼問。

「你以前沒看過嗎？」

「在霍洛威海灘沒有，」她嘆氣，「我們那裡連情趣用品店都沒有。」

「怎麼說，每個愉悅俱樂部其實都不太一樣，有些只會著重在特定癖好，」亞曼達伸出一隻手，感受著雨水滴在掌心，「不過從剛才的景象來看，這一座愉悅俱樂部的目標是為了滿足各種不同需求。愉悅俱樂部吸引人是因為能夠提供安全、有趣、不帶批判眼光的環境，讓你可以和其他擁有類似愛好的人一起探索自己的性傾向、性癖或其他類似的東西。」

她走下門廊，往腳踏車的方向而去，再次把鞋子倒掛在手把上。雨勢漸漸放緩。

「你可以在裡頭玩綑縛、主奴、角色扮演、疼痛虐待或者交換伴侶。有時候愉悅俱樂部還會提供食物，包括酒吧或藥物，」亞曼達說，「你可以去那裡看別人做愛或下場參與，也可以只是放下防備去和朋友見面。那些戴面具的是變裝者，他們會穿上女性假體緊身衣——稱為皮膚——讓自己看起來像是真人大小的娃娃。你只要繳交會員費用給愉悅俱樂部的主辦方，他們就會定期舉辦這類聚會，相對來說是比較安全的環境……如果你喜歡他們在做的事的話。」

「真不敢相信你居然對這些東西這麼熟。」史威尼說。

「以前在懲教中心時一個女的跟我說的，」她說，「她和她老公以前會上網認識情侶，然後邀請他們到家裡交換伴侶。有一次他們約了一個男的來家裡，對方卻沒照約定好的那樣把另一半帶來，算是犯了大忌，結果把她老公惹火了。我猜他可能真的很期待要交換彼此的老婆吧。」

「後來發生什麼事？」

「他們虐待他，還考慮要把人殺掉，不過那個男的從屋子後面窗戶逃走了。我認識的女生的叫埃絲達，她說她其實不想那麼做，但是她老公很堅持。她被判了二十年。如果他們一開始就去愉悅俱樂部的話其實就能避免發生這種事，只是她老公不喜歡太多人的地方。」

史威尼看著亞曼達跨上腳踏車，赤裸的腳趾蜷曲在鐵製踏板邊緣。

「我要回家了，」她舉起一隻手和史威尼擊掌，然後踩著踏板離去，「今天晚上對我來說已經夠刺激了。哇嗚！」

「我這幾天一直在擬定攻擊計畫。」尚恩這麼說。我可以聽見他聲音裡的怒意和挫敗感，電話那頭傳來的每一個咬字發音全都清脆、精準到沒有必要的程度。「我們等今天晚上節目播出，然後就提出告訴。訴狀已經寫好，隨時可以送出。」

我站在叫蛙附近路邊的草地上，沐浴在朝陽中。我那雜亂不清、長滿尖刺的私人生活再次打斷了我對這起案件的調查，無情的藤蔓纏上我的腳踝，試圖將我拖回去。

「我們不能現在就提告訴，直接阻止他們播出嗎？」我問尚恩。

「那樣沒有用，泰德，現階段沒辦法這樣做。」

「所以節目一定會播出，也一定會造成傷害就是了。」

「之前《生命故事》團隊的某個人向其他媒體洩露說出現了對你的新指控，傷害早在那個當下就造成了。不用擔心，我們一定會找出是誰做的。泰德，我們會把他們全部拉下來。他媽的愛瑞卡・路瑟，他媽的三號電視網，還有他媽的梅蘭妮・史賓費爾德。」審判結束之後我第一次聽他罵這麼多髒話。平常的他是個溫文儒雅、說話謹慎的人。

「我們知道有沒有人聯絡過梅蘭妮・史賓費爾德了嗎？」

「不知道，不過我已經要求《生命故事》給出她的那次訪問了，我要求看到完整的文字稿。你受訪時看到的那個片段很顯然只是他們放出來的鉤子，目的是要吸引觀眾去看另一場完整的專訪，而且他們已經完成那場訪問了。」

「現在發生這種事，那個妹妹到底在幹嘛？埃莉絲人在哪裡？」

「沒人知道。她人間蒸發了，完全不接電話。」

「等你拿到訪問稿後，我想馬上看到，」我說，「尚恩，我真的不懂他們怎麼能做出這種事，那些指控都不是真的。《生命故事》不是應該先去求證梅蘭妮的說法嗎？難道他們不知道我們會立刻提告嗎？」

他嘆了口氣，然後深深吸氣，開始用一般人應該能聽懂的方式向我解釋這一切。嚴格來說，《生命故事》的製作人不需要證實梅蘭妮的指控完全為真，他們只需要確保自己的呈現方式看起來不像在聲稱這些事情確實發生過即可。他們會說自己只是在報導這個指控，而沒有說指控一定是真的。如果我們想要告贏節目和電視網，就必須證明他們播出指控的這個行為實際上協助損害了我的名譽。無庸置疑的是，他們一定會辯稱以我現在的處境根本沒有可以損害的名譽可言，而且就算《生命故事》最後輸掉了對我的訴訟且被判處必須支付賠償金，對他們來說這也是值得冒險的選擇。全澳洲都會收看梅蘭妮和我的專訪，並讓他們打敗同時段播出的任何其他節目。

真正該擔心訴訟的是梅蘭妮，我猜她應該沒有《生命故事》那樣的法律資源和財力。在我提出誹謗控訴後，她如果要為自己辯護就必須證明之前所說都是事實，如果是真的就不算誹謗。但是我怎麼可能證明她所說的那些事情沒有發生過呢？她說的那段日子已經過去二十年。在她家度過的那些朦朧夏日午後，因為第一次擁有「女朋友」而對這項責任感到極度不安和恐懼。我要怎麼證明自己沒有猥褻她妹妹呢？她真的說我摸了她哪裡嗎？我聽著肖恩焦慮的保證，感覺腦袋裡的壓力越來越大。

這整件事沒有道理可言。她為什麼會這樣對我呢？我知道金錢可能是動機。梅蘭妮有可能從《生命故事》的採訪中獲得大筆報酬，也許高達幾十萬，就像我拿的訪問費一樣。但是我決定拿錢並接受採訪是因為我知道這麼做不會傷害到任何人，最有可能受傷的只有我自己。所以梅蘭妮把我推向狼口就只是為了錢嗎？現在她們姊妹倆人間蒸發，根本無從求證。當她們決定要做出指控時，想必已經準備好向警方和我的律師提供證據。所以警方現在正準備對我提起告訴嗎？我會被逮捕嗎？梅蘭妮怎麼會覺得她有辦法在全國性的時事節目中說謊，又不必為自己說的話辯護呢？

宿醉後的尖刻頭痛在眼球後方劇烈搏動，我已經聽不懂尚恩在說什麼了。

「我說的是一大筆錢，泰德，」尚恩說，「太亂七八糟了。根本就是胡扯。」

「我們看她出現的時候會說什麼吧，」我在掛斷電話前說道，「她遲早得出來說話。」

亞曼達要我去找叫蛙後面那幾戶人家問話，看能收集到什麼資訊。她只說其中一戶住著一個「可怕的獨居女子」，不願意和她說話，而另一間裡有一隻想吃她的狗。我從中間那棟房子開始，但發現大門緊閉，似乎沒人在家。我沿著路走到最北邊那一戶，估計離叫蛙後門有半公里遠，到達時已經滿身大汗。亞曼達口中那隻可怕的食人狗確實存在，不過狗的主人萊拉——一個穿著瑜伽褲和運動內衣的年輕女子——把那隻野獸拖進臥室並鎖在裡面，讓我能夠進到屋內。

「那實在很令人難過，」她蹲下去捲起地板上的瑜伽墊，聲音輕盈迅速，「我在報紙上看到那兩個孩子的事。呃，不是孩子，是年輕人。兩個年輕人」

她突然顯得不太自在，舉手撥弄著被汗水打濕的頭髮，遮住自己的眼睛。我有種感覺她知道我是誰，所以才覺得自己提到「孩子」兩個字是個錯誤。剛才在門口時我說自己叫柯林斯，其實不是多高明的偽裝。本地報紙很可能已經聽說我和亞曼達參與調查工作的事，並登出短稿把我的過往背景爬梳了一次。

「你要喝咖啡或其他東西嗎？我有一包很好喝的抹茶，會讓你從此對抹茶改觀。」

狗抓著臥室的門。

「沒關係，不用麻煩，我不會待太久，」我照著她的手勢在廚房工作檯旁的椅子上坐下，「我知道我的同事亞曼達之前已經問過你在命案發生那晚有沒有聽到什麼，我只是想再進一步瞭解一下。」

我問了一些比較籠統的問題，包括她的生活以及她過去和叫蛙酒吧的互動。她提到那個地方時的態度不僅尖銳且帶著惱怒。她不喜歡那些在雨林和酒吧之間來回穿梭的醉漢，常常在她家後院圍籬外留下成堆的垃圾，而且酒吧只要一到星期六晚上就會變得很吵。她曾經去過一次叫蛙，覺得那裡太髒，不合她的口味。我只在命案後那天早上去過叫蛙一次，當時店裡塵土飛揚、破爛粗獷，而萊拉的房子則完全相反。她的廚房檯面上幾乎是空的，只擺著那台看起來精密複雜的抹茶機，和幾個蛋杯大小的多肉植物盆栽。冰箱上黏著一個亮面磁鐵，上面寫著：沒有挑戰，沒有改變。

萊拉坐在工作台另一邊的高腳椅上，全身僵硬，雙手緊緊抓著檯面。她一一聽了我的提問後給出回答，神情緊張得像是在接受工作面試。

「我在屋子後面那裡找到過針筒，」她的嘴唇因為厭惡而捲起，「我當時帶麥金利沿著溪邊散步，然後就在地上看到，蓋子都掉了。我聽說吸毒的人都會在那個地方出沒，可能還有毒品交易。」

「是喔，」我擺出擔心的樣子，「不過針筒可能從溪裡沖上來的，這種事也很難說。而且我們還沒找到證據證明有人會在酒吧裡交易毒品。」

「那樣真的太危險，」她冷淡地說，「我討厭那些吸毒的毒蟲，他們大可以去浪費自己的生命，但是不應該來浪費我的。我有可能會踩到針頭，染上各種莫名其妙的病，我的狗也可能踩到，而且要是有小孩跑到那裡玩——」

她突然意識到自己說了什麼。她看著我，雙眼圓睜。

她再次犯下了所謂的「錯誤」。

「那個……」我感覺自己的臉逐漸發燙，差點要說不出話來，「沒關係的，萊拉。」

「抱歉，」她舉起手摀著嘴，「我不是故意的——」

「我明白，」我露出微笑，「你一定覺得很不自在。」

「非常尷尬，」她鬆了一口氣，向前傾身，「我不知道你怎麼有辦法忍受這種事。那就像被一頭大象緊緊跟著，無論走到哪裡都甩不掉！也像是遇到臉上有巨大疤痕的人，讓人不曉得到底是該提還是不該提。你懂我的意思嗎？我不應該再說了，講得都有點語無倫次，可是我真的替你感到很難過。前幾天我還不曉得亞曼達是誰，否則她來問問題的時候我可能也會有同樣的感覺。她殺過人——那樣更糟糕，不是嗎？」

我不知該如何回應。

「不過就是因為這樣你們才會一起行動，對吧？」她皺著眉說，「人多安全。無論走到哪裡大家都會知道你是誰、發生了什麼事。我的意思是沒發生什麼事！喔，對不起。」

我闔上筆記本並起身。「謝謝你的時間，萊拉。如果有其他發現的話我會和你聯絡。」我試著擺出笑容並往門口走去。她送我離開，一路都低著頭，滿臉羞愧。

我站在路上，抬頭看著樹冠，試著調整呼吸。我答應過自己，今天的目標只有一個，那就是專心處理我受雇調查的案件，別被自己的過去影響。不要讓其他人因為我臉上那道巨大的疤痕而分心，不要讓他們糾結於該不該提起那道疤痕。我拖著沉重的步伐走到中間那戶人家，再次敲門，但還是沒有人在。當我到達最遠的那棟房子時整個人已經筋疲力盡。屋子的外表頹圮，扭曲的鐵皮屋頂在白天的熱浪中發出劈啪聲響。

我朝前門走去，靠近時見到某個棕色毛絨絨的東西迅速竄進高聳的草叢中。屋內傳來響亮的電視聲，我敲了敲門，電視立刻被關掉，一個女人前來應門。她的身材圓潤，身上穿的粉紅色棉質睡衣點綴黑色小花圖案。她沉默地看了我幾秒鐘，扯著已經被拉長的衣領，露出肉乎乎的上胸。

「噢，抱歉，」我低頭看著她赤裸的腳，「現在是不是不太方便說話？」

「不會，」她微笑著說，露出泛黃的牙齒，「請進。」

我愣了一下，感覺自己正在失去對這場對話的掌控權，無法維持秩序。我瞥向馬路的方向。

「我呃——我叫泰德．柯林斯，我正在調查——」

「快進來！我倒杯飲料給你！」

一個證人滿腦子只想到我是誰，另一個則根本不在乎我的身分。我覺得自己好像童話故事裡挨家挨戶敲門的大野狼，時而威嚇，時而友善，試圖揭開祕密，解開所有謎語。

我進入屋內，繞過走廊上那堆潮濕的報紙，態度謹慎地來到凌亂的客廳。我沒辦法確定剛才在播放節目的是哪台電視，四台木質貼皮的老式電視堆成一座高塔，擋在被羊皮毛毯覆蓋的窗戶前。這裡有一張覆蓋著被子的扶手椅，一支螞蟻大軍正在椅子前的矮桌上緩慢拆解一堆黃色玉米片。不到幾秒鐘我便汗流浹背。所有的窗戶上都蓋著毯子，整個屋內彷彿有個高溫泡泡在天花板下方不斷擴大。

那女人走到冰箱前，用已經刮花的塑膠玻璃杯倒了一杯巧克力牛奶。我接過杯子並道謝，但不願意有更進一步的動作。她轉身坐回自己的扶手椅上，而我則僵硬地站在客廳入口。這裡似乎沒有地方可以讓客人坐下，除非來客願意推開眾多低矮邊桌上的動物填充玩偶，或者坐在一堆縫紉雜誌上面。

「我在想——」

「想坐的話可以坐。」她指著我腳邊的地毯。我回頭望向通往前門的短小走廊，試圖判斷該怎麼擺脫這場不小心踩中的流沙陷阱。

「這棟房子後面的酒吧發生了命案，你應該知道吧？」我問，「前幾天晚上那裡發生了槍擊案，我相信警察之前來找你問過話，不過據我所知你其實……呃……你其實不太願意說話。」

「你有女朋友嗎？」女人問。我避開視線相交，注意到轉角的地板上有一疊信封，上頭的收件人全都是孟娜．沃格林小姐。

「請問你是沃格林小姐，沒錯吧？」我問，「請問槍擊案那天晚上你人在家嗎？」

「我很少出門。」她開朗地說著，然後從爬滿螞蟻的洋芋片盆旁邊拿起其中一支遙控器。遙控器總共有五支。我四處張望找著第五台電視，彷彿在找丟失的那塊拼圖。「我沒有男朋友，如果有的話就會出去約會。我們可以一起牽手去看電影。」

我判斷自己沒有向孟娜問話的能力。我走向廚房入口，把手上那杯巧克力牛奶放在水槽邊緣。

「孟娜，」我說，「我和人約了碰面已經遲到，所以必須要離開了。不過我之後會請另一位警官過來，希望到時候你願意——」

槍枝零件碰撞發出的喀嗒聲。我僵住了，手裡握著杯子，半邊身體在客廳，半邊身體在骯髒廚房的門檻上。那個聲音不容誤認，但在我現時所處的荒誕環境中卻顯得不合邏輯。我試圖說服自己孟娜只是打開了電視。水槽裡的螞蟻開始爬上杯子，並朝我的手指靠近。我放開杯子，慢慢轉身，看到孟娜正用槍指著我。那是一把巨大的鍍鉻麥格農左輪手槍，我猜是沙漠之鷹，但是說真的我根本不敢直視，恐懼迅速而沉重地壓在我的胸口。孟娜伸出鬆弛的手臂，像個熟練的槍手一樣用槍指向我。「砰，砰！」她笑了。我被這句話嚇了一跳，汗水在襯衫底下淌流，讓布料黏到了背上。

「孟娜，」我輕聲說，「那裡面有子彈嗎？」

她的另一隻手裡還拿著遙控器，臉上帶著平靜而愉快的表情，沒轉頭就將電視打開。我有點期待螢幕上會出現《緊急追捕令》中「你覺得自己有那麼幸運嗎？」的那一幕，但是此時只跑出某個禿頭胖男人在播報經濟預測。孟娜放下遙控器，從扶手椅另一邊我看不見的桌上拿起另一把左輪手槍，這次是一把短管的史密斯威森。她拉下擊錘，將兩把槍都指向我。

「孟娜——」我顫抖著開口，腦中飛快閃過各種念頭。這不是我這禮拜第一次有這種反應了，腦子裡拚命想著如果我被謀殺的話後續調查會長什麼樣子，這個女人會不會被起訴，凱莉會不會來參加我的葬禮。「請把槍放下。」

「你看。」她說。我準備接受子彈衝擊，也許會擊中腹部或胸部，穿透骨頭和內臟。但是那都沒有發生，因為槍管突然開始翻轉。她的舌頭夾在兩片嘴唇之間，熟練地用食指轉動兩把左輪手槍，在各轉了十來圈後，同時將它們插進扶手椅坐墊兩側的縫隙，像是把槍收入槍套。我看著她再次快速抽出手槍，向外旋轉之後將槍口對著我，然後再次轉槍，收進想像中的槍套裡。

「很帥吧？」她問。

我點點頭。她又表演了幾次同樣的招式，每次槍口對準我時，都令我感到一陣恐懼。她擺動著身體操縱武器，油膩的頭髮在豐滿的臉頰兩側飄動。她把槍指向電視塔，假裝對著灰色玻璃中的倒影開槍。「砰，砰，砰。」

我一步一步地緩慢靠近，最終走到她旁邊，盡可能溫柔冷靜地請她把槍交給我。她照做，而我打開槍管。

兩把槍都已經上膛。

在警方搜索孟娜．沃格林的住處時，我在房子外的大太陽底下站了幾個小時，向無數警官敘述事情的發生經過；他們的階級各有不同，但是全都帶有敵意且顯得不甚自在。史威尼抵達之後聽了我的故事，並快速寫下筆記以補充錄音紀錄。孟娜已經允許警方搜查房子，所以他們不需要搜查令，不過看到員警從房子裡拿出許多透明證據袋並裝上卡車，我就開始對整個情況感到越來越不安。屋內有好幾十把槍。我可以聽見孟娜在房子裡含糊不清、支支吾吾地指引著驚訝的警官們找出一個又一個藏匿武器的地方。她有古老的步槍、鋸短槍管的霰彈槍，以及有著象牙把手的迷你精緻手槍。進出房子的警察們不斷彼此交換驚訝的眼神，似乎在想這些藏貨到底要清到什麼時候。槍枝被藏在沙發下、儲架上，甚至冷凍庫裡的肉塊後方。那些肉塊似乎已經放了好幾十年。

「前兩天我手下兩名員警來找過她，但是她什麼都沒說，也沒讓他們進去。亞曼達也說她直接把門甩在她臉上，」史威尼瞇起眼看著我，「但是你不一樣，她讓你進去了。為什麼？」

「我猜是因為她喜歡我的長相，」我不自在地說，「有跡象顯示她還少一個男朋友。」

史威尼用手抹了抹嘴，我看不出她是不是在忍住別笑。

「我們對她瞭解多少？」

「她叫孟娜．沃格林，」史威尼看著筆記本，翻過一頁，「四十七歲，到兩年前她父親去世為止都由父親照顧。我們能夠打聽到的就是這些。我猜那些槍應該都是她爸的，我們現在必須全部徹查一遍，找出槍枝的來源。」

「瞭解。」

「你覺得呢？」史威尼朝著樹林的方向望去，叫蛙就站在林子後方，「她有可能去到那邊，耍一耍花槍，然後把那兩個人斃了嗎？」

「那樣可以解釋為什麼錢會在屋頂上，」我說，「孟娜看起來既不需要錢也不想要錢。」

「但是解釋不了她說了什麼讓姬瑪和安德魯雙手抱頭趴在地上。要求目標擺出那樣動作典型的執法人員行為。」

「也許吧，」我聳聳肩，「也有可能只是我們想太多，他們只是出於本能自己趴下並做出那個動作。也許他們在電影裡看過同樣的動作。」

「嗯嗯。」史威尼點點頭。

「我粗估到目前為止我們已經從房子裡找出三十幾把槍，」我看著兩名警察試圖把麥格農擠進證物袋裡，「但是沒有任何一把是九釐米口徑。」

史威尼隸屬的總警司抵達現場，簡短和史威尼打過招呼後就晃進屋子裡，對我視若無睹。孟娜在一名矮小巡警的陪同下從前門走出來，彎下腰指著房子底下的某個東西。那名巡警看起來極為疲憊，我能體會他的痛苦。之後還有很多文書工作等著這些人。

「那個——」我猶豫著不知道該不該介入，「我有點擔心現在的情況。」

「哪個部分？」

「搜索。」

「為什麼？」史威尼抬頭看我，「她本人同意過了。」

在我建議讓警察進屋後，孟娜確實默許警方搜索家中。她很相信我說的話，畢竟我是她想像中的男朋友。

「但是她很顯然有某種精神問題，」我指向穿著粉紅色睡衣的孟娜，「辯方會聲稱她沒有同意搜索的行為能力，而你們找到的所有東西都會失去證據能力。我看過類似的事情發生。」

「喔，」史威尼的神情隱約有些尷尬，「瞭解。」

「如果你們現在真的找到了兇器，很有可能會——」

「我懂了，泰德，我懂了。」她惱怒地回答。總警司又晃了回來，史威尼像士兵一般挺直身體，嘴唇緊繃。

「我認為我們應該暫停搜索，」史威尼在總警司說話前便先開口，「沃格林小姐的行為能力有待商榷，有可能沒有能力同意搜索。剛才進去是個錯誤，我現在會下令暫停，然後盡快取得緊急搜索票。」

「沒錯，我才正要說這件事，」克拉克總警司說，「那個女人看起來已經失去理智了。我去通知裡面，你負責外面。」

史威尼點了點頭，準備走向距離我們最近的警員去傳遞消息，我滿懷愧疚地跟了上去。離開其他人能聽到的範圍後我便拉住她的手臂：「皮普，我剛才沒有要故意賣弄的意思。」

「不會，不會，」她嘆氣，「不是賣弄，你說的確實沒錯，我只是希望自己有想到這一點。我覺得現在的情況有點超過我能力範圍。」

「我還是警察的時候，幾乎每次都覺得手上的案子超過自己能力範圍，」我說，「這種感覺是警察工作的一部分。你沒問題的，皮普，現在這裡就是最需要你發揮能力的地方。」

她笑了笑，揉了揉我的手臂，繼續告知其他人停止搜索。我不知道她到底相不相信我說的話。

回家令我感到解脫。而且戴爾不在。出門之前我把鵝群從玩具屋裡放出來，現在牠們都聚集在門廊下方的遮陰處。我蹲在牠們面前，「女人」嘶嘶叫著對我打招呼。

「我今天差點被一個足不出戶的瘋子槍殺。她要起槍來像牛仔一樣，」我對她說，「你呢？你今天做了什麼？」

因為我的出現，鵝群便搖搖晃晃地從門廊下走出來，開始啄食草坪。「女人」陪著我一起走在其他鵝群後面，聽我交代叫蛙案件的最新進展。我們來到鐵絲網旁，一人一鵝並肩站了一會兒，一起觀察水面上是否有危險的跡象。當我們沒看到任何危險時，我就走回門廊上放鵝食物的小桶子旁，打開蓋子，舀起一杯穀物、乾飼料和乾草的混合物。鵝群的主食是草坪上的新鮮青草，不過這種混合飼料能讓牠們白白胖胖、開開心心，在需要快速把牠們趕回小屋或門廊上時也是很好的工具。我搖了搖杯子，除了生性不容易激動的「女人」之外，牠們全都卯足了全力朝我搖搖晃晃走來。我拿著混合飼料的杯子走回草地上，就看到戴爾・賓利從房子其中一側出現，滿身是汗，像是在炎熱的天氣中走了好一段路。

我們什麼也沒說。前一晚的緊張氣氛已經散去，但我知道兩人之間的張力隨時可能如暴風氣旋般再次膨脹。他站到我旁邊，看著我把飼料撒在草坪上，鵝群在我面前擠成一團，不斷啄食、仔細檢查草地。

「牠們有名字嗎？」他問。

「有，但不是——」我清了清喉嚨，臉上開始脹紅，「呃，因為只有我一個人住，所以我取的名字只有我自己知道是什麼意思。」

他盯著我看。

「那隻叫扁扁鳥，」我最終指著一隻鵝說，「牠們晚上擠在媽媽旁邊睡覺時，她每次都會被壓在最下面。有時候其他隻會直接疊在她身上，把她全部蓋住。」

「扁扁鳥。」戴爾說。我注意到他嘴角露出極其細微的笑意，一閃而過。我覺得這實在有夠丟臉。

「金牙包傑，」我指向另一隻鵝，「向黑幫老大金毛包傑致敬。」

「所以他會咬人？」

「輕輕的而已，」我伸出手，金牙一如往常抬起頭來咬著我的手掌側邊和手腕，輕短急促地啄著我的手指，「他每次都會這樣，但我不知道為什麼，可能他覺得這樣很舒服。」

戴爾看著那隻鵝將注意力重新放回草地，我低頭看著自己手中半滿的飼料杯。

「喏，手給我。」我伸出一隻手，戴爾看著我的手，而我靜靜等待。早上的陽光將我們的影子在身前拉長。

戴爾伸出手，攤開手掌，放在我的手上。我在他掌心倒了一點混和飼料。他蹲下，鵝群紛紛湧向他的手，因為興奮而抖動著長脖子，輪流低頭啄食他手中的飼料，個個狼吞虎嚥。

我覺得自己聽見了戴爾的笑聲。

親愛的日記，

我懷裡抱著狗走到潘妮家門前，像是要來向女王獻上寶物的粗野農夫。我還記得她在我懷裡的溫暖觸感，年幼的小狗在我胸前掙扎，一心想著探索屋前的新景象和新味道。那時的我想，她以後會有很多時間可以做這些事，我即將帶她進入她的歸屬之地，她將在此度過短暫而悲慘的一生，彷彿鉛筆圖畫中的狗被魔法化為現實。

潘妮的媽媽安卓雅來開門，而所有事情就在那幾秒鐘裡出了問題。

「我住在隔壁。」經過最初的微笑寒暄之後，我開始解釋自己的來意。白狗舔著我的耳朵。「我知道這樣說可能有點怪，不過這是我……我妹妹的狗，她叫公主，而我妹妹已經和她老公搬去英國了。我認識你女兒——她叫潘妮對吧？——我知道她想要養狗很久了，所以——」

「抱歉。」安卓雅搖著頭，彷彿聽不懂我在說什麼。她心中認為我之所以上門拜訪的理由正不斷反轉、翻覆。「我不太懂你的意思？你說你妹妹……」

「我妹妹不要這隻狗了，所以把狗硬塞給我，」我知道自己太強硬，於是笑了起來，試圖放低姿態，「她和男朋友——現在是她老公——一起搬到英國去了。」

「她還會回來嗎？」

「不會。」

「抱歉，我不知道你希望我幫你什麼。」

「喔，我知道你女兒很想養狗。」

「你怎麼會認識我女兒？」安卓雅有了戒心，雙唇開始變得僵硬。現況發展和計畫中的不太一樣，我可以感覺脖子和肩膀上的肌肉變得越來越緊繃。我將狗扔到腳邊，力道也許太大了一點。

「我們會隔著籬笆聊天，」我指著房子後面說，「我叫凱文，是你們隔壁的鄰居。」

「嗯，凱文，我不太確定能幫上什麼忙，」安卓雅垂下視線看了一眼公主，目光冷淡，一個沒有靈魂的賤女人，「我們家沒辦法養狗。我要工作，白天也沒有人可以幫忙照顧，而且潘妮年紀還太小——」

「潘妮很有責任感，」我猛然說道，「她已經很成熟了。」

「或許吧，」安卓雅的態度逐漸謹慎，看著我的眼神像是在看街上的神經病，一片死寂和警戒，「不過潘妮也不會養狗，無論是這隻或是其他隻狗都一樣。如果你妹妹真的這麼不負責任，把狗丟給你之後就跑掉，我建議你把狗留下來自己養，不然就帶去收容所。」

公主試圖去聞門旁邊的花叢，拉得牽繩一陣緊繃。我將她扯回腳邊，令她叫了一聲。安卓雅朝門內退後一步，緊緊抓著門框。

「你不覺得，」我放慢說話的速度，「好好去聽潘妮想要什麼是很重要的事嗎？她想養狗，而這隻就是她夢想中最完美的狗。養狗沒那麼難，就是餵牠吃東西，然後撿牠的大便，只要這樣就能為潘妮帶來他媽的快樂。連這都做不到，你算哪門子媽媽？」

安卓雅渾身僵硬。我太過分了。我感覺汗珠從太陽穴汩汩冒出。我需要在一切失去控制之前挽救局勢。在我失去控制之前。

「對不起，」我用襯衫領子擦著汗，「真的很對不起，我只是——」

「把狗帶去收容所，」安卓雅說，「以後不要再跟我女兒說話。」

她將門甩在我臉上。

在紅湖警察局的偵訊室裡，克勞蒂亞．弗蘭瑞調整了一下自己的坐姿，然後嘆了口氣，濕漉漉的眼睛輕蔑地掃視白牆上的每一處刮痕和汙漬。史威尼不懂為什麼這個房間會讓這位珠光寶氣的老太太如此厭惡。她還記得叫蛙地下室裡混合了燃燒燭油和人類汗水的酸臭味，偶爾還間雜明顯的凡士林氣味。她不禁想像當燈光亮起時，微弱燭光無法照耀的黑暗中掩蓋了哪些汙漬和痕跡。

亞曼達在偵訊室門外和總警司講了好一會兒話才離開。這場突如其來的對話氣氛極其友善，不過顯然只是單方面的。當年亞曼達犯下殺人案時總警司戴米恩．克拉克確實已經在當警察，他明確告訴史威尼，希望盡快讓這位活潑的私人偵探離開警局。史威尼本來以為總警司發現她與私人偵探合作後，會把她拉進辦公室狠狠訓斥一頓，並堅決要求亞曼達完全退出調查，不過事實顯然並非如此，至少目前還不是。這個男人面容嚴肅、語氣溫和，也許他瞭解身為警局內唯一偵查職務督察的史威尼在此時會感到孤獨與害怕，所以才像父親容忍孩子的壞朋友那樣，以最低限度的禮貌撥開喋喋不休的亞曼達，然後氣呼呼地走回辦公室，甩上玻璃門，留下她們兩個去偵訊酒吧老闆。

亞曼達像被迷住的小孩那樣看著史威尼準備錄音設備。當史威尼自我介紹為偵查督察時，亞曼達用肩膀輕輕撞了她一下表示祝賀，這個舉動徹底抹消了史威尼剛才營造出的任何正式氣氛。史威尼拿起筆，在紀錄表頂部寫下克勞蒂亞．弗蘭瑞的名字。

「弗蘭瑞小姐，」史威尼說，「我有義務告知你，警方依據我和法瑞爾小姐昨晚目睹的情況，打算對你提出一系列指控。」

克勞蒂亞打了個哈欠。

「第一項指控是對警方說謊，」史威尼堅持住態度，聲音開始變得嚴厲，「你告訴我們你所擁有的店家『叫蛙』昨天晚上不會營業，這並非事實。此前你也都沒有提到有大型地下室與酒吧相連，妨礙了我們的鑑識人員將其納入犯罪現場的蒐證範圍。」

「從來沒有人問過我地下室的事，」克勞蒂亞翻了翻白眼，「如果你們那麼想要搜那個地方，大可以告訴我那裡也是犯罪現場的一部分。」

「我們根本不曉得地下室的存在！」史威尼說。

「這樣看來應該是你們要有人看一下建築平面圖，確保警方沒有漏掉任何地方才對，」克勞蒂亞嘲諷地說，「負責調查的人到底是誰呀？」

「史威尼！」亞曼達伸手指著，「負責人是你！是你！」

史威尼在桌子下踢了亞曼達的脛骨一腳。

「現在我們懷疑，昨天早上灑水系統開啟導致犯罪現場被破壞一事並非意外，」史威尼繼續說，「弗蘭瑞小姐，我要在此向你指出，你現在涉嫌為了籌辦昨天晚上的活動而故意破壞犯罪現場。」

「『我在此向你指出』[10]，」亞曼達閉上眼睛，嘆了口氣，彷彿想到一首心愛的老歌，「就等著你說這句話呢，我好愛警察說這句話的樣子。」

「公然欺騙警方且遺漏特定資訊，」史威尼瞪了亞曼達一眼，繼續說道，「竄改犯罪現場，試圖妨礙

10 原文「I put it to you」是常見於警察偵訊的法律用語，用意是明確指出案情或者指控內容，給予對方辯駁機會，維持程序公正。算是比較老派的用語。

司法公——」

「我明白你的意思了，史威尼偵查督察。」克勞蒂亞無聊地嘆了口氣。

「接著還有毒品相關的指控，」史威尼說，「亞曼達和我在那間地下室裡親眼看到有人使用非法藥物，只要我們對店裡展開搜查，肯定會在現場找到毒品存在的證據。除此之外，我相信你在這些活動上提供毒品所獲取的相關收入，應該都沒有列進你的所得稅申報單裡。」

「警探小姐，」克勞蒂亞將一隻枯槁的手意味深長地放在史威尼手上，「反正這些指控都不會成立，你要不要跳過虛張聲勢，直接問你想問的問題？」

史威尼在位子上挪動了一下，眼光朝亞曼達投去，覺得私家偵探也許知道任何她不曉得的資訊，但是亞曼達正專注地看著自己破損的黑色指甲油。

「這話是什麼意思？」

克勞蒂亞的胸口長滿雀斑，她將手收回，撥弄著胸前那顆巨大的紅寶石墜飾。「你們昨天晚上看到的是一場籌備完善且非常受歡迎的聚會。這樣獨一無二的聚會是專門為特殊貴賓籌劃的，他們為了參加獨特品味的活動願意付出頂級費用。」

「『籌備完善』，」亞曼達模仿著桌子對面的女人，以磁性的低沉嗓音吟誦起來，「『特殊貴賓』、『頂級費用』、『獨特品味』。我喜歡你說話的方式，小亞亞。你應該去做廣告行銷的。」

「我的客戶都不希望店裡舉辦的活動被公開，而我會幫他們保守祕密，」克勞蒂亞說，「我的客戶來自北領地各地，有時候甚至有人專程從澳洲的另外一端前來，他們全都有自己的不同要求，而我會盡我所能去滿足他們。有些人想喝人血，或者想在親密行為中被其他人割傷、剃光毛髮、燒傷，在這整個州裡只有一個地方能讓你在安全、隱密、專業的環境下獲得這些體驗。」

「我不覺得我需要知道這些。」史威尼皺起臉來。

「去年有個人來找我，說想要體驗被吃掉的感覺。當然了，不是全部，只是某一部分。我不碰謀殺，不過還是幫這位客戶找到了一名夥伴，後來他們兩個在某場派對中一起離開，一起享受了那項體驗。」

「人肉算紅肉還是白肉？」亞曼達問。

「弗蘭瑞小姐，請你不要偏離重點！」史威尼厲聲說道，「已經有兩個人在你的店裡被殺了，而現在你還完全坦承自己利用那個地方去滿足各種邪惡扭曲的嗜好。」

「邪惡扭曲的嗜好！」克勞蒂亞張開雙手手掌往桌上一拍，彷彿準備迎接即將來臨的地震，「這是我這麼久以來聽過最無知的話了。」

「我不知道這樣算不算無知，不過肯定非常政治不正確，」亞曼達推了史威尼一下，在她臉前搖著食指，「如果雙方自願的話，他們要喝彼此的血也無所謂。沒有人強迫你要去看。」

「昨天晚上就是你強迫我去看的，」史威尼伸手擋住旁邊的麥克風，壓低了聲音生氣地說著，「我們根本不曉得會遇到什麼情況，什麼事情都有可能發生。」

「我們的確什麼都看到了，不是嗎？」亞曼達露出微笑，「不該看的也都看到了！」

史威尼放開麥克風。「克勞蒂亞．弗蘭瑞，你是否為了提供性愛或者……體驗式服務，而安排某人在你的酒吧裡謀殺那兩個年輕人？」

「我沒有。」

「對於這兩名年輕人為什麼在你的店裡遭到殺害，你是否有任何相關資訊沒有告訴警方？」

「沒有。」

「你是否安排了整起事件，並讓付你錢的人將案件偽裝成搶案？你是否要求他們將酒吧營收丟到屋頂上以便你稍後取回？你是否開啟了酒吧的灑水系統，試圖以此竄改犯罪證據並破壞犯罪現場？」

「沒有，都沒有，」克勞蒂亞．弗蘭瑞將穿著一隻晶光閃閃布料的手臂掛在椅背上，「史威尼偵查督察，既然你已經聽到我說沒有做這些事，就請你不要再鑽牛角尖了。我向你保證，這些就是你能得到的答案，在這一點上繼續撞破頭也只會削弱你那生氣蓬勃的靈魂。」

「你到底在說什麼？」史威尼再次看了亞曼達一眼，「弗蘭瑞小姐，你現在面臨非常嚴重的指控，你必須——」

偵訊室門上的玻璃窗傳來敲擊聲。亞曼達突然在位子上抖了一下，彷彿被螫到似的。敲門的是克拉克總警司，他捲了捲手指，示意皮普來到走廊上。

直到偵訊室的門在史威尼身後關上，身形高大、衣著整齊高雅的總警司才開口說話。他的語氣輕柔平靜，充滿敬意。

「請你去感謝弗蘭瑞小姐撥空前來，然後送她離開，」他說，「幫她叫車並給她交通卷。」

「什麼？」

「你聽到了。結束偵訊，送她離開。」

「為什麼？」

「因為我剛才接到了州長辦公室的電話，這就是為什麼。」他說。兩名警察定定看著對方。在一陣噁心感中，克勞蒂亞的話突然在史威尼耳邊響起。

這樣獨一無二的聚會是專門為特殊貴賓籌劃的……

「喔，我的天啊。」史威尼轉身踢向偵訊室門口旁邊的牆壁。為了克制住尖叫，這是她唯一能做的事。「你現在是認真的嗎？真的要這樣做嗎？我現在在調查誰殺了那兩個孩子，才不管是誰去了那些詭異的地下性愛派對或是他們的地位到底有多他媽的重要！」

「不管怎樣，這些重要人物都已經得知他們『詭異地下性愛派對』的女主人正在被警方偵訊，如果我們不立刻停止的話會引起他們極大的恐慌，」克拉克總警司輕聲細語地說著，聲音低沉、嚴厲，彷彿蛇的嘶嘶聲，「我不想要只是因為你沒有其他線索，我就必須整天坐在這裡接各界行政官員、名人還有他媽的政治人物的電話，不斷向他們保證他們骯髒的小祕密不會成為明天報紙的頭條。」

「我還有其他線索！」

「很好，那就放棄這條，去調查其他的。」

克拉克總警司用力拉開偵訊室的門。

「用大蒜和橄欖油嗎？」亞曼達整個人靠在桌上，目瞪口呆地張著嘴，已經完全陷入和克勞蒂亞・弗蘭瑞的八卦閒聊之中，「你有吃到嗎？那是什麼味道？」

「亞曼達，出去，」史威尼用拇指戳了戳門的方向，失敗感讓她感覺四肢重得像鉛條，「弗蘭瑞小姐，你也是。」

我出門的時候戴爾正坐在灑滿陽光的門廊上，動也不動地盯著他家那一帶被定罪的性侵犯名單。他緩慢翻頁，目光在那些人的臉上游走。放他一個人這麼做似乎是很危險的決定。他對自己所住區域內有這麼多登記在案的性侵犯感到震驚；雖然在克萊兒被綁架地點的五十公里範圍內總共列出的二十一人中，只有兩個人的罪名是性侵兒童，但是我不認為這一點能緩解戴爾心中的衝擊感。在強姦或猥褻成年女性的男性罪犯名單裡，受害者通常是他們的妻子或熟人，但有一例是犯人猥褻了自己工作療養院裡的女性。名單裡還有一名女性性侵犯，是因為性侵青少年而被定罪的教師。剩下其他人的罪名則都和兒童色情影像有關。

我看著戴爾翻閱那份清單好一會兒，知道他的腦子裡現在正充滿了各種黑暗的念頭。第一次得知文明社會中有這麼多性犯罪者是一種巨大的震驚。輪姦和強暴兒童事件會上全國新聞，但是某個男人在居家派對後酒後性侵鄰居卻不會。得知這些罪犯的存在是第一層衝擊，而更令人震驚的是，其中某些人在服完刑後仍能過著相對普通的生活，在當地商店工作、與朋友在門廊上喝咖啡、送孩子上學。

我想著該向戴爾解釋名單上的某些罪犯可以追溯到幾十年前，而且不一定每個都是真的。但我隨即想到，如果有一個我無法完全確定是否強姦我女兒的人，試圖向我解釋這個世界沒有那麼糟糕會是什麼感覺，於是便放棄了這個話題。我試圖向他提起我受到的新指控，但是他連頭都不抬，只是繼續看著那份文件。

「我想知道你對這些資料有什麼感覺，」我努力找到合適的語氣，「你不可能什麼感覺都沒有。」

「我很努力在解決我女兒的案子，」他說，「我這麼做是為了克萊兒，是為了找出傷害她的那個男人，暫時沒辦法去注意其他事情。」

「所以你只是在利用我。」我說。

「對，」他看了我一眼，「你覺得我真的在乎你這個人的本性怎樣嗎？」

「呃……」

「不然你覺得會怎麼樣？」他問，「難道我發現你是清白的之後我們就會變成好朋友嗎？一起上酒吧喝酒、吃炸肉餅？一起看比賽？」

「不是。」

「我們查出事情真相的那天就會是我們最後一次見面的日子，搞不好也會是你最後一次看到這個世界的日子。」

「什麼意思？」

「你覺得是什麼意思？」

我渾身不自在地站在原地，看著他慢慢翻閱性侵犯名單、逐行閱讀、仔細查看所有細節。我的胃裡一陣糾結，只能調頭離開，去車子裡打電話。

我只等了兩聲，就聽到薇兒．格拉特醫生接起她辦公室的電話。

「我正好也要打給你。」她說。

「喔，真的嗎？為什麼？」

「沒關係，你先說，不然一件事懸在那裡沒搞清楚會讓我很煩。」我聽見吐氣聲，腦中浮現她吐出香菸霧氣的畫面。這位法醫抽起菸來像是俄羅斯老黑幫。

「我遇到了一點麻煩，需要有個朋友聽我抱怨一下。」我告訴她戴爾・賓利現在賴在我家不走，還有剛才他隨口丟出的死亡威脅。

「亞曼達知道他在這裡，」我說，「但我覺得應該還要有人知道他現在黏著我不走。我也不知道，就是以防萬一……」

「以防他對你做了什麼。」薇兒說。

「他已經有幾次差點成功了。」

「嗯，我會把這件事記下來，」她說著，我聽見紙張互相摩擦的聲音，還有應該是原子筆按鈕的聲音，「我現在就把這件事寫進日誌本裡。泰德・康卡菲……被殺……等於戴爾……賓利……我還在旁邊多畫了一把小刀。」

「謝了。」我說。

「你現在在車上嗎？」

「對。」

「來凱恩斯一趟，」她說，「我本來是要打給你跟你說，被殺的那個男孩子的女朋友現在正要到醫院來，她要求看屍體。」

「喔？」

「對，我也覺得奇怪，」薇兒說，「我想你應該會想在旁邊觀察。」

「我現在就過去。」我說。

「反應不要太大。」我走進法醫辦公室時這麼說著，身形瘦小的薇兒．格拉特從雜亂的工作台轉過身來歡迎我。薇兒很早就成為我支持者。我和亞曼達在調查兩人合作的第一起案件時，我第一次來到薇兒的辦公室尋找有關的資訊，意外和她成了朋友。當時我才剛獲釋，還不習慣在公共場合被認出來，她卻拉著我坐下，毫不掩飾地告訴我她知道我是誰並且不相信我有罪。從那之後她便成為我害怕或壓力大時的好聽眾，是讓我測試案情推論的可靠對象，當然，也是我外出時的優秀鵝保姆。

「哦，天啊，」她嘆了口氣，注意到我臉上熊貓眼的痕跡和縫線，「你沒告訴我你真的和那個人打起來了。」

我開始進入安撫模式，像是打了架的男孩那樣安撫擔心的母親。她讓我坐下，用結實的手勁檢查我裂開的肋骨，並用小手電筒檢查我的眼睛。自從我被起訴以來，薇兒是我唯一感到安心的醫療照顧者。她撅著嘴，若有所思地檢查著亞曼達幫我縫的傷口。

「你知道嗎，其實縫得沒那麼糟，」她後退一步看著我的臉，「如果不是因為擔心她在這裡會過得太快樂的話，我還真的會請她來當助手。」

「你可以幫我拆掉嗎？」我摸著縫線。

「再過兩天吧。」

「會留疤嗎？」

「噢，會有一道非常粗糙的疤痕，」她露出笑容，「不過你也知道，大家都說『女人喜歡有疤的男人』。」

她用力拍了拍我的肩膀，彷彿為自己成年的兒子有多堅固感到驕傲。

「那個年輕女孩想要看死去的男友最後一眼，這有什麼奇怪的？反正你也是要看過遺體才能結案不是嗎？」

「她的語氣怪怪的，」薇兒說，「所以我想還是小心為上，找個第三人在場以防萬一。我的寶貝鵝最近怎樣？」

「都很好，」我說，「等之後有時間，我會繼續修整牠們的家。」

「那得等你把鬼從自己家裡趕出去了。」她說。

「嗯嗯。」

「你不在的時候，牠們和賓利先生待在一起安全嗎？」

「他似乎不介意牠們的存在。」我說。我試圖解釋和那個人住在一起是什麼感覺，他可以前一分鐘還願意把手放在我的手上，下一分鐘卻威脅著要殺了我。薇兒一手放在鋼製的解剖台上，歪著屁股，擔心地看著我。

「你什麼時候要下去雪梨？」她問。

「我想在今天下午出發，」我說，「節目播出的時候，我不想待在其他人預期我會在的地方。」

我告訴薇兒我必須回雪梨對梅蘭妮．史賓費爾德的指控做出正式筆錄，且因為無法留下來繼續與亞曼達和史威尼調查案件而感到內疚。今晚七點整的《生命故事》將會播出我的專訪，包括提到我和梅蘭妮八歲妹妹「掠奪性關係」的片段，以及我在訪問中的回應。一整天下來我已經看了無數次手錶，不停倒數著噩夢新章節的開始時間。

過了一會兒，薇兒走到隔壁房間，從兩面巨大的雙開門後將安德魯．貝爾的遺體推出來。之前有幾位無法參加葬禮的家屬親友曾經來看過遺體，所以薇兒提前請了葬儀社的人來為安德魯打理衣著。現在的他穿著一套俐落整齊的黑色細紋昂貴西裝，領帶則是粉紅與紅色的歡樂花朵圖案，令人有些意外。禮儀師已經盡量整理他的頭部，但是安德魯後方頭骨已經被槍傷摧毀，而薇兒又不得不剃掉其餘頭髮來記錄傷口的受損程度，因此現在他頭上戴著布里斯班野馬隊的毛帽，以後腳站立的野馬標誌拉低蓋在光滑的額頭上，和身上的西裝形成鮮明對比。薇兒按照慣例從解剖工具台旁邊的架子上拿了一條白布蓋住遺體，幾秒鐘後蜂鳴器便響起，宣布史黛芬妮即將進來。

接待員將她帶了進來。史黛芬妮虛弱地走著，步伐比平時更短，猶豫的腳步顯示她正在悲傷的沉重負擔下苦苦掙扎。她一看到擔架床上的身影便立刻淚如雨下，幾乎沒有力氣去質疑我為什麼也在場。

我走過去擁抱她；當我發現薇兒沒有打算這麼做的時候，這似乎就成了我唯一的選擇。薇兒大概很久以前就意識到，相較於她事後必須付出的代價，這時候擁抱受害者家屬實在不怎麼值得。她現在抱了他們，夜裡便可能躺在床上輾轉難眠，不斷想起他們的肩膀在自己懷中顫抖的模樣，想起他們抽噎的氣息吐在她皮膚上的親密觸感。在當上警察的最初訓練裡我們也被告知不要擁抱受害者，因為這樣的擁抱會打破保護性的專業屏障，讓你暴露在這份工作可能帶來的可怖情緒之中。

「你確定要這麼做嗎？」我問，「還有其他方法可以跟安德魯告別。」

「他的樣子會跟你以前看到的他不一樣，」薇兒說，「這有可能會影響你記得的那個他。」

「我想看。」史黛芬妮從我身邊抽離，讓最後幾聲啜泣從單薄的唇間溢出，並推開一縷汗濕的頭髮。這個女孩沒有好好照顧自己，讓我有些擔心。在犯罪現場時除了麥可·貝爾之外沒有人陪著她，也沒有跡象顯示她的父母會從別的州趕來幫助她度過失去情人的難關。而現在，她又再一次孤身一人來到這裡。我知道史威尼派了兩名警察跟著史黛芬妮，不過她可能沒有明確指示要全天候跟隨，或者只是讓他們在她在家時把車停在她家外頭的街上。

薇兒把布拉到安德魯腰間，史黛芬妮看了幾秒便轉身把臉埋進我的胸口。

「沒事的。」我說了謊。我朝薇兒揮手，她將屍體重新蓋上。「一切……這一切……」

這時候該說什麼呢？這一切很快就會過去？這一切最終都會被遺忘？這都不是真的。女孩在我懷裡哭著，但是我的注意力完全沒放在她身上，而是試圖回想自己十五歲時母親因乳腺癌去世的日子。其實也沒什麼好說的，就是很多不自在的神情。同學們紛紛離開我去和其他孩子玩，留下我和那股奇怪、難以理解的悲傷自處。一開始我甚至沒有哭，她的離去對我和父親來說似乎都是難以接受的事。我們在那之後的幾週裡躲著對方，誰也不想成為打破僵局的人。我沉浸在這些思緒中，以至於當史黛芬妮說話時我幾乎沒聽到她說了什麼。

「這是我造成的。」史黛芬妮說。我揉揉她的背，手掌在突出的脊椎骨上拍了又拍。

「你沒有做錯任何事。這本來就是非常可怕的悲劇，無論你——」

「是我做的，康卡菲先生。」史黛芬妮從我懷裡抽身，抹著自己的臉。她抬頭看著我，顫抖的嘴唇壓癟成一道兩端向下的弧線。「就是我。是我做的。」

薇兒站在擔架床靠近頭部的那端，正準備將安德魯的遺體推入雙開門。她因震驚而張大了嘴，下唇上黏著一根未點燃的香煙。我盯著法醫，試圖整理自己的思緒。史黛芬妮舉起手抓住我的手臂，力道之大與嬌小的身軀極不相稱，彷彿在對抗可怕的激流。

「那天晚上我人在那裡，」史黛芬妮說，「是我殺了他們。」

薇兒朝我看了一眼，臉上寫滿了「我就說吧」，然後繼續將放有安德魯．貝爾遺體的擔架床往前推去，留下我們兩個獨處。我從薇兒的工作台邊拿了一張椅子，拖到史黛芬妮站的地方，她小心翼翼地坐了下來，彷彿不想弄痛新的傷口。

「我現在要打開手機上的錄音程式，這樣可以嗎？」我告訴史黛芬妮，「我真的認為我們應該……

呃……」

「沒關係，可以，」史黛芬妮點點頭，抹去眼淚，「我知道這是你的職責。」

女孩整個人已經變得僵硬、麻木。薇兒偷偷摸摸溜了進來，站在我們一段距離之外。我叫出手機上的語音備忘程式，開始錄音。

「你沒有義務對我交代任何事，」我說，「你來這裡都是出於自己的選擇，現在沒有人威脅你或對你施加壓力，你同意這些都是事實嗎？」

「同意。」史黛芬妮點頭。

我握住手機的手開始發抖。我輕觸螢幕，再次確認所有對話都有被記錄下來。

「我是泰德．康卡菲。」我說。我忘了以前偵訊時會講的那套話術，那些話能夠確保這份自白有能力幫上史威尼和她的團隊。總覺得當警察的日子已經是上輩子的事了。「在場還有昆士蘭衛生部所屬法醫鑑識暨公共衛生實驗室的薇萊麗．格拉特醫生，以及史黛芬妮．尼許。史黛芬妮，你剛才……你剛才對我說了一些話，如果可以的話請再說一次，好錄音存證。」

我差點忘記說出日期和時間，開始猶豫這麼做是否正確。她已經超過十八歲，在法律上是成年人，我沒有義務等到她的律師、父母或是監護人到場。我即將要錄下的內容可能在任何法庭上都站不住腳，但是此刻激動和驚駭的心情在我體內奔流，我只知道自己想要捕捉她即將說出的話，即使這在法律上會有問題也無所謂。

「我殺了姬瑪和安德魯，」史黛芬妮的目光緊緊釘在面前的地板上，話語夾雜在啜泣之間，「那天晚上我在現場。我早就知道他出軌了，好幾個禮拜前發現的。我很生氣，氣到把他們兩個都殺了。我很生氣，覺得自己被羞辱了，這輩子沒有這麼難堪過。」

史黛芬妮手握拳抵在眼前，好像要打自己額頭的樣子。薇兒點燃她一直想抽的那根菸，大口抽著，並將煙霧往肩後吐去。我突然很想跟她擋一根，做一樣的事。

「我們可以先回到之前的時間點嗎？」我問，「你是在什麼時候發現他出軌？你怎麼發現安德魯和姬瑪之間的關係？」

「我不知道確切的時間。你應該可以查得到，我那時傳了一封訊息給她，」史黛芬妮的聲音細細小小，我舉起手機朝她靠近，「他已經好一陣子都怪怪的，好像整顆心都黏在那支該死的手機上。他去哪裡都帶著手機，連洗澡也帶——我的女生朋友們都說，當男人連在家裡上廁所都會帶手機進去，而不是放在一邊到處走的時候，就是你該知道的時候。所以我去看了他的手機。我唯一能碰到他手機的時候是趁他睡覺。所有網路訊息、簡訊、Facebook聊天紀錄都被刪掉了。我看到他的好友名單裡有一個我不認識的女生，就傳了訊息給她。」

「『你誰？』」我說。史黛芬妮抬起目光看著我。

「對，那就是我傳的。」

「她沒有回覆。」

「沒有。」

「你什麼時候確定他們兩個在交往？」

「有一天晚上，我在他們兩個打烊的時候去了酒吧，」史黛芬妮抹掉臉頰上的淚水，深深吸了口氣，吐出時全身都在顫抖，「我看到她上了他的車。她應該要比他早走才對，但是他們兩個卻一起離開，他一定是開車要送她回家。他在一個小時後回到他爸家，那時候我在他房間睡覺，而他說有客人拖到很晚才走。」

薇兒．格拉特從唇間緩慢吐出一長串煙霧。她將香菸末端在冰箱裡拿出的培養皿中敲了敲，將手交疊在胸前，目光掃視著椅子上的女孩。

「我覺得很丟臉。」史黛芬妮的聲音拉高，整個人再次被悲傷淹沒。羞辱似乎是最難堪的部分。「我沒有告訴任何人。沒有告訴安德魯，也沒有告訴他爸，什麼都沒說，就只是假裝什麼都沒發生。可能我覺得只要繼續假裝，一切就……」

「就不會成真。」我幫她說完那句話。

她將頭埋入手中。

「我後來又去了酒吧一次，」史黛芬妮的聲音現在失去了任何情緒，冷淡、憔悴，爛成一團，「就是事發那天晚上，星期二。我看到他們在一起，一邊打掃酒吧，一邊唱歌大笑。他抱著她的腰，兩個人接了吻。」

薇兒和我等待著，但是史黛芬妮沒說話。

「槍是從哪裡來的？」我問，「現在在哪裡？」

史黛芬妮掙扎著。她睜大了眼睛看著周圍，彷彿剛從夢裡醒來。

「是安德魯的嗎？」薇兒說，「還是他爸的？」

「我們盡量不要給出選項，」我舉手制止，「她必須自己說出這些細節。」

看著史黛芬妮游移的目光和焦躁的雙手，有股不安在我的胃裡逐漸累積。她看起來很痛苦，充滿各種不確定性。我不時能看到憤怒掠過她的臉，像雲朵掠過月亮，讓一切都陰暗下來，使她靜止不動。淚水仍不斷從她的臉頰上滾落。她用力擦拭，拉扯著自己的皮膚，像是一個很久沒有得到任何一絲安慰的女孩。

「我不記得在那之前或之後發生的事了。最清楚的就只有我在那裡的時候，看著他們。那把槍——我想一定是麥可的，」她說，「我不記得自己後來是怎麼處理的，整個人模模糊糊地到處走來走去，直到現在也還是。我一直睡不著。」

她陷入啜泣好一會兒。薇兒和我看著她在椅子上輕輕晃動身體，一邊膝蓋不停搖著，腳踝的肌腱在寬鬆的棉褲下繃緊。

「我好累。」她呻吟著。

「好，到這邊就好，」我關閉手機錄音，「我現在去打電話，然後我們一起去找史威尼偵查督察。她可以幫你在警局準備一張床，其他事情我們可以之後再談。」

史黛芬妮站了起來，雙臂緊緊抱在胸前。她站在那裡，似乎想知道我是否會再上前擁抱她；她想知道我在得知她曾經奪走兩條生命，是如此殘缺且危險的存在之後，我的態度是否會改變。我張開雙手圍繞住她，將她抱進懷裡。她整個人好小、好冷，無法被我的體溫所溫暖。

「一切都會沒事的，」我說著，心想著自己根本不曉得是不是真能如此，「一切都會沒事的。」

親愛的日記，

即使是現在寫字的當下，我也看得出文字有多無用，要在紙上表達發生過的事和我內心的感覺根本是不可能達成的任務。我可以描述當我離開安卓雅關上的家門，拉著狗一起走回皮卡車時的生理變化。我的體溫飆破天際，牙齒緊緊嵌合在一起；一股壓力在我腦中膨脹，速度之快、力道之大，讓我的眼中布滿爆發開來的綠色斑點和四處潑灑的紅色色塊。我幾乎忘記那隻動物的存在。我沒管牠就上了車，然後拉著牠脖子上的牽繩將牠扯進車裡，扔到副駕駛座。狗雜種的嚎叫讓我的感覺更糟了，我沒辦法呼吸。我將車駛離路緣，呼嘯離去。

有人說被憤怒蒙蔽時，我們會在無意識的狀況下做出某些事，對，就有點像那個樣子。我漫無目的地開著車，車速無法克制地快，但顯然又還沒快到吸引其他人注意的程度。我開上高速公路，然後又開下來。不過大多數時候我都只是在一旁看著，看著一團由旋轉的黑煙集合而成的東西爬進我的身體裡，而我心甘情願地將控制權交給這具黑煙的軀體。我屈服了，放手由憤怒驅動。無能為力的我什麼都做不了，只能爬進心裡的某個角落，尖叫著一切本來會有多完美，而現在卻被惡毒地從我手中偷走。這是我的夢想，我的唯一。

潘妮。潘妮。潘妮。潘妮。

安卓雅知道我找潘妮找了多久嗎？

她太蠢了。像她那種人根本無法理解靈魂與靈魂之間的追索可以超越時間、物理和地球範圍的限制。阻礙兩個靈魂相遇是最糟糕的罪行，是最骯髒卑鄙、最邪惡的罪惡。我為之顫抖，怒不可抑。我陷入瘋狂。狗爬到副駕駛座的地板上嗚嗚咽咽、喘著氣，我沒管牠，就是一直開、一直開。我的身體在駕駛座上變得像石頭一樣硬，因為痛苦而動彈不得。

唯有看到她的身影才能讓我從痛苦中抽離出來。一瞬間，我的視線角落閃過一抹白色。我在座位上動了一下，從後照鏡瞥見她獨自站在公車站牌旁踢著泥土。怒意如同破裂的泡泡一般升起後又消散，我感到一陣如釋重負，即使這種分心是如此短暫。所有的肌肉都放鬆了。我大口喘著氣，將車轉入一條小路，悄悄開回剛才看到她的地方。公車站牌後面有一片樹叢，厚厚一層帶刺藤蔓，未開花的九重葛糾結成團。我下了車，透過灌木看著她。

那頭頭髮讓她看起來就像潘妮。她的一隻手蜷縮在身側，纖細的潔白手指摳著牛仔褲上的腰帶環。當她轉頭看向馬路的一端時，我才看到她根本不是潘妮，而是更尖瘦脆弱的版本。她筆直的眉毛呈現質疑的神情，嘴唇豐滿，其他細節就幾乎不記得了。我的怒意再次高漲。向上，向上。我在發抖。我看著車輛呼嘯而過。

我開始明白自己會做什麼了。其實，從我把車開下大馬路的那一刻就已經知道。也許這個計劃早已存在許久。也許在我想買那輛貨車時就已經存在，也許在我還是青少年、還在作白日夢的時候就已經存在，只是現在才完全成形。那些念頭變得越來越清晰，伴隨著言語和警告而來，伴隨著輕柔低語的承諾。

一輛車突然在女孩旁停下。我看著，渾身劇烈顫抖。一個高大的男人走下車，看到站在那裡的女孩時露出猶豫的態度。他們兩人打量著彼此。我蹲下來，一隻手抓住旁邊樹木的樹幹，腦子裡拚命尖叫。

男人在自己的車上一陣擺弄，與此同時其他車輛自路上呼嘯而過。他對她說了些話，她叮鈴鈴地回應著，聲音太過輕柔，傳過灌木叢後根本只剩幼鳥的低語。高大的男人用手梳過自己的黑髮，接著揮手告別，然後離開。

高速公路上空無一人。我回到皮卡車上，抓過牽繩用力向外扯。狗跌了出來，發出尖聲哀號，一隻前腳腳掌跛了。很好。現在我必須迅速行動。我把狗拖往樹叢，抓住牠的兩束白毛，把牠丟進荊棘叢中。

狗痛叫出聲。掙扎。跛行向前。

我看著。

她的視線已經從路面轉了過來，藍眼睛搜尋著樹叢，發現狗被困在其中受了傷，亮紅色的項圈扭轉卡在樹枝間。我躲在一棵樹後，聽著她逐漸靠近，輕柔的嗓音壓過了周遭樹上的蟬鳴。

「喔，是小狗！」她說，「可憐的小狗！」

我坐在凱恩斯機場的候機室裡用雜誌遮住自己的臉，此時接到前妻打來的電話。這些日子以來無論凱莉什麼時候打來，都會在我的胸口引起一陣刺痛，因為我知道一定又是壞消息。她不會為了閒聊打電話來。我接起來，繼續用《帝國》雜誌擋著自己的臉，不讓其他等待登機的乘客看到。

「怎麼了？」

「你今天晚上會下來雪梨嗎？」她問。

「對，」某個我不認識的名人正在我鼻子前幾英寸的地方揮舞著雷射槍，「我明天早上要去為新的指控做筆錄，另外也答應『泰德是無辜的』那群人要去和他們聊一下。」

「你沒告訴我會過來。」

「我沒跟任何人說。上次去的時候被卡利和他的人強迫照顧，我只希望他還不知道『泰德是無辜的』那群人的存在。」

「嗯，反正我不會告訴他，」凱莉說，「你可以不用擔心從我這裡洩漏出去。」

「我想說現在申請監督探視應該太趕，就沒去問家服部，」我說，「還是你覺得我們有辦法安排？如果可以的話我真的很想去看她。」

「喔，嗯，應該很難，」凱莉咂了咂嘴，思考著，「不過你可以直接過來家裡。」

「我不覺得那是好主意。」我大笑。

「為什麼？」

「我現在麻煩已經夠多了，最不需要的就是因為違反探視條件而惹毛法院，」我停了一下，讓含糊的班機廣播從頭上飛過，「而且對我來說回家不是容易的事。我已經很久沒回去了，自從……」

自從我收拾行李，像逃犯一樣逃跑，生活支離破碎，被所有人恨之入骨之後。我在心裡這樣想著。自從我糾結著該把婚戒留在梳妝台上還是帶走，而我的老婆好幾週沒在法庭上看我一眼之後。我走的時候凱莉沒來告別，她一直住在娘家那裡。房子裡冷冰冰的，太過安靜。突然間每樣東西都不是我的了，連一半的份都沒有——莉莉安出生時的照片才剛裱好，就掛在珊瑚粉色的牆上。

我想像自己現在回到那裡的樣子，看到我的舊書都從書架上被取下並裝箱，而傑特的東西放在我那半邊床旁的桌子上。凱莉在我離開後對房子做的整修或新的變化。她換掉後門旁邊那個裂開的舊樓梯了嗎？我皺起眉，想哭的衝動刺得鼻子發疼。

「或者我們兩個可以見個面。」凱莉說。

我放下雜誌攤在腿上，直到有個女人經過走道時看了我一眼才回過神。

「為什麼？」我問。

「為什麼？」

「呃……對啊，為什麼？」

「天啊，泰德，這也太傷人了吧，」凱莉笑了起來，但是其中沒有任何笑意，「你講得好像我多恨你一樣。」

「我知道你不恨我，我只是……」我聳了聳肩，彷彿她看得到似的，「那個，我現在頭腦有點混亂。我剛剛聽了一個小女生的謀殺自白，然後把她載到警局。那是她離開自由世界前的最後一次車程。我們這裡的狀況有點超出正常應對範圍。」

我們拿著電話，沒有掛斷，兩個人都陷入沉默。另一架班機的登機公告來了又走。

「我們碰個面吧，可以嗎？」她問。

「好。」我說。

《泰德是無辜的》，第9A集：緊急特別節目

提醒您：《泰德是無辜的》包含成人主題和暴力內容，部分內容可能會讓聽眾感到不安，不一定適合所有觀眾，收聽前請自行斟酌。

〈開場音樂〉

〈插入音效〉

法比亞娜．格里珊：歡迎收聽《泰德是無辜的》，我們是一齣真實犯罪Podcast節目，主要關心二〇一六年發生的十三歲女孩克萊兒．賓利綁架案，以及泰德．康卡菲被錯誤逮捕的冤案。泰德．康卡菲是新南威爾斯州警察局緝毒小隊的警探，本身也是一名父親。您現在收聽的是第9A集，我們將在這集迷你特別節目中討論泰德案件的最新進展。我是法比亞娜．格里珊，《雪梨晨鋒報》的首席犯罪記者和真實犯罪領域專家。

《泰德是無辜的》的聽眾應該都知道，在三號電視網三天前發出的《生命故事》最新預告中，泰德曾經針對案情回答記者勞拉．艾金頓的提問。雖然該預告的宣傳詞一開始只說會揭露綁架案和泰德被錯誤起訴一事的全面真相，不過許多線上新聞來源很快便開始散布消息，暗示節目將在該集訪問中揭發對泰德的新指控，稱他曾做出其他與性有關的不當行為。

〈三號電視網新聞音檔〉

帶您看看其他新聞。《生命故事》的記者勞拉．艾金頓拒絕回應有關今晚即將播出的時事節目內容傳聞。據傳《生命故事》將在今晚的節目中，針對名譽掃地的前警探泰德．康卡菲揭露新的性侵指控。艾金頓僅透露節目內容將極具「爆炸性」，且去年引起全國關注的可怕案件可能還沒有結束。

法比亞娜．格里珊：《泰德是無辜的》從一開始就支持泰德．康卡菲，也將在往後的案件發展中繼續和他站在一起。我們全心全意相信泰德受到錯誤指控，真正綁架和性侵克萊兒．賓利的襲擊者仍然在逃。我們每個星期都會盡最大努力去檢查泰德案件的細節，試圖為襲擊克萊兒真兇的相關問題找出解答，並討論能夠如何將他繩之以法。下個星期我們將按照計劃採訪特雷弗．富勒，他是一位在泰德被審判期間從未受到聽取的祕密證人，您將聽到富勒先生講述在決定命運的那一天裡，他如何在克萊兒被綁架的幾分鐘後看到泰德出現在附近的7-Eleven。

之後我們也將密切報導針對泰德的新指控，帶您瞭解這可能是另一場針對無辜人士的嚴重司法錯誤。

明天，泰德將在一場僅限《泰德是無辜的》選定訂閱者參加的限定活動中針對新指控做出說明，並回答聽眾提問。活動將在雪梨舉行，不過為了泰德的人身安全，我們只會向參加者告知活動地點。如果您也想參與這場限定的現場活動，請前往《泰德是無辜的》網站並依照連結進入申請頁面。我們將在明天晚上於Facebook Live上進行直播，供無法參加的人觀看。

以上就是本集的節目內容，請繼續準時收聽，為還給泰德清白盡一份心力，也歡迎透過Twitter、

Facebook和我們的官方網站瞭解任何最新消息。

請記得：既然這件事可能發生在他身上，也可能發生在你我身上。

謝謝大家收聽，下集再見。

親愛的日記，

混亂。純粹的混亂。我不知道我的大腦怎麼有辦法不斷對身體給出指令，命令它去完成各種動作。總而言之，當恨意與暴怒的黑色浪潮在我的腦海中拍打、破碎時，我的四肢仍透過某種方式繼續運作。我抱起狗，上了車，開離一切結束之後我丟下她的地方。我開回空無一人的高速公路，轉向東方，往海岸開去，最後莫名來到一座倒閉工廠外的廢棄停車場邊緣，連自己身在何處都不曉得。烈日炙烤著柏油路面，枯死的乾草和棕色舊酒瓶的碎片四處散落。我在停車場邊緣坐下，雙手抱頭，搖晃身體，發出無意義的聲音。我無法讓自己的呼吸頻率和緩下來。血液在靜脈中激烈奔流，令我的脖子和太陽穴跟著心臟劇烈跳動，我整顆頭骨感覺像被用力擠壓一樣。心臟每跳動一次，那個念頭就會在我腦中出現一次。

我殺了一個小女孩。我殺了一個小女孩。我殺了一個小女孩。

我感到一種壓倒性的必然，也像是某種解脫。我一直都知道它有一天會失控，但或許不至於失控到這種程度。也許這都是我的錯——我應該要一點一點地慢慢釋放，像是從劇烈震動、搖晃、炙熱的閥門中釋放壓力那樣——結果現在有個小女孩死了。我坐在地上，感覺整個世界都在腳下旋轉，我試圖抓住什麼東西穩住自己。

穩定來得毫無徵兆——在黑暗中瘋狂掙扎、載浮載沉好幾個小時後，突然就出現一個可以立足的定點。現在我必須好好思考，做出聰明的決定。我看著車子，透過打開的駕駛一側車門可以看到那隻動物蜷縮在副駕駛座。現在該是謹慎行事的時候。無論接下來發生什麼事，都必須按照我的方式進行，沒有人能再奪走我的主控權。我必須仔細思考。

把狗處理掉。殺了牠。

不對，我不會殺牠。我不能再下殺手，現在不行，這股憤怒很快就會被疲憊取代。如果我傷害了那個畜生，結果被牠逃脫，牠可能會被其他人找到；就算我確實殺了牠，最後也還是可能被發現。我應該把牠丟給防止虐待動物協會。那離這裡不遠，他們也不會問太多問題。太陽正在下山，他們應該已經關門了。輕鬆簡單，乾淨俐落。

我把狗丟下，開車回家，經過潘妮家前甚至看都沒看一眼；我別過頭，遮著眼睛跑向前門。克蘿伊在客廳裡，電視開著，大學裡的作業報告散在地板上，她一看到我便猛然闔上教科書。

「我的天啊！」她試圖抓住我的手。那些抓痕。小女孩激烈反抗。「發生了什麼事？」

「皮卡車爆胎了，」我從她手中掙脫，逕自走向浴室，努力保持聲音平穩，「我把車停在路邊結果滑倒了，掉進一條大水溝裡。」

「天啊，你沒——」

「克蘿伊，我沒事！你到底有完沒完，可不可以不要這麼煩！每次我一進門你就要整個人黏上來！」

我將浴室門甩在她臉上，一邊從門內對她發出更多尖酸刻薄的言語，一邊沖洗被抓傷的手臂和脖子。我應該想到DNA的。那個小女孩的指甲下會有我的皮膚細胞。但如果沒有可以比對的東西，那又能有什麼用呢？如果我被找去問話，他們可能會要求留下樣本。但是那天下了大雨，也許根本沒有留下任何線索。這只是疑神疑鬼。我的思緒仍在飛速運轉。爆胎的藉口不怎麼聰明，現在她會預期看到皮卡車被裝上新輪胎，全新的備胎。等她睡著之後，我得出去換掉輪胎，把舊的刺破。那輛皮卡車。我應該把車子處理掉。我第一次看到女孩時把車停在灌木叢後面，但是可能有人看到我把她打昏並塞進後車廂後開走。也許有人看到了我穿過後面的小路。我不應該太快處理這台車，也不該在毫無預警的情況下這麼做。車子才剛買，現在也沒有什麼可疑跡象，別做蠢事。我必須小心。他們會去找常常談論這個案件的人，突然改變造型的人，或者行為反常的人。

克蘿伊因為突然被我一頓怒罵而不高興，正生著悶氣。很好，就讓她氣一整晚，讓我享受片刻寧靜。我會裝作因為掉進水溝而腦震盪，然後爬上床，好好躺著。

那天晚上漫長得像好幾年。克蘿伊來來去去，說了些什麼，但我沒聽，躺在我這一側假裝睡覺，數著那句地獄般的話語在腦海中反覆出現了幾次。

我殺了一個小女孩。我殺了一個小女孩。我殺了一個小女孩。

第二天中午我從半睡半醒中醒來，完全忘記輪胎的事。噩夢接二連三。

我不得不說自己突然生病，以此解釋發燒、大汗、抽搐。克蘿伊相信了。她當然會信。她出了門，下午又回來，可能是去街上買雞湯材料，進門時一如往常猛然甩上紗門。她盡力照顧我，就像我真的病了一樣。我沒有動。我聽著她打開電視，毯子被拉過頭頂。

「……於今天早上六點左右被休姆高速公路上一名行經門朗格的司機發現，且尚有氣息。該名女童受到綁架性侵，警方表示目前已在尋找一名可能涉案的男子，呼籲民眾……」

我立刻從床上起身，打開房門跑進客廳。新聞畫面：警車，救護車，鐵絲網旁一處空曠田野。某個矮小的金髮男子和他老婆坐在警方的會議室裡，兩個人都在哭泣、發抖，不斷感謝徹夜尋找他們年幼女兒的警察，滿臉寬慰和恐懼。這是那個小女孩的爸媽。

她還活著。

亞曼達被禁止參加紅湖警方對史黛芬妮・尼許的正式偵訊。沒關係。亞曼達這輩子被禁止做的事可多了。五年級時一群女孩禁止她坐在圖書館外的砂岩台階上，因為她們決定把那個地方當成自己練舞的舞台；亞曼達喜歡坐那裡，在陽光下看《威利在哪裡？》。每個受歡迎的女生似乎都報名參加了舞蹈課，不過亞曼達知道自己不必去想那種問題，她的方向感一直都很亂七八糟。她偶爾會被迫參加體育活動，而每次在比賽中看到球飛過來時，雖然大腦會指揮身體要朝球跑去，不過她的雙腳卻會自行朝相反方向移動。亞曼達有時候覺得自己應該屬於另一個顛倒世界裡，那個世界和她現在住的這裡完全相同，唯一差別是左右顛倒，而人們會在心碎時感到快樂。太平間裡的每張臉上都會露出燦爛笑容，人們會站在墳墓旁哈哈大笑。

先前泰德把史黛芬妮帶來警局後，亞曼達便和他一起站在前廳。史威尼把年輕女孩帶進等候室，還倒了杯茶，安撫她的緊張情緒。泰德一直動來動去，整個人緊張兮兮的，一邊從他的角度敘述女孩自白時的情況，一邊焦躁地來回踱步。

「太好了，」亞曼達爽朗地說，「如果她說的都是真的，我們晚餐前就可以收工了。」

「我不行。」泰德說。一名巡邏員警走過玻璃門時惡狠狠地瞪了他一眼，而泰德垂下視線，「我還要去雪梨。我答應要去和Podcast的人聊一聊。」

「什麼？」亞曼達說，「你幹嘛答應這種事？」

這個大漢重重地嘆了口氣。「我不知道。可能因為他們站在我這邊吧？那些人是我的支持者，如果第二次的指控繼續延續下去的話，我可能會非常需要他們。如果之後要開庭，我就得請辯護律師，法比亞娜說可以透過 Podcast 募集資金來幫忙。我不想讓凱莉和莉莉安為了我放棄任何東西。」

「哦，法比亞娜要你過去，」亞曼達翻了個白眼，「我懂了，甜心寶貝一開口你就立刻跑去。」

「法比亞娜不是我的『甜心寶貝』。」泰德皺起眉頭。

「她明明就是……」亞曼達繼續調侃著。

「我必須去露個面，因為之後可能會需要他們。而且我已經答應了，我不喜歡放人鴿子。」

「你是信守諾言的男子漢。」

「我盡量，」他看著她，「不過這樣就對你很抱歉，因為我也答應過你要留在這裡完成這件案子。」

「你有自己的麻煩要處理，」亞曼達不在乎地揮揮手，「也許哪天我遇上麻煩，就輪到你要幫我了。」

亞曼達看著夥伴走出警局門外，心裡感到一陣沉悶。她知道這不只是因為泰德現在面臨的嚴峻處境，一部分的她其實在擔心這會不會是自己最後一次在紅湖看到他。她看著他走向車子，心裡突然冒出一股衝動想要走出門外，想要盡可能地看著他直到最後一刻，以免他之後再也不會回來。

不過這麼想實在太傻了。他當然還會回來，他已經是這個地方的人了。

她站在雙面鏡的另一邊，看著脆弱的史黛芬妮．尼許在錄音機旁坐下，克拉克總警司和皮普．史威尼則將錄音帶放入機器。先前史威尼請求克拉克總警司允許亞曼達觀看偵訊，總警司不情願地同意了，全因為史威尼說這是麥可．貝爾的堅持——他希望自己請的私人偵探盡可能參與調查，這樣他才能信任警方——不過史威尼沒有提到自己想要或需要亞曼達的幫助。在幫亞曼達打開觀察室的門鎖前，史威尼語氣嚴厲地告誡她「不要搗亂」。亞曼達環顧這個除了塑膠椅外什麼都沒有的空蕩房間，心想自己在這裡哪能惹出什麼麻煩。

在禮貌性問候並宣讀警告之後，克拉克示意史威尼開始偵訊。這是她的表演時間。

「尼許小姐，要求律師在場是你的權利，不過你說這次偵訊不想要律師，請問這是否屬實？」

「對，我不要律師。」史黛芬妮說。

「好。」史威尼拿出一張紙放在史黛芬妮面前。她深吸了一口氣，肩膀跟著起伏。「那麼，尼許小姐，請你看一下這裡。在愛德華．康卡菲今天稍早將你帶來這裡之前，你和他曾有過一場對話並錄音，這是根據那份錄音所抄寫的逐字稿。接下來我會唸出這份對話內容，以便本次偵訊錄音紀錄。」

「好。」史黛芬妮說。她聽著史威尼覆誦泰德用手機所錄下兩人在凱恩斯醫院說過的話。

「請問你是否同意以上紀錄完整且公正地轉述了你所說的話？」

「同意。」

「所以你承認自己在那天晚上在叫蛙客棧裡殺死了安德魯和姬瑪？」

「對。」史黛芬妮點頭。

「能不能請你告訴我們事情的發生經過？」

史黛芬妮開始覆述命案發生那晚的經過，她下班後獨自返家，等著安德魯在清晨時回家，難以入睡。照她所說，通常他回到他爸家時都會傳一封晚安訊息給她，而不會叫醒她。不過這天晚上不太一樣。已經受夠了的史黛芬妮開車前往酒吧，在黑暗中坐在馬路對面的車內，透過敞開的酒吧大門看著那兩個小情侶。

「然後發生了什麼事？」

「我想不太起來確切的過程，我……我記不太清楚。」

「照你記得的盡量描述就好。」克拉克總警司說。

「我應該是來到酒吧正門，然後悄悄走進去，沒有發出任何聲音，」史黛芬妮揉了揉眼睛，「他們應該是在我走到廚房外的櫃檯時候注意到我。」

「這時候你手上已經有槍了嗎？」史威尼問。

「槍應該是我從車上帶下來的，」史黛芬妮輕輕搖頭，像是要理清彼此快速碰撞的思緒，「應該是從副駕駛座拿的。」

「是你從家裡帶出來的嗎？」

「應該是。」

「你不記得了？」

「這幾天太混亂了。」史黛芬妮說。桌上放著給她的面紙盒，她從裡頭抽了幾張擦著臉頰。「我那時候很生氣，所以有些事情沒有進到腦袋裡，現在想起來就像是我在看自己做那些事。我可以看到自己站在酒吧裡和他們兩個面對面，但是我不記得和槍有關的事。槍從哪裡來、我開槍之後怎麼處理，這些部分好像都從記憶裡消失了，一片空白。」

亞曼達傾身靠在雙面鏡上，仔細觀察史黛芬妮的表情。

「你以前用過槍嗎？」史威尼問，「你知道怎麼用槍嗎？」

「我知道怎麼用，但是從來沒用過。」

「你走進酒吧，安德魯和姬瑪看到你站在店裡，接下來發生了什麼事？」

好一陣沉默。史黛芬妮將衛生紙舉在嘴邊。

「我應該是說了什麼……」她抽著鼻子，「像是『你怎麼可以這樣』，或是『為什麼』，或是……我不知道。我記得他們看著我，而我像這樣舉著槍。」

她舉起一隻手臂伸直，指著史威尼的臉。她顫抖的手伸出兩根指頭，槍管晃動。

亞曼達壓住旁邊牆上的對講機，嚇得克拉克和史威尼從椅子上跳起來。

「完全在胡說八道。」亞曼達說。

那兩人轉過身，彷彿能透過鏡子看到她一樣。

「那是誰？」史黛芬妮問。

「亞曼達．法瑞爾，請你不要插嘴好嗎？」克拉克總警司火大地說著，視線茫然地在鏡面上遊走，「私家偵探兼麻煩精亞曼達．法瑞爾干擾了偵訊錄音，我要在此聲明她僅被允許在觀察室裡『安靜』旁聽，並未受邀加入偵訊。」

「我現在沒有要安靜，而是要告訴你們這份自白完全是胡說八道，」亞曼達再次按下按鈕，突如其來的聲音再次嚇得史威尼抖了一下，「這台對講機的音量也大得太可怕，這裡有音量鍵嗎？」亞曼達嘗試按下麥克風下方面板上的各種按鈕，其中一顆發出尖聲長鳴。

「偵訊在下午三點四十五分暫停。」史威尼深呼吸，關掉了錄音機，同時間看著總警司甩開偵訊室的門走了出去。她邁開大步跟上，離開時關上偵訊室的門，覺得自己下一秒鐘走進觀察室裡應該會看到高大的總警司一掌掐住亞曼達喉嚨的畫面。

「我需要找人護送你離開這裡嗎？」火冒三丈的克拉克氣喘吁吁地說，「警方偵訊不是運動比賽，你不能像裁判那樣想說什麼就立刻插嘴！」

「沒禮貌！我是在幫你們節省時間吔，」亞曼達遲疑了一下，然後指向史威尼，「好吧，說起來是節省我自己的時間。史溫西．小西西越早離開那裡，我們就能越早開始繼續調查。總警司，史黛芬妮想在用各種骯髒謊話塞滿整間分局，你幹嘛還花時間在她身上？時間就是金錢啊，老大。」

「偵訊才剛開始多久，有十分鐘嗎？你現在就要說她在說謊？」克拉克厲聲說道，「你怎麼確定？怎麼可能這麼快就確定？」

「亞曼達是對的，呃……」史威尼咬著嘴唇，看著克拉克總警司轉頭看向自己，「史黛芬妮到目前為止的敘述裡的確有些地方不合邏輯。例如，我們相信安德魯在遭到槍擊之前曾在酒吧外被兇手嚇到，而且這件事很有可能發生在後門外。根據史黛芬妮的說法，她是從正門進入酒吧，一直走到櫃檯前才被兩名受害人發現，兩種說法並不相符。至少就這點而言，我支持亞曼達的觀點。」

「整件事都是胡說八道，」亞曼達瞥向鏡子對面的史黛芬妮，「看看她的體型，你們真的覺得她有辦法第一次用槍就像《緊急追捕令》裡的克林．伊斯威特那樣單手持槍嗎？不可能，那把槍對她來說根本太重了。好，就算她真的有辦法對趴在地板上兩個人開槍好了，殺死姬瑪也許相對簡單，但是安德魯是身中好幾槍之後才死的，而且每一槍都是在他移動的狀態下擊中。這個小女生根本不可能那麼快就適應後座力。」

亞曼達拿起放在桌上的皮夾和鑰匙彷彿打算要走人。

「真正讓我起疑的是她說自己對安德魯說的話，」她不屑地說，「『你怎麼可以這樣』、『為什麼』，對啦，如果我是《我們的日子》的編劇的話就會讓她說這種台詞。可是這是現實世界，如果她真的氣到盲目、氣到想殺人，根本不會說出『你怎麼可以這樣』這種太過清醒、太需要思考邏輯的話。真的要下手的話，她可能根本什麼都沒說就開槍了。」

「她說她拿了槍，」克拉克總警司說，「所以她不是氣到盲目，而是已經預謀了。」

「不對，她是說她『不記得』自己有帶槍，」亞曼達朝空中伸出一根手指，「她說的原話是，『我那時候很生氣，所以有些事情沒有進到腦袋裡。』」

克拉克總警司看著鏡子裡的史黛芬妮，她將臉埋進手裡，皺巴巴的衛生紙從指間露了出來。

「如果你問我的話，我會說她的記憶是假的，不然就是她想掩護某人，但顯然掩護得很爛。」亞曼達說。

史威尼嘆了口氣，感覺空氣離開肺部，又慢又長、使人難受。她經手的第一起命案，她本來還為能夠結案感到興奮不已。這件案子本來應該要為她帶來第一場勝利，成為她未來一連串成功案件的第一顆戰果，最終讓她培養出足夠自信擔任這個職位，相信霍洛威海灘區的同事們不會笑她才剛當上巡警沒多久就申請調任。不過她現在得承認，當今天下午看到泰德・康卡菲帶著史黛芬妮踏上警局階梯時，她心裡其實便萌生出一顆小小的懷疑種子。兇手不是史黛芬妮。

「她累了，」史威尼打斷克拉克總警司的話；後者正壓低了聲音對亞曼達發出各種威脅，抱怨亞曼達竟然敢用她的荒誕理論打斷警方的正式偵訊，「我是說史黛芬妮。她不只累，而且愧疚，還很悲傷。她氣安德魯居然劈腿，又同時為他的離去感到傷心，兩種情緒並存讓她的腦袋一片困惑。案發之後她沒有得到任何一點情緒上的安慰，唯一陪著她的只有安德魯的爸爸，可是他自己也非常傷心。也許她……我不知道，她編出自己殺死姬瑪和安德魯的記憶，並在腦袋裡反覆回想那段故事，直到最後她開始相信那是真的。」

克拉克總警司雙臂抱在胸前，低頭盯著史威尼。她幾乎可以聽見他在想什麼。他正靜靜計算著該怎麼把這個出包實習警探趕出自己的警局，什麼證人沒找到，淨是找些不能採用的來。

「我還沒準備好放她走，」克拉克揮了揮手表示拒絕，「她也許很累，腦子又一團亂，但她是你目前為止挖出的唯一證人。把她關進拘留室，讓她睡覺，等她醒來後直接帶去找心理醫生。搜索她家，搜索票我會負責。至於你——」他轉向亞曼達，「——從今以後你不准進這間分局。除非你被逮捕，否則我不要看到你。」

「哇嗚，」亞曼達露出笑容往門口走去，經過總警司旁邊時伸手拍了拍他肩膀，「不要引誘我啦，小克克，你也知道我有多調皮。」

史威尼走出玻璃門時，亞曼達正站在警局前的台階上。這位奇怪的私家偵探直挺挺地站背對著建築物站著，手肘從身體伸出，尷尬地彎曲成九十度角。史威尼走近後發現，有一隻色彩斑斕的巨大蝴蝶沿著亞曼達的前臂行走。牠一路豎直翅膀，偶爾停下來展開，似乎想與亞曼達手臂上鮮豔的刺青融為一體。史威尼覺得剛才幾分鐘內累積的屈辱和恐懼感稍微減輕了，雖然沒有完全消失，不過眼前的景象確實讓她感到一絲安慰。亞曼達轉動手臂，讓蝴蝶走過手腕，停在掌心；她掌心裸露的粉色肌膚與身上其他部位的各種色彩形成鮮明對比。

亞曼達看著史威尼，聳了聳肩，沒有解釋這隻蝴蝶怎麼來的，或者為什麼會出現在這裡。

「你覺得史黛芬妮在掩護誰嗎？」史威尼看著亞曼達手上的昆蟲問道。

「不知道，」亞曼達再次聳肩回應，「如果她純粹只是陷入混亂的話，去追問她為什麼要自白只會浪費時間，而且會讓她的思緒陷入難以解套的糾結裡。那種事留給醫生就好。」

一輛計程車在警局前停下，一對男女下了車，看外表就知道不是凱恩斯地區的本地人。那個女的穿得太過厚重——長袖絲綢襯衫配長褲，完全不實用的正裝，濕氣使她腋下和胸口中央出現了深色汗漬。男人下車時被草地邊緣一株低矮棕櫚樹的葉子掃過後頸，他暴躁地將樹葉甩開。

「天啊，是姬瑪的爸媽。」史威尼用力嚥下口水，走下幾階台階，攔住正往警局門口走來的那對夫妻。

亞曼達看到姬瑪的母親和女兒長得很像，兩人都有完美無瑕的焦糖色肌膚和眼尾微微上翹的眼睛。

「布萊恩、瑟芬娜，我是偵查督察皮普．史威尼，」史威尼有些畏縮地說著，「我以為你們明天才會到這裡。」

他們互相握手，史威尼也向這對夫婦表達惋惜。亞曼達靠著樓梯旁的水泥欄杆上，努力想保持臉部表情嚴肅；此時蝴蝶已經走到她的手臂後方準備攀上肩膀，她看不見蝴蝶的蹤影，也幾乎感覺不到牠纖細多毛的小腳走過她的頸側。

「我們目前查到的線索都很有希望，」史威尼說了謊，「我帶你們進去裡面，我們可以和總警司坐下來一起了解現在的案情。」

「我得先告訴你，必須來到這裡真的讓我非常難過。」瑟芬娜說道。英國標準發音。亞曼達喜歡這種說話方式，突然有股強烈的衝動想要立刻脫口模仿。「我們能不能安排在飯店裡花久一點時間坐下來好好談談，環境也會比較舒適？」

「喔，呃……」史威尼糾結著不知該如何回答，她朝亞曼達投去目光，幾乎是在尋求援助，「我可以……我們應該有辦法——」

「當姬瑪說她要來澳洲旅遊的時候，我心裡想的是雪梨和墨爾本。我去過墨爾本，很迷人的城市，有我這輩子喝過最好的咖啡。可是這裡？這種地方？」瑟芬娜無助地比向馬路和遠方的山群，「我們從機場坐計程車來的時候在路上耽擱了很久，因為有一隻大鳥占據了馬路，到處橫衝直撞，長得就像會吃人的史前生物。我沒看到，不過整條馬路都被封鎖了，實在讓我很害怕。」

「那叫鶴鴕，」史威尼臉紅了，「對，牠們有時候會被跑進交通護欄，然後就會困在馬路上出不去。遇到這種情況最好不要繼續行駛，如果撞到的話……牠們的體型很大，而且其實是瀕臨絕種的動物。」

亞曼達極為認真地聽著。這也是悲傷，不過形式不同，這個人是會把注意力放在細節的類型。亞曼達知道，悲傷有時會讓人專注在過於微小或不重要的事情上，以此分散注意力，迴避眼前令人畏懼的沉重死亡。悲傷會讓人配偶被殺的當天晚上依約去美容院剪頭髮。專注於要完成的事件、專注於某項物品，專注於任何事都好過於面對可怕的真相。

她分析著姬瑪父母的悲傷類型，覺得自己好像因此被激發出某種情緒，好像真的感覺到了什麼，某種難過的細微起伏。但這時蝴蝶跨過了她的耳道，讓亞曼達大笑出聲。只有一聲，像是異常興奮的咳嗽。站在樓梯上的三個人轉向她。她朝蝴蝶揮了揮手，牠就飛走了。

「我們進去吧，」布萊恩．道利一隻手抱住太太，「讓我們盡快把這件事解決掉。」

這次去雪梨的路途上遇到了幾次挑釁，說時話已經比預期中還要少了。在凱恩斯機場的自助登機螢幕前，幾名站在附近的年輕背包客以威脅的態度看著我並竊笑著。我經過他們旁邊時，其中一個人開口大喊：「人渣戀童癖！」上了飛機，有些人投來厭惡的目光，而且這次沒有高喊著「抵抗萬歲[11]」的紅酒和起司。落地之後，有幾個人曾停下腳步對著正要走出航廈的我指指點點。我坐進計程車時，排隊隊伍中有個女人開始大喊「嘿！嘿！」，想要引起我的注意。我砰地關上門，沒有回應，車子便開走了，不過我還是看到她對我不怎麼友善的嘴型。

在莉莉安出生前，凱莉還在工作的時候，她曾經是中央商業區某間健身房的經理。就是會吸收身穿企業套裝優雅體面的男女，把他們變得健康苗條光鮮亮麗之後再吐出來，每個人緊實的半裸軀體上都纏著五顏六色的萊卡布料那種健身房。這其實對我的自尊心有點好處，因為她每天和這些美麗、強大的人相處，看他們完成各種令人欽佩的壯舉——躺在健身墊上，把腳高舉過頭，同時間透過藍芽耳機談定幾百萬元的生意——但是到了晚上她還是會回到我身邊，回到我這個頭腦簡單四肢發達的緝毒阿呆身邊。當然，我做的工作也需要智慧和狡詐，有時候我也會運用世界頂尖的監視和情報收集技術來追捕國內最危險的罪犯。我所屬的團隊曾經要求私人飛機立刻降落、將豌豆大小的鑽石封入證物袋，也曾經擺出放肆的姿勢和被沒收的鍍金AK47拍照。

11 「Vive la Résistance」是一句常見於法國抵抗運動中的口號。

可是在同一份工作裡，我也得衝進骯髒公寓裡搜尋毒品，然後被毒販的女朋友用放了一整天的炸魚柳條和馬鈴薯泥砸在臉上。

以前我和凱莉偶爾會相約在市中心吃晚餐，我們會去古爾本街附近巷子裡一家叫「鴨皇」的小中菜館。聽到她建議這次約在那家店時，我其實心情矛盾。鴨皇的食物好吃得難以置信，我還沒入獄前就已經很久沒去過了。可是這次當我從飯店沿著喬治街走向那間餐廳時，卻感覺一股恐懼夾雜在思緒之間，某種近乎憤怒的情緒；自從最後一次牽著太太的手走在這些街道上之後，我失去了很多。我滑開那家昏暗小餐館的玻璃拉門，看到凱莉坐在靠近門口的那一桌邊。這是我們以前常坐的位置，因為她可以從這裡看到從唐人街爬斜坡上來的女孩們，個個穿著閃瞎眼的鞋子和鑲有鉚釘的腰帶，手裡拿著染成不真實顏色的兔毛手提包。來到這裡令我痛苦。櫃檯後方染綠水缸中陰鬱地漂浮著眼睛大而白茫的金目鱸，可能和我兩年前最後一次結帳時看到的魚是同一隻。

看到起身迎接我的凱莉時，我的恐懼變得更深了。她穿著一件可愛的小黑裙和俏皮的紅色高跟鞋。她的小腿擁有運動健康雜誌裡會看到的肌肉線條。我今天早上出門後都還沒洗澡，襯衫因為飛了幾個小時而皺巴巴的。我原本打算和她吃一頓簡便的晚餐後就回飯店，在房間裡獨自看我在《生命故事》上的訪問。我預計自己會感到極度痛苦，得在水柱下沖刷一個小時才有辦法洗去那種感覺，所以想等到看完節目再去洗澡。

「大日子終於來了。」我們坐下時她這麼說。

「嗯，」我哼了一聲，撫平紙製的桌巾，「實在不怎麼期待。」

「你真的確定不要我陪你看嗎？」

「確定，」我說，「我已經知道結果了，到時候情況一定很難看。」

「我只是想到你會一個人待在飯店房間裡，沒有人陪著。」我想到自己獨自在牢房裡住了多久，也是一個站在我這邊的人都沒有。我本來打算開口，不過想想覺得這時候跟她提到監獄可能還太早了。她已經點了葡萄酒，我替自己倒了一些。

「我帶了這些要給你。」她從手提包裡拿出幾張照片，遞到我面前。照片裡的都是快樂的莉莉安。喜悅刺穿了恐懼。我咧嘴笑了起來，慢慢翻看著，小心不讓髒手在照片上留下印記。

「你看這張。」我停在其中一張，浴缸裡的小莉滿頭泡沫，頭頂上的頭髮被捏成了一道鯊魚鰭。我抬起頭來，發現凱莉正看著我裸露的手指，就是我以前戴著婚戒的地方。我把戒指拔下來，留在飯店房間的床頭櫃上。我將手朝自己收折起來，而她終於注意到我發現她在看。

前菜救了我們。我從窗邊的金屬盒裡拿出筷子。

「你才不會用筷子。」凱莉說。

「想打賭嗎？」我用筷子作勢夾了夾她的指關節，然後夾起一顆餃子沾進醬油裡。

「誰教你的？」

「亞曼達。」

「喔。」凱莉說。她看起來不餓。我本來覺得她約我來這裡是想談離婚的事，想要把文件流程再次往前推進。也許她要告訴我有關傑特的事，或許他們兩個的關係已經越來越認真。但是現在她看著我吃東西，嘴裡說的卻都是莉莉安先前說話能力停滯時令她多擔心，說我們的孩子當初像是打定主意一樣只會說「媽媽」和「奶奶」兩個詞，接著一夜之間彷彿憋不住似的開始說起簡短的句子。

「現在是我媽在照顧她，不是傑特。」

「我不介意傑特照顧小莉，」我說，「他看起來像會講道理的人。個性很王八蛋，但至少是講道理的王八蛋。」

「我懂，只是覺得你應該會覺得不太好受，」凱莉說，「我也不是什麼都不懂，我很清楚這樣的過程會很痛苦。」

「當然。」我正準備繼續說看到別的男人照顧我的小孩，給她關懷、金錢和疼愛，對我的自信和男子氣概會有多大的破壞力，不過被凱莉打斷了。

「至少對我來說是如此。」她說。

我一時有些困惑。我喝了口酒。

「我是說看到你和其他人在一起，」凱莉說，「其他女人。」

我等著她繼續解釋，不過她的話就停在這裡。

「喔喔，你說亞曼達嗎？」我大笑，「不是不是，我和亞曼達之間真的沒有什麼。」

凱莉嗤了一聲。

「真的什麼都沒有。」

「你是想告訴我，你們兩個相處那麼久卻什麼都沒發生嗎？」她問，「少來了，你不是還救了她一命？」

「我不確定我是不是真的救了她。」我沉思著。亞曼達擊退咬傷她的鱷魚後，我把受傷的她抱到雨林裡的小丘上。報紙興高采烈地報導了那次事件，記者們到了醫院聽躺在病床上的亞曼達敘述整起奇事，笑著說自己怎麼用指甲去摳鱷魚的眼睛。「她那時可能只是跟鱷魚搏鬥完在休息。如果我那時沒找到她的話，就算看到她把自己拖上小山丘我也不會太驚訝。她這人就是這樣，硬得跟石頭一樣。」

「泰德。」凱莉嘆氣道。

「她這個人和性沒什麼關聯，」我說，「至少和我相處的時候是這樣。你要是問我她會被怎樣的東西吸引，我也只能矇著眼睛瞎猜。就算要推測她在遇到什麼狀況時會怎麼樣也沒辦法，因為她整個人都沒什麼道理。」

「什麼意思？」

「比方說……」我向後靠上椅背，搖了搖頭，看著看向我的金目鱸，「比方說每個禮拜六下午三點，她都會固定抽一根雪茄，邊抽邊看《四海好傢伙》。」

「《四海好傢伙》？」

「勞勃．狄尼洛有演。」

「我知道那部，」凱莉說，「但為什麼是那部電影？」

「不知道。」

「你是說每個星期六下午都看嗎？」

「每個禮拜，下午三點，」我說，「她在看的時候別人都不能打電話給她，就算她知道你站在外面敲門也不會理你，你必須等到整部電影結束。如果你想知道的話，那部片長有一百四十五分鐘。我覺得就算房子失火她也不會離開。」

「這人有什麼毛病嗎？」

「我不知道，」我說，「就我所知她一點問題都沒有，她這人就是這樣，沒有別的原因。我其實滿喜歡她的某些行為，她對這世界上的恐怖都有點無動於衷，有點像是外星人。」

「她像外星人？」凱莉笑了出來，一臉不可置信。

「就算哪天發現她真的是外太空生物，我也完全不會驚訝。」我說。

我們的主餐來了。她小題大作地發出呻吟、倒抽氣，做出各種誇張反應，我們以前還在一起時她也會這樣。她幫我分菜，照我的習慣把辣椒醬放在旁邊。我們的笑容淡去，我又遊蕩回危險的領域。

「我有點好奇，假如我真的和亞曼達有曖昧，」我小心觸碰這個話題，「為什麼對你來說會不好受。」

凱莉撥弄著食物，不願對上我的視線。當她最後開口時，聲音細小微弱。

「泰德，我知道當初我不再和你聯絡的時候，你可能會覺得是我不愛你了，」凱莉說，「但事實不是那樣，真的不是，我只是先暫時放下自己對你的感情。這段時間以來都是這樣，直到現在。」

我把一塊太燙的魷魚硬吞下去，覺得它在掉落的過程中一路燒灼我的喉嚨。我連忙又倒進一些酒。

「什麼意思？」

「我一直有在聽那個Podcast節目，」凱莉說，「我回頭去看審判時的文件，也和其他人聊過。你的律師尚恩，他非常有耐心，聽我說了很多，也回答了很多問題。」

那股懼怕的感覺又回來了。身體裡彷彿有一陣尖銳刺痛，靠近上方，靠近心臟的位置。

「我可能做了錯誤的決定。」凱莉說。她放下叉子，我們倆看著對方。

「我做錯了。」她更正。

「我……」我開口。腦子裡各種思緒奔騰。我又塞了幾塊魷魚到嘴裡，拖延著時間。我又喝了幾口酒把食物沖進肚子。「很感謝你這麼說。」

「噢。」

「不是不是，我是認真的，不是在諷刺，」我說，「真的謝謝你願意這麼說。你沒有做錯什麼事，就只是順從自己的直覺——而在當時你的直覺告訴你要和我保持距離。那種情況下沒有說怎樣處理一定是對的或錯的。當時我的確覺得很受傷，現在也還是，可是凱莉，我知道你不是隨隨便便決定要離開，也不是因為覺得很爽或者想要懲罰我才那麼做，這我一直都知道。」

她從我旁邊的紙巾架上拿了一張紙巾，輕輕按壓眼角，試圖不要毀掉臉上的妝。我的喉嚨收緊。我看著人們從窗外走過，年輕人手裡拿著熊熊或兔兔形狀的巨大橡膠手機殼，對著殼裡包覆的螢幕傳訊息。我因為即將出現在電視上而陷入緊張的漩渦之中，此時凱莉握住我的手，把我從那之中拉了出來。還有一小時，之後一切將會重新再來一次。

「也許我們可以重新修補我們的關係。」凱莉說。

「當然，」我捏了捏她的手指，「其實沒有什麼需要修補的，凱莉，我沒有在生你的氣。」

「不是，泰德，我說的不是友誼，而是我們的婚姻。」

我抽回自己的手，感覺一股怒意閃過腦中，連帶著困惑和渴望。我搔刮著喉嚨肌肉仍然僵硬的地方。我壓著自己的眼睛，想把裡頭疼痛的感覺擠出去，一股想要流淚的欲望。

「回家吧，」她說，「回到莉莉安和我身邊。她需要你，我也是。」

親愛的日記，

我目睹了自己的死亡。兩次。

第一次是在我自己的計畫之中。在攻擊事件的幾天之後，我在心裡列了一份清單。我要把車子帶去做汽車美容，然後破壞那輛車。也許切斷正時皮帶，放掉散熱器裡的冷卻液，催動引擎直到冒煙。我會把這件事告訴克蘿伊，暗示我們可能買到了一輛爛車。然後，我會在一個星期後再次破壞車子，大發脾氣，要求把車賣掉。如果這輛車在現場被看見了，我猜警方會尋找事發後幾天內交易的車輛。他們想找的是驚慌失措的罪犯，但是我不會驚慌，我拒絕驚慌。

我會出門，和朋友去酒吧瞎混。警察會尋找行為怪異、閃爍其詞地談論案件的人，而我會去網咖，同時注意警方記者會和網路論壇上討論的線索。一直用自己家裡電腦搜尋這件案子的話就太蠢了。只要案情裡出現任何類似我的氣息，一個好的合成素描或部分車牌號碼，我就會結束這一切。把家裡布置好，寫下遺書，等克蘿伊回家。沒道理讓克蘿伊一個人留下來解釋一切，她永遠都不可能說清楚。她太傻了，我在她嘴裡只會看起來像個怪物。我會迅速解決她，然後解決自己。

我看到我們整齊地躺在客廳地板的塑膠布上，也許會手牽著手或者類似的溫柔舉動。門沒有鎖，門縫微開，等著某人不可避免地上門發現我們；我一個朋友會過來拿週末忘在這裡的夾克，克蘿伊的媽媽、毫無預料的郵差。我不會在遺書中道歉。這不是我的錯。這不是我能決定要或不要，不是我能阻止的事。我會對我媽說我愛她，然後簽名。乾淨俐落。

後來，當我心不在焉地陪克蘿伊看她那些愚蠢節目時，突然從新聞快報中得知，警方為那次攻擊事件逮捕了一名可能嫌犯。

我用上了所有力氣才阻止自己做出任何動作，或說出任何話。我想要尖叫。接著，我在接下來的幾天裡再次看到自己的死亡。不過這次不是在想像中緩慢、悲傷地結束自己的生命，而是看著另一個人以驚險、激烈、狂暴的方式死去。

我得知他的名字叫泰德．康卡菲。他就是當時路邊那個高大的黑髮男子，就是在她旁邊停車的那個男人。

我看著他墮落，翻滾、扭曲、滿臉困惑，感受掠過他身體的風也撕裂著我的皮膚就像撕裂他的一樣。有些照片裡的他穿著警校制服，神色驕傲自豪，他挺著胸膛、揚著下巴，大盤帽在他方方正正的頭上幾乎有種喜劇效果。年輕時的他眼神清亮，和一群男孩一起玩變裝遊戲，所有人都笑得嘻嘻哈哈。我不停挖掘，每次都從網際網路的腸子深處挖出新的悲劇。在泰德的婚禮上，他年邁的父親駝背微笑，比高大魁梧的警察兒子矮了足足一英尺。他的身影出現在許多緝毒突襲行動封鎖線的一角，穿著黑色防暴裝備，身形巨大。他穿著西裝前往法院，提出毒梟卡利．費拉涉嫌謀殺的證據。這時的泰德就像街頭骯髒版本的克拉克．肯特，他的超人力量和善良在那件扣得亂七八糟的襯衫下顯而易見。從毒品審判到他自己的審判，他在法庭上的位置從這一端換到相反的另一端。他的領帶看起來太緊了，緊緊將他勒住。最終判決還沒出爐，公開絞刑早就已經展開。

我看著他在世界的尖聲叫罵中枯萎、褪色，死了又死。那個在監獄中挨餓、被毆打的囚犯本來有可能是我。一輩子蒙羞、逃亡，試圖躲進荒野地帶某個密林糾結的荒涼郊區。

我開始對泰德產生興趣。變化莫測的危險北方讓他的皮膚變得黝黑和堅韌；我看到他出現在新聞報導裡，留著鬍子，眼睛瘀青，破敗的家前聚集了一群暴民。然後幾個月過去，沒有一丁點關於他的消息。我翻閱關於他和他新搭檔的所有報導，那個殺人兇手亞曼達．法瑞爾。就在這個時候，另一個我重生了，粗獷英俊、血肉負傷，出現在《生命故事》引發轟動的俗艷廣告之中。

我著了迷。不只是因為見證了自己毀滅的詳細報導，更是因為看到了自己的救贖。一部分的我知道這一切都是幻想，這個康卡菲顯然擁有非凡的性格特質才有辦法熬過這些磨難。可是話說回來，他那低垂的眼睛和痛苦的表情，令我很容易就能在他的臉上看見自己。他繼續前進，持續在生活中推進，無視於世界加諸的羞辱，拒絕被活埋。

我聽了一個關於他的Podcast。我全身僵硬地坐在沙發上，睜大眼睛，豎著耳朵。突然之間，他們提到了一場活動。泰德本人將親自出席。活生生的泰德。

我抓起手機，打開那集節目頁面，點擊底部的連結。我的手在顫抖。

亞曼達純粹是在模仿史威尼的身體動作。她曾在某個地方讀到過，同理心有很大一部分是透過身體表現出來的。如果想要體會史威尼的感受，她就該做出和史威尼一樣的動作。這位新任警探用指甲敲打著玻璃杯，偶爾因為腦中閃過一些尷尬或有失尊嚴的想法而微微皺眉。亞曼達望向酒吧的後場廚房，廚師們來回走動，不時露出沾染手套粉和麵粉的破舊黑色圍裙。

命案的所有證據都被清理、漂白掉了，亞曼達對此感到非常不解。當然，她並不認為克勞蒂亞・弗蘭瑞和她的員工應該要一直保留安德魯掙扎時雙腳在瓷磚上留下的紅棕色痕跡，或者是姬瑪的下巴和下顎的印記——後者又紅又圓，完美地留在一片不均勻的水痕之中——但是總該要留下一些什麼吧，否則人們要怎麼記得這件事呢？

在亞曼達自己犯下的罪中，對那個女孩的朋友和家人來說，記住她的犯行似乎是非常重要的事。亞曼達在監獄裡讀到報紙上那起案件的五週年報導，蘿倫的母親說「我們絕不能忘記發生在蘿倫身上的事情」。然而據亞曼達所知，她在雨林中刺死蘿倫的地方沒有任何標記，既沒有十字架，也沒有簡短的告示牌寫著：「這裡是蘿倫・費里曼被刺死的地方。兇手不是故意的，她本來想殺的是別人。願她安息。」從監獄裡聽聞其他案件時，亞曼達也注意到它們都有這種既要記住又要忘記的矛盾堅持。她有個相處時間短暫的獄友溺死了自己的三個孩子，這個女人請託另一個獄友為她紋上刺青作為紀念，不過孩子們死去的房子卻被立即出售、剷平，改建成一座小公園。公園兩邊的房子也更改了門牌號碼，以混淆那些不時前來窺探命案的人，讓他們找不到房子的原本位置。

「為什麼我沒有派人去機場接他們呢？」史威尼突然發出哀號，把亞曼達從沉思中拉了出來。

「那樣會有幫助嗎？」亞曼達問，「我不覺得鶴鴕會因為看到是警車就比較收斂。」

「跟鶴鴕沒有關係，而是表達關心，」史威尼嘆氣，「我竟然讓他們自己去搭計程車，實在太沒禮貌。我搞砸了，全部都搞砸了，我覺得自己根本是個廢物。」

「你是警察，」亞曼達說，「我以為廢物感覺本來就是你工作的一部分。」

史威尼露出微笑：「力有未逮和廢物，兩種感覺都是警察工作的一部分。」

亞曼達聳了聳肩。

史威尼說：「你都不會因為這種工作而覺得沮喪嗎？」

「才不會。」亞曼達嗤了一聲。

「就算是……」史威尼小心翼翼地試探著，「就算是你非常清楚突如其來的死亡會對一個家庭造成怎樣的影響，也不會讓你覺得沮喪嗎？」

史威尼緊盯著亞曼達。酒吧喧鬧的噪音在她們周圍旋轉。

「史溫斯，你是想告訴我什麼事情嗎？」亞曼達問。

史威尼給不出回答。應該是吧，她想，她的確想對亞曼達說些什麼。這是她十多年來第一次試圖打開心房說出自己做過的事。因為某些原因，史威尼覺得亞曼達應該是唯一一個能夠瞭解她對父親死去有什麼感覺的人。瞭解她為什麼拒絕幫助他，瞭解她的愧疚和羞恥。

不過話雖這麼說，她也知道亞曼達還是有可能完全無法理解。

「你要不要直接挑一種方式去懺悔？」亞曼達說。

「哼？」

「無論你做了什麼，」亞曼達說，「無論你這幾天一直支支吾吾說不出口的東西是什麼——你大可以直接決定要用什麼方式懺悔、努力執行，然後繼續過你的生活。」

史威尼用力吞了口口水。

亞曼達喝了一口威士忌，咂了咂嘴繼續說道：「你知道嗎，我其實算幸運的。我進了監獄，那是別人幫我決定的懺悔方式。相較於其他方式來說，坐牢其實還滿好的。我在裡面過得很快樂，真的很快樂，」她自顧自地對著手裡的酒笑了起來，彷彿在茶色酒液的倒影中看到多年以前的惡作劇，「只要服滿刑期，我走出那個地方，一切就結束了。大功告成！」她拍了拍雙手，抖落手上的灰。

「好。」史威尼點了點頭。

「不管你犯了什麼罪……」亞曼達朝著警探打量了一會兒，然後搖了搖頭，「不要，我不想猜。反正無論是什麼，直接挑一種你覺得適合的懲罰就對了。挑好了就去執行，執行完就放下。」

「放下？」

「對，」亞曼達說，「但也不一定要完全忘記。比方說你可以選擇把一根手指頭切下來，這樣每次低頭都會看到，你永遠都會記得曾經發生過那件事。」

「我才不要切手指頭咧！」

「我不知道啦！不然說一千次萬福瑪利亞，或是用剪刀去砍樹，」亞曼達說，「剛才就跟你說啦，我當初根本不用自己想，所以我哪會知道有什麼方式！」

史威尼注視著私家偵探。她臉上閃爍著吧檯上方電視螢幕的顏色，脖子上玫瑰刺青的黃，突出襯衫領口上方心臟解剖圖的紅。史威尼聽到《生命故事》將邀請泰德上節目的宣傳，不過沒有轉頭去看螢幕。亞曼達身上滿是被鱷魚攻擊後留下的疤痕，彷彿閃電一般劃過紋身，將她二頭肌上那幅美麗的藝伎肖像面孔切割成怪誕詭異如破碎鏡像。

「你的刺青就是這個意思嗎？」史威尼問，「它們是你懺悔的方式嗎？」

「不是。」

「用來提醒自己？」

「不是。」

「你會在這些刺青上面覆蓋別的刺青嗎？」史威尼醉得伸出手去摸離她最近的刺青，亞曼達立刻將她的手拍開。

「規則一！不要碰我！」

「抱歉抱歉。」史威尼已經知道亞曼達規則的存在。第十四條規則是目前為止最有趣的：無論在任何情況下，都不要使用「球根」這個字。

「我不會蓋掉這些刺青，」亞曼達拉著二頭肌上的皮膚，看著那裡的疤痕，「它們根本帥到沒人性。你認識幾個人的屁股上有齒痕的？」

「一個都沒有。」

「一個都沒有，」亞曼達覆述確認，「而我呢？我有一大堆。那隻鱷魚真的把我當美食在吃。」

「一定是因為你的屁股很好吃。」史威尼說。

亞曼達被酒嗆到，大笑起來。這是史威尼今天第一次感到振奮。這就是亞曼達。史威尼不斷因為這個女人而感受到某種緊張感，害怕她會在受害者家屬、同事或一般民眾面前做出不恰當或者奇怪的舉動。除了緊張感之外，在她內心默默翻滾的情緒起伏風暴中，她也始終意識到這個女人曾經殺過人，且有能力殺人。這些情緒讓史威尼覺得好疲憊，因為她在亞曼達身上看到了自己的影子，看到那個儘管已經永遠被死亡玷汙，卻依然若無其事生活著的女人。不過，現在這場風暴突然被無法抑制的喜悅打破了。皮普喝乾手中的威士忌。亞曼達確實讓人筋疲力盡，不過這週每天晚上皮普都能沉入親切的黑暗之中，順利入睡，這是自青少年時期以來從未有過的感覺。那感覺就像亞曼達吸收了她的痛苦，彷彿是個不斷從她身上吸收無形力量的磁鐵。

他們身後靠近酒吧門口的地方傳來一陣扭打聲，玻璃杯倒下。她們轉過身，看見麥可．貝爾站在一張坐滿了男人的桌子旁，醉得搖搖晃晃。史威尼發現自己站了起來，手下意識伸向腰帶，想要尋找留在家裡的槍。

「你竟然來這裡喝酒，」麥可哀號，他伸出一隻手，懇求地指向廚房，「我兒子就是在那裡面被殺的。他就死在這個地方。」

「我們是不是應該……？」史威尼環顧酒吧裡的臉孔，有些人在看熱鬧，有些人則畏縮著，用手捂住眼睛拒絕觀看。當她看向亞曼達時，發現這個女人正在用彎折的吸管剔牙。

「不用，」她說，「讓那些男生去處理就好。」

在史威尼的注視下，桌邊的男人們紛紛伸手搭上麥可寬闊的肩膀，用力拍著他的背，將他帶向酒吧外。她將注意力轉回酒吧內，發現有幾個敵意的目光朝自己投了過來。這個小鎮希望這起案件得到解決。他們不會再等太久，可能很快就會開始用自己的方式伸張正義。在紅湖這樣的地方，人們喜歡找理由團結，同仇敵愾地發揮怒意，只要一件不正義的事就能讓他們像蛛網被拉動的蜘蛛那樣傾巢而出

「我放史黛芬妮．尼許走了。」史威尼說。酒保瞄了她一眼；年輕的紅髮女孩留著刺蝟頭，可能是

姬瑪或安德魯的朋友，來幫他們代班。女孩剛才在擦乾和拋光玻璃杯時一直在偷聽。史威尼壓低了聲音，朝亞曼達靠近。「不是她做的。」

「你們搜過她家了？」亞曼達問。

「嗯，」史威尼說，「找不到武器，也沒有開槍後的殘留物。雖然有的話也不能證明什麼，但我們還是檢查了，也搜了貝爾的家。史黛芬妮家裡只有一堆沒洗的盤子和一隻被忽視的可憐的貓，看起來已經好一段時間沒吃東西了。」

「噢。」亞曼達仔細看著她從牙縫間剔出來的東西。

「臥室裡有她和安德魯的照片，」史威尼說，「還有他們高中時寫的信、傳的紙條，各種對話。他以前會叫她小寶貝，她叫他大寶貝。」

史威尼清了清喉嚨，揉著自己的鼻梁。

「你在哭嗎？」亞曼達問。

「沒有，沒有哭，」史威尼抽著鼻子，「只是很難過而已。」

「因為他們高中寫的東西嗎？」亞曼達搖了搖頭，「他們都畢業多久了，我不懂這有什麼好難過的？」

「不用管我。」史威尼說。

「那心理醫生有說假自白是怎麼回事嗎？」亞曼達問。

「喔，」史威尼又抽了一下鼻子，「她說這種反應比我們以為的更常見。受外力強迫導致的虛假自白經常發生——像是被警方拘留過久、被毆打，或者不斷被暗示是自己忘了發生什麼事——不過偶爾也會有非強迫性的案例。原因可能是缺乏睡眠、傷心或者過於孤立。」

「瞭解。」亞曼達點了點頭。

「聽起來滿合理的。史黛芬妮現在的確充滿內疚。一開始她可能只是覺得，如果自己早點對劈腿這件事說點什麼並去找安德魯對質的話，他可能還會回到她身邊。也許他會避開和姬瑪一起輪班，這樣那天晚上他就不會在場，」史威尼說，「隨著愧疚感和憤怒逐漸加深，她開始覺得『也許我這麼內疚是因為還有其他原因』，於是腦袋裡就開始編造故事。」

「人類的腦袋真的奇怪又厲害。」亞曼達笑著說。

「你……呃……」史威尼瞥了一眼偷聽的酒保，「你那個時候也是這樣嗎？」

「你是說我做假自白的時候嗎？」亞曼達挑起一邊眉毛，擺出一副你懂我也懂的表情，「我說自己故意殺死蘿倫的時候？」

「對，」史威尼靠了過去，「我的意思是，為什麼你……你從來沒說是……」

「史威尼，」亞曼達壓低了聲音靠近另一人的耳邊低聲細語，「你不要再這麼愛管閒事了你。」

她們兩人都大笑起來。史威尼覺得耳緣在亞曼達的氣息吹撫下微微發癢，她脖子後面的汗毛跟著豎了起來。酒保皺眉看著她們。史威尼示意她們往後走，亞曼達跟著她沿著廚房邊緣走向了後門。門外，一個正在抽煙的廚師看到她們走進昏暗光線裡，於是心虛地縮回廚房內。史威尼在風中聞到大麻的味道。

小溪沿岸充滿了夜行動物的叫聲，昆蟲拍打翅膀發出高聲振動，間或夾雜著爬蟲生物又吠又咳的鳴叫。她們站在那裡聆聽，看著對岸松利老太太家的燈光，這時某個動靜引起了亞曼達的注意。

「喔！」她抓住史威尼的前臂，「小袋袋！」

一隻體型有如巨大家貓的叢尾袋貂走到附近一棵尤加利樹下。兩個女人待在原地沒動，看牠朝她們走來；袋貂不習慣在地面上行走，步伐寬大而笨拙。牠走到她們幾公尺外，開始用粉紅色的鼻子嗅著空氣，尖耳朵抽動著。

「我沒有食物。」史威尼說。亞曼達摸索著自己的口袋，從裡頭拿出一顆腰果，舉高拿到有光的地方看著。

「你今天走運了，老大。」亞曼達說。

「你沒事口袋裡放一堆腰果幹嘛？」

「一顆啦，只有一顆。」沒有進一步解釋，只是蹲下來把腰果拿給袋貂。袋貂伸出一隻毛茸茸的迷你小手拿走腰果，轉身跑進黑暗中。史威尼意識到自己露出微笑，她們兩個都是。亞曼達轉向史威尼，這時史威尼覺得身體深處似乎受到一股沉重的撞擊，幾乎像是有隻無形的手從後面推了她一下。

她挺直身體，等待那股力量來臨。

不過最終她自己在抗拒，兩腳依然紮根在地上。她感覺自己臉上的笑容逐漸淡去，一會兒過後亞曼達的笑容也消失了，因為她的思緒已經飄走了，視線在周圍的森林中四處游移。

我坐在飯店客房裡那張硬梆梆的床邊，深吸一口氣，然後讓空氣輕輕從肺部滑出。電視的遙控器就放在膝蓋上，而我面前是一面尺寸大到沒有必要的空白螢幕。我再緩慢地呼吸兩次，不過思緒又跳回前一小時的混亂之中，使得我的呼吸速度再次加快、變得急促起來。我在一小時前和凱莉吃完晚餐，冒雨走回房間。

我們可以重新修補這段關係。

回家吧。

我需要你。

憤怒不斷膨脹，達到臨界點，然後破裂、消散，留下困惑為其守靈。我花了很長時間幻想凱莉對我說這些話，以至於當她真的說出來時，我幾乎以為自己在作白日夢。在被起訴後那幾個月的夜裡，我學會在腦中編造故事來哄自己入睡。我會站在家門口，而凱莉會打開門，歡迎我進去，並注意到我的困惑和恐慌。我會試圖向她解釋過去發生的一切，克萊兒．賓利、我被逮捕、我在監獄的日子、那些充滿仇恨和尋求報復的民眾。而凱莉會告訴我那一切都不是真的。時間沒有前進，還是那個決定性的星期天早晨。我們沒有吵架，我從未沒有離開去釣魚。我還可以阻止一切發生。

在餐廳裡，我面對凱莉的提議一句話也說不出來。那到底是提議？還是懇求？我喃喃說些話，說我不知道她是指什麼意思，說我不懂她怎麼可能想要說那種話。但是，當然，我們兩個都很清楚她是什麼意思，也很清楚她為什麼會那麼說。我們的婚姻關係一直維持得很好。的確，我們會吵架，偶爾也會離家出走，不過我們是很棒的隊友，每天都會逗彼此開心。我們正處於剛迎來新生兒時那段幸福、疲憊、令人興奮的時期——適應的過程痛苦不已，但是我們知道自己終會成功跨越，我們會慶祝每一場勝利、每一次掙扎、每一座里程碑。為人父母是如此美妙的新領域，我們兩人共同踏上那個世界的邊緣。接著一切都崩潰了。

她希望我回去，這樣我們就能繼續延續那夢幻般的狀態。當然，不會所有事情都和過去完全一樣，但是我們會過得很好。我們都知道會很好。她會教我一些和小女生生活應該知道的事。關於我寶貝女孩的事。我得重新學習凱莉的語言，適應她的作息。我們大概還會和彼此的新身體第一次見面。我會探索她的新身形和新曲線，她會看到我在新生活中身為被指控的罪犯所得到的傷疤。

我抓住頭，試圖呼吸。現在沒有時間去想那些事。戴爾．賓利正在入侵我的腦袋，彷彿盤繞的黑蛇般包圍住我在凱恩斯的生活，威脅著要用力縮緊。他會坐在電視前，觀看即將在全國電視上播出的節目。每個人都會。凱莉現在可能正趕回家去陪傑特；莉莉安已經睡著，咖啡桌上放著兩杯酒。尚恩會在他位於帕茲角的時髦公寓裡看節目，他的伴侶理查會努力制止憤怒的律師不要對著螢幕破口大罵。我的同事們、昔日朋友和鄰居。我咬緊牙，強迫自己拿起遙控器，按下最上方的紅色按鈕。

冗長的開場介紹，許多遣詞用字令我皺眉

「兇殘」，「駭人聽聞」，「掠奪」。我感覺心臟受到重擊，在安撫作用微乎其微的委婉敘述之間一次次受到攻擊。「遭控」，「濾聞」，「尚未證實」。突然間我出現在螢幕上，看起來出奇地英俊。我感覺一陣噁心，但是沒辦法把目光從螢幕上移開好去廁所嘔吐。時間一分鐘一分鐘過去，我等待著那個可怕的時刻到來，等待勞拉意味深長地嘆氣、表情質疑地歪著頭，將我的注意力轉向筆電上梅蘭妮說話的影片。廣告插播來來去去。時間流逝著，我滿身大汗，不斷拉扯著自己襯衫前擺，手機異常安靜。

然後勞拉就出現在螢幕上，獨自一人站著，告訴我《生命故事》會密切關注這起案件，並會在他們的網站上提供更多關於我的資訊。我僵硬地坐在床緣，看著更多的廣告出現在眼前，接著出現某個舞蹈節目節拍強烈的搖滾音樂主題曲。

手機響起時，我甚至沒看是誰打來的，連「喂」都忘了說。

「你有看嗎？」尚恩說。

「嗯，我正在看。」我說。快樂的青少年們把彼此扔來扔去，並在自己的名字閃過螢幕上時擺出姿勢。「梅蘭妮那段應該就是下一段。」

「沒了，節目結束了。他們沒播那段訪問。」

「可是他們說——」

「泰德，他們沒放進去。」

我看著苗條結實的女主持人介紹一桌子奇裝異服的評審。

「可是這是什麼意思？」

「我也不知道！」尚恩不可置信地大笑。

「這節目之後會有完整版嗎？搞不好會在那裡面。」

「沒有完整版，他們的網站上也什麼都沒寫。我現在正在看網站，什麼都沒有。泰德，上面沒有提到關於指控的任何資訊。」

我們沉默了一會兒，尚恩在電腦上點了幾下、打了點字，而我看著某個頭戴銀頂帽子的傢伙正在訪問一群穿著緊身衣的緊張小孩。

「他們放錯內容了嗎？」我問。

「希望不是。」尚恩說。

——

戴爾・賓利坐在被指控強暴他女兒的人的廚房裡。他在前廳找到一台小電視，現在接在廚房牆上插座，旁邊是那個男人破舊的烤麵包機。螢幕上的泰德和他過去幾天裡仔細觀察的那個人相去甚遠。他認識的那個人臉頰凹陷、面容疲憊，眼睛總是盯著湖面上的地平線，彷彿能望見遠處那座遙不可及的天堂，一個能讓他的煩惱化為雲煙的快樂世界。他在螢幕上很有魅力，英俊。但這不正是讓大家最想要討厭他的地方嗎？他不是童話故事中的怪物，反而無可否認地討人喜歡。

戴爾心不在焉地聽著泰德在電視上冷靜地抗議著，他將注意力轉向眼前的文件。筆記型電腦上開著兩個視窗，一個顯示許多皮卡車，另一個則開著泰德的電子郵件信箱。

有一些福特Falcon的註冊車主就居住在克萊兒被綁架的地區，其中有幾輛是一九八八年至一九九二年之間生產的型號，但是沒有一輛是藍色的。戴爾看著螢幕上的車子，感受到一股熟悉的羞愧感；自從克萊兒被襲擊以來，身為父親的他從未擺脫這種感覺。他知道這很荒謬，而且帶有性別歧視。但是無論這種想法有多麼不合理，一部分的他仍然覺得，如果自己做得更好，變得更強壯、更有男子氣概，如果他再更強悍一點的話，或許就能防止這種事發生在他女兒身上。這也許是某種古老的野蠻人本能，某種存在已久的愚蠢本能：真正的男人有責任保護自己的孩子。意思是他必須能夠察覺到她什麼時候有危險；意思是他必須熟悉汽車、武器和警探的調查工作；意思是在時機來臨時，他必須能夠在體能上與克萊兒的襲擊者相抗衡，進而擊敗他、征服他。

前一天晚上那個力大無窮的泰德把這些感覺又都引了出來。那個男人像抱小孩似的把他從地上提起來，然後砸在門上。戴爾懶洋洋地看著泰德在兩人打鬥後把門重新裝回去，帶著醉意鎖螺絲，笨手笨腳地轉著螺絲起子，而鵝群仍在草坪上的小屋裡憤怒地咕噥著。泰德是比戴爾更好的人嗎？他有辦法保護她嗎？照眼前的證據看來，克萊兒的襲擊者如果不是泰德，那應該是二十五歲左右的年輕男子。那個人壯嗎？懂汽車型號嗎？有孩子嗎？

他嘆了口氣。變數太多了。戴爾不知道車子改了顏色後是否必須更新車籍資料。監理處會強制執行這項要求嗎？還是只是抱持鼓勵態度？在他面前文件上這些福特 Falcon XF 皮卡車裡，有沒有可能某一輛其實是藍色的？

戴爾拍打著筆電腦的邊緣，然後瞥了一眼泰德的電子信箱。

他好奇地打開了卡利．費拉寄來的信。戴爾不時會在新聞中看到這個矮小、傲慢的犯罪集團成員——穿著昂貴的西裝，頭髮梳得整齊油亮。

> 咖啡，兄弟，你總得回我訊息。我知道你會找到那個人。如果把他交出去而他只被判八年，你最好想想那對你會是什麼感覺。我們可以幫你把這件事處理得更好，兄弟，我們可以幫你做對的事。

戴爾把信從頭到尾讀了幾遍。電視節目結束了，完全沒聽見新的指控。泰德的車鑰匙就放在廚房流理台上的小木碗裡。

戴爾按下「回覆」。寫完後，他站起來，將鑰匙握在手中。

沉重。一種壓倒性的沉重感感染了一切，像液態鉛一樣包覆住喉嚨和胸口，如波浪般朝雙腿拍打而去。我醒來時躺在床上，雙臂伸展，仍然全身赤裸，因為在看完《生命故事》之後我終於拖著自己去洗澡。我莫名其妙地睡了個死沉，深眠而無夢，被飯店窗簾邊緣透入的一縷光線喚醒後，卻發現全身沉重得無法動彈。已經是中午了。手機嗡嗡響起，我轉過頭，隱約意識到它已經響了一段時間。

想當然爾是凱莉打來的。在她之前尚恩打了兩通，卡利．費拉打了一通。此外還有幾組沒號碼的保密來電，可能是記者或者從透過某種方式挖到我電話號碼的瘋子；根據經驗，後者都是滿嘴咒罵與威脅。我沒有回撥任何一通來電，而是瀏覽起聯絡人資料，直到找到史威尼，然後用痠痛的手臂把手機放到耳邊。

「泰德？」

「喂？」我說。

「你還好嗎？你聲音聽起來好糟。」

「我需要——」我艱難地吸了口氣，「——我需要有點事情做，很瑣碎的那種。現在狀態不是很好。」

「好。」我聽到史威尼把手機夾在耳邊，在一些文件之間摸索。她在警局裡。我認得警察們在背景裡低沉的抱怨聲、門禁打開時的嗡嗡聲，以及電話鈴響。「我們要擴大搜查範圍，這邊有事可以讓你做。我之前傳訊息跟你說史黛芬妮的自白供詞不成立，你應該有看吧？麥可．貝爾的嫌疑也被排除了。我現在正在篩選一份清單，裡頭包括叫蛙以前和現在的員工，其中一些人承認參加過愉悅俱樂部的聚會。」

「什麼東西？」

「就是——沒關係，別管那個。總之我收集了一堆名字，現在需要清查他們的銀行帳戶、社群媒體檔案和犯罪紀錄。」

「好。」我說。

「還有家人朋友的——」

「也都給我。」

「還是我直接把整份名單都寄給你？」

「謝謝。」我翻身滾離陽光照射的範圍。筆電放在床頭旁的邊桌上，我沒有起身就直接將筆電拉過來，然後打開。史威尼陷入沉默，敲打著她自己的電腦，將名單寄給我。

「是說，你現在不是應該要覺得好一點了嗎？」她猶豫地問，「昨天晚上的節目沒有播出那些新指控。對不起，我……我看了。」

「大家都看了。」

「這應該是好事不是嗎？」

「我不知道。」

「喔。」

「我老婆——」我開了口，但要怎麼解釋？我縮起身體，聽著史威尼電話中背景音裡的警察局。她輕微地呼吸著。「算了，那個我也不知道。」

更多點擊滑鼠的聲音。有人在笑，男的。

「你應該打給亞曼達。」史威尼突然說。

「為什麼？發生什麼事了嗎？」

「沒事，」史威尼說，「只是她，呃……她會讓我覺得……」

我等待著。史威尼聽起來像是後悔自己開了頭，現在不曉得該如何結束。

「跟她聊天讓我感覺好很多，」一會兒之後她終於坦承，「就只是這樣。」

我聽從了她的建議。亞曼達在第二聲鈴響時接起。

「你聽這個。」她說。我聽著，什麼也沒聽到。

「什麼東西？」我問。

「大自然，」她自豪地說，「我在森林裡到處走，尋找線索。喂泰德，你現在是不是整個人陷進難過的情緒裡了？聽起來就很像。我警告過你會這樣了喔。」

「史黛芬妮那邊後來怎麼了？」我問，「你確定她沒有做嗎？」

「她沒做，就只是難過到發瘋而已。」

我覺得自己了解那種感覺。

「孟娜．沃格林那條線後來查到了什麼？」我問。

「不多，」亞曼達說，「我們在她家找到一雙工作靴，目前沒辦法排除那雙鞋和犯罪現場的鞋印不符。我們找不到任何口徑九公釐的手槍，但是這也不代表她沒有把槍丟到雨林裡，就只是搜索隊還沒找到而已。她不肯跟警方或我說話，所以我們現在有點陷入僵局。她有個親戚住在在墨爾本，對方答應會飛上來幫忙說服她給我們一點ＤＮＡ樣本，然後看能不能讓她說出知道的事。」

「嗯哼。」我說。

「對，的確非常『嗯哼』。」

「那個愉悅俱樂部到底是怎麼回事？」

「對吼，」亞曼達得意洋洋地大吼起來，「天啊，你還沒聽我說過那件事吼。」她開始說起自己和史威尼在叫蛙地下室的探險之旅。和史威尼預測的一樣，聽著亞曼達喋喋不休，我感覺有股淡淡的笑意在臉上逐漸增長。

掛斷電話後，我看著自己的手機螢幕。桌布是莉莉安的照片，她從一個應用程式圖示後方探出頭來，露著牙齦壞笑著。

在手機後方的床頭邊桌上，放著我的結婚戒指。我放下手機，推開筆電，伸手去拿。

從亞曼達和史威尼那晚站在叫蛙後面，抬頭看見樹冠間的星光在小溪裡反射閃爍之後，已經過去一天了。史威尼前一天寄了名單的一部分過來，亞曼達也已經開始著手處理了，但是，在辦公室電腦前點擊滑鼠、拖動游標這種工作實在單調得令她要發瘋。亞曼達難以理解電腦這種東西。它們嗡嗡響了一陣、發出光芒和尖嘯聲，接著便突然充滿生命力，憑空出現各種無人寄出的訊息。雖然這些訊息都是關於她的密碼、系統更新或者網路訊號，無可避免，可是亞曼達始終有種感覺：終有一天，其中一則訊息將會帶來某種兇惡的不祥預告。壞事總會以意想不到的方式突然出現在她的生活裡，像一顆無形的氣泡升起、爆炸，吞噬一切。壞事很少會遠遠地來，不會像風中的濕氣那樣提前宣布暴風雨的意圖。電腦的噪音和嗶嗶聲讓她覺得煩躁，不久後她就放棄那份名單。

於是她昨天一整天都在遊蕩、思考，低頭看柏油路面從自己腳下經過。她沒有用那台嗡嗡作響、吱吱喳喳的機器去研究那份名單，而是用自己的腳去搜查。她走到麥可·貝爾的家，透過窗戶看他。他一定是把所有來幫忙的人都打發走了，因為她發現他獨自坐在沙發上，盯著空白的電視螢幕，手指間拿著一塊她認不出是什麼的布料。也許是安德魯的T恤。雖然不懂為什麼，不過亞曼達知道人們哀悼時喜歡撫摸已逝至親的衣服。她走到史黛芬妮·尼許的家，試圖透過窗戶看那個年輕女子，但是她不在，屋內所有房間都是黑的。

亞曼達走回家騎車，然後去了年輕廚師的家。那位廚師那天晚上在叫蛙後場廚房負責做了最後的餐點，廚房助手則在一旁收拾盤子並擦亮餐具；就在他們工作時，時間一分一秒地流逝，倒數著安德魯和姬瑪的死期。她還騎車去了克勞蒂亞·弗蘭瑞的家。那是一棟位於紅湖邊緣的赤陶色小平房，離泰德家不遠。亞曼達到的時候那位老太太正坐在廚房餐桌旁，心不在焉地用叉子吃意大利麵。她仍然戴著又大又重的耳環和項鍊，布滿斑點的手臂上掛著皺褶推積的雪紡。

亞曼達不覺得自己有辦法光在窗外看臉就辨別出誰是殺害安德魯和姬瑪的殺手，她還沒那麼自負。不過她渴望在從一戶人家移動到另一戶人家的過程中感受到某些東西；她像在寒冷夜裡徘徊的幽靈，看著那些活著的人，欽羨他們的溫暖。她整晚都在房子之間來來去去，沒有任何行動邏輯，直到只能看見黑暗的房間和拉上的窗簾時才停下來。

到了早上，她跨上自行車，朝叫蛙的方向騎去。那裡是一切事件的起點。現在她坐在溪邊，脫下粉紅色帆布鞋，把腳趾伸進水中。蘆葦叢裡纏繞著昨晚遺留的垃圾，洋芋片包裝袋被袋貂和其他投機的夜行生物從酒吧後面的垃圾桶裡扯出來，散落得到處都是。儘管有垃圾，這裡的水質還是不錯。她在溪水中扭動腳趾，水流沖刷著她的腳踝，旋轉然後形成漩渦。

她站起身，沿著溪流走了幾公尺，蹲下來，從溪底撿起幾塊光滑的石頭。幾隻長得像藍色小龍蝦的生物從她抓取的手中逃走。溪底是沙質的。她往下挖，將手來回扭動。新的視角，新的感覺。沙子裡面感覺溫暖，住著許多水生生物。

她想知道自己是否能觸及克勞蒂亞・弗蘭瑞喜歡掛在嘴上的那種奇怪靈性，聆聽酒吧、溪流和森林，聽它們從宇宙的角度向她低語，告訴她被害酒保身上發生的事。可是這時松利家開始傳出鑽槌聲，令她震驚地皺起眉頭。亞曼達睜開眼睛，看著對岸的房子。圍欄新裝上的木板未經防腐處理，像一顆金牙嵌在整排舊木板的行列中。

她爬上河岸，走向那棟房子，煩躁地透過圍欄的縫隙向裡頭看。她看到老松利太太的腳靠在沙發旁的腳凳上，穿著拖鞋的雙腳岔開。亞曼達繞到房子正面。也許這個老太太值得她花點心思聊一聊，談談老太太那鬼魂般的目光曾經掃視過多少與叫蛙有關的男人和女人。即使松利太太在命案當晚沒有聽到或看到任何具體的事情，也許她會曉得一些關於克勞蒂亞和愉悅俱樂部派對的事。雖然無法解釋為什麼，不過亞曼達知道，有時在遇到謎題時光是和老人待在一起就會很有用。監獄裡的老囚總能讓她平靜下來，那些終身監禁的罪犯。而且除此之外，老人身上總是有股很好聞的味道。

她在這戶正面的一角停下，側面的圍欄有一部分沒入灌木叢中。圍欄上有塊木板不見了。有趣。這裡的圍欄比較新，金色的木板未經處理。亞曼達伸手觸摸那根閃亮的嶄新釘子，扭曲而彎折，原本的木板似乎是被扯掉的。

亞曼達繞過圍欄，穿越花園走到後院，來到房子朝後的圍欄；在這裡，那塊金色木板被重新釘在面向叫蛙客棧一側的缺口上。亞曼達推了推木板，它紋絲不動。她退後一步，使盡全力踢了木板一腳，它鬆脫了，向外翻滾落到溪岸邊的草地上。

新的視角。她可以直接透過圍欄的縫隙看到叫蛙的後門。照這樣來看，她想，站在那裡的人也可以直接透過縫隙看到她所站的地方。她懂了，也幾乎看到了那晚站在酒吧後面的安德魯。這塊木板當時並沒有在圍欄上，而站在對岸的安德魯就透過這道縫隙看著亞曼達現在所站的位置這裡；亞曼達站在斑駁的陰影中，烈日從樹林上方猛烈撒下。

無論他看到什麼，都讓他拔腿就跑。

但是他到底看到了什麼呢？

亞曼達轉過身，一個拳頭砸向她的側腦。

尚恩和法蘭基在帕拉馬塔的州警察總局接待區等我，兩人之間離了一段有些尷尬的距離，尚恩假裝在看手機上的東西。那天早上我終於接了尚恩的電話。前一天我整天都像蛞蝓一樣賴在床上，胸前放著筆電，眼前不斷滾過陌生人的警方檔案。處理叫蛙案件像是張開手欣然跌入一條黑暗隧道，命案相關人士的生活細節彷彿細小的藤蔓般引導我鑽入一座地下迷宮，遠離我自己的動蕩世界。我追蹤了目前或最近曾在酒吧工作的年輕男女的社群帳號，然後往回追溯。看了他們現在的對話，我會願意相信這些人全都對這起命案感到震驚和悲傷，不過其中也零星散落一些不怎麼表示同情的有趣片段；女孩們不喜歡安德魯對史黛芬妮不忠，而男孩們則想要相信這種事永遠不會發生在自己身上。

提寇：我知道發生這種事很糟糕，但是我就忍不住在想，如果今天換成是我要搶劫店裡，大概也會挑安迪上班的時候。

馬特：真的？

提寇：對啊，那傢伙他媽的超混，根本沒在管店怎麼樣。我以前和他一起上班的時候，明明外面吧檯還有一、兩個客人，他卻跑到廚房打屁半個小時，收銀機就放在那邊完全沒人在顧吔。真的遇到搶匪他根本不會反抗。

馬特：你覺得是客人幹的嗎？也許他們覺得安迪比較好對付？

提寇：他們沒挑我上班的時候來，不是嗎？

我從側門進入總局，因為有記者等在這座高聳混凝土大樓前的階梯上。我想知道是梅蘭妮陣營的人洩露了我要來做筆錄的消息，還是我的某個老同事得知之後告訴了媒體。如果有臭名昭彰的殺人犯和強姦犯要來作證，或者臥底警察和線人要進入警局，走的都是這個入口。這是專門為他們保留的出入通道，現在則是為我，為澳大利亞最被憎恨的人而開。

從被捕的那天早上之後我就沒再見過小法蘭基。在那折磨人的幾個小時裡，她和我的同事們被允許在偵訊室裡對我大吼大叫，表達他們的震驚與厭惡。那次不是正式審問，他們只是需要時間親自問我是否做了被指控的事情，直視著我的眼睛，看我是否對他們撒謊。

法蘭基嬌小結實，心形的臉總是向上仰起。每次拍全隊合照時她都得站在牛奶箱上，這樣我和其他人才不會滑稽地超出她太多。她和我是警察學院一起畢業的同期生。當我出現時，尚恩大步向前和我握手。

「梅蘭妮．史賓費爾德今天會來做筆錄，」尚恩拍了拍我的肩膀，「不過我們不會停留太久，她到的時候我們應該已經離開了。」

「所以她還是會來，」我說，「她打算堅持到底。」

尚恩沒有回話。也有可能他回了，只是我沒聽到。我一陣眩發暈。法蘭基僵硬地向前走了一步並清了清喉嚨；她保持著專業距離，以保護自己的情緒。法蘭基，從以前就是個愛哭包，但是現在的她沒有哭。她的雙眼發紅，嘴唇抿成一道堅硬的細線，但是沒有讓步。

「我帶你們上去偵訊室。」她說。

「五樓嗎？」我問。我以前的樓層。

「不是，七樓，」她的聲音有些崎嶇，「我們覺得……其實沒什麼特別原因，只是大衛和莫里斯在這裡，所以……」

我在緝毒隊的好兄弟。我懂。預期他們中的任何一個只要逮到機會就會上前揍我一拳是非常合理的假設。事實上，其他同事可能全都等著那一幕發生。我跟著法蘭基和尚恩進了電梯，然後來到一條滿是偵訊室的長廊。每間都空無一人。我們選了一間。尚恩和我安靜坐在桌子一邊，等待法蘭基準備待會所需的正式筆錄表和紙張。她還拿了咖啡，我覺得這很貼心。她完全沒有義務這麼做。她始終躲著我的目光，這點得益於她那頭總是垂到額前的鬆軟黑髮。她一直對自己的頭髮沒什麼自信。我們剛認識的時候她經常把頭髮剪掉，然後後悔，又試圖讓它長回來。她倒了咖啡，在我的杯子旁放了一包糖，並把牛奶罐推給我。她還記得我喝咖啡的口味。雖然發生了這麼多事，她還是很瞭解我。我想告訴她，就像我先前在電話裡說的，我還是她認識的那個人，這些舉動就是證據。不過當我開口時，嘴裡吐出的卻是其他話。

「你和凱莉還會碰面嗎？」我突然問她。法蘭基看向尚恩彷彿是在尋求幫助，她不敢看著我的視線去判斷這到底只是隨口問問還是向她發出的挑戰。

「我很久沒看到她了，」法蘭基說，「我偶爾會傳訊息。」

她要我回去，我想要這麼說，如果我答應的話，我們就會假裝什麼都沒發生過。法蘭基願意接受這樣的決定嗎？繼續原本生活是否就代表幾個老朋友也會回到我身邊呢？他們也願意再次接受我嗎？受到指控不只讓我從同事的生活中被刪除，我也從凱莉的生活中消失。不只是我失去她，她也失去了我，而現在她終於感受到了這份失落。如果決定回去，我就得離開亞曼達、薇兒、水邊的家，還有那群鵝。我知道思考這種事情很蠢，可是救贖角上的那棵樹突然閃過我的腦海。如果我不在了，那些藤蔓會爬到它身上，勒死它。

沉默震耳欲聾。尚恩和法蘭基個拿出一疊裝訂方式完全相同的文件，尚恩將他那份滑到我面前。

「我認為我們應該直接回應對方提出的問題。」尚恩說。

「喔，這就是嗎？」我發抖著拿起那份文件，「這就是《生命故事》訪問梅蘭妮時的逐字稿？」

「全文都在這裡。」尚恩嘆了口氣，強烈的反感情緒打斷了他自己要說的話。我在他們注視下開始讀那份文件，視線在冰冷的印刷文字之間彈跳，畏懼的感覺一波一波不斷襲來。有些句子我必須重複讀好幾次，難以專注。

勞　拉：你第一次發現不對勁是什麼時候？

梅蘭妮：泰德開始問埃莉絲有沒有男朋友。我說她才八歲，當然沒有。我自己也覺得很奇怪，你懂我的意思嗎？泰德是我第一個男朋友，可是他很主動、很有經驗。那時候我才突然意識到，他以前應該交過其他女朋友。他一直想要摸我、親我，想要用真心話大冒險這種遊戲和我做跟性有關的行為，然後還想把埃莉絲也拉進來。

「這不是真的，」我全身發抖，伸手抹掉額頭上的汗，「這些全都不是真的。」

「我們一步一步來。」尚恩說。法蘭基開始錄音，並做了開場記錄。尚恩將一手放在我肩膀上，我用盡了全力才沒讓自己抖開他的手。「告訴我你和梅蘭妮之間的關係。」

「當時根本不是這樣，」我指著那些紙張，「沒有一件事是她說的這樣。我並沒有『很主動、很有經驗』，我們之間也沒有發生帶有性愛意味的親吻或碰觸。梅蘭妮是我第一個女朋友，所以我很緊張。我那時候根本沒膽子親她，差點打退堂鼓，因為覺得自己很丟臉——我們和另一對情侶是很好的朋友，而他們隨時隨地都在接吻，就當著我們的面好像在炫耀一樣。」

「所以你們從來沒有接過吻？」

「我試過，但是沒有成功，」我把頭埋進手中，「我曾經在拍照或是其他時候把一隻手放在她肩膀上幾次。可是說起來我當時是很笨拙的那種青少年，就是個子高大、腦袋很呆的那種小孩。」

法蘭基臉上閃過一絲微笑，也許她想要說自己認得的我就是那個模樣。以前緝毒隊上體型最大的人是我，而最小的就是她，我們會拿這點來開彼此玩笑。可是法蘭基的笑容一閃即逝，彷彿從來沒存在過。我們面前的文字赤裸裸的，毫無遮掩，像一張死刑執行命令，令我痛苦得差點拿不住。

「所以你到上了大學才有性經驗？」

「對。」

「對象是誰？」

「就是某個女生而已，」我不自在地調整了一下坐姿，「如果不是非常必要的話，我不想把她扯進來。她只是某個和我修同一堂課的女孩子。我選了犯罪學和刑事司法概論，想說自己以後可以當警察或律師，但是最後成績達不到律師的程度。喝太多酒、參加太多派對。事實上，我直到大學開始喝酒之後才算是開始脫離小孩的樣子。我第一次主動和女生說話的自信就是酒精給的。」

「在梅蘭妮和這個女孩之間，你還有和其他人交往過嗎？」

「沒有。而且我和梅蘭妮之間也不能算是在交往，」我說，「我們那時候說只會和對方約會，然後在學校的時候會牽手。我會寫情書給她，而她會寫詩給我，就這樣。」

「你和梅蘭妮之間有過任何性行為嗎？如果不到性交程度的接觸也算的話？」

「沒有，」我說，「完全沒有。我連親她都不敢，我不曉得她為什麼會覺得我在追她妹妹。」

「你的意思是所有東西都是她編的？她捏造了所有指控？」法蘭基說。

「對，而且她把故事編得非常好，」我重看了一遍眼前的文字。汗珠聚集在我的太陽穴上，「我的意思是，這些故事……這些故事聽起來真的很有說服力。」

「以謊言的標準來說的話。」尚恩咕噥著。

「這感覺就像她是從別的地方搬來這些故事，好像她把我誤認成別人一樣。」

「怎麼說？」法蘭基問。

「她這裡說到真心話大冒險。對，我那個年紀的小孩的確會玩真心話大冒險或是轉酒瓶，可是梅蘭妮和我——我們從來沒有玩過。」

「這的確是非常具體的細節，」法蘭基沉思著，「她實際上是點出一種能夠讓人嘗試接觸性行為的遊戲，甚至暗示這個遊戲很容易導致性侵。」

我點點頭。

「她不只是在說你引導她發生性行為，」她補充，「而是在告訴我們你怎麼做的。」

「我沒有做她說的那些事，」我說，「我不知道是誰做的，但總之不是我。」

法蘭基似乎注意到自己開始推想這些假設，發現自己脫離了審問者的角色，再次回到我同事的身分。她挺直了身體。

「她在這裡說你會帶零食給埃莉絲，藉此引誘她進行撫摸遊戲，」法蘭基指著我面前那一頁，「彩糖巧克力，她說你知道埃莉絲最喜歡這種糖果。」

「我怎麼可能知道這種事？」我問。

「盡量不要反問，」尚恩提醒我，「只要堅定、直接地回應指控就好，就像你在審判庭上那樣，不要進行沒必要的揣測。」

「我沒有引誘埃莉絲或梅蘭妮玩任何『撫摸遊戲』，」我說，「我沒有帶任何零食給埃莉絲，沒有以任何方式對她做出與性有關的任何行為，也沒有鼓勵她對我做出任何與性有關的行為。」

「你有沒有以帶有感情的方式碰觸過埃莉絲？」法蘭基問，「就像你剛才說會把一隻手放在梅蘭妮肩膀上那樣。你有沒有抱過她妹妹、和她扭打，或者抓住——」

法蘭基的手機在我們旁邊的桌面上響了一下。她看著亮起的螢幕，愣了一下，一隻手停在手機上方。我看著她拿起手機，打開訊息讀了起來。她按照正規程序暫停偵訊，唸出手錶上的確切時間並覆述一次今天的日期，接著切斷錄音。我不敢置信地看了尚恩一眼。

法蘭基說了聲抱歉便離開房間，迅速將門關上。我把頭埋進手中。

「現在又是怎麼回事？」我呻吟著說。

「我也不知道，」尚恩拍了拍我的肩膀，「不過無論是什麼事，我都會在這裡，我們一起處理。」

我們坐在沉默之中，十五分鐘過去。我一而再，再而三讀著梅蘭妮．史賓費爾德的訪問稿，試圖理解為什麼她會說我曾經做出那些事。我對梅蘭妮的家沒有什麼記憶。我知道她家比我家大，她爸媽是我爸口中的「上流人士」。他們家地下室裡有一張桌球桌和一台老式彈珠台，梅蘭妮和我喜歡在那裡玩；還有一座鹽水水游泳池，池底很深，潛到最底部時會讓我的耳朵發疼。埃莉絲總會想盡各種辦法黏在我們旁邊，直到她姊姊覺得煩了把她趕走為止。我記得那個小女孩會躲在地下游泳池旁樓梯的最頂端，一邊生悶氣一邊試圖偷聽。當時和梅蘭妮同年級的女生都會帶著巨大文件夾，把貼滿特殊閃亮貼紙的作業練習本夾在裡面。我記得自己曾經以異常成熟的態度對她說收集貼紙有夠無聊，她因此感到受傷，於是隔天我就出門去報攤買了貼紙要給她。

我知道性侵案件的偵訊怎麼進行，我在克萊兒遇襲後遇過不少次痛苦的經驗，除此之外，以前在警校學院時我也受過這類訓練。剛當上警察那幾年我曾經坐在一旁旁聽過幾場這類型的偵訊。法蘭基會再次回到房間裡，繼續以直升機般的高度居高臨下，環繞著我和梅蘭妮以及埃莉絲的關係打轉，然後緩慢下降，一層接一層。我知道她很快就會開始討論我有哪些特殊性癖好、什麼東西會讓現在的我感到性興奮、梅蘭妮的哪些地方讓十幾歲的我產生對她的興趣。我喜歡埃莉絲哪裡。她的個性。我是否曾經對埃莉絲產生過任何性方面的想法，即使它們只存在我的腦海裡，從未被付諸行動也一樣。

法蘭基會慢慢、慢慢地垂降下來，直到最後如羽毛般輕盈著陸，看看她是否能讓我說出那句話：我曾經是那樣的人，一個帶著性侵意圖的男孩。

當然，告訴她這一點就等於告訴她，現在的我是個帶有性侵意圖的男人，就像所有人口中的那個我一樣。我不知道，也許對她來說那反而會是一種解脫。

法蘭基回來時，身邊多了一個我不認識的女人。女人一身全黑，穿著一件薄薄的連帽衫和褲腳破爛的牛仔褲。兩個女人站在門外，聊得很開心。法蘭基做了個手勢比向我，而年輕女子轉頭來看。剛才見到她時我的身體裡並未感到任何刺痛，但是當她轉向我時，我張著嘴，覺得自己差點失控。我認出她了，她就是梅蘭妮和我在那段短暫關係中不斷試圖躲避的那個小女孩。

我不自覺起身，來到走廊上。心臟狂跳不已。

「埃莉絲。」

埃莉絲．史賓費爾德，那個站在樓梯頂端的小女孩。噘著嘴，腳上穿著比實際尺寸還大一號的沉重學生皮鞋，這樣等她長大了還能繼續穿。我以為自己對她的記憶很少，不過當我看著她的臉時，卻意識到其實記得很多事情——我記得她被姊姊扯頭髮時的哭喊聲，我記得她啃指甲的壞習慣非常嚴重，而且顯然現在還有。我想起她房間長什麼樣子了，我曾經站在那裡看著她，我記得那隻白色寵物老鼠和掛在窗戶上的塑膠珠簾。她是我第一個女朋友的妹妹，應該有權從我生活中完全消失，我在她生活中亦然。這是一段幾十年前成形又破裂的關係，簡短且毫無意義，只是一次短暫無痛的錯身而過。我看著她，心裡唯一能想到的是這有多不公平。她被拖進這裡是不公平的。她應該留在我記憶裡，繼續當那個噘著嘴的有趣小女孩。

「你長大了。」我不知道自己為什麼這麼說。一種荒謬的喜悅或新奇感朝我襲來：她已經長大了。隨後，崩塌的現實一下子對我展開攻擊。我的嘴突然發乾，心裡湧出一陣絕望。「埃莉絲，你知道我沒有……我沒有……」

「泰德，對不起，」她紐絞著雙手，「我對這所有事情都很抱歉。我們不知道該怎麼辦才好。我們本來打算開記者會，但是希望警察在場，好去……」

「誰？」我問，「誰是『我們』？」

「我們全家人，」她問，「還有梅蘭妮。泰德，她做了一個非常糟糕的選擇。」

這時尚恩就站在我旁邊。我突然感覺到他的體熱，彷彿真的有一股怒火在他的體內熊熊燃燒。

「我爸媽和我，我們……我們不曉得她會做出這件事，」埃莉絲結結巴巴地說著，「我們不曉得她會做出所有的事。那天看到《生命故事》沒播出指控的片段，我們以為一切都會慢慢平息下去。可是情況不是這樣，反而變得更糟了，《生命故事》也不肯接我們的電話。我們和梅蘭妮談過，她同意對媒體宣讀聲明，收回在訪問中說過的話。」

「所以她……」我幾乎說不出話來。我看向尚恩，他面無表情，目瞪口呆。「梅蘭妮，她——」

「她說謊了，」埃莉絲說，「她很抱歉。」

事件背後的故事開始浮現。埃莉絲說說停停，幾乎要失去控制，最後終於哭了起來，用手背抹著眼淚。沒有人敢進偵訊室坐下，生怕一離開走廊，埃莉絲和她那些話語就會像出現時一樣突然消散在空中。

梅蘭妮多年來一直患有不明的精神疾病。埃莉絲懷疑是躁鬱症，但是她和父母很難說服姊姊去看專科醫生或服藥，所以即使醫生試圖診斷，也無法遵照醫囑進行任何治療。雖然兩姊妹之間的關係緊張，但因為埃莉絲還記得我們小時候的事，所以當她看到新聞報導我在克萊兒綁架案中被捕時，還是打了通電話給梅蘭妮。在那之後的幾個月裡，她偶爾會收到梅蘭妮的訊息，內容都和那個案件有關。埃莉絲擔心姊姊過於注意這個案件，可能導致案件成為她的「執念」之一。梅蘭妮有時會對美國總統的動態、氣候變遷產生執念，偶爾還會迷上懸而未解的謀殺命案，而我被逮捕這件事完全激發了她的想像力。後來有一天，母親在去了梅蘭妮的公寓後打電話給埃莉絲，說她在公寓裡發現了一些讓人擔心的東西。

「我媽不曉得那是什麼，不過我一看就知道了，」埃莉絲說，「那是一份受訪合約，上面有製作人、電視台高層和梅蘭妮的簽名，還寫明了梅蘭妮接受《生命故事》訪問後將會收到的金額。」

「你們為什麼沒有阻止她？」我問。

「我媽上禮拜才發現合約，」埃莉絲啜泣著，睫毛膏都哭花了，「那時已經太晚，訪問已經完成了。」

「所以電視台都沒有跟你確認過梅蘭妮的說法嗎？」我問，「都沒有打給你爸媽？」

「是因為錢，泰德。」埃莉絲懇求著，然後望向尚恩。她一定是從尚恩的臉色看出來他是我這邊的人。我的律師脖子以上已經開始慢慢變紫。「梅蘭妮想要那筆錢。她告訴他們，她是唯一能解釋你的行……你想對我做什麼的人。她說她從來沒把這件事告訴過我們父母，說她問過我但是我什麼都不記得。她想要那筆錢，而節目的人想要她的故事。」

尚恩不屑地嗤了一聲。他的下顎緊繃，我幾乎能看到他太陽穴裡的肌肉在跳動。

「我很抱歉。」埃莉絲伸出手來似乎想要牽我的手，但是制止了自己的行為。這時的我不是她能碰觸的人。「梅蘭妮生病了。她生病了，而且很會遮掩。我們本來應該要能阻止她的，要是當初——」

「不要太相信這種屁話，泰德，」尚恩對我說，「有沒有精神疾病都一樣，她有系統性、有策略性地破壞你在社會上剩下的任何一絲良好名聲，這是經過深思熟慮後的蓄意行為。你要是問我，我會說她八成當初看到你被逮捕時就覺得自己挖到了金礦。世界上就是有這種人，一逮到機會就會趁虛而入。」

尚恩強烈尖刻地朝埃莉絲瞪了一眼，真的把這個年輕女子嚇得靠向法蘭基，幾乎要把連帽衫的袖子咬進嘴裡。

「你姊姊覺得自己可以在全國電視上隨便扔出幾句指控，然後就帶著錢拍拍屁股走人，完全都不用管這世界變成怎樣，」尚恩說，「有誰會去質疑她們呢？反正全世界都覺得這男人是個禽獸嘛！」尚恩的手拍在我胸口，我的眉頭縮了一下，「然後現在警察介入了，她就突然縮起來哭哭啼啼地說自己有多可憐。好令人心碎啊，這樣其他事情都無所謂了吧！不管之前做了什麼都會被原諒了吧！」

「不是的，」埃莉絲一時被大膽的指控震懾住，「她——」

「我們告定了。」尚恩厲聲打斷她。他走回偵訊室，一把抓過公事包，開始把文件往裡頭塞。他再次回到門邊：「史賓費爾德小姐，我們要告你姊，要告節目製作人，還要告電視台。《生命故事》到現在都沒接你電話是因為他們急著開會討論損害控管，我建議你和你的家人也做一樣的事。」

尚恩大步走過埃莉絲身旁，鯊魚般的雙眼始終盯著她低垂的臉。一流律師就是有這種能耐。他們會讓你感覺渺小，以至於你連抬頭看都不敢，只覺得雙腿力氣被抽乾，胃裡的東西威脅著要湧上喉嚨。我很清楚，因為親身經歷過。

法蘭基跟著尚恩朝走廊另一端走去，留下埃莉絲和我獨處。我累到連尷尬的力氣都沒有了。我靠在門邊看著自己的律師離開，他的責罵聲在狹窄的牆壁間迴蕩，法蘭基則在一旁試圖安撫他。埃莉絲把馬尾解開又重新紮起來，一種無意識的重置。她綁得太緊了，臉上還在抽泣。她細細啃著自己的指甲。當她鼓起勇氣看向我的眼睛，卻發現我正看著她，於是又滿臉羞愧地別開頭去。

「我沒有辦法想像經歷這種事情是什麼感覺。」她說。

我想不出該怎麼形容，便放棄嘗試。

「你看過那份訪問逐字稿了嗎？」我問。

「看了。」

「你姊指控的細節非常具體，那些零食、遊戲，」我說，「會讓人覺得她是不是從自己或者你的真實經驗裡說出那些話。」

埃莉絲抹去一滴眼淚，搖了搖頭。

「我們會讓她回去接受治療，」她問，「她生病了，非常嚴重。」

埃莉絲把手提包掛在肩上，擺弄著背帶，這些小動作都告訴我她準備離開了。這是我該說些什麼的時候，說些身處我這個位置的人會說的話，即使是我們雙方都知道的事——記者會和否認都不會有幫助，傷害已經造成。十年以後，人們仍然會把我和克萊兒綁架案連在一起，而我永遠也無法擺脫這個指控；但如果他們對我是否涉案曾有任何存疑，如果他們曾有那麼一刻想著也許我只是個無辜的人，只是跌進了無論對誰來說都是最糟糕的噩夢之中時，他們也都會隱約想起似乎還有些別的指控，即使那些指控可能早在見光之前就被掩蓋或遏止。

也許在克萊兒事件之後，我就已無法再擁有正常的生活，不過梅蘭妮所做的事確保了這一點再無轉圜餘地。

「你一定很恨我們。」埃莉絲最後這麼說。我想了一下，覺得自己有資格恨。可是啊，現在我眼前這個長大了的小女孩，埃莉絲・史賓費爾德，站在警察總局的走廊裡，眼睛因為哭泣而腫脹，看起來就和我當時一樣疲憊。於是最後我告訴她，她錯了，我不恨她，也不恨她的家人。也許這麼說對她或對我都會有幫助。她在離開之前短暫地握了握我的手。

起初只有光線。接著顏色出現了，紅色和綠色在她的眼皮後面爆炸，光芒四射，互相碰撞。很漂亮。她被人抓著手腕拖著走。亞曼達這輩子只有一次曾被人一拳放倒；那是在布里斯班女子懲教所的探視中心，她在試圖阻止別人動手時被波及，而她之所介入的主要原因是那個男人完全無視前妻懷裡抱著嬰兒仍大打出手。亞曼達通常不介意偶爾的監獄鬥毆。在平凡的一天中突然遇到那些場面，對她來說就像在路上意外發現一張十元鈔票一樣令人耳目一新。但是探視中心那次她沒有這種感覺，那個大塊頭打碎了她的顴骨。

而現在，她感覺不出自己身上有什麼地方裂開，除了時間感。就在她覺得快要醒來的時候，卻發現自己似乎又睡過去了一陣子。她趴在滿蓋塵土的地板上，時間久到被臀部壓住的那隻手已經變得麻木。過了一會兒，聲音開始傳進耳中，她靜靜趴在地上聽。

「……你那些窩囊的屁話。我們必須把這件事處理好。你不想看的話就去別的房間，我直接斃了她。」

「已經結束了。算了吧，杰伊。算了啦。我們要做的是止損然後離開，不能把這件事再弄得——」

「我要斃了她。布蘭，你走開。走開。」

拖沓的腳步聲。咒罵。亞曼達在嘴裡嚐到水泥粉塵和血的味道。

「她是警察，這不一樣。」

「你看她這個樣子，她才不是警察。」

「她之前跟我說她是。」

一陣停頓。靴子在磁磚上磨擦的聲音。亞曼達感覺到錢包被從後口袋裡扯出來，手機則是早就不見。其中一個人抓住她的手腕，開始一圈圈地纏上膠帶，於是她掙扎起來。他們對她突然醒來感到驚訝。她笨拙地滑坐到屁股上，抬頭看著他們。

他們是兩個年輕人，就是她在命案發生後第一個早晨在松利家門前遇到的那兩個人。達莫和艾德，或者該以她新得知的名字稱呼他們，杰伊和布蘭。兩個男人都有著黑色眼睛和蓬亂鬍子，只能從臉的形狀來區分。其中一個長著瘦削的狼臉，另一個則方頭方腦，外表粗曠。他們低頭盯著她，打量著，就像她在打量他們一樣。亞曼達感覺有血從耳朵向下流到脖子上。

「你們哪個王八蛋打我？」她突然發飆。

那兩個男人面面相覷，其中長得像狼的那個正拿著她的皮夾，眼神在手裡的東西和她臉上不斷來回。「亞曼達．法瑞爾，」他唸出她信用卡上的名字，「你是警察嗎？」

「沒記錯的話，警察學院不收脖子上有刺青的殺人犯學生。」亞曼達說。

「殺人犯？」狼臉嘲笑地說。

「自己去查我的名字，」亞曼達朝地上吐了口血，「我殺過人，但是現在不會殺你，只會把你的臉砸爛。一報還一報才是我的風格。」

「杰伊，這女的瘋了。」狼臉說。

「我的耳朵好痛噢。」亞曼達高聲抱怨。

杰伊彎腰從後方口袋掏出一把手槍。他將滑套向後拉，對準亞曼達的臉。

「小女孩，腦袋被尻一拳可不是你現在唯一的麻煩。」杰伊說。亞曼達看得出來，他是這兩人中脾氣比較暴躁的那個。一個比較有想法，一個比較容易聽從指令。腦袋配肌肉。她很確定，打她的應該就是這一個。「別管自己到底被誰打，你最好想想是要死得快一點還是慢一點。」

「不要這樣，」布蘭用靴子碰了碰搭檔，「我們要先討論怎麼處理她，畢竟之後可能還需要她當籌碼。一定會有人發現她失蹤的，之後也一定會有人來找她。」

杰伊和亞曼達看著彼此。亞曼達知道眼前的男人正在她臉上尋找著恐懼，但是他找不到，根本不可能有。恐懼是亞曼達最不常感覺到的情緒之一。這是她大腦裡的無解之謎，這塊拼圖不時會自行拼合出一點邊邊角角，不過所有的碎片最後又不可避免地四散消失。

「我要打破你的鼻子。」亞曼達說。杰伊皺著眉頭起身，跟著同伴走向另一個房間。

親愛的日記，

我實在太興奮了。我必須現在就把這些記下來，除此之外什麼都做不了。我坐在自己的車裡，還沒離開。天啊，我的兩隻手在發抖。

我見到他了。

我必須來見他。我從小就知道自己和其他人不一樣，有些不好的地方。我一輩子都活在那種可怕的絕望感之中，覺得一旦真正的自己暴露出來，我的生活就完了。毫無轉圜餘地，只要公眾看到我的真實本性，一切都會改變。小時候的我向心理醫生坦白過，而她好心地告訴了我媽。我媽當然只把這當作青少年在搞怪，從來沒告訴過其他人。隨著年紀增長，我知道只要一次醉酒失言，或者盯著某個孩子看太久引人疑竇，或者以不夠正確的態度評論戀童癖——同情、為其開脫——就會種下種子。這顆種子會不斷生長，變成一株無法拔除或毒死的雜草，每次人際互動都有曝光的可能。每句話、每個動作、每次握手、每次擁抱。我就像一顆四處搖擺滾動的氣球，隨時都可能爆炸，將裡頭的東西潑濺出來。我的病，我的病毒。

一次致命性的曝光。

泰德．康卡菲，這個人經歷烈火的洗禮後仍活了下來，彷彿自火焰中慢動作走出的英雄，肩膀寬闊。他是一個超級反派，是我純白的偉大希望。是的，他滿身傷痕，飽經戰火。我在《生命故事》中目不轉睛看著的泰德．康卡菲不再是媒體喜歡展示的大學畢業照中笑容滿面的年輕人，而是我在命運抉擇的那天經曾短暫見過，走出車外朝我的女孩靠近的那個人。他看起來很疲憊，但是還活著。我想要親眼見到他，即使只是滿懷感激的目光看著這個為我承受死亡的人也好。

當然了，我很緊張。而每當我越緊張，就會越早到達目的地。於是我在午餐時間剛結束時就到了切斯特頓勛爵酒館，而泰德的活動要到下午三點才會開始。為了順利參加活動，有些必要的前置作業必須完成。我已經聽了那個Podcast節目很多次，得知他們只允許參加抽籤中獎的聽眾參與這場活動。我知道自己不能冒這個險，全澳洲有幾十萬名聽眾，我永遠不可能中籤，再說我也不想讓自己的名字出現在參加者名單上，以免留下任何可能的破綻。一個在深網認識的人幫我拿到了活動的地址和舉行時間。在網路上認識這樣的人真的非常有用，他們可以闖入任何地方幫你拿到需要的東西；如果你想要的東西非常特別，透過公開管道尋找會惹來麻煩的話，這些也能幫你找到。

我覺得在切斯特頓勛爵酒館舉辦活動是個很好的選擇。溫馨的氛圍、斑駁砂岩和老舊壁爐，一樓的長桌讓人想起這類場所的全盛時期，桌邊會坐滿了從山丘下方港口的船員，大聲喧嘩、粗魯地將啤酒杯砸在桌上。大廳裡掛著一幅金髮軍裝男子的巨幅畫像——他雙手叉腰，俯瞰戰場。酒館歷史的裝裱遺物，鋪了地毯的樓梯狹窄，沿途掛滿了與這間酒館相關的歷史文物，直到通向這次活動的預定地點——一間位於空蕩蕩高級餐廳旁的隱密小房間。我爬上樓梯，身體因為期待而僵硬，沿著嘎吱作響的地板向前走去，決定在其他參加者到來且核對名單的人關閉房間不讓人進入之前先去看看房間，也許能夠先占個位置。我根本沒想到泰德會這麼早到，不過他就在那裡，獨自坐在迷你吧檯邊。我認出他後腦勺的輪廓、那顆厚實的頭骨，以及握著一杯琥珀色液體的粗大手掌。

我幾乎緊張得動彈不得。他就在這裡！另一個我，那個我永遠無法成為也不可能成為的人。他的力量和沉默韌性都比我強悍許多，但這個人同時又比我弱小許多；他難以觸及藏有我祕密的神聖黑暗世界。泰德．康卡菲是暴露在眾人目光下的人，是我從以前到現在所害怕的一切。當他轉過頭來，與我視線相對時，我感覺胸口發出一陣興奮的刺痛。

過去一年多來我沒有什麼機會慶祝任何事情，不過當我獨自坐在切斯特頓酒館的吧檯邊時，我決定是時候了。酒館的老闆娘是個親切的紅髮老婦人，那雙充滿歲月痕跡的手可能已經盛過數百萬杯啤酒。她將我帶到一間安靜的房間裡，讓我安頓下來。她顯然是一位「同情者」，是「泰德是無辜的」的熱情支持群眾之一。當她問我在等待期間想不想喝點什麼時，我一開始的反應是想到等一下就是令人畏懼的初次公開露面，我不想在這樣的場合失去自己的敏銳度。可是我又想了一想，剛才離開法蘭基、尚恩以及埃莉絲的會議之後，我肩上的巨大壓力滑落，便一直沉浸在愉悅的感覺之中。我點了一杯野火雞威士忌，慢慢啜飲著，而她離開了房間，讓我沉浸在自己的思緒裡。

有些線上報紙已經開始報導梅蘭妮．史賓費爾德即將召開的記者會。我把手機放在圖案模糊不清的吧檯長墊上，打開熱門新聞，讓波本酒溫暖流向喉嚨深處。

康卡菲案震驚發展：《生命故事》放棄專訪，前女友收回指控

泰德．康卡菲一案有了令全澳人民困惑的最新發展，雪梨女性梅蘭妮．史賓費爾德公開發出聲明，撤回日前接受三號電視網時事節目《生命故事》訪問時針對這位名譽掃地前的警探做出的指控。前天晚上有五百萬名觀眾準時收看《生命故事》，但是該節目卻未播出針對康卡菲新提出的不當性接觸指控。史賓費爾德計劃將於今天稍晚召開記者會，收回她在獨家專訪中告訴《生命故事》製作團隊的指控內容，聲稱康卡菲曾在十五年前對她妹妹進行性騷擾。史賓費爾德聲稱該性騷事件發生在她與泰德·康卡菲交往的高中時期。史賓費爾德的妹妹埃莉絲以及父母將在新南威爾斯警察局代表的陪同下一起出席記者會。

我當然不可能因為這種事情上街跳舞。不管梅蘭妮指控我的原因是什麼——無論她是精神有問題、想要錢或名聲，還是因為我結束了那段短命的青少年戀情而始終心懷怨恨——傷害都已經造成了。即使澳洲大眾覺得一個男人有可能被錯誤指控為戀童癖，他們也會認為這種事了不起發生一次，發生第二次時肯定不會相信。大家會覺得是梅蘭妮退縮了，因為她不想在法庭上重複交代那些指控；或者，他們可能會認為是我的某個毒販夥伴賄賂了她或是威脅她的生命。不過呢，遲來的撤回總比沒撤回好。我舉起杯子敬自己，露出微笑。

除了在警局獲得的成功，我還成功地避開了以前的老隊友，沒讓自己再次被揍，除此之外，我也想要相信我和小法蘭基的關係有了些許改變。她送尚恩離開後便回到七樓找我，那時我一個人坐著，試圖思考埃莉絲揭露的內情。法蘭基找到我時我剛倒了一杯咖啡，眼神茫然地盯著它發呆。

「你的律師氣炸了。」她說。

「這就是我付他錢的目的。」我回答。

自從我因為克萊兒·賓利一案被捕之後，法蘭基就沒辦法信任我了，直到現在都是如此。不過，看到對我的指控被證明是假的也許會給她帶來一點希望。正如我在凱恩斯的電話中想告訴她的那樣：她對我的幫助不一定要出於信任。即使我有可能有罪，此刻對我伸出援手是為了讓她無愧於自己所喜愛的那個隊友，是為了讓她知道，自己已經盡了一切努力去對她所認識的泰德保持忠實與真誠，雖然他現在已經死了。也許這就是為什麼她會走進偵訊室，把一疊文件放在我面前，然後退回到門邊，再次在身體和情感上與我保持距離。

「這些是罪案舉報熱線和克萊兒．賓利綁架案有關的通話紀錄，」法蘭基說，「安珀警報[12]發出後，目擊報告就大量湧入熱線中心，所以這份文件的前幾頁就是那些東西。不過當她被找到並確定遭到性侵後，人們就開始打電話進來提供關於罪犯的線索。然後很顯然地，我們逮捕你之後這些電話就越來越少了。」

我將文件拿在手中掂了掂分量，然後看著站在門口的她。

「現在有人在調查這個案子嗎？」我問，「我可以跟哪個人討論一下目前的線索嗎？」

「案子正在等待中。」她說。她根本沒辦法正眼看我，我想我知道為什麼。「等待中」的意思是暫時擱置等待新證據出現。對上頭那些人來說，他們認為自己很清楚是誰強暴了克萊兒．賓利，只是還沒辦法起訴那個人而已。

我在前往切斯特頓酒吧的計程車上簡單瀏覽了一下那份文件，只是埃莉絲出現在警局讓我的思緒變得如此混亂，讓我沒有時間去想其他的事。文件夾現在就在我背包裡，放在吧檯椅旁的地板上。酒館老闆在一陣子之後走了過來，問都沒問就幫我續了杯，此時我注意到有個年輕人站在房間門口。

我手臂和脖子後面的汗毛都豎了起來。我把這種身體反應歸結於即將公開發言造成的緊張；陌生的面孔很快就會填滿這間房間，想知道我過去這一年可怕經歷裡的每一個細節。不過我還是對那個年輕人笑了笑，他也回了一個緊張的笑容。

「你是要來——」我比著身後的空曠空間，「——參加那個嗎？」

「對。」

「有點太早到了。」我說。

「你也是。」

我點了點頭，轉回去繼續喝自己的酒，臉頰燒得發燙。起初我覺得他有點年輕，不應該在工作日中午就下班來追真實犯罪故事裡的悲劇明星，不過我猜Podcast大概就是屬於年輕人的東西。他在離我兩個座位遠的高腳椅坐下，手臂放在吧檯上。酒館老闆又消失了，大概以為我會是房間裡唯一的人，因此想給我一點隱私。這個年輕人穿得很整齊，像是剛從辦公室直接過來這裡。刻意整理的短鬍鬚和頭髮上的髮油，典型的時髦上班族。我們都沒說話。雖然感覺得到他在看我，但我試圖忽略，逕自在手機上翻看梅蘭妮的新聞報導，並傳了簡訊給戴爾·賓利。

車子找得怎麼樣了？

他立刻就回了訊息。

性犯罪者名單上沒有人開Falcon。現在覺得可能有的Falcon是在家裡自己噴漆，或者改了顏色卻沒去監理站更新資料。要失去信心了。

那句「要失去信心了」令我感覺血液凍結。若要說我現在需要什麼，就是需要戴爾保持信心，相信我們能夠找到攻擊克萊兒的人。如果他最後認為那個人其實就是我，那我真的很難預料他會對我家做出什麼事情來。還有我的鵝們。

不要失去信心，我寫道，他就在某個地方，我們會找到他的。

12 AMBER Alert，全稱為America's Missing: Broadcasting Emergency Response Alert（美國失蹤兒童廣播緊急回應系統），得名於一九九六年於美國德克薩斯州阿靈頓遭綁架殺害的女童Amber Hagerman，當出現兒童綁架時，會透過傳播媒體向全國發布案件情報。

戴爾沒有回覆。

你有看到嗎？我傳了一個有關梅蘭妮．史賓費爾德撤回聲明的報導連結給他，想著也許讓他知道我沒做那件事會有點幫助。

他沒有回覆。

你還在我家嗎？我問。

「對了，我叫凱文。」年輕人說。他伸出一隻手，尷尬地橫越我們之間的空隙。我握了握他的手，軟弱無力且冰冷。

「我是泰德，」我說，「不過你應該已經知道了。」

「對。」他說，附上一聲笑聲。他的雙手緊張地在吧檯檯面上扭動著，過於用力地搓著自己手指。「我有好多事情想問你，每件事都想問。就是，你怎麼有辦法……應該說，你到底是怎麼撐過這一切的。」

「嗯……」我看著吧檯後方架上的酒瓶，發現自己說不出話來。他問了一個我真的無法回答的問題，我怎麼有辦法撐過這一切，怎麼有辦法繼續走下去。「等一下就有機會囉……」我指向房間，讓他知道我覺得應該把問答時間留到觀眾都進場之後，而他充滿活力地點了點頭。我對於自己這樣滿不在乎的態度感到愧疚，正當我打算對他說點什麼的時候，兩個巨大的身影出現在我的視線邊緣。琳達和雪倫拉出我左右兩邊的椅子，一邊呻吟一邊把笨重的身軀拖到不斷掙扎哀號的木椅上。

「媽呀。」我把頭埋進手中。

「大哥啊，你真的以為自己有辦法甩掉我們嗎？」雪倫說。

吧檯末端的凱文看起來有些驚恐。

「你們怎麼知道我下來雪梨？」我伸手去拿自己的酒。

「卡利什麼都知道，遲早的事。」

「我想也是。」

「你現在做這件事是在玩火，」琳達用大拇指朝身後的房間戳了戳，「隨便哪個怪胎都可能想要找你麻煩。」

「嗯，看到你們我就安心多了，」我說，「感謝兩位蒞臨，拜託先確定對方是不是真的具有威脅性再把對方壓成肉醬。」

「嗯哼。」

「這裡還好嗎？」有個聲音問道。法比亞娜．格里珊站在門口，一如以往的美麗。她把頭髮剪成深紅色的鮑勃頭，灰色連身裙服貼在她嚴格訓練後的身體上。琳達和雪倫雙雙後傾想仔細看看她的樣子，椅子被兩人壓得嘎吱作響。

「沒事，」我起身走向她，給她一個擁抱，她俐落地在我臉頰上輕啄一下，「那兩個是我同事。」

「泰德，真的很謝謝你願意來，」她說，「我知道你現在要面對很多困難的問題，不過就像我在電話裡說的，我們的Podcast已經創造出一股推力，而這場活動是維持那股勢頭繼續前進的重要關鍵。你必須現身支持，大家都想知道你確實瞭解他們都站在你這邊。」

「這種感覺真的很奇怪，」我坦承，「我的意思是，明明我都不認識這些人，為什麼他們會願意支持我？」

「因為他們想要看到正義得到伸張，」她問，「每個人都是。」

我不太確定這句話是什麼意思。所以這些人的正義只是想看到我的名聲得到洗刷嗎？還是這個

Podcast是以總有一天會抓到攻擊克萊兒的真兇為使命？這個節目叫作《泰德是無辜的》，雖然我完全聽不下去，但也許我還是該聽聽看。法比亞娜的調查工作挖得很深，不只深入我的生活，也深入與克萊兒所受苦難相關的所有事件。我馬上就要和一屋子對我瞭若指掌的人面對面，他們對我的瞭解程度也許完全超乎我的想像。

「謝謝你主辦這場活動。」雖然有所保留，不過我還是這麼對她說。

「嗯，我們快要開始了。」她拍了拍我的胸口，我一時想起她赤裸身體貼著我的樣子。在我凱恩斯的家裡，她在黑暗發出細微的鼾聲，在夢中低語。「鏡頭即將拉近，康卡菲先生，接下來要拍特寫了。」

亞曼達不需要他們告訴她，就能從現在身處的房子裡得知發生了什麼事。她也能從他們的眼神中看得出來。她躺在地板上，幾乎能像看電影一樣在腦海中看見一切發生的過程。時間逐漸流逝，她眼皮下的房子漸漸變暗。

那是個嘈雜的夜晚。樹上有某種生物的尖叫聲，溪床沿岸沙沙作響，圍欄上有塊舊木板已經腐爛並掉落，不時有好奇的袋貂擠過那個缺口。

這天晚上，薇多莉亞．松利再次重複她每天晚上都會做的那些事，電視、茶、廣告時間的填字遊戲書和舊沙發。沙發靠近玻璃門，是湯姆去世前最喜歡的椅子，上頭還留著一點他的氣味。透過門，跨過院子，再穿過圍欄的缺口，薇多莉亞剛好能看到小溪對面叫蛙後門那扇金色的矩形。要是她的眼睛再好一點，搞不好還能看到因為有人不斷走過而不時明滅閃爍的燈光。有位廚師在裡頭東奔西走。

薇多莉亞像往常一樣在椅子上睡著了，平靜地打著鼾。廚師消失蹤影，停車場的車輛也陸續離開，最後一輛車載著郵差達倫．莫克駛入夜色。他是最後一個見到他們活著的人。安德魯．貝爾從叫蛙的後門中出現，香菸的紅點隨著他的腳步搖曳。打烊時間到了。他和那位迷人的英國女孩正在吧檯末端清點啤酒庫存，這是個漫長而無聊的過程，一切都是為了讓他們能在最後關上店門，開車離去。

深夜兩點四十五分。他們是敲了這座美好小屋的前門嗎？還是從屋後進入，滑開玻璃門，直接站在熟睡的薇多莉亞．松利面前？亞曼達只知道，那天晚上杰伊和布蘭到達時，老婦人的反應和他們原先計劃中的並不一樣。她沒有溫馴地回答他們的問題，反而開始反抗，乾枯的手指抓扯拍打，微弱的哀號撕裂了空氣。幾乎可以肯定動手打她的是杰伊，兩人中比較凶狠的那個。他看著她一邊嚎叫一邊跌跌撞撞走向院子，血液像河流般沿著她白色的睡衣和瘦弱的雙腿流下。他用魚池邊的一塊方形大石頭在草坪上結束她的生命。

完成之後，她終於安靜下來，這時杰伊抬起頭，像是感覺到自己被注視一般透過圍欄的縫隙向上看。他看到小溪對面酒吧發著光亮的門口。一個年輕人的剪影作夢般向前走來，眼睛在黑暗中睜得大大的，正在努力理解剛剛透過狹窄縫隙目睹的一切是什麼意思。

亞曼達想知道杰伊和安德魯是否曾經對視過。那是個夜色明亮的晚上，月亮高掛空中。不知道是誰先拔腿起跑，她想。安德魯轉身跑回酒吧，一腳絆到潮濕的泥土，摔倒在地。杰伊驚慌失措地繞過房子側邊，跑下溪岸，跳過狹窄的溪面。布蘭站在薇多莉亞．松利攤散在草坪上的屍體旁，驚恐地喊著他，完全不曉得同伴跑去哪裡。直到他聽見槍聲。亞曼達想像著事情結束後，他們兩人在酒吧外的對話會是什麼樣子。杰伊可能正抽著安德魯的香煙，故作泰然地聽著布蘭的責罵。

你怎麼可以這樣？你怎麼可以這樣？計畫不是這樣的。你說不會有人受傷！

冷靜，我知道怎麼處理。酒吧看起來會像被搶劫一樣。拿著，當作是我們的一點額外獎金。

她可以看到布蘭把現金袋扔到叫蛙屋頂上，只為了氣那個動不動就以暴力解決的同伴。布蘭就是這種個性。心懷怨恨，愛發脾氣又愛抱怨的懦夫，一不高興就亂扔東西。杰伊並不在乎扔掉那筆現金或是現在發脾氣會惹同伴不爽，因為他們即將陷入更麻煩的問題中。他不想在這件事上與布蘭爭吵。布蘭之所以同意這整件事，是因為杰伊答應過不會殺人，而現在他們卻有了三名受害者。事情已經淪陷到不可能回頭的地步。

哦，亞曼達真的是太笨了。案發第二天她就曾經站在這棟房子的門口看著那個叫布蘭的人的臉，卻沒有發現任何異常。她沒有低頭看他的工作靴，而是輕信了他們自稱是薇多莉亞孫子的差勁故事。她那時就看到薇多莉亞・松利坐在門內的橘黑色躺椅上，卻不知道老太太已經死了。的確，從門口只能看到她身體的一小部分，一隻放在扶手上的手肘，這種視角根本不足以判斷一個人活著與否。薇多莉亞是被故意擺在那裡的，一旁還擺上茶杯點綴，完全是神來之筆。後來這兩個男人把死去的老太太移到玻璃門旁，這樣若有任何好奇的警察從圍欄外向內瞄，就只能看到她的腳。她的腳上穿了襪子和拖鞋，藉此掩蓋屍體腐爛時皮膚上出現的屍斑與腫脹。亞曼達應該要發現有問題的：在凱恩斯，再怎麼寒底的人也不會穿襪子和拖鞋。

把她的屍體留在警察可及的視線範圍內是大膽、狡猾且富有創意的決定，她必須稱讚他們這一點。拋棄她的屍體會帶來風險，屍體可能會被發現，特別是這附近的土地和小溪都在搜索隊尋找兇槍的範圍內；但如果老太太看起來安然無恙待在家裡，那就不會引來疑慮。他們唯一要做的就是擋住警察就好了。哦，有喔，她和一位警官說過話——但是他們「不記得名字了」——她說她不記得有什麼事，也沒聽到什麼聲音。哦不好意思，現在沒辦法，她已經睡了，現在沒辦法說話。她覺得很困惑。她很忙，請晚點再來，也許明天。一切都很好。調查團隊裡有許多成員都能支持這個假象，被調來此地的警探們最遠的甚至來自布里斯班。這兩個男人所要做的就是保持模糊、悠哉、快樂。反正薇多莉亞有阿茲海默，哪有可能幫上誰的忙呢？

亞曼達真是太蠢了——車道上那輛老車是另一條被她完全忽略的線索。那輛車顯然沒在開了，應該停在車庫裡才對。還有那把槍也是。容易取得的九公釐白朗寧手槍，便宜又好用。正如泰德所說，這不是職業搶劫犯會買的槍，而是一把只用一次、不會引起任何懷疑的槍。

不過現在還有破案的機會。這兩個男人顯然也不太聰明，想到這一點便讓亞曼達的精神為之振奮。

他們的確狡詐又富有創意，可是他們正在討論該不該讓她死，她就被留在房子的正門前，她的右邊是客廳，左邊是車庫和臥室。雖然手被綁住了，可是他們沒有堵住她的嘴，她隨時可以扯開嗓門死命大叫。不過她不會那麼做，不是現在。時間還太早，溪對岸的酒吧裡可能還沒有人能聽到她的聲音。她現在最好的計畫是贏得這兩個男人的信任。

在亞曼達對這兩個人的智力評估中，第二個不利於他們的因素是房子此刻的狀態。他們當然沒有在翻修，不過這個藉口完美地掩飾了噪音的問題。她可以透過一段距離外的門看到車庫內部，混凝土地板在命案發生後的這幾天內被敲成了碎片，原先光滑的地面現在變得凹凸不平，四處散落著石塊和鑽槌打出的孔洞。那兩個男人應該也知道自己要找的東西可能沒藏在混凝土地板裡，於是同時間又在所有石膏牆上都敲出了洞。就在亞曼達面前的玄關裡，杏桃色牆面上被砸出一整排的大洞，石膏板被扯開成粉狀、片狀的各種碎片，掛在大洞邊緣，露出空心的內部。因為搜索依然沒有結果，這兩個人又撕開其中一間臥室的地毯，並把它扔到客廳的地板上，現在它就躺在那裡，剩下一堆被割裂的碎片，釘針裸露在破爛的邊緣。

出於好奇，亞曼達用背抵著地板，扭動身體爬過一小段走廊；她還不敢站起來，因為手被綁著，而且頭還因為杰伊那一拳而嗡嗡作響。她來到客廳入口，朝裡頭張望，然後便因為肉體腐爛以及人類排泄物的味道而皺起鼻子。松利太太依然坐在玻璃門旁，被窗簾遮住了大半身體，癱軟的雙腿向前伸在躺椅的腳墊上。她的上半身笨拙地裹著一條白色床單，現在已經被各種體液汙染。她像一具悲傷的木乃伊，微微前傾，放在膝上的瘦弱手臂呈現充滿死亡氣息的牡蠣藍和灰色。玻璃門外，那兩個男的已經把櫃子和書架砸得一團糟，書籍和裝飾品都扔在地上。廚房磁磚上有玻璃碎片閃爍著光芒，櫥櫃的背板被扯下，散落在流理台上。一疊郵件從台面上滑落，掉在她坐著的地方附近。

亞曼達再次向前挪動，用赤腳夾住其中一封未開的信，然後一路將它拖回前門。這是個很難完成的動作：她把信封放在前門邊，然後轉向倒成側身，用頭和臉摩擦那封信，試圖將耳朵上的血蹭到信封上。等到她弄出幾塊看起來足夠戲劇化的鮮紅血跡後，她就再次跪坐，把沾了血的信封推到前門的縫隙外的台階上。幾秒鐘後，那兩人剛好從臥室會議中走出。

「你們決定好要殺還是不殺了嗎？」亞曼達問。

「你這個小妞真的很奇怪吔。」杰伊搖了搖頭，大步向前抓住亞曼達一大把頭髮。在被拖向客廳的途中，她瞥見一把槍就掛在自己的臉旁邊。

「看來你們決定殺我了，不過我強烈建議不要那麼做。」

「喔，是這樣嗎？為什麼？」

「哎喲！這樣拉會痛啦，王八蛋！」

杰伊把她推倒在客廳地上。布蘭則是臉色嚴肅地走向玻璃門，將窗簾拉起。亞曼達坐在地板上，抬頭看著那個準備結束她性命的男人。

「我知道你們在找什麼，」亞曼達說，「而且我知道要去哪裡找。」

親愛的日記，

我坐在自己創造的東西中間，那感覺真的太瘋狂了。有了自己孩子一定就是這種感覺。我從來沒認真考慮過要生小孩——那太危險了——不過我倒是不介意這種壓倒性的成就感。今天在切斯特頓酒館裡的每一個人，都是因為我和我做的事情才來到這裡。那名記者到達時我便向內走到房間後面，希望當泰德向她介紹他的「同事」時，她會誤以為我也包括在內。我不知道來支持泰德的那兩隻多毛怪獸是誰，不過自從他們進來之後，泰德的肩膀就似乎放鬆了一些。法比亞娜忙碌地滿場飛，一邊設置直播器材，一邊指揮來幫忙的助手在觀眾進門時檢查身分。我看著泰德退到吧檯盡頭，被他的保鏢夾在中間，看起來就像是他無法下定決心應該對入場的人尷尬微笑，還是裝作自己被小窗戶外頭的景色吸引。

我有一種奇妙的感覺，彷彿這些人都是屬於我的劇中演員。我的主角泰德就站在前方做著深呼吸，努力控制自己的緊張情緒。而他之所以會有這種反應，僅僅是因為我以毀滅性的行為讓他來到這裡。是我決定了他的命運。不，不要誤會——即使這一切、這場活動、這些能量都是由克萊兒遇難而來，我也不是在說她就應該有那種遭遇。可是話說回來，這世界上的所有事物本來就都脫胎自痛苦和折磨，不是嗎？正是因為我受自己的苦惱折磨，才會做出這樣的行動，而因為克萊兒受我的行為所苦，這一切才得以開展。這幾乎像是音樂。我感受到一股渴求，想要非常貼近地去瞭解泰德因為我而在獄中遭受的痛苦，我們可以互相分享那份痛苦。這是人們無法理解的地方；有些時候痛苦就像喜悅，擁有同樣的神奇效果且多產豐饒。

泰德站到房間前方就定位，法比亞娜則說著她那令人尷尬的自戀介紹。她明亮的深紅色短髮在燈光下閃閃發光，彷彿墨水。接著在我意識到之前，泰德便開始說話，帶著我們再次回到那一天。他很焦慮，不是個擅長公開演講的人，不停轉動手上的婚戒。

到了提問時間，觀眾們紛紛舉起手——中年婦女們皺巴巴的手臂和健壯魁梧男人們刺了青的手臂。在場還有個青少年，和他的母親一起坐在前排。誰可以提問由法比亞娜決定。

唉，真是一群傻瓜！一半的人想要證明自己對這個案件投入的情感有多獨特，另一半則是堅持要向泰德展示無與倫比的同情心，所有人都喋喋不休談論著自己對於誰攻擊了克萊兒的理論：一名住在該地區的已知強姦犯；某個一九七五年以後就未曾犯過案的南澳大利亞連環殺手，不知為何又重新回到在殺戮場上，身後拖著成排的悲傷幽靈女孩。後排的某個女人認為可能是毒販界的人幹的，目的是為了陷害泰德。一聽到這種說法，那兩個待在角落的大傻瓜就像被驚動的烏鴉一樣怒氣沖沖，脖子上的巨大金鍊叮噹作響。這些人非常渴望找到證據來證明「泰德是無辜的」，他們想要有一個簡單答案，彷彿外星飛船的光束那樣從天而降。後排有個胖女人不停地揮動手臂，長得就是一副要提出《X檔案》式解答的樣子。我在座位上歪著身體，盡可能遠離她。

那天我聽到最恐怖的事情，是前排某個我看不見的年輕人舉手問的一個問題。

「泰德，你或警方有繼續追查亞曼達．法瑞爾給你的線索嗎？關於那輛藍色皮卡車和白狗？沒記錯的話應該是在節目第七集中提到……」

當然，我在第七集中聽說過泰德曾把皮卡車和狗的線索告訴法比亞娜．格里珊。細節很模糊，而且節目後來就沒再提過這兩條線索。我並不擔心，因為我知道最初挖出這些線索的亞曼達．法瑞爾是個瘋子。她沒有提到車牌號碼、沒有目擊者證詞，也沒有嫌犯素描。在節目提過的數百條線索中，藍色皮卡車和白狗是貨真價實的資訊，但似乎沒有比其他線索獲得更多注意。節目中曾表示監視器畫面模糊無法使用，皇家防止虐待動物協會也沒有辨識出我或我的車，而且他們正在尋找的皮卡車是一輛福特 Falcon XF。這是好事。

「我們正在調查一些線索，」泰德說，「我現在不想深入討論調查的進展。」意思是都是胡扯。那些關於皮卡車和白狗的線索都只是胡扯。泰德對此其實一無所知，他那個怪異的朋友亞曼達也一樣。

觀眾的最後一則提問是同情心氾濫的典型範例，讓人聽了只想翻白眼。不過這場活動本來就是對泰德的諂媚表演，我猜自己應該早就預料到會有這種問題出現。一個女人舉手問道：「那隻白色的狗後來怎麼了？」

泰德對這個提問有些吃驚。

「呃……」他低頭在地上尋找答案，「我不知道。我們其實沒有繼續追蹤那隻被丟在防虐動物協會的狗。」

「希望牠沒事。」那個女人的聲音變小了，充滿悲傷。我差點沒吐出來。在開放提問的那一小時內，這些人不斷胡言亂語，瘋狂地想向泰德表示他們對他和這起案件的深切關心，展示自己的心有多麼敏感柔軟。當女記者宣布活動結束時，還有很多問題沒有得到解答。泰德看起來很疲憊。我想過要直接離開，加入往門外緩慢移動的人龍之中。

不過，我想我還是得讓他知道自己做了什麼事。我必須再去和他說話才行，因為接下來要發生的事都是因他而起。

與Podcast聽眾的問答環節令人筋疲力盡。我不是世界上最好的演講者，而更糟糕的是，聚集在這裡的陌生人顯然對我有極度深切的同情，他們非常希望我能找到答案並恢復自己的生活，給出他們期望從這樣的悲慘故事中看到的幸福結局。我已經習慣了充滿仇恨眼光和低聲咒罵的場合，以及那些被我辜負的失望嘆息。而這裡的老年人數量超乎我的預期，他們看著我時臉上的表情就像父母看到孩子被欺負時感受到的那種傷心。

會後，那些在提問時間內不敢舉手的人紛紛圍在酒吧旁詢問自己的問題。老闆娘給了我一個安慰的眼神，並在我手邊放了一杯波本酒。我必須注意別喝太多，以免開始口無遮攔。只是，這些人現在開始知道一些個人問題。現在和凱莉的關係怎麼樣了？被捕之後我有沒有和莉莉安聯絡過？監獄有讓我患上創傷後壓力症候群嗎？我有沒有受過心理諮商？一個女人把一張桃色的、帶有細緻花紋的名片放在我手中。她是一名精神科醫生，說我隨時都能打電話給她，無論白天還是晚上都可以。

我注意到今天第一個到達的凱文在人群後方徘徊。我想我們現在有了某種革命情感，畢竟他從我一開始準備迎接整場陌生人的痛苦時刻就在這裡，從頭到尾見證了我的磨難。他給了我一個理解的苦笑，和我共享對那些提問群眾的嘲諷。

最後一個走到我面前的是一位穿著格紋開襟衫的駝背老人，此時其他人都走向法比亞娜，告訴她活動多麼完美、祝賀她為我的遭遇所做的努力。老人舔著嘴唇、瞇著眼睛，在說出話前再次檢查自己的想法。

「你剛才說的皮卡車是福特Falcon XF嗎？」他用扭曲變形的手指指著我留在房間前方的椅子，「是這樣的，因為我得請我孫女幫我播放才有辦法聽節目，所以還沒聽過第七集。是她讓我迷上這些廣播節目。帕克斯？Podcast。總之就是那個名字。你剛才說你在找Falcon的車嗎？」

「對，」我點了點頭，「我們在找的是一輛藍色的Falcon XF皮卡。我們知道標準車款中沒有藍色的，所以正在找有沒有被民間車廠改過顏色的車子。」

「嗯，這件事其實很有趣，」老人揮動著手指說，「我隱約記得在一九八〇年代末期福特參與了一項重新貼牌計畫，其中的車款可能就包括他們的Falcon。」

「不好意思，你說的那是什麼？」我問。此時凱文朝我們走近。「我實在不怎麼懂車。請問『重新貼牌』是什麼意思？」

「是這樣的，」他警惕地看著逐漸靠近的凱文，「當年澳洲的汽車公司試圖抵制外國設計車款的銷售，所以他們會——」

「抱歉打斷你們，」凱文將一隻手放在老人肩上，「泰德，能借用你幾分鐘嗎？」

老人對於被插話的態度友善，帶著瞇著眼的表情走開了，他的理論顯然還在醞釀。我不喜歡這種打斷的方式。我看著老人走開，心想著要在他離開酒館前再和他談談，聽他想說什麼。他走了很長的路來見我，付出了很多努力，他甚至不曉得怎麼自己播放Podcast。他的聲音應該被聽見，但是我不想冒犯任何人，所以我給了凱文他想要的時間。

「我想說應該來救你，」他微笑著說，「不然那個老傢伙可能會纏著你一整天。」

我給了一聲乾笑。

「你覺得活動怎麼樣？」他問，「瘋狂的理論一大堆，對吧？那個南澳連環殺手——真的有夠好笑。

那傢伙第一次殺人是在一九六五年，即使從他青少年開始算，現在也應該也有一百萬歲了。」

「嗯，任何理論我都願意聽聽看。」我喝了一口波本。房間逐漸空曠下來，我再次感覺到手臂和脖子上的那種奇怪的敏感，像有冷風從打開的窗戶裡吹過。我不去多想，轉身靠在吧檯上。我感覺眼前這個人有點太努力想成為我的朋友。這種經驗是身為名人病態的一面。

「你看起來有點低落。」他模仿我的動作，也把手臂放在吧檯上。

「我沒事。」

「兄弟，不必讓你的情緒隨著他們起舞。尤其是提到狗的那個女人。」

「她說的也沒錯，」我承認，「我的確不曉得那隻狗後來怎麼了。」

「就只是一隻狗，牠會沒事的，」凱文哼了一聲，「防虐動物協會會收留牠、把牠修理好，然後再送養給其他人。他們很擅長這種事。」

「是啊，」我點了點頭，咬著嘴唇，希望讓自己看起來冷漠而不感興趣，「總之，我應該去向法比亞娜道謝，待會還得趕飛機。」

「泰德，」凱文拍了拍我的肩膀，「我真的很高興能見到你。你是個很激勵人心的人。」

「激勵人心？」我皺了皺眉。

「我知道這很奇怪，不過見到你之後，給了我一點……自由的感覺。」

「怎麼樣的自由？」

他垂下眼睛，聳了聳肩，似乎無法解釋。

接著他就改變了話題：「對了，我想給你看個東西。」

他拿出了手機。琳達和雪倫站在通向走廊的小門前對我使眼色，想讓我們趕快上路。我猜不管我喜不喜歡，他們都會送我去機場。凱文拿出手機滑了一下，把一張年輕女孩的照片拿給我看。我以為那是克萊兒，於是抖了一下。但那其實是另一個蒼白的金髮女孩，正處於即將踏入青春期的邊緣，長得就像我噩夢裡在路邊公車站牌與車輪揚起塵土之中飄動的幽靈之一。她穿著褐紫和藍配色的學校制服，照片底部裝飾著校徽。

「這是我的潘妮。」他說。

「你女兒嗎？」我皺起眉頭。

「不是不是。她是我，呃……我妹妹。」

「她很漂亮，」我邊說邊往門口方向後退一步，心裡生出想要撤退的強烈衝動，「今天很高興能認識你，不好意思我得先離開了。」

我轉身離去，把他留在人去樓空的空蕩房間裡，顧自抓著手機低頭凝視他的潘妮的照片。午後的陽光打亮了在他周圍旋轉的塵埃微粒，微小的小精靈們在他的肩上跳舞，沿著手臂翻滾而下。

——

在前往機場的車內，一直到汗水從下巴邊緣滑落我才發現自己在流汗。我們穿過中央商務區，爬上威廉街，進入東部快速道路，一切正常。接著那感覺突然襲來，像發燒一樣令人頭腦沉重。雪倫從後視鏡裡看著我皺眉。

「兄弟，你在後面還好嗎？」

「我不知道。」我抹了抹臉，一陣發寒，全身顫抖。

「別吐在車子裡，」琳達轉過身瞪著我，「才剛清過。」

「停車。」我說。

雪倫把那輛巨大黑頭車開到雪梨機場標誌前的長型草地上，導致我們後面一整排車輛都及時煞停，狂按著喇叭。我走下車，彎下腰撐著膝蓋，努力呼吸。琳達走過來，雙手叉在腰上看著我。

「你吃了什麼？」

我的腦袋正在高速旋轉，令人震撼的瘋狂念頭在裡頭橫衝直撞。琳達站在我旁邊，整張臉皺在一起，害怕我會吐在他身上或他旁邊。

「我覺得我只是……」我喘不過氣來。我挺直身體，捶著胸口。「我只是……那隻狗……他說……」

「講清楚一點，你這個白痴！」雪倫從駕駛座上大喊。

「他說那隻狗會被『修理好』，」我解釋，「酒吧裡那個叫凱文的人，他說那隻狗不會有事，防虐動物協會會收留牠、把牠修理好，然後讓人收養。他說『修理』是什麼意思？他怎麼知道那隻狗需要『修理』？」

那隻白狗，牠被一個開藍色皮卡車的男人棄養在亞谷納的皇家防止虐待動物協會，可能就是用來引誘克萊兒．賓利離開路邊的誘餌——但是我從來沒告訴任何人，牠被交給協會時斷了一隻腳掌。亞曼達從防虐動物協會拿到報告，把報告給了我，而我再把其中一部分給了戴爾．賓利，所以應該只有亞曼達在防虐動物協會的聯絡窗口、亞曼達自己、戴爾和我知道那隻狗需要「修理」。也許這真的沒什麼，也許他的意思只是把那隻狗洗一洗，幫牠除跳蚤、戴上新項圈。也許他的意思是「整理」，就像我們「修理」舊房子一樣。

但有沒有可能他的意思真的是要「修好」牠。因為牠有地方壞了，所以需要修理。

我試著打給亞曼達，電話直接轉到語音信箱。出於絕望，我試圖向看守我的那兩名保鑣解釋情況。

「他可能只是在說……在說……」琳達伸出一隻大手，瞄向雪倫求助，「例如好好洗一洗……呃……整理乾淨……」後面的話就轉成了阿拉伯語。他們對著彼此喊了一連串對話，琳達想和我講道理，雪倫則需要他把我弄上車。

「不對，」我從鼻孔吸氣，努力制止四肢繼續顫抖，「他的意思是修理，我確定。他的意思是『治好牠』。我一看到他就有一種毛骨悚然的感覺。他還給我看了一張照片，我……我不能……」

我踉踉蹌蹌地走向車子，把手放在車身側邊的溫暖黑色鈑金上。一架飛機在天空轟鳴，讓我的耳朵跟著跳動。

「是他，」我說，「就是他。」

「她什麼屁都不知道啦，」杰伊轉向同伴，「你去修理圍欄，免得有警察看到。我來處理這裡。」

「我知道你們在找什麼，也知道可以在哪裡找到，」亞曼達說，「道理很簡單，線索就在你們周圍。明明它就在這麼近的地方，我不敢相信你們竟然花那麼多天把房子拆成碎片。」

兩個男人看向彼此，又看了看地上的女人。血沿著她的脖子滴下，流到胸部之間。

「讓我來幫你們解釋一下，」亞曼達看他們沒跟上便主動說道，「湯姆．松利。你們要找的是他的錢，那些被他埋起來的寶藏。」

杰伊嘲弄地哼了一聲，完全沒有被說服的意思。

「這點其實不難知道，只要看你們兩個人就很清楚了，」亞曼達舔了舔嘴唇上的血，「你們兩個絕對不是兄弟。眼睛不一樣、膚色一樣，手也長得不一樣。可是你們有同樣的站姿，鬍渣長度也相同，這代表你們在同個時間刮鬍子。而且你們用手腕背面擦鼻子的方式也一樣。你們擦鼻子不是因為在流鼻涕——沒有人會在這麼熱的天氣裡流鼻涕——而是因為你們有神經性抽搐。問題是，為什麼兩個人會發展出同樣的神經性抽搐呢？」

布蘭開口想回答。

「因為監獄。」亞曼達說。布蘭睜大了眼睛。

「你們二十四小時都待在一起，這樣過了幾年後就會不自覺模仿彼此的習慣動作。你們是在監獄裡認識的，這就是為什麼你們知道要叫他們翻身趴在地上，手指交叉，讓他們沒辦法行動。你們自己就在獄警的命令下做過很多次。而你，你是比較弱的那一個，」亞曼達試圖用肩膀指向布蘭，「你進監獄大概是因為盜用身分、盜竊或持有贓物，總之不是需要面對面的罪行，你沒膽子那麼做。你知道自己在監獄裡就是任人宰割，所以需要一個比較強壯、比較有經驗的人。遇到他當獄友是你走運。」她看向杰伊。

「你在裡頭待得比較久，所以身上有更多糟糕的刺青。你手肘內側那些醜得要死的疤——那是因為海洛因。和平常看到簡潔的細小注射疤痕不一樣，那種跟霰彈槍一樣的疤痕是你在裡面弄不到針頭時，把自行車充氣頭削尖後注射留下來的。我以前見過那種痕跡。你入獄時是個海洛因使用者，這代表你可能是小偷，因為你得偷東西才有辦法去滿足癮頭，這就是為什麼你知道要擦掉保險箱上的指紋。而且你被判額外刑期，這表示你不只是入室盜竊，可能是因為暴力犯罪而入——」

杰伊的臉越來越紅。沒等亞曼達說完，他就一把掐住她的喉嚨，把她按住。

「你這張嘴真的很大，」他咬緊了牙咆哮著，從脖子抓起她的頭往地板上撞，「但是你還沒說到我想聽的部分。」

「關於那筆錢。」亞曼達再次扭動著坐起身體。當他放手後，她感覺一陣暈頭轉向，彷彿整個房間都在旋轉。「你們成為獄友後才聽到這個故事。聰明的小偷會把這種事情藏在心裡，不過你們兩個都同時聽到了，於是你們決定待在一起好去保護那個祕密。有人在食堂和你們聊天，幹話屁話隨便講，說到一九七〇年代的腐敗警界。對方可能是個老犯人，某個有足夠說服力、經歷過那件事的人，你們從他那裡聽到警察局長湯姆．松利的事。松利是警界的大人物，你們聽說錢從街頭巡警一路向上流，而他是少數從皇家委員會那場災難中全身而退的人之一。」

亞曼達看向客廳另一端薇多莉亞．松利的屍體，半木乃伊化的僵硬遺體散發著惡臭，雙手呈現藍色。

「如果故事是真的，那就是一大筆錢。他掌權那幾年是關鍵年分，而且他的幾名副手可能會在坐牢之前把自己的份放在他那邊請他看管，免得錢落到老婆手上。這是一只沒人相信的巨大糖罐，是沒人敢尋找的寶藏。說故事的人告訴你們那個老傢伙死了，說他在晚年變得偏執，把現金埋進車庫地板下面。他們說這裡有好幾百萬，就等待著合適的人來拿。除了生病的老太太之外沒有任何阻礙，是再簡單不過的工作。」

「誰告訴她的？」布蘭壓低了聲音，激動地抓住同伴的手臂，「杰伊，她都知道。他媽的她全部都知道。如果她知道了，代表也有其他人知道。」

「她才不知道，」杰伊吐了口口水到底上，「她只是在猜，而且剛好猜得很準而已。如果她早就知道的話才不會一個人跑來這裡。」

「在這麼多證據的情況下，實在很難說是猜的。」亞曼達皺著眉說。

「這樣啊，」杰伊用靴子推了推亞曼達的肩膀，用力將她往後踢倒，「所以那筆錢到底在哪裡？」

「這個嘛，不在車庫的水泥地板裡。」亞曼達再次直立起身體，咧開血口笑著。

「這我們知道！」布蘭破口大喊，咬牙切齒地吼著，「快點講，該死的女人。他會殺了你喔，這個人真的會殺了你喔。」

「才不要，」亞曼達說，「而且杰伊很聰明，他才不敢殺。對不對呀杰伊？在得到想要的東西之前你都不會殺我。」

「那就告訴我們在哪裡！」杰伊大喊。

「才不要，」亞曼達又說了一次，「你到底覺得我有多笨？如果我說了，你就會殺了我。」

杰伊的怒氣爆發，一把抓住亞曼達的頭髮。

我打給皮普．史威尼，她在幾聲響鈴後接起。

「亞曼達在哪裡？」

「我才正要打給你問這件事，」她問，「我一整天都沒看到她，她的手機關機，人也不在辦公室。你那邊還好嗎？」

我掛斷電話，回到那輛大黑車裡。琳達滿臉困惑地跟著坐了進來。

「要往哪裡？」雪倫問。

「開就對了。」我邊說邊敲打手機。我打開法蘭基寄來的信，裡頭有進入車籍資料庫的權限，但是我的手又抖又都是汗，幾乎無法繼續操作。而且我不知道該搜索什麼。我有一個名字，「凱文」。我搜索了克萊兒被綁當天在該地區註冊的福特Falcon XF皮卡車，得到了一份名單，於是痛苦地翻閱著。沒有凱文。車子可能登記在他女朋友、他媽媽，或者任何人的名下。切斯特頓勛爵酒館的監視畫面可能錄到了凱文的身影，但是警方不可能僅憑我的話就發布通緝令，而媒體現在也不是我的朋友。我打電話給法比亞娜。琳達從副駕駛座上轉身看著我。當法比亞娜接電話後，我沒等她說你好就開始說話。

「我需要你查一下今天活動的參加者名單。」我說。

「什麼？」

「拜託。」我抓住車窗上方的把手，閉起眼睛強忍著不要對她大叫。我重新說了一次請求，然後聽到紙張翻動的聲音。

「名單上沒有叫凱文的人，」法比亞娜無助地說，「我們要——」

我掛上電話。雪倫向東朝著海灘方向開。我回到車輛資料庫的搜索結果上，無助地盯著那些名字。

理查．多爾提。安南山地區。福特 Falcon XF 皮卡車，一九八八。DDB451。白色。

馬修．杜布斯。坎登地區。福特 Falcon XF 皮卡車，一九八七。SHF111。白色。

安娜．法蘭奇。伍德板地區。福特 Falcon XF 皮卡車，一九八八。AL9EE。紅色。

名單沒完沒了，頁面底部那幾個小小的按鈕將搜索範圍從我選定的安南山地區向外擴展，不斷變得越來越大。我調整了搜索日期，沒有結果。法比亞娜試圖打回來，被我忽略。在狹小手機螢幕上搜索讓我暈車，雪倫把車停在另一片草地上，我爬了出去。我感到無助、憤怒。凱莉傳來簡訊問我航班什麼時候起飛。我一瞬間想起自己在原本家中的模樣，懷裡抱著莉莉安，凱莉在我身後。一切都被奪走了。我大叫著踢翻了一個路標，把手機扔到草地上。

「兄弟，冷靜下來。」琳達說。我只想抓住某個東西，於是伸手抓住他，手指咬進了他西裝外套的布料裡。這是個錯誤。我聞到了他濃重的古龍水味，他像是制服小孩那樣把我推到車邊，把我胸口裡的空氣都撞了出來。

「冷靜，兄弟。他媽的冷靜。那個人說了什麼？」琳達用一隻手就把我壓在車邊，我完全動彈不得，「他長什麼樣子？」

「很年輕。」我說。我緊閉雙眼。我猜大概二十五，也許接近三十歲。我突然想起在我紅湖家中廚房裡的戴爾．賓利，他的話從我嘴裡說了出來。英國夫婦對於那天領走白狗男人的描述：「年輕人，大約二十五歲。衣著乾淨整齊，棕髮。溫文有禮。」

那個人怎麼可能二十五？戴爾懇求地問著，這兩個英國人的意思是強暴我女兒的人是二十五歲。

琳達放開我。車輛從我們身邊呼嘯而過。一座高爾夫球場被道路分成兩半，邊緣立著鐵絲網圍欄。我撿起手機，走到菱形格狀的鐵絲網旁，伸手抓著。我看著老人們穿著熨燙過的長褲，在修剪整齊的綠地上漫步。

「他打斷了那個老人。」我低聲說著。

「什麼？」琳達站在我身後。我轉過身。

「那個老人。剛才在酒吧裡那個老人在說什麼？你們有聽到嗎？他提到了福特的Falcon，說了一個詞……什麼牌？車廠牌嗎？然後凱文過來打斷了他，他就沒繼續講下去。那個老人說……澳洲的汽車公司當時一直在抵制外國……外國汽車銷售？」

「重新貼牌。」雪倫從車裡這麼說。他的一手搭在副駕駛座的椅背上，側身看著我們。我跑到打開的車門旁。

「什麼東西？」

「車子前面和側邊的小圖案就是車廠的銘牌，」他指向引擎蓋，我看見上頭有個由紅色和黃色方塊組成的銀色盾牌，「有時候車廠會交換車款設計，用這種方式節省時間和錢，直接拿同樣的車貼上自己的牌子。」

我頓時全身顫抖。我看向琳達，他看起來和我一樣困惑。

「所以有可能兩輛車看起來完全一樣，但是品牌不同？」我說。

「對。」雪倫抽了抽鼻子輕蔑地說著。

「我的天啊，」我拿出手機，努力找出網頁瀏覽器，「喔媽的，所以它有可能不是福特Falcon。居然有可能不是他媽的福特Falcon，而是叫別的名字。」

我搜索「福特 Falcon XF 1988 重新貼牌」。

「日產UTE」是日產汽車在澳洲推出的車款，是XF Falcon皮卡車的重新貼牌版本。本車款曾在一九八八年八月至一九九一年……

「日產UTE。」我打開電子信箱，點擊資料庫搜索引擎的連結。我的手指在螢幕上留下潮濕的指紋，讓鍵盤無法正常工作。「福特Falcon和日產UTE是同一輛車。」

克蘿伊．卡瑞威。格蘭山地區。日產UTE。一九八八。REN555。藍色。

「是藍色，」我往琳達胸口推了一把，「是藍色的！是藍色的啊！是他媽的藍色啊！」

那頓毆打短暫但猛烈。亞曼達試圖蜷縮成球狀，可是杰伊還是踢得到她的背和腿。她在地板上挪動，試圖躲避。她幾乎聽不到背景中的布蘭在說什麼，他的聲音隨著身裡來回踱步而移動。

「好了啦。靠，媽的。夠了啦，兄弟。」

杰伊停了下來，亞曼達將身體翻成跪姿。這裡的地板上有玻璃，細小的玻璃碎片正往她裸露的手臂和腿裡鑽。

「你到底是多娘砲啊，」她氣呼呼地說，「只敢打手被綁住的女人？」

這句話真的讓他失去控制。當他朝自己撲來時，她可以聽見他低沉而激烈地吼著，呼吸都噴到她臉上。

「是這樣嗎？是這樣嗎？」他發起狂來，把她翻了個身，撕下她手腕上的膠帶，「我就讓你看看什麼是真的娘砲！」

他一把抓住她的頭，用力敲。

——

皮普站在叫蛙客棧後面的溪邊，看著一雙並排放在泥土上的粉紅色Converse帆布鞋。亞曼達的手機到了中午時分還一片沉默，這讓她開始有些擔心。兩人原本計劃在鯊魚酒吧碰面，亞曼達應該要坐在她的專屬座位上，而史威尼會試圖讓她從許多份當日報紙中分心。她有一些很好的線索想要跟進。康卡菲在酒吧常客的個人背景中發現了一些有趣的犯罪關聯。她想帶亞曼達一起去這些人家中重新問話。除此之外還有在距離叫蛙一公里的森林中發現的彈殼，他們正在等待分析結果。麥可．貝爾也要求再次見面。要做的事情很多，皮普在一夜好眠後感到精神煥發，可是亞曼達卻不見人影。即使沒有這個不可預測的詭異小朋友，皮普應該還是會繼續進行調查。只是，亞曼達已經成為魔法幸運符一般的存在，有這個女人在身邊，皮普便會覺得更有信心、更能掌控局面。前一晚入睡前，她在想是否有可能在她的警局與康卡菲與法瑞爾聯合調查公司之間建立合作關係。透過皮普作為中介，紅湖警察對亞曼達的敵意也許會減少一些，她的同事們也可能會真正看到亞曼達的價值。一切似乎都有可能。

皮普來到比爾街的辦公室，透過窗戶看著躺在陽光下的貓咪。當牠們注意到她站在外面時，有幾隻開始用爪子拍打玻璃，憤怒地喵喵叫。牠們餓了嗎？她敲了門，喊了幾聲，沒有得到回應。

她之所以擔心亞曼達會失蹤，有一部分是因為前天晚上在酒吧發生的事。當時她們幾乎就站在她現在所站的位置，皮普感覺全身充滿了一種緊迫感，一種驅動力。她看進亞曼達的眼睛。亞曼達那時知道她在想什麼嗎？

她朝著溪流源頭的方向望。沒有亞曼達的蹤影。但這無疑是她的鞋子——因為騎自行車而沾滿泥土，鞋帶上還纏著草。現在她的擔憂中夾雜了一絲寬慰。史威尼抬起頭，看到對面人家的圍欄上少了一片木板，那根格格不入的新木板斷成兩半，正躺在對面的溪岸上。她困惑地越過小溪。房子裡傳來一聲撞擊聲。是在裝修的那幾個人。亞曼達有可能重新向他們問話了，這個想法很好。皮普繞到房子前門，抬起手正準備敲門，就發現靴子下傳來紙張被擠壓的聲音。

我站在鐵絲網旁看著打高爾夫球的人。我打電話給法蘭基，沒有解釋任何事情，只是告訴她那個女孩的名字並要求她提供電話號碼。她聽得出我有多不安、多慌亂。她沒有問問題，直接登入電腦、進入電信公司資料庫，然後找出號碼唸給我聽。我把它輸入到手機裡。

我打了電話。兩個肌肉腦現在都坐在車上看著我來回踱步，然後又回到圍欄垂著頭，肩膀因緊張而發疼。

「喂？」

「我叫泰德．柯林斯，我是新南威爾斯警察局的成員。」我說了謊。現在真的沒有時間去解釋我到底是誰。「請問是克蘿伊．卡瑞威？」

一陣停頓。我努力維持呼吸。

「你是梅爾吧？」

「請你仔細聽我說，」我放慢說話速度，「你是克蘿伊．卡瑞威？」

「是。」

「好，我是資深偵查佐泰德．柯林斯，」我可以聽見自己聲音裡有一絲顫動。我盡力說得慢一些，「我這裡是新南威爾斯警察局。」

「喔好……」

「我需要請你回答幾個問題。」

「現在嗎？」

「對，現在。」

「是警察，」她用手摀住電話的收話頭，然後轉頭對著背景裡的某個人說話，「他說他是警察！」

「能不能請你告訴我，」我說，「在去年，也就是二〇一六年四月十號時，你名下是不是有一輛日產汽車的皮卡車？車身是藍色的？」

「呃，四月嗎？對，沒錯。不過我們把車賣掉，所以現在已經不是我的了。」

「你認不認識一個叫凱文的人，他在當時是不是會開那輛皮卡車？」

「對，那是我前男友，」她再次摀住電話，「我的天啊，他在問凱文的事。」

「克蘿伊，請你告訴我凱文姓什麼。」我說。

「卓斯寇，」她回答，「他遇到什麼事了嗎？」

「卓斯寇？凱文．卓斯寇？」我轉向車子，看到琳達和雪倫彼此互看了一眼，「可以告訴我『卓斯寇』怎麼拼嗎？D-R-I-S-C-O-L-L？克蘿伊，凱文現在幾歲？」

車子後座的門開著，我伸手想去抓把手，但在還沒碰到就關上了。琳達從裡面把門拉起。我看著他關上自己的車門，面無表情地瞥了我一眼。我再次伸手去拉門把，但車子已經開始移動。他們沒載我就迅速開走。

「嘿！」我朝著車子前進的方向跑了幾步，「嘿！」

我拿著手機站在路邊，一臉困惑。突然間，這條路上沒有任何車子經過。我能看到遠處的十字路口，於是一邊跑向前去，一邊把手機重新放到耳邊。

「喂？你還在嗎？」

「在。」我氣憤地說。

「他二十五歲，」克蘿伊說，「喔不對，現在應該已經二十六了。他遇到什麼麻煩了嗎？」

「你知道他現在住在哪裡嗎？」

「不知道。我……我們分手了。」

有個畫面閃過我的腦海。那個照片中的女孩。凱文拿著手機看著她，彷彿世界上的其他人都不存在似的。我心裡激起某種感覺，開始認知到這個男人的危險，他對我生活的破壞、對克萊兒生活的破壞、對戴爾生活的破壞。我感覺到他的邪惡，感覺到他對我命運的掌控。而現在我腦中唯一能想到的就是他照片中的那個小女孩，那張被他握在手裡的臉。她長得真的好像克萊兒，天啊，幾乎像是她的雙胞胎。

你是個很激勵人心的人。

見到你給了我一點自由的感覺。

怎樣的自由？

「他父母住在哪裡？」我問克蘿伊。

「他父母？」女孩緊張地大笑著，「你是在開玩笑嗎？」

「他妹妹。凱文有個妹妹，一個金髮小女孩。他曾經用手機讓我看一張照片。」

我們陷入沉默好一會兒。我來到十字路口，瘋狂地對著一輛計程車招手，但是它直接掠過我。

「凱文沒有妹妹。」克蘿伊說。

亞曼達的計畫成功了。男孩們實在愚蠢。這些來自監獄的男孩們，仍然像在牢裡時一樣沉浸在必須隨時向人展示的驚人勇氣裡，通向動物本能的門一旦打開便再也無法關上。杰伊撕掉了她手腕上的膠帶。他的拳頭如雨點般落下，亞曼達等待著空檔，然後猛撲上去，兩隻手臂像蛇一樣纏繞著他，接著張口咬下。她的指甲撕扯著他的肩膀，腳跟纏在他的腿上，牙齒則咬進他腦袋側邊那塊柔軟的肉裡。她成功擊中了目標，他那溫暖、充滿鹹味且具有韌性的耳朵。她自己的耳朵則隨著他尖叫的音調而震動。他想掙脫，她卻抓得更緊，黏在他身後被拖著一起前進。他們像戀人一樣纏繞翻滾，亞曼達趁著翻到上位時站起身，握緊拳頭狠狠地打在他的鼻子上。鼻骨發出嘎吱一聲。

「我就說吧！」她對著抓住斷裂鼻梁的男人大笑起來，「你就是個他媽的王八蛋！」

布蘭抓住她的手臂將她往後拖，杰伊則翻身摸索著他剛才開始打她時丟在沙發旁的槍。亞曼達試圖向前衝，同時將手伸向手槍，不過被布蘭緊緊抓住。當杰伊的手指離槍管只有幾公分時，所有人都在一聲喊叫聲中僵住了。

「通通不准動！」

史威尼站在通往後院的門邊，悄悄拉開了玻璃門，手裡已經舉著自己的槍。沒有人敢呼吸。

「退後！」

她的槍口對準杰伊。鼻子歪斜流血的男人趴在地上，手指懸在另一把槍的槍管上方顫抖著。史威尼氣喘吁吁、眼神狂暴。「想都別想！」

杰伊退開。亞曼達從布蘭的手臂中掙脫出來，撲向地上，從玻璃碎片堆中抓起手槍。

「史威尼，」她大笑著說，「你真的是個——」

碰的一聲。亞曼達發出尖叫。就在史威尼轉頭看向左側門邊椅子上屍體的那一瞬間，布蘭從牛仔褲後面拿出自己的槍，向她開火。

亞曼達看著史威尼一手抓著襯衫胸前，倒了下去。

我最後終於招到一輛計程車，可是不曉得該叫他往哪裡開。我只知道自己正在追捕凱文・卓斯寇，且要盡快行動。聽到他的姓氏似乎讓我心中熊熊燃燒的仇恨膨脹成兩倍，突然之間他不再是個概念，而是一個活生生的人。我抓著手機，看車外的人們閃逝，沿人行道散步的情侶、其他車子裡的駕駛。凱文・卓斯寇曾經有個女朋友，兩人交往過一段時間。他二十六歲，沒有女兒，也沒有年幼的表妹，事實上克蘿伊根本想不出他生活中有任何年幼、金髮的學齡小孩。她唯一能告訴我的是，在他們交往期間，他曾經和舊家隔壁的小女孩建立起某種友誼。克蘿伊曾經看到他們隔著籬笆聊天。我極其仔細地將他們舊房子的地址輸入手機。克蘿伊開了免提聽筒功能，背景中的人——也許是她朋友或是其他人——偶爾會干擾她的思緒，使她抽離。克蘿伊不知道凱文現在住在哪裡。在克萊兒被綁架的幾個月後，他便隨意找了個理由甩了她。

凱文・卓斯寇現在交了新的女朋友嗎？我抓著胸前的安全帶，拳頭緊握到發抖且疼痛。凱文・卓斯寇和他的新女朋友有打算結婚嗎？想生孩子嗎？想要買房子嗎？凱文・卓斯寇偷走了我的生活。一個難以否認的荒謬衝動不斷在我腦海中浮現：等我找到他時，我要把自己的人生從他那裡奪回來。它像護身符那樣被他握在手裡，彷彿擁有實體。我會把它拿回來，把一切偷回來。我要狠狠地傷害他。我要殺了他。

計程車司機明顯對我的樣子感到不安。自從他停下車，仔細看了看站在路邊的這個男人，聞到了我身上的汗味後就一直呈現這個態度。他可能以為我是隻毒蟲，或者瘋子。我簡短地指示他向西，朝著我以前所住的郊區前進。那裡位在雪梨外圍，農田和小型住宅區雜亂地延伸。

現在的我應該能輕鬆找到凱文的新地址。畢竟有了全名，只要傳簡訊給法蘭基就好了；我的血管現在充滿憤怒，不相信自己有辦法好好說話。總之她會搜尋警方資料庫，找出某個地址給我。我有辦法克制自己去到那裡時不動手殺了凱文·卓斯寇嗎？我全身都因憤怒而顫抖、抽搐。我至少會揍他一頓，這點是肯定的。我會把他的腦子敲碎，讓裡頭的東西全都流出來。我的身體裡有一頭狂野的獅子，一隻飽受折磨的狂暴怪物，某種只剩本能反應的東西。我可以想見自己殺死他的樣子，用手砸碎他的臉，完全不顧任何拘束。我會拿到他的地址，去到那裡，結束他的生命。

可是就在等待法蘭基回覆的時候，我看了看另一個地址；那是克蘿伊給的，是她和凱文曾經住過的租屋處。我眼前不斷閃過凱文的臉，他拿著手機站在酒吧裡，凝視著那個小女孩的照片。他說了謊，那不是他妹妹。她就是和他隔著籬笆聊天的那個鄰居小孩嗎？機率很低，畢竟這世界上充滿了他可以隨意掠奪的漂亮小女孩。可是她看起來真的太像克萊兒，金髮、纖瘦，擁有即將踏入青春期前的完美美貌。我盯著那個地址，聽見他在我耳邊低語。

你很激勵人心。

讓我有了一點……自由的感覺。

怎樣的自由？他打算傷害某個小孩嗎？他想要傷害照片裡那個孩子嗎？我試圖想起制服的顏色和校徽上的字母。幾乎不可能。我的腦海中飛速閃過各種細節、名字和地址，不時被一波炙熱的怒意淹沒。

我知道自己必須去那個舊地址，就是隔壁有鄰居小女孩的地方。雖然我很想直接去凱文的家，找到他、抓住他，但我還是個警察，至少曾經是。這件事與我無關，從來就不是關於我，而是關於照片中的那個女孩、關於克萊兒、關於凱文以前傷害過的小女孩，以及如果我現在不阻止他，未來還可能被他傷害的那些女孩們。我得確保那個女孩沒事，繞過去快速看一下。

我把克蘿伊的地址給了司機。每次紅燈都是一場折磨。法蘭基沒有回應。凱莉打電話來，被我拒接。我將手機上的汗都抹到牛仔褲上。

當計程車轉入凱文舊家那條路時，我就看到了巡邏車。兩輛警車，毫無秩序地停在一棟小房子前的草坪上，形成尖錐狀，擋住了人行道。我的心一糾。我是對的。我的直覺，或者無論是什麼東西讓他不斷出現在我腦海中，站在那裡盯著照片看——都是對的。他來過這裡。在得知房子裡發生什麼事之前，我便能從靈魂深處感覺到，他來過這裡。

「停車！停車！」我拍打著司機的椅背，在他停下來時扔給他幾張鈔票，然後下車沿著街道狂奔。跑步的感覺很好，不再是坐著等待恐怖發生。鄰居們已經從各自的房子裡鑽出來，停在街角指指點點。我轉過立著籬笆的轉角，跑上樓梯，衝進敞開的前門。

屋子深處某個地方有個女人正瘋狂地說著話，警察們堅韌的巨大身影擠滿了狹小的廚房。我帶著滿心的恐懼，跌跌撞撞穿過走廊，沿路牆上都是凱文手機中那個女孩的照片。就是她，潘妮。白金髮色，大眼睛。我現在看出來了，潘妮就是克萊兒，瘦瘦小小的身影倒掛在單槓上，或在空無一人的大海灘上墊起腳尖旋轉。廚房裡的警察一下子注意到我的存在，一隻張開的手掌將我擋在廚房門口。那是一名年輕巡警，另一隻手按在槍上。

「喔喔喔！等一下，不要再前進了！」

「她還好嗎？」我不斷前進，迫使那名警察後退。我看到他解開槍套上的扣子。「那個小女孩還好嗎？」

四名處於高度警戒的警察叫了起來。我看進廚房。有個女人坐在餐桌，腿上抱著那個叫潘妮的小女孩。女孩蜷縮在母親胸前，臉色通紅，哭得聲嘶力竭，像小孩那樣夾雜著低吼哭得亂七八糟。她媽媽看起來也像才剛哭過。她幾乎沒注意到我的存在，說話急促且驚慌。

「……他說只是想和她說話。他一直那樣講，說他只是想說話。然後他開始推門，於是我大聲叫，可是都沒有人來！」

「他去了哪裡？」我抓住門框，阻止自己衝上去抓住那個女人的肩膀，「凱文．卓斯寇——他去了哪裡？」

那個母親看向我，她認得凱文這個名字。

「康卡菲，」其中一名巡警認出了我的臉，終於意識到我是誰，「媽的！你在這裡幹嘛？出去！媽的把他帶出去！」

「那是泰德．康卡菲！」有人驚呼。

「所以是他嗎？之前來這裡的人就是他嗎？」

兩隻手將我往外推，另外有一隻手抓住我肩膀的襯衫，試圖把我往後拉。那名母親困惑地抗議著，說那個攻擊她、闖入她家，試圖和她孩子說話的人不是我。我被放開，推到了走廊上，試圖在警察的呵斥聲中聽清楚她在說什麼。

「……幾個高大的中東人……」母親說。

我站穩腳步，努力聽清楚。

「……他們直接進來抓住他，然後就把人拖出去。我不知道他們去了哪裡……」

「天啊。」我低聲說著。我回想起自己站在車外說出凱文．卓斯寇的名字時，琳達和雪倫彼此對看的眼神。他們一直在等這個名字，他們唯一想要的就是這幾個字而已。他們緊跟在凱文後面，比我和警察都更早抵達這裡。卡利．費拉是個很強大的人，比警察還強大許多。卡利在得知凱文全名的幾秒鐘內，就可能已經透過地下關係把名字輸入某個系統，開始追蹤他的手機。卡利找到任何人，沒有人能逃過他。這是他用來吃飯的技能。

這就是他們離開的原因。琳達和雪倫之所以把我丟在路邊，是因為他們知道——就像卡利知道的那樣——我永遠不會支持這種做法。我永遠不會同意讓他們像那個年輕人對待克萊兒．賓利那樣，從大街上強行綁架凱文．卓斯寇。這就是為什麼卡利派人跟著我。的確是為了保護我，不過另一方面是因為他們知道——他們打從骨子裡確信——我會找到他，而且我也一定會去找他。卡利想要凱文。他打從第一天就在機場親口告訴我：他想要那個人。他想要成為那個主導追捕行動，為這個世界除掉一隻該死色狼的人。

在我唸出凱文全名的那一刻，琳達和雪倫就得到了他們一直在等待的東西。而現在，卡利和他的手下比我更早捕捉到我的獵物。

「變態人渣滾遠一點！」我被身後的警察用力推了一把，在他們的責罵聲中踉踉蹌蹌地走到屋外，站在草坪上。我全身冰冷，仍然握著手機，像抓武器那樣把它緊緊抓在手裡。警察想知道我從哪裡來、為什麼在這裡、怎麼會認識那個小孩和她母親。我沒辦法回答，根本說不出話來。我無視他們的威脅逕自走開，像巨大的烏鴉避開俯衝而來的八哥群。鄰居們盯著我，互相低語。一個女人靠在她家前的籬笆上問我發生了什麼事，似乎不曉得我是誰。我看著她，彷彿她是某種外星人，難以用言語形容。

我漫無目的地沿著人行道走著，只前進幾公尺就停了下來，看著一串鑰匙在這天最後的陽光下反射著光芒。我顫抖著蹲下，撿起那串鑰匙。雖然沒有任何線索，但是我毫無疑問地知道這些鑰匙是琳達和雪倫把凱文拖上那輛巨大的黑色Escalade時，從凱文身上掉出來的。我一看就知道，非常清楚，彷彿有神聖的力量在給予指示。我轉頭便看見這串鑰匙所屬的車就停在旁邊，一輛深灰色的Commodore。我走向凱文的車，打開前門，坐了進去。我不曉得自己為什麼要這麼做，此刻的大腦充滿了雷鳴和噪音，整個人處於自動操作模式。

副駕駛座上有本薄薄的作業簿和一支筆。我看著本子，沒有去碰，然後握緊方向盤，吸入他的氣味。放在腿上的手機響了，是個未知號碼。我還沒接起來就知道是誰打來的。

「康卡菲，」卡利說，「我給你一個地址。」

事情發生得比她想像中還快。彷彿海浪拍打、碎裂，動能向上湧起，在傾斜後失控下墜。亞曼達舉槍轉身，以膝蓋在地板上摩擦，並在與布蘭視線相交時啟動了手中的武器。他正為自己剛才的舉動感到震驚。弱者終於有了採取必要行動的力量。他張著嘴，整個人愣在那裡。亞曼達開了兩槍，擊中他身體的某個地方，衝擊力將他推往廚房流理台並撞向旁邊的牆壁，他滑了下去。杰伊伸手抓她，她用槍狠狠朝他的頭猛擊。她突如其來的動作狂亂而不協調，像是野貓在抵擋攻擊。

也許她在尖叫，她不太確定。亞曼達覺得視線邊緣出現了她已經幾十年沒見過的景象。雨林中那一小片空地邊緣的裸露泥土地，車門大開。霎那間她又回到了那裡，回到自己第一次殺人的現場。她再次感受到從人類轉變為求生的動物的過程。

然後那個畫面就消失了。杰伊癱軟倒在她腿上，布蘭彎腰靠在廚房旁抱著肚子呻吟著。亞曼達走向布蘭，拿走了他的槍，想著要結束他的生命。可是幻覺已經消失了，現在的她回到了當下，站在某個老太太的房子裡，旁邊有一人昏迷，一人垂死，而她手裡有兩把槍。

她走向皮普。這位新任警探仰躺在草地上，雙腳掛在通往客廳的玻璃門邊。亞曼達爬到她身邊，放下槍，把手放在搭檔血淋淋的手上，她用溫暖而滑溜的手指蓋著自己胸口的傷口。

「哎呀，」亞曼達說，「這樣有點糟糕。」

「對，」皮普喘著氣，「不好。」

兩個女人一起用手按著彈孔，手都浸濕了，隨著皮普急促的呼吸上下起伏。

「我覺得這應該就是——」皮普被自己喉嚨裡的血嗆住,「我的⋯⋯我贖罪的方式了。」

「嗯,」亞曼達點頭,「大概吧。看來你跟我一樣,都沒辦法自己選。」

遙遠的某處傳來警笛,聲音逐漸增強。亞曼達一隻耳朵被血堵住了,判斷不出救援還有多遠。史威尼一定是在衝進來之前就叫了增援。亞曼達知道,即使屋內傳出朋友痛苦的呼喊聲,更老練、冷酷的警察會等到同事抵達後才開始處理這種情況。但史威尼就不是那樣的人。皮普之所以垂死,正是因為亞曼達。這一次她無話可說。

「我應該⋯⋯」皮普說著,意識已經在清醒和昏迷之間掙扎。她重新聚焦在亞曼達身上,緊握著對方的手指,「我應該要主動的,但是卻沒有。」

「我的媽呀。」亞曼達嘆了口氣,接著抓過皮普的臉,彎下身體把嘴唇貼在垂死的警察嘴上。這個吻很用力、熱烈,充滿了痛苦,那天晚上她和史威尼並肩站在叫蛙後面時在這個警察臉上看到的所有痛苦;當時這個警察顯然在與自己的內心搏鬥。那個吻感覺像一輩子,不過最終還是結束了。亞曼達迅速抽離。

「這樣高興了嗎?」她問。

亞曼達覺得自己看到史威尼的嘴角閃過一絲微笑,接著她的頭就向後倒在草地上。

濛濛霧雨，就和那天我站在路邊面對那個小女孩時一樣。女孩的生活即將在那天被摧毀，和我一樣。當然了，老天就是這麼愛開玩笑。我開著凱文・卓斯寇的車在街道中穿梭，思緒一片混亂，幾乎無法跟隨手機給出的路線指示。我轉錯了路，一路衝到街區盡頭，於是咬著牙咒罵自己。本來粉紅的地平線開始變紅，然後染成了黑色，很快就被年代久遠的工廠和倉庫上方的天線與煙囪刺穿。我放慢速度，碾過碎石和玻璃，穿過已經推開的鐵絲網駛入一片沙塵之中。終於，我看到一盞亮著的燈，在一片波浪鐵皮屋頂旁隱約散發著金色光芒。我轉動車頭，在看到我自己的車時停了下來。那輛被我留在凱恩斯家中的車。

能把它開到這裡的只有一個人。

我的另一台筆電上還開著電子信箱，被我和那名一心復仇的父親留在廚房裡。他肯定是透過我的帳號聯絡卡利。他們兩個串通好了，知道我會來到這裡，知道我會帶著他們找到獵物。

我腳步不穩地走出凱文・卓斯寇的車，沒關車門，讓車內的燈光亮著。我轉頭擦掉排檔、門把、方向盤和鑰匙上的指紋，然後默默站著，試圖想出接下來該怎麼做才能阻止這一切發生。可是我就像舞台上的演員，只能按照劇本行事。我走到自己的車前仔細查看，用手撫過引擎蓋，彷彿要確認那真的是我的車而不是道具。琳達從舞台左側的黑暗中出現，我先是聽到他沉重的鼻息，然後才看到人影。

「等你準備好就可以開始了，兄弟。」他說。

等你準備好。彷彿帶位人員在擁擠的劇院裡引導某位紳士入座，聲音輕柔，以免打擾其他已經就位的觀眾。態度如此有條不紊，如此例行公事。話說回來，畢竟這就是他們的工作。他們這些人，卡利的人。我即將見識、體驗他的日常工作，一齣精心拼湊的小型娛樂節目，一場出於熱情而額外安排的迷你計畫。

琳達推開門，帶我走了進去。他們全都在這裡。雪倫雙臂交叉看著，急於進入下一幕，卡利則站在一旁彷彿監督人或節目經理，身上的西裝在匆忙布置的燈光下幾乎像是會發光一樣。戴爾・賓利也站在那裡，血跡斑斑的雙手緊握成拳，看著我進來。而在他們中間的是彷彿幾分鐘前才在切斯特頓酒館和我說話的年輕人，凱文・卓斯寇。

他歪斜坐在一把塑膠椅上，被打得很慘。我幾乎不記得他的長相，不過那張皮膚光滑的英俊臉龐現在腫了起來，血跡斑斑，張開的嘴巴裡流著血。他用一隻眼睛把我從頭到腳打量的一遍。他受了傷的臉上閃過一絲認出我是誰的神情，近乎友善的目光像是在看受傷的戰友，彷彿在說：兄弟，這場仗我們一起面對。

「你有報警嗎？」卡利問。我沒有回答，因為不需要，他知道我沒有報警。雖然我從來就不想參與他們的計畫，但是某種病態的好奇心還是把我吸引到了這裡。我想看。我需要看到自己的復仇幻想真實上演的模樣，即使那只是美好現實生活中的一個片刻。當我躺在牢房床上難以成眠時，曾經想像過這一幕多少次？在我空蕩的房子裡，遠離屬於我的家人時，我又想過多少次？攻擊克萊兒的真兇被綁住、被毆打，對我拚命哀求，而我會在想像中做出任何事，只求那晚能夠入睡。我會在腦中讓他為他對我、對克萊兒、對我們所有人所做的事情付出代價。

然而當我到了這裡，看到、聞到了塵土飛揚倉庫地板上的血跡，便覺得已經夠了。只要一瞬間就夠了。就在幾分鐘前，我還有著壓倒性的強烈衝動想親手把凱文・卓斯寇打死，那股欲望彷彿磁力一般將我拉向他的房子，承諾著殺死他會讓我感到多麼美好與合理。一場完美的犯罪。可是現在看到他在我面前被綁住，血跡斑斑，那股熊熊燃燒的憤怒卻消失得無影無蹤。我覺得一陣空虛，不斷顫抖。

「好了，」我說，「結束了。這件事必須停下來。」

雪倫露出竊笑。卡利臉上的笑容淡薄，像蛇一樣不太高興地斜眼看我。

「我們不能這麼做。我要報警了。」我伸進口袋拿手機，才剛掏出來就被琳達接過去，他按下電源鍵，將手機關機，然後滑入外套內袋。

「你有什麼話想對他說嗎？」卡利指著椅子上被打得亂七八糟的男人問我，「時間不多了。」

凱文看著我。我當然有話想說。我曾經在那些痛毆他的夜間幻想中對他說過，長篇大論地描述著他從我這裡奪走的一切；可是現在當我試圖開口，我的喉嚨卻縮了起來，話語哽在喉頭。我怎麼可能說得出任何話？我怎麼可能用言語表達這個人對我所做的事？凱文看著我，等我告訴他我的痛苦。在切斯特頓酒館時，我曾看到他和其他來聽我說話的陌生人站在一起，他想要我把一切都說出來，說出每一道傷口、每一個尷尬片刻、每一次渴望的痛楚。凱文和我互相看著對方。我能從他的眼中看得出來，他知道。他知道自己對我做了什麼，而且他並不覺得抱歉。他看起來就像是在審視自己作品的創作者，儀式的主人。因為，不管怎麼說，我們都因為他才來到這個血腥、黑暗的舞台上。我們都是他的傀儡。好吧，這一切都要結束了。我不會再說他為我寫的台詞，不會讓他在最後一幕中以自己的死亡鞏固這場噩夢，強化他為我創造的殘酷人生。

「沒有，」我說，「我沒有話要對他說。」

戴爾氣得全身發抖。卡利看了他一眼，他便機械式地大步上前，從卡利手中拿過一把槍。

「這件事不能——」我說，看著琳達和雪倫尋求幫助，「這件事不能再繼續下去了。」

「泰德，這不在你能掌握的範圍，」卡利冷靜地舉起一隻手，「也許你現在會對這種發展不太高興，不過這是必然的走向。必然，且一定會發生。相信我，兄弟，等你以後回頭想起來的時候，就會知道這是好事。」

「戴爾，」我的音量大了起來，在廣闊的黑暗空間中迴響，「你不能讓這件事發生，這就是他想要的結果。這是他們想要的結果。戴爾？戴爾！停下來！你不能這麼做，戴爾，不行！」

我朝他跨出一步，事實上不到一步，琳達便伸出粗壯手臂環繞著我的脖子，緊緊地將我拖住。我抓住那隻手臂，滑溜的布料底下是無比堅硬的肌肉。「不可以！不可以！」

卡利解開凱文被綁住的手，年輕人倒在地上。戴爾的體型比我記憶中的他要大上許多，更厚實、寬闊，充滿熊熊火焰。他脖子和下巴上的每一塊肌肉都向外賁張，在他對著地上的人又踢又踩時緊繃著。

我試圖甩開琳達，結果倒在地上。他跟著我一起倒下，加強了壓迫，切斷我的空氣，雙眼脹痛。「拜託不要！」我哭喊著，「我需要他活著。我需要他活著！」

我來這裡是為了找回自己失去的一切。我不在乎凱文，也不在乎卡利和他的手下。我抵抗過去一年帶來的所有恐懼和傷害，找出力量去面對那個毀了我生活的人，直視他的眼睛，知道他的噩夢才正要開始，因為那是他應得的。我來這裡是為了改變局面，奪回控制權，但如果他現在死了，這一切都不可能實現。沒有他的供詞，我就永遠無法完全洗清罪名，而凱文這個人也會像他當初突然冒出來時一樣迅速消失，幸運地逃過他應得的審判、懲罰和痛苦。逃過正義。

現在這樣不是正義。我不想要用這種方式。

可是拿槍的人不是我，而是戴爾．賓利。他把槍舉至地上那個年輕人臉上，用拇指拉下擊錘，發出一聲令人噁心的咔噠聲。

「你現在感覺怎樣？」戴爾問。凱文沒有回答，只是閉上眼睛。

戴爾開了槍。

他開了好幾槍。到底幾槍我不知道。槍很大，很搶眼，後座力十足。琳達因為興奮而掐我掐過了頭，以至於凱文死亡的聲音聽在我缺氧的腦袋裡只剩幾聲重擊。琳達放開我，我四肢跪地大口喘氣。我抬起頭來，發現戴爾正把槍口對著我。

卡利沒動作也沒說話，他的手下也是。就在這時我才知道，這些人的一切行為都是為了凱文。他們想要擊敗一頭怪物，想要以這種方式對另一條人命負責。他們要的是功勞，想成為給予尋仇的父親一種殘酷仁慈的人，想成為人們心目中能夠提供這種正義的來源。他們想當黑暗英雄，根本不在乎戴爾或是我。戴爾的眼睛就像槍口上的黑色獨眼一樣空洞而深不見底。琳達從我旁邊退開，把我留給戴爾處置——如果他想要有任何處置的話。我吐出最後幾口氣，看著眼前的人，等著他將滿腔怒火繼續宣洩到我身上。

不過他沒有那麼做。我顫抖著，看著他拿槍的手無力垂落。

演出結束的時間到了，卡利和他的舞台工作人員現在開始行動。琳達把我拉了起來，雪倫則費力地扳開戴爾泛白的指節，小心翼翼接過他手上的槍。卡利漫步朝地上的屍體走去，一邊從西裝外套的鮭魚色絲綢襯裡拿出一盒菸。他敲出一根香菸，朝我揮舞著，連看都沒朝我這裡看。

「把他帶走。」卡利說。

亞曼達坐在松利家門前一塊光滑的砂岩裝飾石塊上，一隻手肘撐著膝蓋，看著眼前五輛巡邏車的紅藍燈光不停轉動。如果她盯著那些燈持續看個幾秒，移開視線後顏色的殘像就會持續留在視野裡，在雨林邊緣的黑暗之中跳動、旋轉。她的周圍一片忙碌，警察進進出出，拍照、測量、拍攝犯罪現場影片。他們像螞蟻一樣來來回回，永無休止地進進出出，空手進去，又帶著裝滿證據的棕色紙袋走出來。她彷彿一尊被血浸透的精靈雕像坐在一邊看著，幾乎沒人留意。救護車已經先跑了一趟，運走了皮普和布蘭的屍體以及昏昏沉沉躺在擔架上呻吟的杰伊，現在有幾名救護人員又回來了。他們蹲在亞曼達旁邊，試圖給予她過多的照顧，橡膠手指到處摸來摸去。她揮手把他們都趕走。規則一，不要碰我。

接近清晨時分，進出房子的人已經大大減少，於是她便站起來伸展脖子。克拉克總警司站在房子門口內側，雙手垂在身旁，審視著一切。這個總警司，是怠惰懶散的那種性格。當他轉頭看向她時，亞曼達看到那種性格就像厚厚的黏土面具一樣扯著他的五官。

「我又殺人了，」亞曼達敷衍地指著幾小時前布蘭所躺的地方，他就在那裡發出咕嚕咕嚕的聲音，吐出最後一口氣，「對不起。」

「亞曼達，你……」總警司的話音漸漸消了下去。他繃起雙唇緊緊閉著，像是難以控制自己的情緒或是找不到合適的話。亞曼達也不確定。她看著，等待著，總警司最終只是嘆了口氣，搖著頭走開。現在她回到房子裡，裡頭的幾名警官全都瞪著她，其中一個眼中還含著淚。她在T恤正面抹了抹沾滿血跡的手，然後深吸一口氣。他們似乎都在等她說些什麼。她希望當自己開口時能夠不要說錯話。

「她是個好警察，」亞曼達自信地抬起下巴，「而且還很會接吻。」

他們聽完後全都沉默了一會兒，然後便一個接一個地回到自己的工作崗位上。亞曼達等待著，但是沒有人對她的話做出回應。她認為沒有人反駁是好事。有一名警官從車庫走過來，她禮貌地問他能不能要一個塑膠袋來裝自己在溪邊弄濕的鞋子。但是他直接掠過她繼續向前走，沒有理會她的請求，所以她就走到死去的老太太的廚房自己拿了一個。

袋子其實不是要用來裝鞋子的。亞曼達有九雙一模一樣的粉紅色Converse，溪邊那雙倒也沒那麼重要。相反地，她拿著垃圾袋走出前門，繞到房子側邊，穿過灌木叢旁邊的黑暗通道，經過圍欄上少了一塊木板的地方。她來到空曠院子裡最陰暗的角落，遠離此刻屋內窗簾後面閃爍的攝影機。她環顧四周，確定安全後便跪在魚池旁。

亞曼達心想，布蘭和杰伊這對殺人犯兼小偷從很多方面來說確實很愚蠢，但是連魚池就是藏寶處這麼明顯的事情都沒看出來，真的是他們的致命錯誤。積藏、保存幾十年的現金不會被埋在車庫地板下面，否則到時候老人還得用瘦弱的手臂抓著擊錘，搞到自己都要中風了才有辦法把錢弄出來。那樣留著大筆的現金有什麼意義呢？就為了當一對膝下無子的老夫婦，每天等著領養老金，平常去買菜時還會留著收據以防自己被騙錢嗎？不對，當然是為了能夠看、能夠握在手中，讓自己知道自己擁有。湯姆・松利曾是最大尾、最有權勢的腐敗警察之一，成功躲過七〇、八〇年代的貪腐調查，毫髮無傷。既然他逃過了懲罰，就不可能把那些贓款埋起來，絕對不會。

一方面有那些因為調查而入獄的骯髒警察們，他們會想在出獄後拿回自己的錢；另一方面外面想必會有說他深藏鉅款的謠言，在那些從來沒當過警察的人之間流傳。監獄裡的八卦。所以老湯姆・松利會希望那筆錢放在隨時拿得到的地方，以便在受到威脅時能拿出一些支付自己的贖金。如果真的有人膽敢來找麻煩，也要能把他們擋在門外。

總之車庫地板是不可能的選項。那兩個笨蛋找過了牆壁、屋頂、房子下方、瓷磚下面，把這對老夫婦家裡所有東西裡裡外外都翻了一遍。問題是松利絕對不會把錢藏在屋子裡，否則要是遇到這裡的警察想帶著搜查令來碰碰運氣的話，錢很快就會被找出來。湯姆藏錢的地點必須避開警察想到的第二、第三或第四個地方，必須是他們最後才會想到的位置。這個地方是如此隱蔽，以至於要花上好一會兒才會想到，而突襲式搜查沒有這種時間餘韻。

同時，這個地點還必須是薇多莉亞永遠找不到的地方。強迫症般的打掃習慣和無聊到煩躁的退休生活令她不停拿著拖把、掃帚和刷子打掃整間屋子，所以不會藏在她有可能清理到的櫥櫃後方，或是可能被她發現的某塊鬆動板子後面。整間房子都是禁區。

亞曼達能想像老湯姆．松利在院子裡，戴著草帽，拿著園藝鏟，不時回頭瞥一眼在客廳裡看電視的薇多莉亞。花園是他的領地。亞曼達能想見他擦著鏟子上的泥土，小心翼翼地在魚池邊俯下身去，把鏟子伸進睡蓮之間的水裡，在魚群中摸索，直到他摸到某樣東西的邊緣。她想像他拉起鐵製的格狀蓋子，滑開壓在魚池底部的石頭。湯姆．松利會看到水下透明塑膠包裝的邊緣，上面點綴著鮮綠色的藻類，而在藻類之間，可以看到袋子裡那些百元鈔票的圖案和紋理。

亞曼達沒有用鏟子，而是像在叫蛙後面的溪邊那樣把手伸進水裡，在黑暗中小心地撬起滑溜的格狀鐵蓋。氣泡浮升至水面，驚動了一條金魚從池塘一側奔向另一側，滑溜溜地從她裸露的手臂旁游過。

「魚魚呀，小心一點。」她笑著說。

第一個撈出的包裹像一條麵包那麼大。她輕輕搖了搖，給池子裡的魚兒製造出幾滴雨水，然後把整塊包裹好的現金磚塊放進旁邊的垃圾袋。當她撬出第二塊錢磚時，池塘的水位明顯下降了。她重新放好格子蓋和石頭，把水面上被打擾的睡蓮重新鋪回原位。

亞曼達提起袋子，並在袋口打了個結。布蘭和杰伊已經很接近了，可惜還不夠近。

「兩個白痴。」她說。

亞曼達把袋子扛到肩上，沿著房子側面走進黑暗之中。

尾聲

那片土地廣闊但荒蕪，靠近昆士蘭邊界，是塔里地區那一大片茂密農田中的一塊禿地。幾年來，屋後門廊旁不斷燃燒的營火、在泥土上四處遊蕩的牛群，以及頻繁交錯的卡車與汽車，讓這座小房子周圍的任何綠色植物全都枯萎殆盡。建築物旁的古老木造花床裡本應長著花，可是現在卻丟著啤酒瓶、一顆舊輪胎和一只裝滿生鏽引擎零件的牛奶箱。我瞥了一眼放在副駕駛座的手機，確認我得到的地址完全正確，然後在鐵皮波浪組成的車棚旁慢慢停下。

早晨的陽光讓鐵皮發出劈劈啪啪的聲音。我一下車就立刻有一群巧克力色的狗在我腿邊盤旋、扭動。六隻邊境牧羊犬吠叫著，嗅著我的鞋子。他知道我會來，當我的車越過遠處的正門柵欄時，他就已經將狗群都安撫好，等著我下車，而狗們便在這時蜂擁而來，朝我聞著、跳著。他穿著黑白相間的夾腳拖站在門廊邊緣，腳趾乾裂，褪色鴨舌帽下的臉顯得寬闊。

「泰德，對嗎？」他下台階時朝我揚了揚下巴。我微笑著伸出手，準備迎接他認出我的臉。但他沒有。

「對，就是我，」我說，「艾爾，謝謝你願意見我。」

「小事。」他抓了抓胸口。他臉上的皮膚發紅，帶著曬傷的痕跡，帽子下藏著的髮型像是自己剪的。

「說真的，聽你說的時候我越聽越奇怪，還以為你在耍我。」

「沒有耍你，」我說，「這是千真萬確的事。」

「好吧，」有隻邊境牧羊犬在他胯下聞來聞去，艾爾拍了拍牠的鼻子將牠趕開，「她就在這附近，從來不會到車子旁邊迎接你。我必須說，她真的是一隻很懶惰的狗。」

他前我後，他帶我走上門廊，陰涼處令人感到一絲舒緩。這裡有一扇小小的塑膠兒童安全門，防止邊境牧羊犬爬上樓梯。由舊木棧板製成的咖啡桌擺在不成套的藤椅前，後者因長時間使用而凹陷，失去了原先的形狀。在門廊的最盡頭，有一隻純白色的狗趴在黏滿了狗毛的毯子上。

我們一走近，她便抬起頭，站了起來。她很胖，令人哀傷的那種胖。她的肚子下垂、脖子粗厚，彷彿一隻不快樂的動物，會狼吞虎嚥地吞下任何經過她鼻子下的東西。不過這隻狗有著一張開朗的臉。她的鼻子尖尖的，額頭寬闊，可能混合了幾十種品種。她頭上那對三角形的耳朵彷彿兩隻弓成杯狀的手一樣豎著，令我一看到就忍不住笑出來。

「就是她嗎？」我說。雖然這隻白狗嘴角帶著狗狗的微笑，卻沒有主動走向我，讓我覺得有點奇怪。不過當我蹲下並伸出手打招呼，她向前走了幾步，我立刻注意到她是跛的。她的右前爪。那隻爪子在她到達亞谷納的皇家防止虐待動物協會時就已經斷了。我假裝對她的瘸腳感到震驚。「天哪，她的腳怎麼了？」

「喔對，她一開始來到我們家時就這樣了，」艾爾說，「收養救助犬就是這樣，你永遠不知道自己會得到什麼，跟簽樂透一樣。」

「這是永久性的嗎？」

「哦，我不會為了得到答案而花那筆錢，你懂我的意思嗎？」他指著那隻狗，「我們得到她的時候，防止虐待動物協會說她剛從骨折中痊癒，需要進行康復訓練，還提醒了我們可能遇到什麼狀況、該怎麼處理等等。我試圖勸當時的女朋友蕾妮放棄。不只是救助犬，還帶著需要照顧的醫療問題，你是認真的嗎？可是她聽不進去，完全聽不進去。她只想要一隻自己的狗，而且必須是隻身世悽慘，能讓她自我感覺良好的狗。」

「瞭解。」我說。我撫摸著白狗的臉頰和脖子，她搖了搖尾巴。

「就像你看到的，我在做邊境牧羊犬品種培育，」艾爾繼續說，「剛才在你車子旁邊那幾隻，又美麗又聰明，小狗每隻兩千塊。我和蕾妮還在一起的時候，我們有七隻母狗和七隻公狗，而且差兩週就會再多出六隻或更多的新生小狗。可是這樣對她來說還不夠！你相信有這種事嗎？」

我沒有回答，因為沒有必要。

「她想要的是某個特別的東西，我的媽呀，最後帶回來卻是這隻麻煩鬼，」艾爾指了指那隻狗，「我的媽呀，女人就是這樣。」

「沒錯。」

「好了好了，喂，你再多說一點關於那件案子的事吧，」艾爾拍了拍我的胸口，「你在電話裡說是發生在雪梨的綁架案，是嗎？」

「抱歉，我沒辦法深入探討那件案子。」

「好吧。」

「調查過程實在非常錯綜複雜。」

「嗯哼。」艾爾用力點了點頭，回頭看我們腳邊的狗。她坐地上仰望我，耳朵聳立著轉來轉去，在聽卻無法理解。「沒關係，我懂，我真的懂啊。說真的老哥，我很樂意幫忙，你想知道關於她的任何事情我都會告訴你。不過她真的沒什麼好說的，就只是一隻瘸腿的雜種狗，我女朋友離開時，甚至沒把她帶走。這傢伙連球都不會接，你是打算拍她的照片嗎？還是……你在電話裡從來沒說過你想要做什麼。」

我前一天從雪梨的飯店房間打電話時，並不確定自己想要做什麼。我沒有警察證件，卻要從防止虐待動物協會那裡獲取關於那天被凱文棄養的狗之後去了哪裡，真的花了我好一番功夫。我拿著聽筒，聽著電話那頭的沉默，於是皺起眉頭心想：那個行政人員該不會是要告訴我那隻狗已經被安樂死了吧？

那隻白狗在我心頭揮之不去了好一陣子。在整起案件結束後的隔週，我獨自坐在房間裡喝著野火雞威士忌，看著街上的車流，而她一次又一次回到我的腦海中。起初我太害怕了，幾乎不敢打這個電話。

當我離開雪梨，開車沿著內陸公路朝西北方前進時，我仍然不知道自己想要什麼。不過現在我知道了。我站在艾爾被陽光曬出裂痕的破舊門廊上，看著那隻白狗，我知道了。

我伸進後方口袋，掏出了皮夾。

——

我沿著高速公路行駛，打開車窗，讓氣流在車內外穿梭。那隻白狗坐在副駕駛座上，張著嘴，舌頭上有泡沫，一邊喘著氣一邊看著前方的路。她受傷的爪子微微抬起，所有的重量都壓在正常的那隻腳上。我讓中控台上的手機透過收音機播放它想播放的內容，某個錯亂恍惚的串流頻道充滿著一九八〇年代熱門歌曲。狗身上那股沒洗澡的刺鼻體味竟然有些好聞。我把車開向濱海道路，只是為了延長這趟和她一起的旅程。我想她可能會喜歡把頭伸出旁邊開著的窗外，但是她的平衡感不太好。

我在拜倫灣附近停下來，在一間路邊休息站買了幾個香腸捲，站在車外等食物變涼一點的同時看著車內的她也望著我看。把香腸捲遞給她時她聞都沒聞，直接兩口就吞進嘴裡，全部消滅。真是令人印象深刻。

在伯利角附近，我注意到有隻跳蚤在我手臂上的毛髮裡爬行，我捏住它並把它扔出窗外。我伸手檢查她的肚子，狗抬起一隻爪子默許。她身上爬滿了跳蚤，白色毛髮間夾雜著黑。我摸摸她的頭，伸手拿起她喉嚨前的破舊狗牌。

「豬。」我大聲唸出來。狗轉動耳朵，闔上嘴巴，等待著我的命令。我咬緊牙拉了拉牌子，它便從破爛項圈上脫落。

「抱歉，親愛的，我覺得『豬』這個名字實在不怎麼樣。」我對狗說。

我把狗牌扔出窗外。我們一起在沉默中前行。

開到麥凱附近時收音機播起一首歌，席琳·狄翁的〈多想一次〉。我幾乎忘了狗在車上，所以聽到她的嚎叫時嚇了一跳。狗看著我，停頓了一下，然後再次抬頭叫了起來，低沉、悲傷、動人，和音響裡的歌曲完美契合。

我邊開車邊看，狗不停地唱著。當歌曲結束時，我旁邊的動物又安靜下來，粉紅色的舌頭再次出現，隨著車的震動抖動。

「只有那首歌嗎？」我問這隻野獸，然後拿起中控台上的手機，邊開車邊在搜索欄中輸入。羅南的某首歌開始播放。我把歌切掉，改播席琳·狄翁的〈愛的力量〉。

我看著狗，她沒有任何反應。接著，就在我轉回馬路上的時候，她抬起下巴開始嚎叫。她唱著歌，而我笑了。

「那就叫『席琳』吧。」在過了這麼久之後，我終於又開始開懷大笑。

她在下午時無預警出現，像往常一樣繞過房子側面，把自行車斜靠在籬笆上。我沒穿襯衫站在那裡，因為在這麼濕熱的天氣裡，即使是簡單的油漆工作也會讓我汗流浹背。我不想讓鵝舍和房子周圍的雨林中顯得太過突兀，所以判斷鵝舍最適合塗成綠色。鵝群圍繞在我身邊，坐在草地上，把喙都藏在背上或羽毛豐厚的胸前，像一顆顆沒有特徵的圓形石頭。我已經塗完側面，正站在小屋正面刷油漆，便聽到身後草地上傳來帆布鞋嘎吱作響的聲音。

雖然才過兩個禮拜，不過亞曼達從那場苦難中得到的瘀傷和擦傷已經消退了一些。它們沒入她色彩斑斕的皮膚中，被她皮膚上那些花朵、肖像和傾斜彎曲的建築吞噬。若要說亞曼達有哪件事做得很好，那就是癒合。她仍然有兩塊黑眼圈，不過眼睛一如既往掛著笑意。我看向她，舉起刷子打招呼。她在旁邊站了一會兒看著我工作，然後瞇起眼睛看太陽，直到蜷縮在鵝群中的席琳抬起頭來，從偽裝中顯露出她的真實形態。

「天啊！」亞曼達抓著她的胸口，「這招很厲害。」

「她可能覺得自己是牠們其中一員。」我說。席琳確實融入了鵝群之中，但過程並不順利。當我跪在浴缸旁，用水壺將溫水倒在腿部僵硬的她身上時，我聽到身後傳來蹼狀腳掌憤怒拍打地板的聲音。肥皂水和死去的跳蚤一起旋轉著。我轉身，看到兩隻鵝在用牠們的奇怪語言喋喋不休，因為浴缸裡的水聲以及空中明顯缺乏尼爾・戴蒙的聲音感到困惑。鵝們盯著這隻入侵的狗嗒嗒嗒地竊笑，席琳吠了一聲便讓牠們驚慌地拍打翅膀逃開。幾天後，這些動物達成了某種沉默的協議。我猜鳥兒們應該發現席琳太胖太笨拙，顯然無法追趕牠們；而席琳則是發現無論自己做什麼金牙包傑都會咬她，不過咬得並不重。

我回來之後的這段時間亞曼達一直沒來打擾我。她和往常一樣，以某種近乎超自然的方式得知凱莉要我回家，完全不需要我或凱莉告訴她。當我打電話告訴她凱文・卓斯寇的事時，她可能聽到了我聲音中的痛苦。有一小群人知道凱文的下場，他們彼此毫無關聯，而當我把事情告訴亞曼達後，她便成為其中之一。除了這些人之外，這世界上再也沒有人知道凱文到底發生了什麼事。

當然，還是有一些線索可循。警察在倉庫裡找到凱文，他側身倒在地上，身體隨著時間推移逐漸與骯髒的環境同化，變得越來越冷。他們還在凱文的屍體旁發現另一個人，他有著戴爾．賓利的外表，但是和不久之前的那個戴爾．賓利完全是不一樣的人。戴爾坐在那裡，雙膝縮在胸前，雙臂放鬆地掛在膝蓋上，表情平靜。槍不見了。附近地上的灰塵中有鞋印，有些非常大，有些則非常昂貴。

警察在倉庫外找到凱文．卓斯寇的車，駕駛座的門開著，車內亮著燈。沒有指紋。副駕駛座上有一本作業本和一支筆，字跡潦草、黏膩、粗重。一本日記。

我昨晚在新聞上看到戴爾．賓利，他和妻子站在警察局台階上。他剃了鬍子，身上襯衫潔白無暇，一旁的蘿絲．賓利握著他的手。他們周圍圍著一些我不認識的重要人物，大概是律師、警探、專業人士吧，我完全沒概念。他被保釋了。

偷走我生活的人死了。假以時日，媒體會開始公布日記的細節，而這一點會在某種程度上洗脫我的罪名；至少對那些不相信凱文和我共謀行動，且他故意把我排除在日記之外的人來說，我會是清白的。警察把我在雪梨留了一週，想要問關於戴爾、卡利．費拉和凱文的事。例如警方知道凱文被殺的幾個小時前曾經出現在潘妮家裡，他們想知道為什麼我也會出現在那裡。為什麼我會打電話給他的前女友，以及我們談了什麼。我是否相信戴爾．賓利早已預謀殺害凱文，以及事發時我是否在場。我帶了尚恩去偵訊，並行使了緘默權。沒有任何證據顯示我與任何案件有關，警察也找不出我與犯罪現場之間的關聯。我先前報警說手機被盜，並扔掉了鞋子，也沒有目擊者看到我或戴爾那天晚上曾經開車去到現場。戴爾被起訴的案子本身也存在重大問題。無論是現場或附近都找不到槍，戴爾也不願開口。他的律師是國內頂尖的御用大律師，就算他真的陷入麻煩，總是能辯護說他是受到挑釁而失去控制，或者暫時性精神錯亂，或者自衛，愛怎麼講就怎麼講。我不認為戴爾的案件會成立，就算成立了他可能也根本不在乎。

亞曼達知道我太太提議要把一些我失去的東西還給我。留在雪梨的那個星期裡我再次見到莉莉安，這次只有我和凱莉，地點在麥當勞，沒有傑特的身影。她再次要求我回家，而我給了我的答案。

知道這些事情後亞曼達只是站在一旁什麼也沒說，用拇指指甲剝著小屋的舊油漆。也許她害怕問我會不會回去。我不知道這個奇怪的小夥伴害怕時是什麼樣子。「抱歉史威尼發生那樣的事。」我說。亞曼達猛然轉向我，動作太快，暴露出我知道她心裡其實存在的恐懼。我把刷子浸入油漆。「我知道你喜歡她。」

「我的確喜歡她。」亞曼達點點頭。我看到她瞄向我裸露的無名指，匆匆一瞥後又轉開視線，一臉冷淡疏遠。至少是想要擺出冷淡疏遠的樣子。

「紅湖警察以後會很氣我們。」我說。

「嗯。」亞曼達同意。

「下個案子我們得低調一點。」我說。

我感覺到亞曼達在看我，我試圖不要笑出來。她在我的眼角餘光中模糊成一道直挺挺的僵硬條形色塊，過了一會兒色塊似乎放鬆下來。她靠在小屋上，微笑看著草地上的動物們，羽毛和狗毛在夕陽下閃閃發光。

對，我不會回到雪梨，也不會回到我太太身邊。我當然還愛著凱莉，她也是我孩子的母親，可是我們兩人的世界都在那個命運之日改變了，以前的那個女人已經不在了，一個新的女人取而代之。她因為這一切遍體鱗傷，而且心碎，信任感也消失了。這些都不是她的錯，是凱文的錯。

凱文所做的事也改變了我，我不再是以前那個人。若是認為凱莉和我可以回到過去，以我們一直以來的方式去愛已經完全不同的彼此，那會是注定要失敗的選擇。我不想再一次離開那個家，不想再次打包行李、和女兒告別，帶著滿滿的可怕失落和孤獨感再次重新開始新生活。

我屬於這裡。過著不同生活的不同的我，雖然遠離家園，但是不屈不撓，決心成長。我最終會找到方法，知道如何繼續在莉莉安的生活中扮演我需要扮演的角色；如何與凱莉建立新的關係，當不成她的丈夫至少是她的朋友；如何接受永遠無法擺脫我所受到的指控。我會一點一點解決這些問題。我並不孤單，新生活中有人會幫助我。

「那隻狗叫什麼名字？」亞曼達的聲音把我從思緒中拉回來。

我放下刷子，從後口袋掏出手機。打開音樂撥放器的時候我已經忍不住笑了起來。

「給你看個東西，」我說，「你一定會愛死。」

致謝

我的寫作生涯受了許多人幫助才能走到現在。在感謝這些人時，我一如以往必須提到過去教給我必要工具的創作老師們，James Forsyth、Gary Crew博士、Ross Watkins博士、Roslyn Petelin博士、Kim Wilkins博士、Camilla Nelson博士、Christine DeMatos博士以及他們的同事。你們是如此出色的學者，若是沒有你們，我就無法成為今天的樣子。

我會永遠感激創立了Team Fox的厲害女人們：Gaby Naher、Bev Cousins、Nikki Christer、Jessica Malpass和Kathryn Knight。謝謝你們聽我說話、相信我、包容我，我對你們的敬佩超過你們所能想像。

我同樣感激遍布世界各地的出色出版界人士，其中一些包括Lisa Gallagher、Lou Ryan、Jerry Kalajian、Kristin Sevick、Linda Quinton、Michaela Hamilton、Thomas Wortche、Susan Sandon、Selina Walker。還有很多人的名字沒有列在這裡，但是你知道你也是其中一分子。

謝謝同為創作者的夥伴Adrian McKinty和James Patterson，謝謝你們隨時都願意聽我說話。

謝謝全世界的讀者，我愛你們，因為有你們，我才不曾感到孤單或者不被欣賞。我珍惜每一篇評論、每一封信和每一條留言，並且很高興能在現實生活中見到你們其中一些人。

最後，一如以往地要感謝我親愛的Tim。謝謝你在我需要你的時候總是陪伴著我，每一字、每一句、每一頁。你是我生命中真正的喜悅。

救贖時刻

Redemption Point

作者	坎迪斯・福克斯 Candice Fox
譯者	黃彥霖
副社長	陳瀅如
總編輯	戴偉傑
責任編輯	涂東寧
行銷企劃	陳雅雯、趙鴻祐
封面設計	兒日設計
內頁排版	宸遠彩藝
印刷	呈靖彩藝有限公司
出版	木馬文化事業股份有限公司
發行	遠足文化事業股份有限公司（讀書共和國出版集團）
地址	231 新北市新店區民權路 108-4 號 8 樓
電話	(02)2218-1417
傳真	(02)2218-0727
客服信箱	service@bookrep.com.tw
客服專線	0800-221-029
郵撥帳號	19588272 木馬文化事業股份有限公司
客服專線	0800-221-029
法律顧問	華洋法律事務所　蘇文生律師
初版一刷	2025 年 5 月
ISBN	9786263148192
定價	480 元

國家圖書館出版品預行編目

救贖時刻 / 坎迪斯 . 福克斯 (Candice Fox) 著 ; 黃彥霖譯 . -- 初版 . -- 新北市 : 木馬文化事業股份有限公司出版 : 遠足文化事業股份有限公司發行 , 2025.05

400 面 ; 14.8×21 公分

譯自 : Redemption point.

ISBN 978-626-314-819-2（平裝）

887.157　　114003878